中国现代
作家选集
典藏丛书

老舍选集 下

人民文学出版社

# 目 录

## 辑 一

| | |
|---|---|
| 一些印象（四、五、六、七） | 003 |
| 非正式的公园（济南通信） | 012 |
| 趵突泉的欣赏（济南通信） | 014 |
| 抬头见喜 | 016 |
| 还想着它 | 020 |
| 又是一年芳草绿 | 028 |
| 春风 | 032 |
| 小动物们 | 034 |
| 小动物们（鸽）续 | 040 |
| 何容何许人也 | 047 |
| 青岛与山大 | 052 |
| 想北平 | 056 |
| 英国人 | 059 |
| 我的几个房东 | 064 |

| | |
|---|---|
| 大明湖之春 | 070 |
| 东方学院 | 073 |
| 无题（因为没有故事） | 079 |
| 五月的青岛 | 082 |
| 吊济南 | 085 |
| 一封信 | 090 |
| 宗月大师 | 095 |
| 诗人 | 099 |
| 敬悼许地山先生 | 102 |
| 我所认识的沫若先生 | 110 |
| 滇行短记 | 113 |
| 青蓉略记 | 132 |
| 我的母亲 | 140 |
| 北京的春节 | 146 |
| 猫 | 151 |
| 内蒙风光 | 154 |

## 辑 二

| | |
|---|---|
| 到了济南 | 171 |
| 济南的药集（济南通信） | 179 |
| 夏之一周间 | 182 |
| 一天 | 185 |

| | |
|---|---|
| 当幽默变成油抹 | 191 |
| 吃莲花的 | 196 |
| 买彩票 | 199 |
| 有声电影 | 202 |
| 科学救命 | 206 |
| 新年的二重性格 | 208 |
| 新年醉话 | 210 |
| 观画记 | 213 |
| 大发议论 | 217 |
| 考而不死是为神 | 223 |
| 小病 | 225 |
| 神的游戏 | 228 |
| 避暑 | 231 |
| 习惯 | 234 |
| 取钱 | 237 |
| 画像 | 241 |
| 写字 | 245 |
| 落花生 | 248 |
| 有钱最好 | 251 |
| 西红柿 | 254 |
| 檀香扇 | 256 |
| 青岛与我 | 258 |
| 钢笔与粉笔 | 262 |

| | |
|---|---|
| 鬼与狐 | 264 |
| 代语堂先生拟赴美宣传大纲 | 268 |
| 相片 | 272 |
| 婆婆话 | 277 |
| 我的理想家庭 | 283 |
| 有了小孩以后 | 286 |
| 搬家 | 291 |
| 文艺副产品 | 294 |
| 兔儿爷 | 300 |
| 四位先生 | 302 |
| "住"的梦 | 308 |
| 多鼠斋杂谈 | 311 |
| 梦想的文艺 | 325 |

## 辑 三

| | |
|---|---|
| 谈幽默 | 329 |
| 论创作 | 336 |
| 滑稽小说 | 341 |
| 一个近代最伟大的境界与人格的创造者 | 345 |
| 我怎样写《老张的哲学》 | 355 |
| 我怎样写《小坡的生日》 | 360 |
| 我怎样写《离婚》 | 367 |

| | |
|---|---|
| 我怎样写《牛天赐传》 | 371 |
| 事实的运用 | 375 |
| 言语与风格 | 380 |
| "幽默"的危险 | 387 |
| 鲁迅先生逝世二周年纪念 | 391 |
| 大时代与写家 | 397 |
| 未成熟的谷粒 | 402 |
| 我的"话" | 409 |
| 文艺与木匠 | 414 |
| 怎样读小说 | 417 |
| 文牛 | 421 |
| 我怎样写《骆驼祥子》 | 425 |

辑 一

# 一些印象（四、五、六、七）

## 四

　　济南的秋天是诗境的。设若你的幻想中有个中古的老城，有睡着了的大城楼，有狭窄的古石路，有宽厚的石城墙，环城流着一道清溪，倒映着山影，岸上蹲着红袍绿裤的小妞儿。你的幻想中要是这么个境界，那便是济南。设若你幻想不出——许多人是不会幻想的——请到济南来看看吧。

　　请你在秋天来。那城，那河，那古路，那山影，是终年给你预备着的。可是，加上济南的秋色，济南由古朴的画境转入静美的诗境中了。这个诗意的秋光秋色是济南独有的。上帝把夏天的艺术赐给瑞士，把春天的赐给西湖，秋和冬的全赐给了济南。秋和冬是不好分开的，秋睡熟了一点便是冬，上帝不愿意把它忽然唤醒，所以作个整人情，连秋带冬全给了济南。

　　诗的境界中必须有山有水。那末，请看济南吧。那颜色不同，方向不同，高矮不同的山，在秋色中便越发的不同了。以颜色说吧，山腰中的松树是青黑的，加上秋阳的斜射，那片青黑便多出些比灰色深，比黑色浅的颜色,把旁边的黄草盖成一层灰中透黄的阴影。山脚是镶着各色条子的,一层层的,有的黄,有的灰,有的绿,有的似乎是藕荷色儿。山顶上的色儿也随着太阳的转移而不同。山顶的颜色不同还不重要,山腰中的颜色不同才真叫人想作几句诗。山腰中的颜色是永远在那儿变动,特别是在秋天,那阳光能够忽然清凉一会儿,忽然又温暖一会儿,这个变动并不激烈,可是山上的颜色觉得出这个变化,而立刻随着变换。忽然黄色更真了一些,忽然又暗了一些,忽然像有层看不见的薄雾在那儿流动,忽然像有股细风替"自然"调和着彩色,轻轻的抹上一层各色俱全而全是淡美的色道儿。有这样的山,再配上那蓝的天,晴暖的阳光;蓝得像要由蓝变绿了,可又没完全绿了;晴暖得要发燥了,可是有点凉风,正和诗一样的温柔;这便是济南的秋。况且因为颜色的不同,那山的高低也更显然了。高的更高了些,低的更低了些,山的棱角曲线在晴空中更真了,更分明了,更瘦硬了。看山顶上那个塔!

　　再看水。以量说,以质说,以形式说,哪儿的水能比济南?有泉——到处是泉——有河,有湖,这是由形式上分。不管是泉是河是湖,全是那么清,全是那么甜,哎呀,济南是"自然"的Sweet heart吧?大明湖夏日的莲花,城河的绿柳,自然是美好的了。可是看水,是要看秋水的。济南有秋山,又有秋水,这个秋才算个秋,因为秋神是在济南住家的。先不用说别的,只说水中的绿藻吧。那份儿绿色,除了上帝心中的绿色,恐怕没有别的东西能比拟的。这种鲜绿全借着水的清澄显露出来,好像美人借着镜子鉴赏自己的美。是的,这些绿藻是自己享受那水的甜美呢,不是为谁看的。它们知道它们那点绿的心事,它们终年在那儿吻着水皮，做着绿色的香梦。淘气的鸭子，用黄金的脚掌碰它们一两下。浣女的影儿，吻它们的绿叶一两下。只有这个，是它们的香甜的烦恼。羡慕死诗人呀！

在秋天，水和蓝天一样的清凉。天上微微有些白云，水上微微有些波皱。天水之间，全是清明，温暖的空气，带着一点桂花的香味。山影儿也更真了。秋山秋水虚幻的吻着。山儿不动，水儿微响。那中古的老城，带着这片秋色秋声，是济南，是诗。要知济南的冬日如何，且听下回分解。

## 五

上次说了济南的秋天，这回该说冬天。

对于一个在北平住惯的人，像我，冬天要是不刮大风，便是奇迹；济南的冬天是没有风声的。对于一个刚由伦敦回来的，像我，冬天要能看得见日光，便是怪事；济南的冬天是响晴的。自然，在热带的地方，日光是永远那么毒，响亮的天气反有点叫人害怕。可是，在北中国的冬天，而能有温晴的天气，济南真得算个宝地。

设若单单是有阳光，那也算不了出奇。请闭上眼想：一个老城，有山有水，全在蓝天下很暖和安适的睡着；只等春风来把他们唤醒，这是不是个理想的境界？

小山整把济南围了个圈儿，只有北边缺着点口儿，这一圈小山在冬天特别可爱，好像是把济南放在一个小摇篮里，它们全安静不动的低声的说：你们放心吧，这儿准保暖和。真的，济南的人们在冬天是面上含笑的。他们一看那些小山，心中便觉得有了着落，有了依靠。他们由天上看到山上，便不觉的想起：明天也许就是春天了吧？这样的温暖，今天夜里山草也许就绿起来了吧？就是这点幻想不能一时实现，他们也并不着急，因为有这样慈善的冬天，干啥还希望别的呢。

最妙的是下点小雪呀。看吧，山上的矮松越发的青黑，树尖上顶着一髻儿白花，像些小日本看护妇。山尖全白了，给蓝天镶上一道银边。山坡上有的地方雪厚点，有的地方草色还露着，这样，一道儿白，一道儿暗黄，给山们穿上一件带水纹的花衣；看着看着，这件花衣好像被风儿吹动，叫你希望看见一点更美的山的肌肤。等到快日落的时候，微黄的阳光斜射在山腰上，那点薄雪好像忽然害了羞，微微露出点粉色。就是下小雪吧，济南是受不住大雪的，那些小山太秀气。

古老的济南，城内那么狭窄，城外又那么宽敞，山坡上卧着些小村庄，小村庄的房顶上卧着点雪，对，这是张小水墨画，或者是唐代的名手画的吧。

那水呢，不但不结冰，反倒在绿藻上冒着点热气。水藻真绿，把终年贮蓄的绿色全拿出来了。天儿越晴，水藻越绿，就凭这些绿的精神，水也不忍得冻上；况且那长枝的垂柳还要在水里照个影儿呢。看吧，由澄清的河水慢慢往上看吧，空中，半空中，天上，自上而下全是那么清亮，那么蓝汪汪的，整个的是块空灵的蓝水晶。这块水晶里，包着红屋顶，黄草山，像地毯上的小团花的小灰色树影；这就是冬天的济南。

树虽然没有叶儿，鸟儿可并不偷懒，看在日光下张着翅叫的百灵们。山东人是百灵鸟的崇拜者，济南是百灵的国。家家处处听得到它们的歌唱；自然，小黄鸟儿也不少，而且在百灵国内也很努力的唱。还有山喜鹊呢，成群的在树上啼，扯着浅蓝的尾巴飞。树上虽没有叶，有这些羽翎装饰着，也倒有点像西洋美女。坐在河岸上，看着它们在空中飞，听着溪水活活的流，要睡了，这是有催眠力的；不信你就试试；睡吧，决冻不着你。

要知后事如何，我自己也不知道。

# 六

到了齐大，暑假还未曾完。除了太阳要落的时候，校园里轻易不见一个人影。那几条白石凳，上面有枫树给张着伞，便成了我的临时书房。手里拿着本书，并不见得念；念地上的树影，比读书还有趣。我看着：细碎的绿影，夹着些小黄圈，不一定都是圆的，叶儿稀的地方，光也有时候透出七棱八角的一小块。小黑驴似的蚂蚁，单喜欢在这些光圈上慌手忙脚的来往过。那边的白石凳上，也印着细碎的绿影，还落着个小蓝蝴蝶，抿着翅儿，好像要睡。一点风儿，把绿影儿吹醒，散乱起来；小蓝蝶醒了懒懒的飞，似乎是作着梦飞呢；飞了不远，落下了，抱住黄蜀菊的蕊儿。看着，老大半天，小蝶儿又飞了，来了个楞头磕脑的马蜂。

真静。往南看，千佛山懒懒的倚着一些白云，一声不出。往北看，围子墙根有时过一两个小驴，微微有点铃声。往东西看，只看见楼墙上的爬山虎。叶儿微动，像竖起的两面绿浪。往下看，四下都是绿草。往上看，看见几个红的楼尖。全不动。绿的，红的，上上下下的，像一张画，颜色固定，可是越看越好看。只有办公处的大钟的针儿，偷偷的移动,好似唯恐怕叫光阴知道似的,那么偷偷的动。从树隙里偶尔看见一个小女孩,花衣裳特别花哨,突然把这一片静的景物全刺激了一下;花儿也更红,叶儿也更绿了似的;好像她的花衣裳要带这一群颜色跳舞起来。小女孩看不见了,又安静起来。槐树上轻轻落下个豆瓣绿的小虫,在空中悬着,其余的全不动了。

  园中就是缺少一点水呀!连小麻雀也似乎很关心这个,时常用小眼睛往四下找;假如园中,就是有一道小溪吧,那要多么出色。溪里再有些各色的鱼,有些荷花!那怕是有个喷水池呢,水声,和着枫叶的轻响,在石台上睡一刻钟,要作出什么有声有色有香味的梦!花木够了,只缺一点水。

  短松墙觉得有点死板,好在发着一些松香;若是上面绕着些密罗松,开着些血红的小花,也许能减少一些死板气儿。园外的几行洋槐很体面,似乎缺少一些小白石凳。可是继而一想,没有石凳也好,校园的全景,就妙在只有花木,没有多少人工作的点缀,砖砌的花池咧,绿竹篱咧,全没有;这样,没有人的时候,才真像没有人,连一点人工经营的痕迹也看不出;换句话说,这才不俗气。

  啊,又快到夏天了!把去年的光景又想起来;也许是盼望快放暑假吧。快放暑假吧!把这个整个的校园,还交给蜂蝶与我吧!太自私了,谁说不是!可是我能念着树影,给诸位作首不十分好,也还说得过去的诗呢。

  学校南边那块瓜地,想起来叫口中出甜水;但是懒得动;在石凳上等着吧,等太阳落了,再去买几个瓜吧。自然,这还是去年的话;今年那块地还种瓜吗?管他种瓜还是种豆呢,反正白石凳还在那里,爬山虎也又绿起来；只等玫瑰开呀！玫瑰开，吃粽子，下雨，晴天，枫树底下，白石凳上，小蓝蝴蝶，绿槐树虫，哈，梦！再温习温习那个梦吧。

## 七

有诗为证，对，印象是要有诗为证的；不然，那印象必是多少带点土气的。我想写"春夜"，多么美的题目！想起这个题目，我自然的想作诗了。可是，不是个诗人，怎办呢；这似乎要"抓瞎"——用个毫无诗味的词儿。新诗吧？太难；脑中虽有几堆"呀，噢，唉，喽"和那俊美的"；"，和那珠泪滚滚的"！"。但是，没有别的玩艺，怎能把这些宝贝缀上去呢？此路不通！旧诗？又太死板，而且至少有十几年没动那些七庚八葱的东西了；不免出丑。

到底硬联成一首七律，一首不及六十分的七律；心中已高兴非常，有胜于无，好歹不论，正合我的基本哲学。好，再作七首，共合八首；即便没一首"通"的吧，"量"也足惊人不是？中国地大物博，一人能写八首春夜，呀！

唉！湿膝病又犯了，两膝僵肿，精神不振，终日茫然，饭且不思，何暇作诗，只有大喊拉倒，予无能为矣！只凑了三首，再也凑不出。

想另作一篇散文吧，又到了交稿子的时候；况且精神不好，其影响于诗与散文一也；散了吧，好歹把那三首送进去，爱要不要；我就是这个主意！反正无论怎说，我是有诗为证：

一

多少春光轻易去? 无言花鸟夜如秋。
东风似梦微添醉,小月知心只照愁!
柳样诗思情入影,火般桃色艳成羞。
谁家玉笛三更后? 山倚疏星人倚楼。

二

一片闲情诗境里,柳风淡淡柝声凉。
山腰月少青松黑,篱畔光多玉李黄。
心静渐知春似海,花深每觉影生香。
何时买得田千顷,遍种梧桐与海棠!

三

且莫贪眠减却狂,春宵月色不平常!
碧桃几树开蝴蝶,紫燕联肩梦海棠。
花比诗多怜夜短,柳如人瘦为情长。
年来潦倒漂萍似,惯与东风道暖凉。

得看这三大首! 五十年之后,准保有许多人给作注解——好诗是不需注解的。我的评注者,一定说我是资本家,或是穷而倾向资本主义者,因为在第二首里,有"何时买得田千顷"之语。好,我先自己作点注吧:我的意思是买山地呀,不是买一千顷良田,全种上花木,而叫农民饿死,不是。比如千佛山两旁的秃山,要全种上海棠,那要多么美,这才是我的梦想。这不怨我说话不清,是律诗自身的别扭;一句非七个字不可,我怎能忽然来句八个九个字的呢?

得了,从此再不受这个罪;《一些印象》也不再续。暑假中好好休息,把腿养好,能加入将来远东运动会的五百哩竞走,得个第一,那才算英雄好汉;诌几句不准多于七个字一句的诗,算得什么!

(原载1931年3月至6月《齐大月刊》第一卷第五、六、七、八期)

# 非正式的公园（济南通信）

济南的公园似乎没有引动我描写它的力量，虽然我还想写那么一两句；现在我要写的地方，虽不是公园，可是确比公园强的多，所以——非正式的公园；关于那正式的公园，只好，虽然还想写那么一两句，待之将来。

这个地方便是齐鲁大学，专从风景上看。齐大在济南的南关外，空气自然比城里的新鲜，这已得到成个公园的最要条件。花木多，又有了成个公园的资格。确是有许多人到那里玩，意思是拿它当作——非正式的公园。

逛这个非正式的公园以夏天为最好。春天花多，秋天树叶美，但是只在夏天才有"景"，冬天没有什么特色。

当夏天，进了校门便看见一座绿楼，楼前一大片绿草地，楼的四围全是绿树，绿树的尖上浮着一两个山峰，因为绿树太密了，所以看不见树后的房子与山腰，使你猜不到绿荫后边还有什么；深密伟大，你不由的深吸一口气。绿楼？真的，"爬山虎"的深绿肥大的叶一层一层的把楼盖满，只露着几个白边的窗户；每阵小风，使那层层的绿叶掀动，横着竖着都动得有规律，一片竖立的绿浪。

往里走吧，沿着草地——草地边上不少的小蓝花呢——到了那绿荫深处。这里都是枫树，树下四条洁白的石凳，围着一片花池。花池里虽没有珍花异草，可是也有可观；况且往北有一条花径，全是小红玫瑰。花径的北端有两大片洋葵，深绿叶，浅红花；这两片花的后面又有一座楼，门前的白石阶栏像享受这片鲜花的神龛。楼的高处，从绿槐的密叶的间隙里看到，有一个大时辰钟。

往东西看，西边是一进校门便看见的那座楼的侧面与后面，与这座楼平行，花池东边还有一座；这两座楼的侧面山墙，也都是绿的。花径的南端是白石的礼堂，堂前开满了百日红，壁上也被绿蔓爬匀。那两座楼后，两大片草地，平坦，深绿，像两张绿毯。这两块草地的南端，又有两座楼，四围用蔷薇作成短墙。设若你坐在石凳上，无论往哪边看，视线所及不是红花，便是绿叶；就是往上下看吧：下面是绿草，红花，与树影；上面是绿枫树叶。往平里看，有时从树隙花间看见女郎的一两把小白伞，有时看男人的白长衫。伞上衫上时时落上些绿的叶影。人不多，因为放暑假了。

拐过礼堂，你看见南面的群山，绿的。山前的田，绿的。一个绿海，山是那些高的绿浪。

礼堂的左右，东西两条绿径，树荫很密，几乎见不着阳光。顺着这绿径走，不论是往西往东，你看见些小的楼房，每处有个小花园。园墙都是矮松做的。

春天的花多，特别是丁香和玫瑰，但是绿得不到家。秋天的红叶美，可是草变黄了。冬天树叶落净，在园中便看见了山的大部分，又欠深远的意味。只有夏天，一切颜色消沉在绿的中间，由地上一直绿到树上浮着的绿山峰，成功以绿为主色的一景。

（原载1932年7月《华年》第一卷第十二期）

# 趵突泉的欣赏（济南通信）

千佛山、大明湖和趵突泉，是济南的三大名胜。现在单讲趵突泉。

在西门外的桥上，便看见一溪活水，清浅，鲜洁，由南向北的流着。这就是由趵突泉流出来的。设若没有这泉，济南定会丢失了一半的美。但是泉的所在地并不是我们理想中的一个美景。这又是个中国人的征服自然的办法，那就是说，凡是自然的恩赐交到中国人手里就会把它弄得丑陋不堪。这块地方已经成了个市场。南门外是一片喊声，几阵臭气，从卖大碗面条与肉包子的棚子里出来。进了门有个小院，差不多是方的。这里，"一毛钱四块！"和"两毛钱一双！"的喊声，与外面的"吃来"联成一片。一座假山，奇丑；穿过山洞，接联不断的棚子与地摊，东洋布，东洋磁，东洋玩具，东洋……加劲的表示着中国人怎样热烈的"不"抵制劣货。这里很不易走过去，乡下人一群跟着一群的来提倡日货，把路塞住。他们没有例外的全张着嘴，葱味四射。没有例外的全买一件东西还三次价，走开又回来摸索四五次。小脚妇女更了不得，你往左躲，她往左扭；你往右躲，她往右扭，反正不许你痛快的过去。

到了泉池，北岸上一座神殿，南西东三面全是唱鼓书的茶棚，唱的多半是梨花大鼓，一声"哟"要拉长几分钟，猛听颇像产科医院的病室。

除了茶棚还是日货摊子——说点别的吧！

泉太好了。泉池差不多见方，三个泉口偏西，北边便是条小溪流向西门去。看那三个大泉，一年四季，昼夜不停，老那么翻滚。你立定呆呆的看三分钟，你便觉出自然的伟大，使你不敢再正眼去看。永远那么纯洁，永远那么活泼，永远那么鲜明，冒，冒，冒，永不疲乏，永不退缩，只是自然有这样的力量！冬天更好，泉上起了一片热气，白而轻软，在深绿的长草藻上飘荡着，使你不由的想起一种似乎神秘的境界。

池边还有小泉呢：有的像大鱼吐水，极轻快的上来一串水泡；有的像一串明珠，走到中途又歪下去，真像一串珍珠在水里斜放着；有的半天才上来一个水泡，大，扁一点，慢慢的，有姿态的，摇动上来；碎了；看，又来了一个！有的好几串小碎珠一齐挤上来，像一朵攒整齐的珠花，雪白。有的……这比那大泉还更有味。

新近为增加河水的水量，又下了六根铁管，做成六个泉眼，水流得也很旺，但是我还是爱那原来的三个。

看完了泉，再往北走，经过一些货摊，便出了北门。

前年冬天一把大火把泉池南边的棚子都烧了。有机会改造了！造成一个公园，各处安着喷水管！东边作个游泳池！有许多人这样的盼望。可是，席棚又搭好了，渐次改成了木板棚；乡下人只知道趵突泉，把摊子移到"商场"去（就离趵突泉几步）买卖就受损失了；于是"商场"四大皆空，还叫趵突泉作日货销售场；也许有道理。

（原载1932年8月《华年》第一卷第十七期）

# 抬头见喜

对于时节，我向来不特别的注意。拿清明说吧，上坟烧纸不必非我去不可，又搭着不常住在家乡，所以每逢看见柳枝发青便晓得快到了清明，或者是已经过去。对重阳也是这样，生平没在九月九登过高，于是重阳和清明一样的没有多大作用。

端阳，中秋，新年，三个大节可不能这么马虎过去。即使我故意躲着它们，账条是不会忘记了我的。也奇怪，一个无名之辈，到了三节会有许多人惦记着，不但来信，送账条，而且要找上门来！

设若故意躲着借款，着急，设计自杀等等，而专讲三节的热闹有趣那一面儿，我似乎是最喜爱中秋。"似乎"，因为我实在不敢说准了。幼年时，中秋必是个很可喜的节，要不然我怎么还记得清清楚楚那些"兔儿爷"的样子呢？有"兔儿爷"玩，这个节必是过得十二分有劲。可是从另一方面说，至少有三次喝醉是在中秋；酒入愁肠呀！所以说"似乎"最喜爱中秋。

事真凑巧，这三次"非杨贵妃式"的醉酒我还都记得很清楚。那么，就说上一说呀。第一次是在北平，我正住在翊教寺一家公寓里。好友卢嵩庵从柳泉居运来一坛子"竹叶青"。又约来两位朋友——内中有一位是不会喝的——大家就抄起茶碗来。坛子虽大，架不住茶碗一个劲进攻；月亮还没上来，坛子已空。干什么去呢？打牌玩吧。各拿出铜元百枚，约合大洋七角多，因为这是古时候的事了。第一把牌将立起来，不晓得——至今还不晓得——我怎么上了床。牌必是没打成，因为我一睁眼已经红日东升了。

第二次是在天津，和朱荫棠在同福楼吃饭，各饮绿茵陈二两。吃完饭，到一家茶肆去品茗。我朝窗坐着，看见了一轮明月，我就吐了。这回决不是酒的作用，毛病是在月亮。

第三次是在伦敦。那里的秋月是什么样子，我说不上来——也许根本没有月亮其物。中国工人俱乐部里有多人凑热闹，我和沈刚伯也去喝酒。我们俩喝了两瓶葡萄酒。酒是用葡萄还是葡萄叶儿酿的，不可得而知，反正价钱很便宜；我们俩自古至今总没作过财主。喝完，各自回寓所。一上公众汽车，我的脚忽然长了眼睛，专找别人的脚尖去踩。这回可不是月亮的毛病。

对于中秋，大致如此——无论如何也不能说它坏。就此打住。

至若端阳，似乎可有可无。粽子，不爱吃。城隍爷现在也不出巡；即使再出巡，大概也没有跟随着走几里路的兴趣。樱桃真是好东西，可惜被黑白桑葚给带累坏了。

新年最热闹，也最没劲，我对它老是冷淡的。自从一记事儿起，家中就似乎很穷。爆竹总是听别人放，我们自己是静寂无哗。记得最真的是家中一张《王羲之换鹅》图。每逢除夕，母亲必把它从个神秘的地方找出来，挂在堂屋里。姑母就给说那个故事；到如今还不十分明白这故事到底有什么意思，只觉得"王羲之"三个字倒很响亮好听。后来入学，读了《兰亭序》,我告诉先生,王羲之是在我的家里。

长大了些,记得有一年的除夕,大概是光绪三十年前的一、二年,母亲在院中接神,雪已下了一尺多厚。高香烧起,雪片由漆黑的空中落下,落到火光的圈里,非常的白,紧接着飞到火苗的附近,舞出些金光,即行消灭;先下来的灭了,上面又紧跟着下来许多,像一把"太平花"倒放。我还记着这个。我也的确感觉到,那年的神仙一定是真由天上回到世间。

中学的时期是最忧郁的,四五个新年中只记得一个,最凄凉的一个。那是头一次改用阳历,旧历的除夕必须回学校去,不准请假。姑母刚死两个多月,她和我们同住了三十年的样子。她有时候很厉害,但大体上说,她很爱我。哥哥当差,不能回来。家中只剩母亲一人。我在四点多钟回到家中,母亲并没有把"王羲之"找出来。吃过晚饭,我不能不告诉母亲了——我还得回校。她愣了半天,没说什么。我慢慢的走出去,她跟着走到街门。摸着袋中的几个铜子,我不知道走了多少时候,才走到学校。路上必是很热闹,可是我并没看见,我似乎失了感觉。到了学校,学监先生正在学监室门口站着。他先问的我:"回来了?"我行了个礼。他点了点头,笑着叫了我一声:"你还回去吧。"这一笑,永远印在我心中。假如我将来死后能入天堂,我必把这一笑带给上帝去看。

我好像没走就又到了家,母亲正对着一枝红烛坐着呢。她的泪不轻易落,她又慈善又刚强。见我回来了,她脸上有了笑容,拿出一个细草纸包儿来:"给你买的杂拌儿,刚才一忙,也忘了给你。"母子好像有千言万语,只是没精神说。早早的就睡了。母亲也没接神。

中学毕业以后,新年,除了为还债着急,似乎已和我不发生关系。

我在哪里，除夕便由我照管着哪里。别人都回家去过年，我老是早早关上门，在床上听着爆竹响。平日我也好吃个嘴儿，到了新年反倒想不起弄点什么吃，连酒也不喝。在爆竹稍静下些的时节，我老看见些过去的苦境。可是我既不落泪，也不狂歌，我只静静的躺着。躺着躺着，多咱烛光在壁上幻出一个"抬头见喜"，那就快睡去了。

（原载1934年1月《良友画报》第八十四期）

## 还想着它

钱在我手里，也不怎么，不会生根。我并不胡花，可是钱老出去的很快。据相面的说，我的缝指太宽，不易存财；到如今我还没法打倒这个讲章。在德法意等国跑了一圈，心里很舒服了，因为钱已花光。钱花光就不再计划什么事儿，所以心里舒服。幸而巴黎的朋友还拿着我几个钱，要不然哪，就离不了法国。这几个钱仅够买三等票到新加坡的。那也无法，到新加坡再讲吧。反正新加坡比马赛离家近些，就是这个主意。

上了船，袋里还剩下十几个佛郎，合华币大洋一元有余；多少不提，到底是现款。船上遇见了几位留法回家的"国留"——复杂着一点说，就是留法的中国学生。大家一见如故。不大会儿的工夫，大家都彼此明白了经济状况；最阔气的是位姓李的，有二十七个佛郎；比我阔着块巴来钱。大家把钱凑在一处，很可以买瓶香槟酒，或两枝不错的吕宋烟。我们既不想喝香槟或吸吕宋，连头发都决定不去剪剪，那么，我们到底不是赤手空拳，干吗不快活呢？大家很高兴，说得也投缘。有人提议：到上海可以组织个银行。他是学财政的。我没表示什么，因为我的船票只到新加坡；上海的事先不必操心。

船上还有两位印度学生，两位美国华侨少年，也都挺和气。两位印度学生穿得满讲究,也关心中国的事。在开船的第三天早晨,他俩打起来:一个弄了个黑眼圈,一个脸上挨了一鞋底。打架的原因:他俩分头向我们诉冤,是为一双袜子。也不是谁卖给谁,穿了(或者没穿)一天又不要了,于是打起架来。黑眼圈的除用湿手绢捂着眼,一天到晚嘟囔着:"在国里,我吐痰都不屑于吐在他身上!他脏了我的鞋底!"吃了鞋底的那位就对我们讲:"上了岸再说;揍他,勒死,用小刀子捅!"他俩不再和我们讨论中国的问题,我们也不问甘地怎样了。

那两位华侨少年中的一位是出来游历:由美国到欧洲大陆,而后到上海,再回家。他在柏林住了一天,在巴黎住了一天,他告诉我,都是停在旅馆里,没有出门。他怕引诱。柏林巴黎都是坏地方,没意思,他说。到了马赛,他丢了一只皮箱。那一位少年是干什么的,我不知道。他一天到晚想家。想家之外,便看法国姑娘。而后告诉那位出来游历的:"她们都钓我呢!"

所谓"她们",是七八个到安南或上海的法国舞女,最年轻的不过才三十多岁。三等舱的食堂永远被她们占据着。她们吸烟,吃饭,抡大腿,练习唱,都在这儿。领导的是个五十多岁的小干老头儿,脸像个干橘子。她们没事的时候也还光着大腿,有俩小军官时常和她们弄牌玩。可是那位少年老说她们关心着他。

三等舱里不能算不热闹,舞女们一唱就唱两个多钟头。那个小干老头似乎没有夸奖她们的时候,差不多老对她们喊叫。可是她们也不在乎。她们唱或抡腿,我们就瞎扯,扯腻了便到甲板上过过风。我们的茶房是中国人,永远蹲在暗处,不留神便踩了他的脚。他卖一种黑玩艺,五个佛郎一小包,舞女们也有买的。

二十多天就这样过去:听唱,看大腿,瞎扯,吃饭。舱中老是这些人,外边老是那些水。没有一件新鲜事,大家的脸上眼看着往起长肉,好像一船受填时期的鸭子。坐船是件苦事,明知光阴怪可惜,可是没法不白白扔弃。书读不下去,海是看腻了,话也慢慢的少起来。我的心里还悬虚着:到新加坡怎办呢?

　　就在那么心里悬虚一天的,到了新加坡。再想在船上吃,是不可能了,只好下去。雇上洋车,不,不应当说雇上,是坐上;此处的洋车夫是多数不识路的,即使识路,也听不懂我的话。坐上,用手一指,车夫便跑下去。我是想上商务印书馆。不记得街名,可是记得它是在条热闹街上;上欧洲去的时候曾经在此处玩过一天。洋车一直跑下去,我心里说:商务印书馆要是在这条街上等着我,便是开门见喜;它若不在这条街上,我便玩完。事情真凑巧,商务馆果然等着我呢。说不定还许是临时搬过来的。

　　这就好办了。进门就找经理。道过姓字名谁,马上问有什么工作没有。经理是包先生,人很客气,可是说事情不大易找。他叫我去看看南洋兄弟烟草公司的黄曼士先生——在地面上很熟,而且好交朋友。我去见黄先生,自然是先在商务馆吃了顿饭。黄先生也一时想不到事情,可是和我成了很好的朋友;我在新加坡,后来,常到他家去吃饭,也常一同出去玩。他是个很可爱的人。他家给他寄茶,总是龙井与香片两样,他不喜喝香片,便都归了我;所以在南洋我还有香片茶吃。不过,这都是后话。我还得去找事,不远就是中华书局,好,就是中华书局吧。经理徐采明先生至今还是我的好朋友。倒不在乎他给找着个事作,他的人可爱。见了他,我说明来意。他说有办法。马上领我到华侨中学去。这个中学离街市至少有十多里,好在公众汽车(都是小而红的车,跑得飞快)方便,一会儿就到了。徐先生替我去吆喝。行了,他们正短个国文教员。马上搬来行李,上任大吉。有了事作,心才落了实,花两毛钱买了个大柚子吃吃。然后支了点钱,买了条毯子,因为夜间必须盖上的。买了身白衣裳,中不中,西不西,自有南洋风味。赊了部《辞源》;教书不同自己读书,字总得认清了——有好些好些字,我总以为认识而实在念不出。一夜睡得怪舒服;新《辞源》摆在桌上被老鼠啃坏,是美中不足。预备用皮鞋打老鼠,及见了面,又不想多事了,老鼠的身量至少比《辞源》长,说不定还许是仙鼠呢,随它去吧。老鼠虽大,可并不多。讲多是壁虎。到处是它们:棚上墙上玻璃杯里——敢情它们喜甜味,盛过汽水的杯子总有它们来照顾一下。它们还会唱,吱吱的,没什么好听,可也不十分讨厌。

　　天气是好的。早半天教书,很可以自自然然的,除非在堂上被学生问住,还不至于四脖子汗流。吃过午饭就睡大觉,热便在暗中渡过去。六点钟落太阳,晚饭后还可以作点工,壁虎在墙上唱着。夜间必须盖条毯子,可见是不热;比起南京的夏夜,这里简直是仙境了。我很得意,有薪水可拿,而夜间还可以盖毯子,美!况且还得冲凉呢,早午晚三次,在自来水龙头下,灌顶浇脊背,也是痛快事。

　　可是,住了不到几天,我发烧,身上起了小红点。平日我是很勇敢的,一病可就有点怕死。身上有小红点哟,这玩艺,痧疹归心,不死才怪!把校医请来了,他给了我两包金鸡纳霜,告诉我离死还很远。吃了金鸡纳霜,睡在床上,既然离死很远,死我也不怕了,于是依旧勇敢起来。早晚在床上听着户外行人的足声,"心眼"里制构着美的图画:路的两旁杂生着椰树槟榔;海蓝的天空;穿白或黑的女郎,赤着脚,趿拉着木板,嗒嗒的走,也许看一眼树丛中那怒红的花。有诗意呀。矮而黑的锡兰人,头缠着花布,一边走一边唱。躺了三天,颇能领略这种浓绿的浪漫味儿,病也就好了。

一下雨就更好了。雨来得快,止得快,沙沙的一阵,天又响晴,路上湿了,树木绿到不能再绿。空气里有些凉而浓厚的树林子味儿,马上可以穿上夹衣。喝碗热咖啡顶那个。

学校也很好。学生们都会听国语,大多数也能讲得很好。他们差不多都很活泼。因为下课后便不大穿衣,身上就黑黑的,健康色儿。他们都很爱中国,愿意听激烈的主张与言语。他们是资本家——大小不同,反正非有俩钱不能入学读书——的子弟,可是他们愿打倒资本家。对于文学,他们也爱最新的,自己也办文艺刊物的。他们对先生们不大有礼貌,可不是故意的;他们爽直。先生们若能和他们以诚相见,他们便很听话。可惜有的先生爱耍些小花样!学生们不奢华。一身白衣便解决了衣的问题;穿西服受洋罪的倒是先生们,因为先生们多是江浙与华北的人,多少习染了上海的派头儿。吃也简单,除了爱吃刨冰,他们并不多花钱。天气使衣食住都简单化了。以住说吧,有个床,有条毯子,便可以过去。没毯子,盖点报纸,其实也可以将就。再有个自来水管,作冲凉之用,便万事亨通。还有呢,社会是个工商社会,大家不讲究穿,不讲究排场,也不讲究什么作诗买书,所以学生自然能俭朴。从一方面说,这个地方没有上海或北平那样的文化;从另一方面说,它也没有酸味的文化病。此地不能产生《儒林外史》。自然,大烟窑子等是有的,可是学生还不至于干这些事儿。倒是有内地的先生们觉得苦闷,没有社会。

事业都在广东福建人手里,当教员的没有地位,也打不进广东或福建人的圈里去。教员似乎是一些高等工人,雇来的;出钱办学的人们没有把他们放在心里。玩的地方也没有,除了电影,没有可看的。所以住到三个月,我就有点厌烦了。别人也这么说。还拿天气说吧,老那么好,老那么好,没有变化,没有春夏秋冬,这就使人生厌。况且别的事儿也是死板板的没变化呢。学生们爱玩球,爱音乐,倒能有事可作。先生们在休息的时候,只能弄点汽水闲谈。我开始写《小坡的生日》。

  本来我想写部以南洋为背景的小说。我要表扬中国人开发南洋的功绩:树是我们栽的,田是我们垦的,房是我们盖的,路是我们修的,矿是我们开的。都是我们作的。毒蛇猛兽,荒林恶瘴,我们都不怕。我们赤手空拳打出一座南洋来。我要写这个。我们伟大。是的,现在西洋人立在我们头上。可是,事业还仗着我们。我们在西人之下,其他民族之上。假如南洋是个糖烧饼,我们是那个糖馅。我们可上可下。自要努力使劲,我们只有往上,不会退下。没有了我们,便没有了南洋;这是事实,自自然然的事实。马来人什么也不干,只会懒。印度人也干不过我们。西洋人住上三四年就得回家休息,不然便支持不住。干活是我们,作买卖是我们,行医当律师也是我们。住十年,百年,一千年,都可以,什么样的天气我们也受得住,什么样的苦我们也能吃,什么样的工作我们有能力去干。说手有手,说脑子有脑子。我要写这么一本小说。这不是英雄崇拜,而是民族崇拜。所谓民族崇拜,不是说某某先生会穿西装,讲外国话,和懂得怎样给太太提着小伞。我是要说这几百年来,光脚到南洋的那些真正好汉。没钱,没国家保护,什么也没有。硬去干,而且真干出玩艺来。我要写这些真正中国人,真有劲的中国人。中国是他们的,南洋也是他们的。那些会提小伞的先生们,屁!连我也算在里面。

可是,我写不出。打算写,得到各处去游历。我没钱,没工夫。广东话,福建话,马来话,我都不会。不懂的事还很多很多。不敢动笔。黄曼士先生没事就带我去看各种事儿,为是供给我点材料。可是以几个月的工夫打算抓住一个地方的味儿,不会。再说呢,我必须描写海,和中国人怎样在海上冒险。对于海的知识太少了;我生在北方,到二十多岁才看见了轮船。

那么,只好多住些日子了。可是我已离家六年,老母已七十多岁,常有信催我回家。为省得闲着,我开始写《小坡的生日》。本来想写的只好再等机会吧。直到如今,啊,机会可还没来。

写《小坡的生日》的动机是:表面的写点新加坡的风景什么的。还有:以儿童为主,表现着弱小民族的联合——这是个理想,在事实上大家并不联合,单说广东与福建人中间的成见与争斗便很厉害。这本书没有一个白小孩,故意的落掉。写了三个多月吧,得到五万来字;到上海又补了一万。

这本书中好的地方,据我自己看,是言语的简单与那些像童话的部分。它不完全是童话,因为前半截有好些写实处——本来是要描写点真事。这么一来,实的地方太实,虚的地方又很虚,结果是既不像童话,又非以儿童为主的故事,有点四不像了。设若有工夫删改,把写实的部分去掉,或者还能成个东西。可是我没有这个工夫。顶可笑的是在南洋各色小孩都讲着漂亮——确是漂亮——的北平话。

《小坡的生日》写到五万来字,放年假了。我很不愿离开新加坡,可是要走这是个好时候,学期之末,正好结束。在这个时节,又有去作别的事情的机会。若是这些事情中有能成功的，我自然可以辞去教职而仍不离开此地，为是可以多得些经验。可是这些事都没成功，因为有人从中破坏。这么一来，我就决定离开。我不愿意自己的事和别人捣乱争吵。在阳历二月底，我又上了船。

到现在想起来，我还很爱南洋——它在我心中是一片颜色，这片颜色常在梦中构成各样动心的图画。它是实在的，同时可以是童话的，原始的，浪漫的。无论在经济上，商业上，军事上，民族竞争上，诗上，音乐上，色彩上，它都有种魔力。

（原载1934年10月《大众画报》第十二期）

## 又是一年芳草绿

悲观有一样好处，它能叫人把事情都看轻了一些。这个可也就是我的坏处，它不起劲，不积极。您看我挺爱笑不是？因为我悲观。悲观，所以我不能板起面孔，大喊："孤——刘备！"我不能这样。一想到这样，我就要把自己笑毛咕了。看着别人吹胡子瞪眼睛，我从脊梁沟上发麻，非笑不可。我笑别人，因为我看不起自己。别人笑我，我觉得应该；说得天好，我不过是脸上平润一点的猴子。我笑别人，往往招人不愿意；不是别人的量小，而是不像我这样稀松，这样悲观。

我打不起精神去积极的干，这是我的大毛病。可是我不懒，凡是我该作的我总想把它作了，纯为得点报酬养活自己与家里的人——往好了说，尽我的本分。我的悲观还没到想自杀的程度，不能不找点事作。有朝一日非死不可呢，那只好死喽，我有什么法儿呢？

这样，你瞧，我是无大志的人。我不想作皇上。最乐观的人才敢作皇上，我没这份胆气。

有人说我很幽默，不敢当。我不懂什么是幽默。假如一定问我，我只能说我觉得自己可笑，别人也可笑；我不比别人高，别人也不比我高。谁都有缺欠，谁都有可笑的地方。我跟谁都说得来，可是他得愿意跟我说；他一定说他是圣人，叫我三跪九叩报门而进，我没这个瘾。我不教训别人，也不听别人的教训。幽默，据我这么想，不是嬉皮笑脸，死不要鼻子。

也不是怎股子劲儿，我成了个写家。我的朋友德成粮店的写账先生也是写家，我跟他同等，并且管他叫二哥。既是个写家，当然得写了。"风格即人"——还是"风格即驴"？——我是怎个人自然写怎样的文章了。于是有人管我叫幽默的写家。我不以这为荣，也不以这为辱。我写我的。卖得出去呢，多得个三头五块的，买什么吃不香呢。卖不出去呢，拉倒，我早知道指着写文章吃饭是不易的事。

稿子寄出去，有时候是肉包子打狗，一去不回头；连个回信也没有。这，咱只好幽默；多咱见着那个骗子再说，见着他，大概我们俩总有一个笑着去见阎王的。不过，这是不很多见的，要不怎么我还没想自杀呢。常见的事是这个，稿子登出去，酬金就睡着了，睡得还是挺香甜。直到我也睡着了，它忽然来了，仿佛故意吓人玩。数目也惊人，它能使我觉得自己不过值一毛五一斤，比猪肉还便宜呢。这个咱也不说什么，国难期间，大家都得受点苦，人家开铺子的也不容易，掌柜的吃肉，给咱点汤喝，就得念佛。是的，我是不能当皇上，焚书坑掌柜的，咱没那个狠心，你看这个劲儿！ 不过，有人想坑他们呢，我也不便拦着。

这么一来，可就有许多人看不起我。连好朋友都说："伙计，你也硬正着点，说你是为人类而写作，说你是中国的高尔基；你太泄气了！"真的，我是泄气，我看高尔基的胡子可笑。他老人家那股子自卖自夸的劲儿，打死我也学不来。人类要等着我写文章才变体面了，那恐怕太晚了吧？我老觉得文学是有用的；拉长了说，它比任何东西都有用，都高明。可是往眼前说，它不如一尊高射炮，或一锅饭有用。我不能吆喝我的作品是"人类改造丸"。我也不相信把文学杀死便天下太平。我写就是了。

别人的批评呢？批评是有益处的。我爱着批评，它多少给我点益处；即使完全不对，不是还让我笑一笑吗？自己写的时候仿佛是蒸馒头呢，热气腾腾，莫名其妙。及至冷眼人一看，一定看出许多错儿来。我感谢这种指摘。说的不对呢，那是他的错儿，不干我的事。我永不驳辩，这似乎是胆儿小；可是也许是我的宽宏大量。我不便往自己脸上贴金。一件事总得由两面儿瞧，是不是？

对于我自己的作品，我不拿她们当作宝贝。是呀，当写作的时候，我是卖了力气，我想往好了写。可是一个人的天才与经验是有限的，谁也不敢保了老写的好，连荷马也有打盹的时候。有的人呢，每一拿笔便想到自己是但丁，是莎士比亚。这没有什么不可以的，天才须有自信的心。我可不敢这样，我的悲观使我看轻自己。我常想客观的估量估量自己的才力；这不易作到，我究竟不能像别人看我看得那样清楚；好吧，既不能十分看清楚了自己，也就不用装蒜。谦虚是必要的，可是装蒜也大可以不必。

对作人，我也是这样。我不希望自己是个完人，也不故意的招人家的骂。该求朋友的呢，就求；该给朋友作的呢，就作。作的好不好，咱们大家凭良心。所以我很和气，见着谁都能扯一套。可是，初次见面的人，我可是不大爱说话；特别是见着女人，我简直张不开口，我怕说错了话。在家里，我倒不十分怕太太。可是对别的女人老觉着恐慌，我不大明白妇女的心理；要是信口开河的说，我不定说出什么来呢，而妇女又爱挑眼。男人也有许多爱挑眼的,所以初次见面,我不大愿开口。我最不喜辩论,因为红着脖子粗着筋的太不幽默。我最不喜欢好吹腾的人,可并不拒绝与这样的人谈话;我不爱这样的人,但喜欢听他的吹。最好是听着他吹,吹着吹着连他自己也忘了吹到什么地方去,那才有趣。

可喜的是有好几位生朋友都这么说:"没见着阁下的时候,总以为阁下有八十多岁了。敢情阁下并不老。"是的,虽然将奔四十的人,我倒还不老。因为对事轻淡,我心中不大藏着计划,作事也无须耍手段,所以我能笑,爱笑;天真的笑多少显着年青一些。我悲观,但是不愿老声老气的悲观,那近乎"虎事"。我愿意老年轻轻的,死的时候像朵春花将残似的那样哀而不伤。我就怕什么"权威"咧,"大家"咧,"大师"咧,等等老气横秋的字眼们。我爱小孩,花草,小猫,小狗,小鱼;这些都不"虎事"。偶尔看见个穿小马褂的"小大人",我能难受半天,特别是那种所谓聪明的孩子,让我难过。比如说,一群小孩都在那儿看变戏法儿,我也在那儿,单会有那么一两个七八岁的小老头说:"这都是假的!"这叫我立刻走开,心里堵上一大块。世界确是更"文明"了,小孩也懂事懂得早了,可是我还愿意大家傻一点,特别是小孩。假若小猫刚生下来就会捕鼠,我就不再养猫,虽然它也许是个神猫。

我不大爱说自己,这多少近乎"吹"。人是不容易看清楚自己的。不过,刚过完了年,心中还慌着,叫我写"人生于世",实在写不出,所以就近的拿自己当材料。万一将来我不得已而作了皇上呢,这篇东西也许成为史料,等着瞧吧。

(原载1935年3月6日天津《益世报·文学》)

# 春　风

　　济南与青岛是多么不相同的地方呢！一个设若比作穿肥袖马褂的老先生，那一个便应当是摩登的少女。可是这两处不无相似之点。拿气候说吧，济南的夏天可以热死人，而青岛是有名的避暑所在；冬天，济南也比青岛冷。但是，两地的春秋颇有点相同。济南到春天多风，青岛也是这样；济南的秋天是长而晴美，青岛亦然。

　　对于秋天，我不知应爱哪里的：济南的秋是在山上，青岛的是海边。济南是抱在小山里的；到了秋天，小山上的草色在黄绿之间，松是绿的，别的树叶差不多都是红与黄的。就是那没树木的山上，也增多了颜色——日影、草色、石层，三者能配合出种种的条纹，种种的影色。配上那光暖的蓝空，我觉到一种舒适安全，只想在山坡上似睡非睡的躺着，躺到永远。青岛的山——虽然怪秀美——不能与海相抗，秋海的波还是春样的绿，可是被清凉的蓝空给开拓出老远，平日看不见的小岛清楚的点在帆外。这远到天边的绿水使我不愿思想而不得不思想；一种无目的的思虑，要思虑而心中反倒空虚了些。济南的秋给我安全之感，青岛的秋引起我甜美的悲哀。我不知应当爱哪个。

　　两地的春可都被风给吹毁了。所谓春风，似乎应当温柔，轻吻着柳枝，微微吹皱了水面，偷偷的传送花香，同情的轻轻掀起禽鸟的羽毛。济南与青岛的春风都太粗猛。济南的风每每在丁香海棠开花的时候把天刮黄，什么也看不见，连花都埋在黄暗中。青岛的风少一些沙土，可是狡猾，在已很暖的时节忽然来一阵或一天的冷风，把一切都送回冬天去，棉衣不敢脱，花儿不敢开，海边翻着愁浪。

两地的风都有时候整天整夜的刮。春夜的微风送来雁叫，使人似乎多些希望。整夜的大风，门响窗户动，使人不英雄的把头埋在被子里；即使无害，也似乎不应该如此。对于我，特别觉得难堪。我生在北方，听惯了风，可也最怕风。听是听惯了，因为听惯才知道那个难受劲儿。它老使我坐卧不安，心中游游摸摸的，干什么不好，不干什么也不好。它常常打断我的希望：听见风响，我懒得出门，觉得寒冷，心中渺茫。春天仿佛应当有生气，应当有花草，这样的野风几乎是不可原谅的！我倒不是个弱不禁风的人，虽然身体不很足壮。我能受苦，只是受不住风。别种的苦处，多少是在一个地方，多少有个原因，多少可以设法减除；对风是干没办法。总不在一个地方，到处随时使我的脑子晃动，像怒海上的船。它使我说不出为什么苦痛，而且没法子避免。它自由的刮，我死受着苦。我不能和风去讲理或吵架。单单在春天刮这样的风！可是跟谁讲理去呢？苏杭的春天应当没有这不得人心的风吧？我不准知道，而希望如此。好有个地方去"避风"呀！

（原载1935年3月24日《益世报·益世小品》）

## 小动物们

鸟兽们自由的生活着，未必比被人豢养着更快乐。据调查鸟类生活的专门家说，鸟啼绝不是为使人爱听，更不是以歌唱自娱，而是占据猎取食物的地盘的示威；鸟类的生活是非常的艰苦。兽类的互相蚕食是更显然的。这样，看见笼中的鸟，或柙中的虎，而替它们伤心，实在可以不必。可是，也似乎不必替它们高兴；被人养着，也未尽舒服。生命仿佛是老在魔鬼与荒海的夹间儿，怎样也不好。

我很爱小动物们。我的"爱"只是我自己觉得如此；到底对被爱的有什么好处，不敢说。它们是这样受我的恩养好呢，还是自由的活着好呢？也不敢说。把养小动物们看成一种事实，我才敢说些关于它们的话。下面的述说，那么，只是为述说而述说。

先说鸽子。我的幼时，家中很贫。说出"贫"来，为是声明我并养不起鸽子；鸽子是种费钱的活玩艺儿。可是，我的两位姐丈都喜欢玩鸽子，所以我知道其中的一点儿故典。我没事儿就到两家去看鸽，也不短随着姐丈们到鸽市去玩；他们都比我大着二十多岁。我的经验既是这样来的，而且是幼时的事，恐怕说得不能很完到了；有好多鸽子名已想不起来了。

鸽的名样很多。以颜色说，大概应以灰、白、黑、紫为基本色儿。可是全灰全白全黑全紫的并不值钱。全灰的是楼鸽，院中撒些米就会来一群；物是以缺者为贵，楼鸽太普罗。有一种比楼鸽小，灰色也浅一些的，才是真正的"灰"；但也并不很贵重。全白的，大概就叫"白"吧，我记不清了。全黑的叫黑儿，全紫的叫紫箭，也叫猪血。

猪血们因为羽毛单调，所以不值钱，这就容易想到值钱的必是杂色的。杂色的种类多极了，就我所知道的——并且为清楚起见——可以分作下列的四大类：点子、乌、环、玉翅。点子是白身腔，只在头上有手指肚大的一块黑，或紫；尾是随着头上那个点儿，黑或紫。这叫作黑点子和紫点子。乌与点子相近，不过是头上的黑或紫延长到肩与胸部。这叫黑乌或紫乌。这种又有黑翅的或紫翅的，名铁翅乌或铜翅乌——这比单是乌又贵重一些。还有一种，只有黑头或紫头，而尾是白的，叫作黑乌头或紫乌头；比乌的价钱要贱一些。刚才说过了，乌的头部的黑或紫毛是后齐肩，前及胸的。假若黑或紫毛只是由头顶到肩部，而前面仍是白的，这便叫作老虎帽，因为很像廿年前通行的风帽；这种确是非常的好看，因而价值也就很高。在民国初年，兴了一阵子蓝乌和蓝乌头，头尾如乌，而是灰蓝色儿的。这种并不好看，出了一阵子锋头也就拉倒了。

环，简单的很：全白而项上有一黑圈者叫墨环；反之，全黑而项上有白圈者是玉环。此外有紫环，全白而项上有一紫环。"环"这种鸽似乎永远不大高贵。大概可以这么说，白尾的鸽是不易与黑尾或紫尾的相抗，因为白尾的飞起来不大美。

玉翅是白翅边的。全灰而有两白翅是灰玉翅；还有黑玉翅、紫玉翅。

所谓白翅，有个讲究：翅上的白翎是左七右八。能够这样，飞起来才正好，白边儿不过宽，也不过窄。能生成就这样的，自然很少，所以鸽贩常常作假，硬插上一两根，或拔去些，是常有的事。这类中又有变种：玉翅而有白尾的，比如一只黑鸽而有左七右八的白翅翎，同时又是白尾，便叫作三块玉。灰的、紫的，也能这样。要是连头也是白的呢便叫作四块玉了。四块玉是较比有些价值的。

在这四大类之外，还有许多杂色的鸽。如鹤袖，如麻背，都有些价值，可不怎么十分名贵。在北平，差不多是以上述的四大类为主。新种随时有，也能时兴一阵，可都不如这四类重要与长远。

就这四大类说，紫的老比别的颜色高贵。紫色儿不容易长到好处，太深了就遭猪血之诮，太浅了又黄不唧的寒酸。况且还容易长"花了"呢，特别是在尾巴上，翎的末端往往露出白来，像一块癣似的，把个尾巴就毁了。

紫以下便是黑，其次为灰。可是灰色如只是一点，如灰头、灰环，便又可贵了。

这些鸽中，以点子和乌为"古典的"。它们的价值似乎永远不变，虽然普通，可是老是鸽群之主。这么说吧，飞起四十只鸽，其中有过半的点子和乌，而杂以别种，便好看。反之，则不好看。要是这四十只都是点子，或都是乌，或点子与乌，便能有顶好的阵容。你几乎不能飞四十只环或玉翅。想想看吧：点子是全身雪白，而有个黑或紫的尾，飞起来像一群玲珑的白鸥；及至一翻身呢，那黑或紫的尾给这轻洁的白衣一个色彩深厚的裙儿，既轻妙而又厚重。假若是太阳在西边，而东方有些黑云，那就太美了：白翅在黑云下自然分外的白了；一斜身儿呢，黑尾或紫尾——最好是紫尾——迎着阳光闪起一些金光来！点子如是，乌也如是。白尾巴的，无论长得多么体面，飞起来没这种美妙，要不怎么不大值钱呢。铁翅乌或铜翅乌飞起来特别的好看，像一朵花，当中一块白，前后左右都镶着黑或紫，他使人觉得安闲舒适。可是铜翅乌几乎永远不飞，飞不起，贱的也是几十块钱一对儿吧。玩鸽子是满天飞洋钱的事儿，洋钱飞起去是不如在手里牢靠的。

可是，鸽子的讲究儿不专在飞，正如女子出头露脸不专仗着能跑五十米。它得长得俊。先说头吧，平头或峰头（峰读如凤；也许就是凤，而不是峰），便决定了身价的高低。所谓峰头或凤头的，是在头上有一撮立着的毛；平头是光葫芦。自然凤头的是更美，也更贵。峰——或凤——不许有杂毛，黑便全黑，紫便全紫，搀着白的便不够派儿。它得大，而且要像个荷包似的向里包包着。鸽贩常把峰的杂毛剔去，而且把不像荷包的收拾得像荷包。这样收拾好的峰，就怕鸽子洗澡，因为那好看的头饰是用胶粘的。

头最怕鸡头，没有脑杓儿，楞头磕脑的不好看。头须像算盘子儿，圆忽忽的，丰满。这样的头，再加上个好峰，便是标准美了。

眼，得先说眼皮。红眼皮的如害着眼病，当然不美。所以要强的鸽子得长白眼皮。宽宽的白眼皮，使眼睛显着大而有神。眼珠也有讲究，豆眼、隔棱眼，都是要不得的。可惜我离开鸽子们已念多年，形容不上来豆眼等是什么样子了；有机会到北平去住几天，我还能把它们想起来，到鸽市去两趟就行了。

嘴也很要紧。无论长得多么体面的鸽，来个长嘴，就算完了事。要不怎么，有的鸽虽然很缺少，而总不能名贵呢；因为这种根本没有短嘴的。鸽得有短嘴！厚厚实实的，小墩子嘴，才好看。

　　头部以外，就得论羽毛如何了。羽毛的深浅，色的支配，都有一定的。老虎帽的帽长到何处，虎头的黑或紫毛应到胸部的何处，都不能随便。出一个好鸽与出一个美人都是历史的光荣。

　　身的大小，随鸽而异。羽毛单调一些的，像紫箭等，自然是越大越蠢，所以以短小玲珑为贵。像点子与乌什么的，个子大一点也不碍事。不过，嘴儿短，长得娇秀，自然不会发展得很粗大了，所以美丽的鸽往往是小个儿。

　　大个子的，长嘴儿的，可也有用处。大个子的身强力壮翅子硬，能飞，能尾上戴鸽铃，所以它们是空中的主力军。别的鸽子好看，可供地上玩赏；这些老粗儿们是飞起来才见本事，故尔也还被人爱。长翅儿也有用，孵小鸽子是它们的事：它们的嘴长，"喷"得好——小鸽不会自己吃东西，得由老鸽嘴对嘴的"喷"。再说呢，喷的时候，老的胸部羽毛便糙了；谁也不肯这么牺牲好鸽。好鸽下的蛋，总被人拿来交与丑鸽去孵，丑鸽本来不值钱，身上糙旧一点也没关系。要作鸽就得美呀，不然便很苦了。

　　有的丑鸽，仿佛知道自己的相貌不扬，便长点特别的本事以与美鸽竞争。有力气戴大鸽铃便是一例。可是有力气还不怎样新奇，所以有的能在空中翻跟头。会翻跟头的鸽在与朋友们一块飞起的时候，能飞着飞着便离群而翻几个跟头，然后再飞上去加入鸽群，然后又独自翻下来。这很好看，假若他是白色的，就好像由蓝空中落下一团雪来似的。这种鸽的身体很小，面貌可不见得美。他有个标帜，即在项上有一小撮毛儿，倒长着。这一撮倒毛儿好像老在那儿说："你瞧，我会翻跟头！"这种鸽还有个特点，脚上有毛儿，像诸葛亮的羽扇似的。一走，便扑喳扑喳的，很有神气。不会翻跟头的可也有时候长着毛脚。这类鸽多半是全灰全白或全黑的。羽毛不佳，可是有本事呢。

为养毛脚鸽，须盖灰顶的房，不要瓦。因为瓦的棱儿往往伤了毛脚而流出血来。

哎呀！我说"先说鸽子"，已经三千多字了，还没说完！好吧，下回接着说鸽子吧，假若有人爱听。我的题目《小动物们》，似乎也有加上个"鸽"的必要了。

（原载1935年3月《人间世》第二十四期）

## 小动物们（鸽）续

养鸽正如养鱼，养鸟，要受许多的辛苦。"不苦不乐"，算是说对了。不过，养鱼，养鸟较比养鸽还和平一些；养鸽是斗气的事儿。是，养鸟也有时候怄气，可鸟儿究竟是在笼子里，跟别的鸟没有直接的接触。鸽子是满天飞的。张家的也飞，李家的也飞，飞到一处而裹乱了是必不可免的。这就得打架。因此，玩别的小玩艺用不着法律，养鸽便得有。这些法律虽不是国家颁布的，可是在玩鸽的人们中间得遵守着。比如说吧，我开始养鸽子，我就得和四邻的"鸽家"们开谈判。交情好的呢，可以规定：彼此谁也不要谁的鸽；假若我的鸽被友家裹了去，他还给我送回来；我对他也这样。这就免去许多战争。假若两家说不来呢，那就对不起了，谁得着是谁的，战争可就无可避免了。有这样的敌人，养鸽等于斗气。你不飞，我也不飞；你的飞起来，我的也马上飞起来，跟你"撞"！"撞"很过瘾，两个鸽阵混成一团，合而复分，分而复合；一会儿我"拉过"你的来，一会儿你又"拉过"我的去，如看拔河一样起劲。谁要是能"得过"一只来，落在自己的房上，便设法用粮食引诱下来，算做自己的战胜品。可是，俘虏是在房上，时时可以飞去；我可就下了毒手，用弩打下来，假若俘虏不受引诱而要逃走。打可得有个分寸，手法要好，讲究恰好打在——用泥弹——鸽的肩头上。肩头受伤,没有性命的危险,可是失了飞翔的能力。于是滚下房来,我用网接住;将养几天,便能好过来。手法笨的,弹中胸部,便一命呜呼;或是弹子虚发,把鸽惊走,是谓泄气。

"撞"实过瘾,可也别扭,我没法训练新鸽与小鸽了。新鸽与小鸽必须有相当的训练才认识自己的家,与见阵不迷头。那么,我每放起鸽去,敌人也必调动人马,那我简直没有训练新军的机会;大胆放出生手,准保叫人家给拉了去。于是,我得早早地起,敛旗息鼓地一声不出地去操练新军。敌人也会早起呀,这才真叫怄气!得设法说和了,要不然简直得出人命了。

哼,说和却不容易。比如我只有三十只能征惯战的鸽,而敌人有八十只,他才不和我开和平会议呢。没办法,干脆搬家吧。对这样的敌人,万幸我得过他一只来,我必定拿到鸽市去卖;不为钱,为是羞辱他。他也准知道我必到鸽市去,而托鸽贩或旁人把那只买回去,他自己没脸来和我过话。

即使没这种战争,养鸽也非养气之道;鸽时时使你心跳。这么说吧,我有点事要出门,刚走到巷口,见天上有只鸽,飞得两翅已疲,或是惊惶不定,显系飞迷了头;我不能漏这个空,马上飞跑回家,放起我的鸽来裹住这只宝贝。有天大的事也得放下。其实得到手中,也许是只最老丑的糟货,可是多少是个幸头,不能轻易放过。养鸽的人是"满天飞洋钱,两脚踩狗屎",因为老仰首走路也。

训练幼鸽也是很难放心的事,特别是经自己的手孵出来的。头几次飞,简直没把握,有时候眼看着你自己家中孵出的幼鸽,飞到别家去,其伤心不亚于丢失了儿女。

最难堪的是闹"鸦虎子"。"鸦虎子"是一种小鹰,秋冬之际来驻北平,专欺侮鸽子。在这个时节,养鸽的把鸽铃都撤下来,以免鸦虎闻声而来,在放鸽以前,要登高一望,看空中有无此物。及至鸽已飞起,而神气不对,忽高忽低,不正经着飞,便应马上"垫"起一只,使大家落下,以免危险;大概远处有了那个东西。不幸而鸦虎已到,那只有跺脚,而无办法。鸦虎子捉鸽的方法是把鸽群"托"到顶高,高得几乎像燕子那么小了,它才绕上去,单捉一只。它不忙,在鸽群下打旋,鸽们只好往高处飞了。越飞越高,越飞越乏;然后鸦虎猛地往高处一钻,鸽已失魂,紧跟着它往下一"砸",群鸽屁滚尿流,一直地往下掉。可是鸦虎比它们快。于是空中落下一些羽毛,它捉一只,找清静地方去享受。其余的幸得逃命,不择地而落,不定都落到哪里去呢! 幸而有几只碰运气落在家中的房上,亦只顾喘息,如呆如痴,非常的可怜。这个,从始至终,养鸽的是目不敢瞬地看着;只是看着,一点办法没有! 鸦虎已走,养鸽的还得等着,等着失落的鸽们回来。一会儿飞回来一只,又待一会儿又回来一只。可是等来等去,未必都能回来,因惊破了胆的鸽是很容易被别家得去的。检点残军,自叹晦气,堂堂七尺之躯会干不过个小小的鸦虎子!

普通的飞法是每天飞三次,每飞一次叫做"一翅儿"。三次的支配大概是每日的早晚中三时,这随天气的冷暖而变动。夏日太热,早晚为宜,午间即不放鸽;冬日自然以午间为宜,因为暖和些。夏天的鸽阵最好看,高处较凉一些,鸽喜高飞;而且没有鸦虎什么的,鸽飞得也稳;鸦虎大概是到别处去避暑了。每要飞一翅儿,是以长竿——竿头拴些碎布或鸡毛——一挥,鸽即飞起。飞起的都是熟鸽,不怕与别家的"撞"。其中最强者，尾系鸽铃，为全军奏乐。飞起来，先擦着房，而后渐次高升，以家中为中心来回地旋转。鸽不在多少，飞起来讲究尾彩配合的好，"盘儿"——即鸽阵——要密，彼此的距离短而旋转得一致。这样有盘儿有精神，悦目。盘儿大而松懈，东一个西一个地乱飞，则招人讥诮。当盘儿飞到相当的时间，则当把生鸽或幼鸽掷于房上，盘儿见此，则往下飞。如欲训练生鸽或幼鸽，即当盘儿下落之际续入，随盘儿飞转几圈，就一齐落于房上，以免丢失。以一鸽或二鸽掷于房上，招盘儿下来，叫做"垫"。

老鸽不限于随盘儿飞，有时被主人携到十数里之外去放，仍能飞回来。有时候卖出去，过一两月还能找到了老家。

养鸽的人家，房脊上摆琉璃瓦两三块，一黄二绿，或二绿一黄，以作标帜。鸽们记得这个颜色与摆法，即不往生地方落。

新鸽买来，用线拢住翅儿，以防飞走。过几天，把翅儿松开些，使能打扑噜而不能高飞，掷之房上，使它认识环境。再过几天，看鸽性是强烈还是温柔而决定松绑的早晚。老鸽绑的日久，幼鸽绑的期短。松绑以后，就可以试着训练了。

鸽食很简单，通常都用高粱。到换毛的时候或极冷的时候才加些料豆儿。每天喂鸽最好有一定的次数。

住处也不须怎么讲究，普通的是用苇扎成个栅子，栅里再砌起窝来，每一窝放一草筐，够一对鸽住的。最要紧的是要干燥和安全。窝门不结实，或砌的不好，黄鼠狼就会半夜来偷鸽吃。窝干燥清洁，鸽不易得病；如得起病来，传染的很快，那可了不得。

该说鸽市。

对于鸽的食水,我没详说,因为在重要的点上大家虽差不多,可是每人都有自己的手法,不能完全相同;既是玩吗,个人总设法证明自己的方法最好。谈到鸽市,规矩可就是普通的了,示奇立异是行不通的。

在我幼时,天天有鸽市。我记得好像是这样:逢一五是在护国寺的后身,二六是在北新桥,三是土地庙,四是花市,七八是西城车儿胡同,九十是隆福寺外。每逢一五,是否在护国寺后身,我不敢说准了;想了半天,也想不起来。

鸽贩是每天必上市的。他们大约可分三种:第一种是阔手,只简单地拿着一个鸽笼,专买卖中上等的鸽子。第二种,挑着好几个笼,好歹不论,有利就买就卖。第三种是专买破鸽,雏鸽与鸽蛋——送到饭庄当菜用。我最不喜欢这第三种,鸽子一到他们手里就算无望了。顶可怜是雏鸽,羽毛还没长全,可是已能叫人看出是不成材料的货,便入了死笼。雏鸽哆嗦着,被别的鸽压在笼底上,极细弱地叫着!再过几点钟便成了盘中的菜了。

此外,还有一种暗中做买卖而不叫别人知道的,这好像是票友使黑杵,虽已拿钱而不明言。这种人可不甚多。

养鸽的人到市上去,若是卖鸽,便也是提笼。若是去买鸽,既不知准能买到与否,自然不必拿着笼去。只去卖一二只鸽,或是买到一二只,既未提笼,就用手绢捆着鸽。

买鸽的时候,不见得准买一对。家中有只雄的,没有伴儿,便去买只雌的;或者相反。因此,卖鸽的总说"公儿欢,母儿消"。所谓"欢"者,就是公鸽正想择配,见着雌的便咕咕地叫着追求。所谓"消"者,是雌鸽正想出嫁,有公鸽向她求爱,她就点头接受。买到欢公或消母,拿到家中即能马上结婚，不必费事。欢与消可以——若是有笼——当面试验。可是，市上的鸽未必雄的都欢，雌的都消。况且有时两雄或两雌放在一处而充作一对儿卖。这可就得看买主的眼睛了。你本想去买一只欢公，而市上没有；可是有一只，虽不欢，但是合你的意。那么，也就得买这一只；现在不欢，过几天也许就欢起来。你怎么知道那是个公的呢？为买公鸽而去，却买了只母的回来，岂不窝囊得慌！市上是不甚讲道德的，没眼睛的就要受骗。

看鸽是这样的：把鸽拿在左手中，拢着鸽的翅与腿，用右手去托一托鸽的胸。鸽在此时，如睁眼，即是公；眨眼的，即是母。头大的是公，头小的是母。除辨别公母，鸽在手中也能觉出挺拔与否。真正的行家，拿起鸽来，还能看出鸽的血统正不正来，有的鸽，外表很好，而来路不正，将来下蛋孵窝，未必还能出好鸽。这个，我可不大深知；我没有多少经验。

看完了头部，要用手捋一捋鸽翅，看翅活动与否，有力没有，与是否有伤——有的鸽是被弩弹打过而翅子僵硬不灵的。对于峰，尾，都要吹一吹，细看看；恐怕是假作的。都看好了，才讲价钱。半日之中，鸽受罪不少。所以真正好鸽，如鸽市上去卖，便放在笼内，只准看，不准动手。这显着硬气，可是鸽子的身分得真高；假如弄只破鸽而这么办，必会被人当笑话说。还有呢，好鸽保养的好，身上有一层白霜，像葡萄霜儿那样好看，经手一摸，便把霜儿蹭了去；所以不许动手。可是好鸽上市，即使不许人动，在笼中究竟要受损失，尾巴是最易磨坏的。所以要出手好鸽往往把买主请到家中来看，根本不到市上去。因此，市上实在见不着什么值钱的鸽子。

关于鸽,我想起这么些儿来,离详尽还远得很呢。就是这一点,恐怕还有说错了的地方;二十多年前的事是不易老记得很清楚的。

现在,粮食贵,有闲的人也少了,恐怕就还有养鸽的也不似先前那样讲究了。可是,这也没什么可惜。我只是为述说而述说,倒不提倡什么国鸟,国鸽的。

(原载1935年4月20日《人间世》第二十六期)

# 何容何许人也

粗枝大叶的我可以把与我年纪相仿佛的好友们分为两类。这样的分类可是与交情的厚薄一点也没关系。第一类是因经济的压迫或别种原因，没有机会充分发展自己的才力，到二十多岁已完全把生活放在挣钱养家，生儿养女等等上面去。他们没工夫读书，也顾不得天下大事，眼睛老钉在自己的忧喜得失上。他们不仅不因此而失去他们的可爱，而且可羡慕，因为除非遇上国难或自己故意作恶，他们总是苦乐相抵，不会遇到什么大不幸。他们不大爱思想，所以喝杯咸菜酒也很高兴。

第二类差不多都是悲剧里的角色。他们有机会读书；同情于，或参加过，革命；知道，或想去知道，天下大事；会思想或自己以为会思想。这群朋友几乎没有一位快活的。他们的生年月日就不对：都生在前清末年，现在都在三十五与四十岁之间。礼义廉耻与孝悌忠信，在他们心中还有很大的分量。同时，他们对于新的事情与道理都明白个几成。以前的作人之道弃之可惜，于是对于父母子女根本不敢作什么试验。对以后的文化建设不愿落在人后，可是别人革命可以发财，而他们革命只落个"忆昔当年……"。他们对于一切负着责任：前五百年，后五百年，全属他们管。可是一切都不管他们，他们是旧时代的弃儿，新时代的伴郎。

谁都向他们讨税，他们始终就没有二亩地，这些人们带着满肚子的委屈，而且还得到处扬着头微笑，好像天下与自己都很太平似的。

在这第二类的友人中，有的是徘徊于尽孝呢，还是为自己呢？有的是享受呢，还是对家小负责呢？有的是结婚呢，还是保持个人的自由呢？……花样很多，而其基本音调是一个——徘徊、迟疑、苦闷。他们可是也并不敢就干脆不挣扎，他们的理智给感情画出道儿来，结果呢，还是努力的维持旧局面吧，反正得站一面儿，那么就站在自幼儿习惯下来的那一面好啦。这可不是偷懒，捡着容易的作，也不是不厌恶旧而坏的势力，而实在需要很大的勉强或是——说得好听一点——牺牲；因为他们打算站在这一面，便无法不舍掉另一面，而这个另一面正自带着许多迷人的诱惑力量。

何容兄是这样朋友中的一位代表。在革命期间，他曾吃过枪弹；幸而是打在腿上，所以现在还能"不"革命的活着。革命吧，不革命吧，他的见解永不落在时代后头。可是在他的行为上，他比提倡尊孔的人还更古朴，这里所指的提倡尊孔者还是那真心想翼道救世的。他没有一点"新"气，更提不到"洋"气。说卫生，他比谁都晓得。但是他的生活最没规律：他能和友人们一谈谈到天亮，而白天去睡觉。朋友是一切，人家要说到天亮，他决不肯只陪到夜里两点。可有一点，这得看是什么朋友；他要是看谁不顺眼，连一分钟也不肯空空的花费。他的"古道"使他柔顺像个羊，同时能使他硬如铁。当他硬的时候，不要说巴结人，就是泛泛的敷衍一下也不肯。在他柔顺的时候，他的感情完全受着理智的调动：比如说友人的小孩病得要死，他能昼夜的去给守着，而面上老是微笑，希望他的笑能减少友人一点痛苦；及至友人们都睡了，他才独对着垂死的小儿落泪。反之,对于他以为不是东西的人,他全任感情行事,不管人家多么难堪。他"承认"了谁,谁就是完人;有了错过他也要说而张不开口。他不承认谁,乘早不必讨他的厌去。

怎样能被他"承认"呢?第一个条件是光明磊落。所谓光明磊落就是一个人能把旧礼教中那些舍己从人的地方用在一切行动上。而且用得自然单纯,不为着什么利益与必期的效果。他不反对人家讲恋爱,可是男的非给女的提着小伞与低声下气的连唤"嘀耳"不可,他便受不住了,他以为这位先生缺乏点丈夫气概。他不是不明白在"追求"期间这几乎是照例的公事,可是他遇到这种事儿,便夸大的要说他的话了:"我的老婆给我扛着伞,能把人碰个跟头的大伞!"他,真的,不让何太太扛伞。真的,他也不能给她扛伞。他不佩服打老婆的人,加倍的不佩服打完老婆而出来给她提小伞的人,后者不光明磊落。

光明磊落使他不能低三下四的求爱,使他穷,使他的生活没有规律,使他不能多写文章——非到极满意不肯寄走,改,改,改,结果文章失去自然的风趣。作什么他都出全力,为是对得起人,而成绩未必好。可是他愿费力不讨好,不肯希望"歪打正着"。他不常喝酒,一喝起来他可就认了真,喝酒就是喝酒;醉?活该!在他思索的时候,他是心细如发。他以为不必思索的事,根本不去思索,譬如喝酒,喝就是了,管它什么。他的心思忽细忽粗,正如其为人忽柔忽硬。他并不是疯子,但是这种矛盾的现象,使他"阔"不起来。对于自己物质的享受,他什么都能将就;对于择业择友,一点也不将就。他用消极的安贫去平衡他所不屑的积极发展。无求于人,他可以冷眼静观宇宙了,所以他幽默。他知道自己矛盾,也看出世事矛盾,他的风凉话是含着这双重的苦味。

是的，他不像别的朋友们那样有种种无法解决的，眼看着越缠越紧而翻不起身的事。以他来比较他们，似乎他还该算个幸运的。可是我拿他作这群朋友的代表。正因为他没有显然的困难，他的悲哀才是大家所必不能避免的，不管你如何设法摆脱。显然的困难是时代已对个人提出清账，一五一十，清清楚楚。他的默默悲哀是时代与个人都微笑不语，看到底谁能再敷衍下去。他要想敷衍呢，他便须和一切妥协：旧东西中的好的坏的，新东西中的好的坏的，一齐等着他给喊好；只要他肯给它们喊好，他就颇有希望成为有出路的人。他不能这么办。同时他也知道毁坏了自己并不是怎样了不得的事，他不因不妥协而变成永不洗脸的名士。革命是有意义的事，可是他已先偏过了。怎办呢？他只交下几个好朋友，大家到一块儿，有的说便说，没的说彼此就愣着也好。他也教书，也编书，月间进上几十块钱就可以过去。他不讲穿，不讲究食住，外表上是平静沉默，心里大概老有些人家看不见的风浪。真喝醉了的时候也会放声的哭，也许是哭自己，也许是哭别人。

他知道自己的毛病，所以不吹腾自己的好处。不过，他不想改他的毛病，因为改了毛病好像就失去些硬劲儿似的。努力自励的人，假若没有脑子，往往比懒一些的更容易自误误人。何容兄不肯拿自己当个猴子耍给人家看。好，坏，何容是何容：他的微笑似乎表示着这个。对好友们，他才肯说他的毛病，像是："起居无时，饮食无节，衣冠不整，礼貌不周，思而不学，好求甚解而不读书……"只有他自己才能说得这么透彻。催他写文章，他不说忙，而是"慢与忙有关系，因优故忙"。因为"作文章像暖房里人工孵鸡，鸡孵出来了，人得病一场！"

他若穿起军服来，很像个营里的书记长。胸与肩够宽，可惜脸上太白了些,不完全像个兵。脸白,可并不美。穿起蓝布大衫,又像个学校里不拿事的庶务员。面貌与服装都没什么可说,他的态度才是招人爱的地方,老是安安稳稳,不慌不忙,不多说话,但说出来就得让听者想那么一会儿。香烟不离口;酒不常喝,而且喝多了在两天之后才现醉像——这使朋友们视他为"异人";他自己也许很以此自豪,虽然"晚醉"和"早醉"是一样受罪的。他喜爱北平,大概最大的原因是北平有几位说得来的朋友。

(原载1935年12月《人间世》第四十一期)

## 青岛与山大

北中国的景物是由大漠的风与黄河的水得到色彩与情调：荒、燥、寒、旷、灰黄，在这以尘沙为雾，以风暴为潮的北国里，青岛是颗绿珠，好似偶然的放在那黄色地图的边儿上。在这里，可以遇见真的雾，轻轻的在花林中流转，愁人的雾笛仿佛像一种特有的鹃声。在这里，北方的狂风还可以袭入，激起的却是浪花；南风一到，就要下些小雨了。在这里，春来的很迟，别处已是端阳，这里刚好成为锦绣的乐园，到处都是春花。这里的夏天根本用不着说，因为青岛与避暑永远是相联的。其实呢，秋天更好：有北方的晴爽，而不显着干燥，因为北方的天气在这里被海给软化了；同时，海上的湿气又被凉风吹散，结果是天与海一样的蓝，湿与燥都不走极端；虽然大雁还是按时候向南飞，可是此地到菊花时节依然是很暖和的。在海边的微风里，看高远深碧的天上飞着雁字，真能使人暂时忘了一切，即使欲有所思，大概也只有赞美青岛吧。冬天可实在不能令人满意，有相当的冷，也有不小的风。但是，这里的房屋不像北平的那样以纸糊窗，街道上也没有尘土，于是冷与风的厉害就减少了一些。再说呢，夏季的青岛是中外有钱有闲的人们的娱乐场所，因为他们与她们都是来享福取乐，所以不惜把壮丽的山海弄成烟酒香粉的世界。到了冬天,他们与她们都另寻出路,把山海自然之美交给我们久住青岛的人。雪天,我们可以到栈桥去望那美若白莲的远岛;风天,我们可以在夜里听着寒浪的击荡。就是不风不雪,街上的行人也不甚多,到处呈现着严肃的气象,我们也可以吐一口气,说:这是山海的真面目。

一个大学或者正像一个人,它的特色总多少与它所在的地方有些关系。山大虽然成立了不多年,但是它既在青岛,就不能不带些青岛味儿。这也就是常常引起人家误解的地方。一般的说,人们大概常会这样想:山大立在青岛恐怕不大合适吧? 舞场,咖啡馆,电影院,浴场……在花花世界里能安心读书吗? 这种因爱护而担忧的猜想,正是我们所愿解答的。在前面,我们叙述了青岛的四时:青岛之有夏,正如青岛之有冬;可是一般人似乎只知其夏,不知其冬,猜测多半由此而来。说真的,山大所表现的精神是青岛的冬。是呀,青岛忙的时候也是山大忙的时候,学会咧,参观团咧,讲习会咧,有时候同时借用山大作会场或宿舍,热忙非常。但这总是在夏天,夏天我们也放假呀。当我们上课的期间,自秋至冬,自冬至初夏,青岛差不多老是静寂的。春山上的野花,秋海上的晴霞,是我们的,避暑的人们大概连想也没想到过。至于冬日寒风恶月里的寂苦,或者也只有我们的读书声与足球场上的欢笑可与相抗;稍微贪点热闹的人恐怕连一个星期也住不下去。我常说,能在青岛住过一冬的,就有修仙的资格。我们的学生在这里一住就是四冬啊! 他们不会在毕业时候都成为神仙 —— 大概也没人这样期望他们 —— 可是他们的静肃态度已经养成了。一个没到过山大的人,也许容易想到,青岛既是富有洋味的地方,当然山大的学生也得洋服唰当的,像些华侨子弟似的。

根本没有这一回事。山大的校舍是昔年的德国兵营,虽然在改作学校之后,院中铺满短草,道旁也种上了玫瑰,可是它总脱不了营房的严肃气象。学校的后面左面都是小山,挺立着一些青松,我们每天早晨一抬头就看见山石与松林之美,但不是柔媚的那一种。学校里我们设若打扮得怪漂亮的,即使没人多看两眼,也觉得仿佛有些不得劲儿。整个的严肃空气不许我们漂亮,到学校外去,依然用不着修饰。六七月之间,此处固然是万紫千红,士女如云,好一片摩登景象了。可是过了暑期,海边上连个人影也没有;我们大概用不着花花绿绿的去请白鸥与远帆来看吧?因此,山大虽在青岛,而很少洋味儿,制服以外,蓝布大衫是第二制服。就是在六七月最热闹的时候,我们还是如此,因为朴素成了风气,蓝布大衫一穿大有"众人摩登我独古"的气概。

还有呢,不管青岛是怎样西洋化了的都市,它到底是在山东。"山东"二字满可以用作朴俭静肃的象征,所以山大——虽然学生不都是山东人——不但是个北方大学,而且是北方大学中最带"山东"精神的一个。我们常到崂山去玩,可是我们的眼却望着泰山,仿佛是。这个精神使我们朴素,使我们能吃苦,使我们静默。往好里说,我们是有一种强毅的精神;往坏里讲,我们有点乡下气。不过,即使我们真有乡下气,我们也会自傲的说,我们是在这儿矫正那有钱有闲来此避暑的那种奢华与虚浮的摩登,因为我们是一群"山东儿"——虽然是在青岛,而所表现的是青岛之冬。

至于沿海上停着的各国军舰,我们看见的最多,此地的经济权在谁何之手,我们知道的最清楚;这些——还有许多别的呢——时时刻刻刺激着我们,警告着我们,我们的外表朴素,我们的生活单纯,我们却有颗红热的心。我们眼前的青山碧海时时对我们说：国破山河在！于此，青岛与山大就有了很大的意义。

（原载1936年山东大学《二五年刊》）

# 想 北 平

设若让我写一本小说,以北平作背景,我不至于害怕,因为我可以捡着我知道的写,而躲开我所不知道的。让我单摆浮搁的讲一套北平,我没办法。北平的地方那么大,事情那么多,我知道的真觉太少了,虽然我生在那里,一直到廿七岁才离开。以名胜说,我没到过陶然亭,这多可笑! 以此类推,我所知道的那点只是"我的北平",而我的北平大概等于牛的一毛。

可是,我真爱北平。这个爱几乎是要说而说不出的。我爱我的母亲。怎样爱? 我说不出。在我想作一件讨她老人家喜欢的时候,我独自微微的笑着;在我想到她的健康而不放心的时候,我欲落泪。言语是不够表现我的心情的,只有独自微笑或落泪才足以把内心揭露在外面一些来。我之爱北平也近乎这个。夸奖这个古城的某一点是容易的,可是这就把北平看得太小了。我所爱的北平不是枝枝节节的一些什么,而是整个儿与我的心灵相粘合的一段历史,一大块地方,多少风景名胜,从雨后什刹海的蜻蜓一直到我梦里的玉泉山的塔影,都积凑到一块,每一小的事件中有个我,我的每一思念中有个北平,这只有说不出而已。

真愿成为诗人,把一切好听好看的字都浸在自己的心血里,像杜鹃似的啼出北平的俊伟。啊！我不是诗人！我将永远道不出我的爱，一种像由音乐与图画所引起的爱。这不但是辜负了北平，也对不住我自己，因为我的最初的知识与印象都得自北平，它是在我的血里，我的性格与脾气里有许多地方是这古城所赐给的。我不能爱上海与天津，因为我心中有个北平。可是我说不出来！

伦敦，巴黎，罗马与堪司坦丁堡，曾被称为欧洲的四大"历史的都城"。我知道一些伦敦的情形；巴黎与罗马只是到过而已；堪司坦丁堡根本没有去过。就伦敦，巴黎，罗马来说，巴黎更近似北平——虽然"近似"两字要拉扯得很远——不过，假使让我"家住巴黎"，我一定会和没有家一样的感到寂苦。巴黎，据我看，还太热闹。自然，那里也有空旷静寂的地方，可是又未免太旷；不像北平那样既复杂而又有个边际，使我能摸着——那长着红酸枣的老城墙！面向着积水潭，背后是城墙，坐在石上看水中的小蝌蚪或苇叶上的嫩蜻蜓，我可以快乐的坐一天，心中完全安适，无所求也无可怕，像小儿安睡在摇篮里。是的，北平也有热闹的地方，但是它和太极拳相似，动中有静。巴黎有许多地方使人疲乏，所以咖啡与酒是必要的，以便刺激；在北平，有温和的香片茶就够了。

论说巴黎的布置已比伦敦罗马匀调的多了，可是比上北平还差点事儿。北平在人为之中显出自然，几乎是什么地方既不挤得慌，又不太僻静：最小的胡同里的房子也有院子与树；最空旷的地方也离买卖街与住宅区不远。这种分配法可以算——在我的经验中——天下第一了。北平的好处不在处处设备得完全，而在它处处有空儿，可以使人自由的喘气；不在有好些美丽的建筑，而在建筑的四周都有空闲的地方，使它们成为美景。每一个城楼，每一个牌楼，都可以从老远就看见。况且在街上还可以看见北山与西山呢！

好学的，爱古物的，人们自然喜欢北平，因为这里书多古物多。我不好学，也没钱买古物。对于物质上，我却喜爱北平的花多菜多果子多。花草是费钱的玩艺，可是此地的"草花儿"很便宜，而且家家有院子，可以花不多的钱而种一院子花，即使算不了什么，可是到底可爱呀。墙上的牵牛，墙根的靠山竹与草茉莉，是多么省钱省事而也足以招来蝴蝶呀！至于青菜，白菜，扁豆，毛豆角，黄瓜，菠菜等等，大多数是直接由城外担来而送到家门口的。雨后，韭菜叶上还往往带着雨时溅起的泥点。青菜摊子上的红红绿绿几乎有诗似的美丽。果子有不少是由西山与北山来的，西山的沙果，海棠，北山的黑枣，柿子，进了城还带着一层白霜儿呀！哼，美国的橘子包着纸；遇到北平的带霜儿的玉李，还不愧杀！

是的，北平是个都城，而能有好多自己产生的花，菜，水果，这就使人更接近了自然。从它里面说，它没有像伦敦的那些成天冒烟的工厂；从外面说，它紧连着园林，菜圃与农村。采菊东篱下，在这里，确是可以悠然见南山的；大概把"南"字变个"西"或"北"，也没有多少了不得的吧。像我这样的一个贫寒的人，或者只有在北平能享受一点清福了。

好，不再说了吧；要落泪了，真想念北平呀！

（原载1936年6月16日《宇宙风》第十九期）

# 英 国 人

据我看，一个人即使承认英国人民有许多好处，大概也不会因为这个而乐意和他们交朋友。自然，一个有金钱与地位的人，走到哪里也会受欢迎；不过，在英国也比在别国多些限制。比如以地位说吧，假如一个作讲师或助教的，要是到了德国或法国，一定会有些人称呼他"教授"。不管是出于诚心吧，还是捧场；反正这是承认教师有相当的地位，是很显然的，在英国，除非他真正是位教授，绝不会有人来招呼他。而且，这位教授假若不是牛津或剑桥的，也就还差点劲儿。贵族也是如此，似乎只有英国国产贵族才能算数儿。

至于一个平常人，尽管在伦敦或其他的地方住上十年八载，也未必能交上一个朋友。是的，我们必须先交代明白，在资本主义的社会里，大家一天到晚为生活而奔忙，实在找不出闲工夫去交朋友；欧西各国都是如此，英国并非例外。不过，即使我们承认这个，可是英国人还有些特别的地方，使我们更难接近。一个法国人见着个生人，能够非常的亲热，越是因为这个生人的法国话讲得不好，他才越愿指导他。英国人呢，他以为天下没有会讲英语的，除了他们自己，他干脆不愿答理一个生人。一个英国人想不到一个生人可以不明白英国的规矩，而是一见到生人说话行动有不对的地方，马上认为这个人是野蛮，不屑于再招呼他。英国的规矩又偏偏是那么多！他不能想像到别人可以没有这些规矩，而另有一套；不，英国的是一切；设若别处没有那么多的雾，那根本不能算作真正的天气！

除了规矩而外，英国人还有好多不许说的事：家中的事，个人的职业与收入，通通不许说，除非彼此是极亲近的人。一个住在英国的客人，第一要学会那套规矩，第二要别乱打听事儿，第三别谈政治，那么，大家只好谈天气了，而天气又是那么不得人心。自然，英国人很有的说，假若他愿意：他可以讲论赛马、足球、养狗、高尔夫球等等；可是咱又许不大晓得这些事儿。结果呢，只好对愣着。对了，还有宗教呢，这也最好不谈。每个英国人有他自己开阔的到天堂之路，乘早儿不用惹麻烦。连书籍最好也不谈，一般的说，英国人的读书能力与兴趣远不及法国人。能念几本书的差不多就得属于中等阶级，自然我们所愿与谈论书籍的至少是这路人。这路人比谁的成见都大，那么与他们闲话书籍也是自找无趣的事。多数的中等人拿读书——自然是指小说了——当作一种自己生活理想的佐证。一个普通的少女，长得有个模样，嫁了个驶汽车的；在结婚之夕才证实了，他原来是个贵族，而且承袭了楼上有鬼的旧宫，专是壁上的挂图就值多少百万！读惯这种书的，当然很难想到别的事儿，与他们谈论书籍和捣乱大概没有甚么分别。中上的人自然有些识见了，可是很难遇到啊。况且有些识见的英国人，根本在英国就不大被人看得起；他们连拜伦、雪莱和王尔德还都逐出国外去，我们想跟这样人交朋友——即使有机会——无疑的也会被看作成怪物的。

我真想不出，彼此不能交谈，怎能成为朋友。自然，也许有人说：

不常交谈，那么遇到有事需要彼此的帮忙，便丁对丁，卯对卯的去办好了；彼此有了这样干脆了当的交涉与接触，也能成为朋友，不是吗？是的，求人帮助是必不可免的事，就是在英国也是如是；不过英国人的脾气还是以能不求人为最好。他们的脾气即是这样，他们不求你，你也就不好意思求他了。多数的英国人愿当鲁滨孙，万事不求人。于是他们对别人也就不愿多伸手管事。况且，即使他们愿意帮忙你，他们是那样的沉默简单，事情是给你办了，可是交情仍然谈不到。当一个英国人答应了你办一件事，他必定给你办到。可是，跟他上火车一样，非到车已要开了，他不露面。你别去催他，他有他的稳当劲儿。等办完了事，他还是不理你，直等到你去谢谢他，他才微笑一笑。到底还是交不上朋友，无论你怎样上前巴结。假若你一个劲儿奉承他或讨他的好，他也许告诉你："请少来吧，我忙！"这自然不是说，英国就没有一个和气的人。不，绝不是。一个和气的英国人可以说是最有礼貌，最有心路，最体面的人。不过，他的好处只能使你钦佩他，他有好些地方使人不便和他套交情。他的礼貌与体面是一种武器，使人不敢离他太近了。就是顶和气的英国人，也比别人端庄的多；他不喜欢法国式的亲热——你可以看见两个法国男人互吻，可是很少见一个英国人把手放在另一个英国人的肩上，或搂着脖儿。两个很要好的女友在一块儿吃饭，设若有一个因为点儿原故而想把自己的菜让给友人一点，你必会听到那个女友说："这不是羞辱我吗？"男人就根本不办这样的傻事。是呀，男人对于让酒让烟是极普遍的事，可是只限于烟酒，他们不会肥马轻裘与友共之。

　　这样讲，好像英国人太别扭了。别扭，不错；可是他们也有好处。你可以永远不与他们交朋友，但你不能不佩服他们。事情都是两面的。

英国人不愿轻易替别人出力，他可也不来讨厌你呀。他的确非常高傲，可是你要是也沉住了气，他便要佩服你。一般的说，英国人很正直。他们并不因为自傲而蛮不讲理。对于一个英国人，你要先估量估量他的身分，再看看你自己的价值，他要是像块石头，你顶好像块大理石；硬碰硬，而你比他更硬。他会承认他的弱点。他能够很体谅人，很大方，但是他不愿露出来；你对他也顶好这样。设若你准知道他要向灯，你就顶好也先向灯，他自然会向火；他喜欢表示自己有独立的意见。他的意见可老是意见，假若你说得有理，到办事的时候他会牺牲自己的意见，而应怎么办就怎么办。你必须知道，他的态度虽是那么沉默孤高，像有心事的老驴似的，可是他心中很能幽默一气。他不轻易向人表示亲热，可也不轻易生气，到他说不过你的时候，他会以一笑了之。这点幽默劲儿使英国人几乎成为可爱的了。他没火气，他不吹牛，虽然他很自傲自尊。

所以，假若英国人成不了你的朋友，他们可是很好相处。他们该办什么就办什么，不必你去套交情；他们不因私交而改变作事该有的态度。他们的自傲使他们对人冷淡，可是也使他们自重。他们的正直使他们对人不客气，可也使他们对事认真。你不能拿他当作吃喝不分的朋友，可是一定能拿他当个很好的公民或办事人。就是他的幽默也不低级讨厌，幽默助成他作个贞脱儿曼，不是弄鬼脸逗笑。他并不老实，可是他大方。

他们不爱着急，所以也不好讲理想。胖子不是一口吃起来的，乌托邦也不是一步就走到的。往坏了说，他们只顾眼前；往好里说，他们不乌烟瘴气。他们不爱听世界大同，四海兄弟，或那顶大顶大的计划。他们愿一步一步慢慢的走，走到哪里算哪里。成功呢，好；失败呢，再干。英国兵不怕打败仗。英国的一切都好像是在那儿敷衍呢，可是他们在各种事业上并不是不求进步。这种骑马找马的办法常常使人以为他们是狡猾，或守旧；狡猾容或有之，守旧也是真的，可是英国人不在乎，他有他的主意。他深信常识是最可宝贵的，慢慢走着瞧吧。萧伯纳可以把他们骂得狗血喷头，可是他们会说："他是爱尔兰的呀！"他们会随着萧伯纳笑他们自己，但他们到底是他们——萧伯纳连一点办法也没有！

这些，可只是个简单的，大概的，一点由观察得来的印象。一般的说，这也许大致不错；应用到某一种或某一个英国人身上，必定有许多欠妥当的地方。概括的论断总是免不了危险的。

（原载1936年9月《西风》第一期）

# 我的几个房东

## ——留英回忆之二

初到伦敦,经艾温士教授的介绍,住在了离"城"有十多英里的一个人家里。房主人是两位老姑娘。大姑娘有点傻气,腿上常闹湿气,所以身心都不大有用。家务统由妹妹操持,她勤苦诚实,且受过相当的教育。

她们的父亲是开面包房的,死后,把面包房给了儿子,给二女一人一处小房子。她们卖出一所,把钱存在银行生息。其余的一所,就由她们合住。妹妹本可以去作,也真作过,家庭教师。可是因为姐姐需人照管,所以不出去作事,而把楼上的两间屋子租给单身的男人,进些租金。这给妹妹许多工作,她得给大家作早餐晚饭,得上街买东西,得收拾房间,得给大家洗小衣裳,得记账。这些,已足使任何一个女子累得喘不过气来。可是她于这些工作外,还得答复朋友的信,读一两段圣经,和作些针线。

她这种勤苦忠诚,倒还不是我所佩服的。我真佩服她那点独立的精神。她的哥开着面包房,到圣诞节才送给妹妹一块大鸡蛋糕!她决不去求他的帮助,就是对那一块大鸡蛋糕,她也马上还礼,送给她哥一点有用的小物件。当我快回国时去看她,她的背已很弯,发也有些白的了。

自然，这种独立的精神是由资本主义的社会制度逼出来的，可是，我到底不能不佩服她。

在她那里住过一冬，我搬到伦敦的西部去。这回是与一个叫艾支顿的合租一层楼。所以事实上我所要说的是这个艾支顿——称他为二房东都勉强一些——而不是真正的房东。我与他一气在那里住了三年。

这个人的父亲是牧师，他自己可不信宗教。当他很年轻的时候，他和一个女子由家中逃出来，在伦敦结了婚，生了三四个小孩。他有相当的聪明，好读书。专就文字方面上说，他会拉丁文，希腊文，德文，法文，程度都不坏。英文，他写得非常的漂亮。他作过一两本讲教育的书，即使内容上不怎样，他的文字之美是公认的事实。我愿意同他住在一起，差不多是为学些地道好英文。在大战时，他去投军。因为心脏弱，报不上名。他硬挤了进去。见到了军官，凭他的谈吐与学识，自然不会被叉去帐外。一来二去，他升到中校，差不多等于中国的旅长了。

战后，他拿了一笔不小的遣散费，回到伦敦，重整旧业，他又去教书。为充实学识，还到过维也纳听弗洛衣德的心理学。后来就在牛津的补习学校教书。这个学校是为工人们预备的，仿佛有点像国内的暑期学校，不过目的不在补习升学的功课。作这种学校的教员，自然没有什么地位，可是实利上并不坏：一年只作半年的事，薪水也并不很低。这个，大概是他的黄金"时代"。以身份言，中校；以学识言，有著作；以生活言，有个清闲舒服的事情。

也正是在这个时候，他和一位美国女子发生了恋爱。她出自名家，有硕士的学位。来伦敦游玩，遇上了他。她的学识正好补足他的，她是学经济的；他在补习学校演讲关于经济的问题，她就给他预备稿子。

他的夫人告了。离婚案刚一提到法厅，补习学校便免了他的职。这种案子在牛津与剑桥还是闹不得的！离婚案成立，他得到自由，但须按月供给夫人一些钱。

在我遇到他的时候，他正极狼狈。自己没有事，除了夫妇的花销，还得供给原配。幸而硕士找到了事，两份儿家都由她支持着。他空有学问，找不到事。可是两家的感情渐渐的改善，两位夫人见了面，他每月给第一位夫人送钱也是亲自去，他的女儿也肯来找他。这个，可救不了穷。穷，他还很会花钱。作过几年军官，他挥霍惯了。钱一到他手里便不会老实。他爱买书，爱吸好烟，有时候还得喝一盅。我在东方学院遇见了他，他到那里学华语；不知他怎么弄到手里几镑钱。便出了这个主意。见到我，他说彼此交换知识，我多教他些中文，他教我些英文，岂不甚好？为学习的方便，顶好是住在一处，假若我出房钱，他就供给我饭食。我点了头，他便找了房。

艾支顿夫人真可怜。她早晨起来，便得作好早饭。吃完，她急忙去作工，拚命的追公共汽车；永远不等车站稳就跳上去，有时把腿碰得紫里蒿青。五点下工，又得给我们作晚饭。她的烹调本事不算高明，我俩一有点不爱吃的表示，她便立刻泪在眼眶里转。有时候，艾支顿卖了一本旧书或一张画，手中攥着点钱，笑着请我们出去吃一顿。有时候我看她太疲乏了，就请他俩吃顿中国饭。在这种时节，她喜欢得像小孩子似的。

他的朋友多数和他的情形差不多。我还记得几位：有一位是个年轻的工人，谈吐很好，可是时常失业，一点也不是他的错儿，怎奈工厂时开时闭。他自然的是个社会主义者，每逢来看艾支顿，他俩便粗着脖子红着脸的争辩。艾支顿也很有口才，不过与其说他是为政治主张而争辩，还不如说是为争辩而争辩。还有一位小老头也常来，他顶可爱。德文，意大利文，西班牙文，他都能读能写能讲，但是找不到事作；闲着没事，他只为一家磁砖厂吆喝买卖，拿一点扣头。另一位老者，常上我们这一带来给人家擦玻璃，也是我们的朋友。这个老头是位博士。赶上我们在家，他便一边擦着玻璃，一边和我们讨论文学与哲学。孔子的哲学，泰戈尔的诗，他都读过，不用说西方的作家了。

只提这么三位吧，在他们的身上使我感到工商资本主义的社会的崩溃与罪恶。他们都有知识，有能力，可是被那个社会制度捆住了手，使他们抓不到面包。成千论万的人是这样，而且有远不及他们三个的！找个事情真比登天还难！

艾支顿一直闲了三年。我们那层楼的租约是三年为限。住满了，房东要加租，我们就分离开，因为再找那样便宜，和恰好够三个人住的房子，是大不容易的。虽然不在一块儿住了，可是还时常见面。艾支顿只要手里有够看电影的钱，便立刻打电话请我去看电影。即使一个礼拜，他的手中彻底的空空如也，他也会约我到家里去吃一顿饭。自然，我去的时候也老给他们买些东西。这一点上，他不像普通的英国人，他好请朋友，也很坦然的接受朋友的约请与馈赠。有许多地方，他都带出点浪漫劲儿，但他到底是个英国人，不能完全放弃绅士的气派。

直到我回国的时际，他才找到了事——在一家大书局里作顾问，荐举大陆上与美国的书籍，经书局核准，他再找人去翻译或——若是美国的书——出英国版。我离开英国后，听说他已被那个书局聘为编辑员。

离开他们夫妇，我住了半年的公寓，不便细说；房东与房客除了交租金时见一面，没有一点别的关系。在公寓里，晚饭得出去吃，既费钱，又麻烦，所以我又去找房间。这回是在伦敦南部找到一间房子，房东是老夫妇，带着个女儿。

这个老头儿——达尔曼先生——是干什么的，至今我还不清楚。一来我只在那儿住了半年，二来英国人不喜欢谈私事，三来达尔曼先生不爱说话，所以我始终没得机会打听。偶尔由老夫妇谈话中听到一两句，仿佛他是木器行的，专给人家设计作家具。他身边常带着尺。但是我不敢说肯定的话。

半年的工夫，我听熟了他三段话——他不大爱说话，但是一高兴就离不开这三段，像留声机片似的，永远不改。第一段是贵族巴来，由非洲弄来的钻石，一小铁筒一小铁筒的！每一块上都有个记号！第二段是他作过两次陪审员，非常的光荣！第三段是大战时，一个伤兵没能给一个军官行礼，被军官打了一拳。及至看明了那是个伤兵，军官跑得比兔子还快；不然的话，非教街上的给打死不可！

除了这三段而外，假若他还有什么说的，便是重述《晨报》上的消息与意见。凡是《晨报》所说的都对！

这个老头儿是地道英国的小市民，有房，有点积蓄，勤苦，干净，什么也不知道，只晓得自己的工作是神圣的，英国人是世界上最好的人。

达尔曼太太是女性的达尔曼先生，她的意见不但得自《晨报》，而且是由达尔曼先生口中念出的那几段《晨报》，她没工夫自己去看报。

达尔曼姑娘只看《晨报》上的广告。有一回，或者是因为看我老拿着本书，她向我借一本小说。随手的我给了她一本威尔思的幽默故事。

念了一段，她的脸都气紫了！我赶紧出去在报摊上给她找了本六个便士的罗曼司，内容大概是一个女招待嫁了个男招待，后来才发现这个男招待是位伯爵的承继人。这本小书使她对我又有了笑脸。

她没事作，所以在分类广告上登了一小段广告——教授跳舞。她的技术如何，我不晓得，不过她声明愿减收半费教给我的时候，我没出声。把知识变成金钱，是她，和一切小市民的格言。

她有点苦闷，没有男朋友约她出去玩耍，往往吃完晚饭便假装头疼，跑到楼上去睡觉。婚姻问题在那经济不景气的国度里，真是个没法办的问题。我看她恐怕要窝在家里！"房东太太的女儿"往往成为留学生的夫人，这是留什么外史一类小说的好材料；其实，里面的意义并不止是留学生的荒唐呀。

（原载1936年12月《西风》第四期）

# 大明湖之春

北方的春本来就不长，还往往被狂风给七手八脚的刮了走。济南的桃李丁香与海棠什么的，差不多年年被黄风吹得一干二净，地暗天昏，落花与黄沙卷在一处，再睁眼时，春已过去了！记得有一回，正是丁香乍开的时候，也就是下午两三点钟吧，屋中就非点灯不可了；风是一阵比一阵大，天色由灰而黄，而深黄，而黑黄，而漆黑，黑得可怕。第二天去看院中的两株紫丁香，花已像煮过一回，嫩叶几乎全破了！济南的秋冬，风倒很少，大概都留在春天刮呢。

有这样的风在这儿等着，济南简直可以说没有春天；那么，大明湖之春更无从说起。

济南的三大名胜，名字都起得好：千佛山，趵突泉，大明湖，都多么响亮好听！一听到"大明湖"这三个字，便联想到春光明媚和湖光山色等等，而心中浮现出一幅美景来。事实上，可是，它既不大，又不明，也不湖。

湖中现在已不是一片清水，而是用坝划开的多少块"地"。"地"外留着几条沟，游艇沿沟而走，即是逛湖。水田不需要多么深的水，所以水黑而不清；也不要急流，所以水定而无波。东一块莲，西一块蒲，土坝挡住了水，蒲苇又遮住了莲，一望无景，只见高高低低的"庄稼"。艇行沟内，如穿高粱地然，热气腾腾，碰巧了还臭气烘烘。夏天总算还好，假若水不太臭，多少总能闻到一些荷香，而且必能看到些绿叶儿。春天，则下有黑汤，旁有破烂的土坝；风又那么野，绿柳新蒲东倒西歪，恰似挣命。所以，它既不大，又不明，也不湖。

话虽如此，这个湖到底得算个名胜。湖之不大与不明，都因为湖已不湖。假若能把"地"都收回，拆开土坝，挖深了湖身，它当然可以马上既大且明起来：湖面原本不小，而济南又有的是清凉的泉水呀。这个，也许一时作不到。不过，即使作不到这一步，就现状而言，它还应当算作名胜。北方的城市，要找有这么一片水的，真是好不容易了。千佛山满可以不算数儿，配作个名胜与否简直没多大关系，因为山在北方不是什么难找的东西呀。水，可太难找了。济南城内据说有七十二泉，城外有河，可是还非有个湖不可。泉，池，河，湖，四者俱备，这才显出济南的特色与可贵。它是北方唯一的"水城"，这个湖是少不得的。设若我们游湖时，只见沟而不见湖，请到高处去看看吧，比如在千佛山上往北眺望，则见城北灰绿的一片 —— 大明湖；城外，华鹊二山夹着湾湾的一道灰亮光儿 —— 黄河。这才明白了济南的不凡，不但有水，而且是这样多呀。

况且，湖景若无可观，湖中的出产可是很名贵呀。懂得什么叫作美的人或者不如懂得什么好吃的人多吧，游过苏州的往往只记得此地的点心，逛过西湖的提起来便念道那里的龙井茶，藕粉与莼菜什么的，吃到肚子里的也许比一过眼的美景更容易记住，那么大明湖的蒲菜，茭白，白花藕，还真许是它驰名天下的重要原因呢。不论怎么说吧，这些东西既都是水产，多少总带着些南国风味；在夏天，青菜挑子上带着一束束的大白莲花菁葜出卖，在北方大概只有济南能这么"阔气"。

我写过一本小说——《大明湖》——在"一·二八"与商务印书馆一同被火烧掉了。记得我描写过一段大明湖的秋景，词句全想不起来了，只记得是什么什么秋。桑子中先生给我画过一张油画，也画得是大明湖之秋，现在还在我的屋中挂着。我写的，他画的，都是大明湖，而且都是大明湖之秋，这里大概有点意思。对了，只是在秋天，大明湖才有些美呀。济南的四季，唯有秋天最好，晴暖无风，处处明朗。这时候，请到城墙上走走，俯视秋湖，败柳残荷，水平如镜；唯其是秋色，所以连那些残破的土坝也似乎正与一切景物配合：土坝上偶尔有一两截断藕，或一些黄叶的野蔓，配着三五枝芦花，确是有些画意。"庄稼"已都收了，湖显着大了许多，大了当然也就显着明。不仅是湖宽水净，显着明美，抬头向南看，半黄的千佛山就在面前，开元寺那边的"橛子"——大概是个塔吧——静静的立在山头上。往北看，城外的河水很清，菜畦中还生着短短的绿叶。往南往北，往东往西，看吧，处处空阔明朗，有山有湖，有城有河，到这时候，我们真得到个"明"字了。桑先生那张画便是在北城墙上画的，湖边只有几株秋柳，湖中只有一只游艇，水作灰蓝色，柳叶儿半黄。湖外，他画上了千佛山，湖光山色，联成一幅秋图，明朗，素净，柳梢上似乎吹着点不大能觉出来的微风。

对不起，题目是大明湖之春，我却说了大明湖之秋，可谁教亢德先生出错了题呢！

（原载1937年3月《宇宙风》第三十七期）

# 东方学院

## ——留英回忆之三

从一九二四的秋天,到一九二九的夏天,我一直的在伦敦住了五年。除了暑假寒假和春假中,我有时候离开伦敦几天,到乡间或别的城市去游玩,其余的时间就都消磨在这个大城里。我的工作不许我到别处去,就是在假期里,我还有时候得到学校去。我的钱也不许我随意的去到各处跑,英国的旅馆与火车票价都不很便宜。

我工作的地方是东方学院,伦敦大学的名学院之一。这里,教授远东近东和非洲的一切语言文字。重要的语言都成为独立的学系,如中国语,阿拉伯语等;在语言之外还讲授文学哲学什么的。次要的语言,就只设一个固定的讲师,不成学系,如日本语;假如有人要特意的请求讲授日本的文学或哲学等,也就由这个讲师包办。不甚重要的语言,便连固定的讲师也不设,而是有了学生再临时去请教员,按钟点计算报酬。譬如有人要学蒙古语文或非洲的非英属的某地语文,便是这么办。自然,这里所谓的重要与不重要,是多少与英国的政治,军事,商业等相关联的。

在学系里,大概的都是有一位教授,和两位讲师。教授差不多全是英国人；两位讲师总是一个英国人，和一个外国人——这就是说，中国语文系有一位中国讲师，阿拉伯语文系有一位阿拉伯人作讲师。这是三位固定的教员，其余的多是临时请来的，比如中国语文系里，有时候于固定的讲师外，还有好几位临时的教员，假若赶到有学生要学中国某一种方言的话；这系里的教授与固定讲师都是说官话的，那么要是有人想学厦门话或绍兴话，就非去临时请人来教不可。

　　这里的教授也就是伦敦大学的教授。这里的讲师可不都是伦敦大学的讲师。以我自己说，我的聘书是东方学院发的，所以我只算学院里的讲师，和大学不发生关系。那些英国讲师多数的是大学的讲师，这倒不一定是因为英国讲师的学问怎样的好，而是一种资格问题：有了大学讲师的资格，他们好有升格的希望，由讲师而副教授而教授。教授既全是英国人，如前面所说过的，那么外国人得到了大学的讲师资格也没有多大用处。况且有许多部分，根本不成为学系，没有教授，自然得到大学讲师的资格也不会有什么发展。在这里，看出英国人的偏见来。以梵文，古希伯来文，阿拉伯文等说，英国的人才并不弱于大陆上的各国；至于远东语文与学术的研究，英国显然的追不上德国或法国。设若英国人愿意，他们很可以用较低的薪水去到德法等国聘请较好的教授。可是他们不肯。他们的教授必须是英国人，不管学问怎样。就我所知道的，这个学院里的中国语文学系的教授，还没有一位真正有点学问的。这在学术上是吃了亏，可是英国人自有英国人的办法，决不会听别人的。幸而呢，别的学系真有几位好的教授与讲师，好歹一背拉，这个学院的教员大致的还算说得过去。况且，于各系的主任教授而外，还有几位学者来讲专门的学问，像印度的古代律法，巴比仑的古代美术等等，把这学院的声价也提高了不少。在这些教员之外，另有位音韵学专家，教给一切学生以发音与辨音的训练与技巧，以增加学习语言的效率。这倒是个很好的办法。

大概的说，此处的教授们并不像牛津或剑桥的教授们那样只每年给学生们一个有系统的讲演，而是每天与讲师们一样的教功课。这就必须说一说此处的学生了。到这里来的学生，几乎没有任何的限制。以年龄说，有的是七十岁的老夫或老太婆，有的是十几岁的小男孩或女孩。只要交上学费，便能入学。于是，一人学一样，很少有两个学生恰巧学一样东西的。拿中国语文系说吧，当我在那儿的时候，学生中就有两位七十多岁的老人：一位老人是专学中国字，不大管它们都念作什么，所以他指定要英国的讲师教他。另一位老人指定要跟我学，因为他非常注重发音；他对语言很有研究，古希腊，拉丁，希伯来，他都会，到七十多岁了，他要听听华语是什么味儿；学了些日子华语，他又选上了日语。这两个老人都很用功，头发虽白，心却不笨。这一对老人而外，还有许多学生：有的学言语，有的念书，有的要在伦敦大学得学位而来预备论文，有的念元曲，有的念《汉书》，有的是要往中国去，所以先来学几句话，有的是已在中国住过十年八年而想深造……总而言之，他们学的功课不同，程度不同，上课的时间不同，所要的教师也不同。这样，一个人一班，教授与两个讲师便一天忙到晚了。这些学生中最小的一个才十二岁。

因此，教授与讲师都没法开一定的课程，而是兵来将挡，学生要学什么，他们就得教什么；学院当局最怕教师们说："这我可教不了。"于是，教授与讲师就很不易当。还拿中国语文系说吧，有一回，一个英国医生要求教他点中国医学。我不肯教，教授也瞪了眼。结果呢，还是由教授和他对付了一个学期。我很佩服教授这点对付劲儿；我也准知道，假若他不肯敷衍这个医生，大概院长那儿就更难对付。由这一点来说，我很喜欢这个学院的办法，来者不拒，一人一班，完全听学生的。不过，要这样办，教员可得真多，一系里只有两三个人，而想使个个学生满意，是作不到的。

成班上课的也有：军人与银行里的练习生。军人有时候一来就是一拨儿，这一拨儿分成几组，三个学中文，两个学日文，四个学土耳其文……既是同时来的，所以可以成班。这是最好的学生。他们都是小军官，又差不多都是世家出身，所以很有规矩，而且很用功。他们学会了一种语言，不管用得着与否，只要考试及格，在饷银上就有好处。据说会一种语言的，可以每年多关一百镑钱。他们在英国学一年中文，然后就可以派到中国来。到了中国，他们继续用功，而后回到英国受试验。试验及格便加薪俸了。我帮助考过他们，考题很不容易，言语，要能和中国人说话；文字，要能读大报纸上的社论与新闻，和能将中国的操典与公文译成英文。学中文的如是，学别种语文的也如是。厉害！英国的秘密侦探是著名的，军队中就有这么多，这么好的人才呀：和哪一国交战，他们就有会哪一国言语文字的军官。我认得一个年轻的军官，他已考及格过四种言语的初级试验，才二十三岁！想打倒帝国主义么，啊，得先充实自己的学问与知识，否则喊哑了嗓子只有自己难受而已。

最坏的学生是银行的练习生们。这些都是中等人家的子弟——不然也进不到银行去——可是没有军人那样的规矩与纪律，他们来学语言，只为马马虎虎混个资格，考试一过，马上就把"你有钱，我吃饭"

忘掉。考试及格，他们就有被调用到东方来的希望，只是希望，并不保准。即使真被派遣到东方来，如新加坡，香港，上海等处，他们早知道满可以不说一句东方语言而把事全办了。他们是来到这个学院预备资格，不是预备言语，所以不好好的学习。教员们都不喜欢教他们，他们也看不起教员，特别是外国教员。没有比英国中等人家的二十上下岁的少年再讨厌的了，他们有英国人一切的讨厌，而英国人所有的好处他们还没有学到，因为他们是正在刚要由孩子变成大人的时候，所以比大人更讨厌。

班次这么多，功课这么复杂，不能不算是累活了。可是有一样好处：他们排功课表总设法使每个教员空闲半天。星期六下午照例没有课，再加上每周当中休息半天，合起来每一星期就有两天的休息。再说呢，一年分为三学期，每学期只上十个星期的课，一年倒可以有五个月的假日，还算不坏。不过，假期中可还有学生愿意上课；学生愿意，先生自然也得愿意，所以我不能在假期中一气离开伦敦许多天。这可也有好处，假期中上课，学费便归先生要。

学院里有个很不错的图书馆，专藏关于东方学术的书籍，楼上还有些中国书。学生在上课前，下课后，不是在休息室里，便是到图书馆去，因为此外别无去处。这里没有运动场等等的设备，学生们只好到图书馆去看书，或在休息室里吸烟，没别的事可作。学生既多数是一人一班，而且上课的时间不同，所以不会有什么团体与运动。每一学期至多也不过有一次茶话会而已。这个会总是在图书馆里开，全校的人都被约请。没有演说，没有任何仪式，只有茶点，随意的吃。在开这个会的时候，学生才有彼此接谈的机会，老幼男女聚在一处，一边吃茶一边谈话。这才看出来，学生并不少；平日一个人一班，此刻才看到成群的学生。

假期内，学院里清静极了，只有图书馆还开着，读书的人可也并不甚多。我的《老张的哲学》，《赵子曰》，与《二马》，大部分是在这里写的，因为这里清静啊。那时候，学院是在伦敦城里。四外有好几个火车站，按说必定很乱，可是在学院里并听不到什么声音。图书馆靠街，可是正对着一块空地，有些花木，像个小公园。读完了书，到这个小公园去坐一下，倒也方便。现在，据说这个学院已搬到大学里去，图书馆与课室——一个友人来信这么说——相距很远，所以馆里更清静了。哼，希望多咱有机会再到伦敦去，再在这图书馆里写上两本小说！

（原载1937年3月《西风》第七期）

## 无题（因为没有故事）

  人是为明天活着的，因为记忆中有朝阳晓露；假若过去的早晨都似地狱那么黑暗丑恶，盼明天干吗呢？是的，记忆中也有痛苦危险，可是希望会把过去的恐怖裹上一层糖衣，像看着一出悲剧似的，苦中有些甜美。无论怎说吧，过去的一切都不可移动；实在，所以可靠；明天的渺茫全仗昨天的实在撑持着，新梦是旧事的拆洗缝补。

  对了，我记得她的眼。她死了好多年了，她的眼还活着，在我的心里。这对眼睛替我看守着爱情。当我忙得忘了许多事，甚至于忘了她，这两只眼会忽然在一朵云中，或一汪水里，或一瓣花上，或一线光中，轻轻的一闪，像归燕的翅儿，只须一闪，我便感到无限的春光。我立刻就回到那梦境中，哪一件小事都凄凉，甜美，如同独自在春月下踏着落花。

  这双眼所引起的一点爱火，只是极纯的一个小火苗，像心中的一点晚霞，晚霞的结晶。它可以烧明了流水远山，照明了春花秋叶，给海浪一些金光，可是它恰好的也能在我心中，照明了我的泪珠。

  它们只有两个神情：一个是凝视，极短极快，可是千真万确的是凝视。只微微的一看，就看到我的灵魂，把一切都无声的告诉了给我。凝视,一点也不错,我知道她只须极短极快的一看,看的动作过去了,极快的过去了,可是,她心里看着我呢,不定看多么久呢;我到底得管这叫作凝视,不论它是多么快,多么短。一切的诗文都用不着,这一眼道尽了"爱"所会说的与所会作的。另一个是眼珠横着一移动,由微笑移动到微笑里去,在处女的尊严中笑出一点点被爱逗出的轻佻,由热情中笑出一点点无法抑止的高兴。

我没和她说过一句话,没握过一次手,见面连点头都不点。可是我的一切,她知道;她的一切,我知道。我们用不着看彼此的服装,用不着打听彼此的身世,我们一眼看到一粒珍珠,藏在彼此的心里;这一点点便是我们的一切,那些七零八碎的东西都是配搭,都无须注意。看我一眼,她低着头轻快的走过去,把一点微笑留在她身后的空气中,像太阳落后还留下一些明霞。

我们彼此躲避着,同时彼此愿马上搂抱在一处。我们轻轻的哀叹;忽然遇见了,那么凝视一下,登时欢喜起来,身上像减了分量,每一步都走得轻快有力,像要跳起来的样子。

我们极愿意过一句话,可是我们很怕交谈,说什么呢?哪一个日常的俗字能道出我们的心事呢?让我们不开口,永不开口吧!我们的对视与微笑是永生的,是完全的,其余的一切都是破碎微弱,不值得一作的。

我们分离有许多年了,她还是那么秀美,那么多情,在我的心里。她将永远不老,永远只向我一个人微笑。在我的梦中,我常常看见她,一个甜美的梦是最真实,是纯洁,最完美的。多少多少人生中的小困苦小折磨使我丧气,使我轻看生命。可是,那个微笑与眼神忽然的从哪儿飞来，我想起唯有"人面桃花相映红"差可托似的一点心情与境界，我忘了困苦，我不再丧气，我恢复了青春；无疑的，我在她的洁白的梦中，必定还是个美少年呀。

春在燕的翅上，把春光颤得更明了一些，同样，我的青春在她的眼里，永远使我的血温暖，像土中的一颗子粒，永远想发出一个小小的绿芽。一粒小豆那么小的一点爱情，眼珠一移，嘴唇一动，日月都没有了作用，到无论什么时候，我们总是一对刚开开的春花。

不要再说什么，不要再说什么！我的烦恼也是香甜的呀，因为她那么看过我！

（原载1937年6月10日《谈风》第十六期）

## 五月的青岛

因为青岛的节气晚,所以樱花照例是在四月下旬才能盛开。樱花一开,青岛的风雾也挡不住草木的生长了。海棠,丁香,桃,梨,苹果,藤萝,杜鹃,都争着开放,墙角路边也都有了嫩绿的叶儿。五月的岛上,到处花香,一清早便听见卖花声。公园里自然无须说了,小蝴蝶花与桂竹香们都在绿草地上用它们的娇艳的颜色结成十字,或绣成几团;那短短的绿树篱上也开着一层白花,似绿枝上挂了一层春雪。就是路上两旁的人家也少不得有些花草:围墙既矮,藤萝往往顺着墙把花穗儿悬在院外,散出一街的香气;那双樱,丁香,都能在墙外看到,双樱的明艳与丁香的素丽,真是足以使人眼明神爽。

山上有了绿色,嫩绿,所以把松柏们比得发黑了一些。谷中不但填满了绿色,而且颇有些野花,有一种似紫荆而色儿略略发蓝的,折来很好插瓶。

青岛的人怎能忘下海呢。不过,说也奇怪,五月的海就仿佛特别的绿,特别的可爱,也许是因为人们心里痛快吧?看一眼路旁的绿叶,再看一眼海,真的,这才明白了什么叫作"春深似海"。绿,鲜绿,浅绿,深绿,黄绿,灰绿,各种的绿色,联接着,交错着,变化着,波动着,一直绿到天边，绿到山脚，绿到渔帆的外边去。风不凉，浪不高，船缓缓的走，燕低低的飞，街上的花香与海上的咸味混到一处，浪漾在空中，水在面前，而绿意无限，可不是，春深似海！欢喜，要狂歌，要跳入水中去，可是只能默默无言，心好像飞到天边上那将将能看到的小岛上去，一闭眼仿佛还看见一些桃花。人面桃花相映红，必定是在那小岛上。

这时候，遇上风与雾便还须穿上棉衣，可是有一天忽然响晴，夹衣就正合适。但无论怎说吧，人们反正都放了心——不会大冷了，不会。妇女们最先知道这个，早早的就穿出利落的新装，而且决定不再脱下去。海岸上，微风吹动少女们的发与衣，何必再去到电影园中找那有画意的景儿呢！这里是初春浅夏的合响，风里带着春寒，而花草山水又似初夏，意在春而景如夏，姑娘们总先走一步，迎上前去，跟花们竞争一下，女性的伟大几乎不是颓废诗人所能明白的。

人似乎随着花草都复活了，学生们特别的忙：换制服，开运动会，到崂山丹山旅行，服劳役。本地的学生忙，别处的学生也来参观，几个，几十，几百，打着旗子来了，又成着队走开，男的，女的，先生，学生，都累得满头是汗，而仍不住的向那大海丢眼。学生以外，该数小孩最快活，笨重的衣服脱去，可以到公园跑跑了；一冬天不见猴子了，现在又带着花生去喂猴子，看鹿。拾花瓣，在草地上打滚；妈妈说了，过几天还有大红樱桃吃呢！

马车都新油饰过，马虽依然清瘦，而车辆体面了许多，好作一夏天的买卖呀。新油过的马车穿过街心，那专作夏天的生意的咖啡馆，酒馆，旅社，饮冰室，也找来油漆匠，扫去灰尘，油饰一新。油漆匠在交手上忙，路旁也增多了由各处来的舞女。预备呀，忙碌呀，都红着眼等着那避暑的外国战舰与各处的阔人。多咱浴场上有了人影与小艇，生意便比花草还茂盛呀。到那时候，青岛几乎不属于青岛的人了，谁的钱多谁更威风，汽车的眼是不会看山水的。

那么，且让我们自己尽量的欣赏五月的青岛吧！

（原载1937年6月16日《宇宙风》第四十三期）

# 吊 济 南

从民国十九年七月到二十三年秋初,我整整的在济南住过四载。在那里,我有了第一个小孩,即起名为"济"。在那里,我交下不少的朋友:无论什么时候我从那里过,总有人笑脸地招呼我;无论我到何处去,那里总有人惦念着我。在那里,我写成了《大明湖》,《猫城记》,《离婚》,《牛天赐传》,和收存在《赶集》里的那十几个短篇。在那里,我努力地创作,快活地休息……四年虽短,但是一气住下来,于是事与事的联系,人与人的交往,快乐与悲苦的代换,便显明地在这一生里自成一段落,深深地印划在心中;时短情长,济南就成了我的第二故乡。

它介乎北平与青岛之间。北平是我的故乡,可是这七年来,我不是住济南,便是住青岛。在济南住呢,时常想念北平;及至到了北平的老家,便又不放心济南的新家。好在道路不远,来来往往,两地都有亲爱的人,熟识的地方;它们都使我依依不舍,几乎分不出谁重谁轻。在青岛住呢,无论是由青去平,还是自平返青,中途总得经过济南。车到那里,不由的我便要停留一两天。趵突泉,大明湖,千佛山等名胜,闭了眼也会想出来,可是重游一番总是高兴的:每一角落,似乎都存着一些生命的痕迹;每一小小的变迁,都引起一些感触;就是一风一雨也仿佛含着无限的情意似的。

讲富丽堂皇,济南远不及北平;讲山海之胜,它也跟不上青岛。可是除了北平青岛,要在华北找个有山有水,交通方便,既不十分闭塞,而生活程度又不过高的城市,恐怕就得属济南了。况且,它虽是个大都市,可是还能看到朴素的乡民,一群群的来此卖货或买东西,不像上海与汉口那样完全洋化。它似乎真是稳立在中国的文化上,城墙并不足拦阻住城与乡的交往;以善作洋奴自夸的人物与神情,在这里是不易找到的。这使人心里觉得舒服一些。一个不以跳舞开香槟为理想的生活的人,到了这里自然然会感到一些平淡而可爱的滋味。

济南的美丽来自天然,山在城南,湖在城北。湖山而外,还有七十二泉,泉水成溪,穿城绕郭。可惜这样的天然美景,和那座城市结合到一处,不但没得到人工的帮助而相得益彰,反因市政的敷衍而淹没了丽质。大路上灰尘飞扬,小巷里污秽杂乱,虽然天色是那么清明,泉水是那么方便,可是到处老使人觉得憋得慌。近来虽修成几条柏油路,也仍旧显不出怎么整洁来。至于那些名胜,趵突泉左右前后的建筑破烂不堪,大明湖的湖面已化作水田,而只剩下几道水沟。有人说,这种种的败陋,并非因为当局不肯努力建设,而是因为他们爱民如子,不肯把老百姓的钱都花费在美化城市上。假若这是可靠的话,我们便应当看见老百姓的钱另有出路,在国防与民生上有所建设。这个,我们却没有看见。这笔账该当怎么算呢?况且,我们所要求的并不是高楼大厦,池园庭馆,而是城市应有的卫生与便利。假若在城市卫生上有相当的设施,到处注意秩序与清洁,这座城既有现成的山水取胜,自然就会美如图画,用不着浪费人工财力。

这倒并非专为山水喊冤，而是借以说明许多别的事。济南的多少事情都与此相似，本来可以略加调整便有可观。可是事实上竟自废弛委弃，以至一切的事物上都罩着一层灰土。这层灰土下蠕蠕微动着一群可好可坏的人，隐覆着一些似有若无的事；不死不生，一切灰色。此处没有崭新的东西，也没有彻底旧的东西，本来可以令人爱护，可是又使人无法不伤心。什么事都在动作，什么可也没照着一定的计划作成。无所拒绝，也不甘心接受，不易见到有何主张的人，可也不易见到很讨厌的人，大家都那么和气一团，敷敷衍衍，不易捉摸，也没什么大了不起。有电灯而无光，有马路而拥挤不堪，什么都有，什么也都没有，恰似暮色微茫，灰灰的一片。

按理说，这层灰色是不应当存到今日的，因为五卅惨案的血还鲜红的在马路上，城根下，假若有记性的人会闭目想一会儿。我初到济南那年，那被敌人击破的城楼还挂着"勿忘国耻"的破布条在那儿含羞的立着。不久，城楼拆去，国耻布条也被撤去，同被忘掉。拆去城楼本无不可，但是别无建设或者就是表示着忘去烦恼最为简便；结果呢，敌人今日就又在那里唱凯歌了。

在我写《大明湖》的时候，就写过一段：在千佛山上北望济南全城，城河带柳，远水生烟，鹊华对立，夹卫大河，是何等气象。可是市声隐隐，尘雾微茫，房贴着房，巷联着巷，全城笼罩在灰色之中。敌人已经在山头设过重炮，轰过几昼夜了，以后还可以随时地重演一次；第一次的炮火既没能打破那灰色的大梦，那么总会有一天全城化为灰烬，冲天的红焰赶走了灰色，烧完了梦中人灰色的城，灰色的人，一切是统制，也就是因循，自己不干，不会干，而反倒把要干与会干的人的手捆起来；这是死城！此书的原稿已在上海随着"一·二八"的毒火殉了难，不过这一段的大意还没有忘掉，因为每次由市里到山上去，总会把市内所见的灰色景象带在心中，而后登高一望，自然会起了忧思。湖山是多么美呢，却始终被灰色笼罩着，谁能不由爱而畏，由失望而颤抖呢？

再说，破碎的城楼可以拆去，而敌人并未曾退出；眼不见心不烦，可是小鬼们就在眼前，怎能疏忽过去，视而不见呢？敌人的医院，公司，铺户，旅馆，分散在商埠各处。哪一个买卖也带"白面"，即使不是专售，也多少要预备一些，余利作为妇女与孩子们的零钱。大批的劣货垄断着市场，零整批发的吗啡白面毒化着市民，此外还不时的暗放传染病的毒菌，甚至于把他们国内穿残的破裤烂袄也整船的运来销卖。这够多么可怕呢？可是我们有目无睹，仍自逍遥自在；等因奉此是唯一的公事，奉命唯谨落个好官，我自为之，别无可虑。人家以经济吸尽我们的血，我们只会加捐添税再抽断老百姓的筋。对外讲亲善，故无抵制；对内讲爱民，而以大家不出声为感戴。敌人的炮火是厉害的，敌人的经济侵略是毒辣的，可是我们的捆束百姓的政策就更可怕。济南是久已死去，美丽的湖山只好默然蒙羞了！

平日对敌人的经济侵略不加防范，还可以用有心无力或事关全国为词。及至敌军已深入河北，而大家依旧安闲自在，就太可怪了。山东的富力为华北各省之冠，人民既善于经营，又强壮耐苦。有这样的财力与人力，假若稍有准备，即使不能把全省防御得如铜墙铁壁，至少也得教敌人吃很大的苦头，方能攻入。可是，济南是省会，既系灰色，别处就更无可说的了。济南为全省的脑府，而实际上只是空空的一个壳儿，并无脑子。这个空壳子响一响便是政治，四面低低的回应便算办了事情。

计划、科学、文化、人才，都是些可疑的名词，因为它们不是那空壳子所能了解的。反之，随便响一响，从心所欲正好见出权威。济南是必须死的，而且必不可免的累及全省。

　　这里一点无意去攻击任何人；追悔不如更新，我们且揭过这一页去吧。灰色的济南，可爱的济南，已被敌人的炮火打碎。可是湖山难改，我们且去用血把它刷新，重建个美丽庄严的新都市。别矣济南！那是一场恶梦！再会面时，你将是清醒的合理的，以人民的力量筑成，而归人民享用的。我将看到那城河更多一些绿柳，柳荫下有白石的小凳，任人休息。我将看见破旧的城墙变为宽坦的马路，把乡郊与城市打成一家；在城里可望见南山的果林，在乡间可以知道城内的消息。我将看到大明湖还田为湖，有十顷白莲。我将看见趵突泉改为浴场，游泳着健壮的青年男女。我将看见马鞍山前后有千百烟囱，用着博山的煤，把胶东的烟叶制成金丝，鲁北的棉花织成细布，泰山的樱桃，莱阳的梨，肥城的蜜桃，制成精美的罐头；烟台的葡萄与苹果酿成美酒，供给全国的同胞享用。还有那已具雏型的造钟制钢，玻璃磁器，绸绢花边，酒精发网等等工业，都能合理的改进发展，富国裕民。我希望济南成为全省真正的脑府，用多少条公路，几条河流，和火车电话，把它的智慧热诚的清醒的串送到东海之滨与泰山之麓。挣扎吧，济南！失去一城，无关于最后的胜负。今日之泪是悔认昨日之非；有此觉悟，便能打好明日的主意。济南，今日之死是脱胎换骨，取得新的生命；那明湖上的新蒲绿柳自会有我们重来欣赏啊！

（原载1938年1月《大时代》第三号）

# 一 封 信

亢德兄：

　　由家出来已四个月了。我怎样不放心家小，是你可以想象得到的；因为你现在也把眷属放在了孤岛上，而独自出来挣扎。我的唯一武器是我这枝笔，我不肯教它休息。你的心血是全费在你的刊物上，你当然不肯教它停顿。为了这笔与刊物，我们出来；能作出多少成绩？谁知道呢！也许各尽其力的往前干就好吧？

　　这四个月来，最难过的时候是每晚十时左右。你知道，我素日生活最有规律，夜间十点前后，必须去睡。在流亡中，我还不肯放弃了这个好习惯。可是，一见表针指到该就寝的时刻，我不由的便难过起来。不错，我差不多是连星期日也不肯停笔，零七八碎的真赶出不少的东西来；但是，这到底有多大用处呢？笔在手里的时节，偶尔得到一两句满意的文章，我的确感到快乐，并且渺茫的想到这一两句也许能在我的读众心中发生一些好的作用；及至一放下笔，再看纸上那些字，这点自慰与自傲便立时变为失望与惭愧。眼看着院内的黑影或月光，我仿佛听见了前线的炮声，仿佛看见了火影与血光。多少健儿，今晚丧掉了生命！此刻有多少家庭都拆散，多少城市被轰平！这一夜有多少妇孺变成了寡妇孤儿！全民族都在血腥里，炮火下，到处有最辛酸的患难，与最悲壮的牺牲。我，我只能写一些字！即使我的文字能有一点点用处，可是又到了该睡的时候了；一天的工作——且承认它有些用——不过是那么一点点呀！我不能安心去睡，又不能不去睡，在去铺放被子的时候，我觉得自己不过是个无知的小动物，又须到窝穴里藏起头来，白白的费去七八小时了！这种难过，是我以前所未曾有过的。我简直怕见天黑了，黄昏的暮色晚烟，使我心中凝成一个黑团！我不知怎样才好，而日月轮还，黑夜又绝对不能变成白天！不管我是怎样的想努力，我到底不能不放下笔去睡，把心神交与若续若断的恶梦！

身体太坏。有心无力，勇气是支持不住肉体的疲惫的。作到了一日间所能作的那一些，就像皮球已圆到了容纳空气的限度，再多打一点气就会爆裂。这是毕生的恨事，在这大家都当拼命卖力气，共赴国难的期间，便越发使人苦恼。由这点自恨力短，便不由的想到了一般文人的瘦弱单薄。文人们，因生活的窘迫，因工作的勤苦，不易得到健壮的身体；咬牙努力，适足以呕血丧命。可是他们又是多么不服软，爱要强的人呢。他们越穷越弱，他们越不肯屈服，连自己体质的薄弱也像自欺似的加以否认或忽略。衰病或夭折是常有的当然结果，文学史上有多少"不幸短命死矣"的嗟悼呢！他们这样的不幸，自有客观的，无可避免的条件，并非他们自甘丧弃了生命。不过，在这国家危急存亡之秋，我不愿细细的述说这些客观的条件与因由，而替文人们呼冤。反之，我却愿他们以极度的热心，把不平之鸣改作自励自策，希望他们也都顾及身体的保养与锻炼。文人们，你们必须有铁一般的身儿，才能使你们的笔像枪炮一样的有力呀！注意你们的身体，你们才能尽所能的发挥才力，成为百战不挠的勇士。于此,我特别要诚恳的对年轻的文艺界朋友们说——或者不惜用"警告"这个字:要成个以笔为武器的战士,可先别忽略了战士应有的铜筋铁臂啊。"白面"书生是含有些轻视的形容。深夜里狂吸着纸烟,或由激愤而过着浪漫的生活,以致减低了写作的能力,这岂但有欠严肃,而且近乎自杀呀! 日本军人每日在各处整批的屠杀我们,我们还要自杀么? 我们应当反抗! 战士,我们既是战士,便应当敏捷矫健,生龙活虎的冲锋陷阵。我们强壮的身体支持着我们坚定的意志。笔粗拳头大,气足心才热烈。我们都该自爱自惜。成为铁血文人,在这到处是血腥与炮火的时候,我们才能发出怒吼。惭愧,我到时候非去休息不可,因为身体弱;我是怎样的期待着那大时代锻炼出来的文艺生力军,以严肃的生活,雄美的体格,把"白面"与"文弱"等等可耻的形容词从此扫刷了去,而以粗莽英武的姿态为新中国高唱前进的战歌呢! 浪漫,为什么不可以呢?! 然而我们的浪漫必是上马杀敌,下马为文的那种磊落豪放的气概与心胸,必是坚苦卓绝,以牺牲为荣,为正义而战的那种伟大的英雄主义。以玫瑰色的背心,或披及肩项的卷发,为浪漫的象征,是死与无心肝的象征啊。

自恨使我睡不熟,不由的便想起了妻儿。当学校初一停课,学生来告别的时候,我的泪几乎终日在眼圈里转。"先生! 我们去流亡!"出自那些年轻的朋友之口,多么痛心呢! 有家,归去不得。学校,难以存身。家在北,而身向南,前途茫茫,确切可靠的事只有沿途都有敌人的轰炸与扫射! 啊,不久便轮到了我,我也必得走出来呀! 妻小没法出来,我得向她们告别! 我是家长,现在得把她们交给命运。我自己呢,谁知道能走到哪里去呢! 我只是一个影子,对家属全没了作用,而自己也不知自己的明日如何。小儿女们还帮着我收拾东西呢！

我没法不狠心。我不能把自己关在亡城里。妻明白这个，她也明白，跟我出来，即使可能，也是我的累赘。我照应她们，便不能尽量作我所能与所要作的事。她也狠了心。只有狠心才能互相割舍，只有狠心才见出互相谅解。她不是非与丈夫揽臂而行不可的那种妇女，她平日就不以领着我去看电影为荣，所以今天可以放了我，使我在这四个月间还能勤苦的动我的笔。

假若——呕，我真不敢这样想！——她是那从电影中学得一套虚伪娇贵的妇女，必定要同我出来，在逃难的时候，还穿着高跟鞋，我将怎办呢？我亲眼看见，在汉口最阔绰的饭店与咖啡馆中，摆着一些向她们的丈夫演着影戏的妇女。她们据说是很喜爱文艺呀。她们的丈夫们是否文艺家，我不晓得；我只不放心，假若她们的丈夫确是作者，他们能否在伺候太太而外，还有工夫去写文章呢？假若在半夜由咖啡馆回到家中，他还须去写作，她能忍受在天明的时节，看到他的苦相——与男明星绝对相反的气度与姿态吗？

我想念我的妻与儿女，我觉得太对不起她们，可是在无可奈何之中，我感谢她，我必须拚命的去作事，好对得起她。由悬念而自励，一个有欠摩登的妇人，是怎样的能帮助像我这样的人哪！严肃的生活，来自男女彼此间的彻底谅解，互助互成。国难期间，男女间的关系，是含泪相誓，各自珍重，为国效劳。男儿是兵，女子也是兵，都须把最崇高的情绪生活献给这血雨刀山的大时代。夫不属于妻，妻不属于夫，他与她都属于国家。香艳温柔的生活只足以对得起好莱坞的苦心，只足以使汉口香港畸形的繁荣；而真正的汉奸所期望的也并不与这个相差甚远吧？

现在,又十点钟了!空袭警报刚解除不久。在探射灯的交插处,我看见八架,六架,银色的铁鹰;远处起了火!我必须去睡。谁知道明日见得着太阳与否呢?但是今天我必作完今天的事,明天再作明天的事。生与死都不算什么,只求生便生在,死便死在,各尽其力,民族必能于复兴的信念中。去睡呀,明日好早起。今天或者不再难以入梦了,我的忧思与感触已写在了这里一些;对老友谈心,或者能有定心静气的功效的。假若你以为这封信被别人看到,也能有些好处,那就不妨把它发表,代替你要我写的短文吧。

《大风》已收到,谢谢!希望它更硬一些。

全国文艺界抗敌协会拟在本月下旬开成立大会,希望简公们都入会。你若能来赴会,更好!祝

安!

老　舍　武昌,二十七,三,十五夜。

(原载1938年5月《宇宙风》第六十七期)

# 宗月大师

在我小的时候，我因家贫而身体很弱。我九岁才入学。因家贫体弱，母亲有时候想教我去上学，又怕我受人家的欺侮，更怕交不上学费，所以一直到九岁我还不识一个字。说不定，我会一辈子也得不到读书的机会。因为母亲虽然知道读书的重要，可是每月间三四吊钱的学费，实在让她为难。母亲是最喜脸面的人。她迟疑不决，光阴又不等待着任何人，荒来荒去，我也许就长到十多岁了。一个十多岁的贫而不识字的孩子，很自然的是去作个小买卖——弄个小筐，卖些花生，煮豌豆，或樱桃什么的。要不然就是去学徒。母亲很爱我，但是假若我能去作学徒，或提篮沿街卖樱桃而每天赚几百钱，她或者就不会坚决的反对。穷困比爱心更有力量。

有一天刘大叔偶然的来了。我说"偶然的"，因为他不常来看我们。他是个极富的人，尽管他心中并无贫富之别，可是他的财富使他终日不得闲，几乎没有工夫来看穷朋友。一进门，他看见了我。"孩子几岁了？上学没有？"他问我的母亲。他的声音是那么洪亮（在酒后，他常以学喊俞振庭的《金钱豹》自傲），他的衣服是那么华丽，他的眼是那么亮，他的脸和手是那么白嫩肥胖，使我感到我大概是犯了什么罪。我们的小屋，破桌凳，土炕，几乎禁不住他的声音的震动。等我母亲回答完，刘大叔马上决定："明天早上我来，带他上学，学钱、书籍，大姐你都不必管！"我的心跳起多高，谁知道上学是怎么一回事呢！

第二天，我像一条不体面的小狗似的，随着这位阔人去入学。学校是一家改良私塾，在离我的家有半里多地的一座道士庙里。庙不甚大，而充满了各种气味：一进山门先有一股大烟味，紧跟着便是糖精味（有一家熬制糖球糖块的作坊），再往里，是厕所味，与别的臭味。学校是在大殿里。大殿两旁的小屋住着道士，和道士的家眷。大殿里很黑，很冷。神像都用黄布挡着，供桌上摆着孔圣人的牌位。学生都面朝西坐着，一共有三十来人。西墙上有一块黑板——这是"改良"私塾。老师姓李，一位极死板而极有爱心的中年人。刘大叔和李老师"嚷"了一顿，而后教我拜圣人及老师。老师给了我一本《地球韵言》和一本《三字经》。我于是，就变成了学生。

自从作了学生以后，我时常的到刘大叔的家中去。他的宅子有两个大院子，院中几十间房屋都是出廊的。院后，还有一座相当大的花园。宅子的左右前后全是他的房屋，若是把那些房子齐齐的排起来，可以占半条大街。此外，他还有几处铺店。每逢我去，他必招呼我吃饭，或给我一些我没有看见过的点心。他绝不以我为一个苦孩子而冷淡我，他是阔大爷，但是他不以富傲人。

在我由私塾转入公立学校去的时候，刘大叔又来帮忙。这时候，他的财产已大半出了手。他是阔大爷，他只懂得花钱，而不知道计算。人们吃他，他甘心教他们吃；人们骗他，他付之一笑。他的财产有一部分是卖掉的，也有一部分是被人骗了去的。他不管；他的笑声照旧是洪亮的。

到我在中学毕业的时候，他已一贫如洗，什么财产也没有了，只剩下那个后花园。不过，在这个时候，假若他肯用用心思，去调整他的产业，他还能有办法教自己丰衣足食，因为他的好多财产是被人家骗了去的。可是，他不肯去请律师。贫与富在他心中是完全一样的。假若在这时候，他要是不再随便花钱，他至少可以保住那座花园，和城外的地产。可是，他好善。尽管他自己的儿女受着饥寒，尽管他自己受尽折磨，他还是去办贫儿学校，粥厂，等等慈善事业。他忘了自己。就是在这个时候，我和他过往的最密。他办贫儿学校，我去作义务教师。他施舍粮米，我去帮忙调查及散放。在我的心里，我很明白：放粮放钱不过只足延长贫民的受苦难的日期，而不足以阻拦住死亡。但是，看刘大叔那么热心，那么真诚，我就顾不得和他辩论，而只好也出点力了。即使我和他辩论，我也不会得胜，人情是往往能战败理智的。

在我出国以前，刘大叔的儿子死了。而后，他的花园也出了手。他入庙为僧，夫人与小姐入庵为尼。由他的性格来说，他似乎势必走入避世学禅的一途。但是由他的生活习惯上来说，大家总以为他不过能念念经，布施布施僧道而已，而绝对不会受戒出家。他居然出了家。在以前，他吃的是山珍海味，穿的是绫罗绸缎。他也嫖也赌。现在，他每日一餐，入秋还穿着件夏布道袍。这样苦修，他的脸上还是红红的，笑声还是洪亮的。对佛学，他有多么深的认识，我不敢说，我却真知道他是个好和尚，他知道一点便去作一点，能作一点便作一点。他的学问也许不高，但是他所知道的都能见诸实行。

出家以后，他不久就作了一座大寺的方丈。可是没有好久就被驱逐出来。他是要作真和尚，所以他不惜变卖庙产去救济苦人。庙里不要这种方丈。一般的说,方丈的责任是要扩充庙产,而不是救苦救难的。离开大寺,他到一座没有任何产业的庙里作方丈。他自己既没有钱,他还须天天为僧众们找到斋吃。同时,他还举办粥厂等等慈善事业。他穷,他忙,他每日只进一顿简单的素餐,可是他的笑声还是那么洪亮。他的庙里不应佛事,赶到有人来请,他便领着僧众给人家去唪真经,不要报酬。他整天不在庙里,但是他并没忘了修持;他持戒越来越严,对经义也深有所获。他白天在各处筹钱办事,晚间在小室里作工夫。谁见到这位破和尚也不曾想到他会是个在金子里长起来的阔大爷。

去年,有一天他正给一位圆寂了的和尚念经,他忽然闭上了眼,就坐化了。火葬后,人们在他的身上发现许多舍利。

没有他,我也许一辈子也不会入学读书。没有他,我也许永远想不起帮助别人有什么乐趣与意义。他是不是真的成了佛? 我不知道。但是,我的确相信他的居心与苦行是与佛极相近似的。我在精神上物质上都受过他的好处,现在我的确愿意他真的成了佛,并且盼望他以佛心引领我向善,正像在三十五年前,他拉着我去入私塾那样!

他是宗月大师。

(原载1940年1月23日《华西日报·每周文艺》)

# 诗 人

设若有人问我：什么是诗？我知道我是回答不出的。把诗放在一旁，而论诗人，犹之不讲英雄事业，而论英雄其人，虽为二事，但密切相关，而且也许能说得更热闹一些，故论诗人。

好像记得古人说过，诗人是中了魔的人。什么魔？什么是魔？我都不晓得。由我的揣猜大概有两点可注意的：（一）诗人在举动上是有异于常人的，最容易看到的：有的诗人囚首垢面，有的爱花或爱猫狗如命，有的登高长啸，有的海畔行吟，有的老在闹恋爱或失恋，有的挥金如土，有的狂醉悲歌……在常人的眼中，这些行动都是有失体统的，故每每呼诗人为怪人、为狂士、为败家子。可是，这些狂士（或什么什么怪物）却能写出标准公民与正人君子所不能写的诗歌。怪物也许倾家败产，冻饿而死，但是他的诗歌永远存在，为国家民族的珍宝。这是怎一回事呢？

一位英国的作家仿佛这样说过：写家应该是有女性的人。这句话对不对？我不敢说。我只能猜到，也许本着这位写家自己的经验，他希望写家们要心细如发，像女子们那样精细。我之所以这样猜想者，也许表示了我自己也愿写家们对事物的观察特别详密。诗人的心细，只是诗人应具备的条件之一。不过，仅就这一个条件来说，也许就大有出入，不可不辨。诗人要怎样的心细呢？ 是不是像看财奴一样，到临死的时候还不放心床畔的油灯是点着一根灯草呢，还是两根？ 多费一根灯草，足使看财奴伤心落泪，不算奇怪。假若一个诗人也这样办呢？ 呵，我想天下大概没有这样的诗人！ 一个人的才力是长于此，则短于彼的。一手打着算盘，一手写着诗，大概是不可能。诗人——也许因为体质的与众人不同，也许因天才与常人有异，也许因为所注意的不是油盐酱醋之类的东西——总有所长，也有所短，有的地方极注意，有的地方极不注意。有人说，诗人是长着四只眼的，所以他能把一团飞絮看成了老翁，能在一粒砂中看见个世界。至于这种眼睛能否辨别钞票的真假，便没有听见说过了。他的眼要看真理，要看山川之美；他的心要世界进步，要人人幸福。他的居心与圣哲相同，恐怕就不屑于，或来不及，再管衣衫的破烂，或见人必须作揖问好了。所以他被称为狂士、为疯子。这狂士对那些小小的举动可以因无关宏旨而忽略，对大事可就一点也不放松，在别人正兴高采烈，歌舞升平的时节，他会极不得人心的来警告大家。人家笑得正欢，他会痛哭流涕。及至社会上真有了祸患，他会以身谏，他投水，他殉难！ 正如他平日的那些小举动被视为疯狂，他的这种舍身救世的大节也还是被认为疯狂的表现与结果。即使他没有舍身全节的机会，他也会因不为五斗米而折腰，或不肯赞谀什么权要，而死于贫困。他什么也没有，只有一些诗。诗，救不了他的饥寒，却使整个的民族有些永远不灭的光荣。诗人以饥寒为苦么？ 那倒也未必，他是中了魔的人！

说不定，我们也许能发现一个诗人，他既爱财如命，也还能写出诗来。这就可以提出第（二）来了：诗人在创作的时候确实有点发狂的样子。所谓灵感者也许就是中魔的意思吧。看，当诗人中了魔（或者有了灵感），他或碰倒醋瓮，或绕床疾走，或到庙门口去试试应当用"推"还是"敲"，或喝上斗酒，真是天翻地覆。他醒着也吟，睡着也唱，能闹几天几夜，忘寝废食。这时候，他把全部精力全拿出来，每一道神经都在颤动。他忘了钱——假使他平日爱钱。忘了饮食、忘了一切，而把意识中，连下意识中的那最崇高的、最善美的，都拿了出来！把最好的字，最悦耳的音，都配备上去。假如他平日爱钱，到这时节便顾不得钱了！在这时候而有人跟他来算账，他的诗兴便立刻消逝，没法挽回。当作诗的时候，诗人能把他最喜爱的东西推到一边去，什么贵重的东西也比不上诗。诗是他自己的，别的都是外来之物。诗人与看财奴势不两立，至于忘了洗脸，或忘了应酬，就更在情理中了。所以，诗人在平时就有点像疯子；在他作诗的时候，即使平日不疯，也必变成疯子——最快活、最苦痛、最天真、最崇高、最可爱、最伟大的疯子！

皮毛的去学诗人的囚首垢面，或破鞋敝衣，是容易的，没什么意义的。要成为诗人须中魔啊。要掉了头，牺牲了命，而必求真理至善之阐明，与美丽幸福之揭示，才是诗人啊。眼光如豆，心小如鼠，算了吧，你将永远是向诗人投掷石头的，还要作诗么？——写于诗人节

[原载1941年5月30日重庆《大公报·战线》（第一届诗人节特刊）]

## 敬悼许地山先生

地山是我的最好的朋友。以他的对种种学问的好知喜问的态度，以他的对生活各方面感到的趣味，以他的对朋友的提携辅导的热诚，以他的对金钱利益的淡薄，他绝不像个短寿的人。每逢当我看见他的笑脸，握住他的柔软而戴着一个翡翠戒指的手，或听到他滔滔不断的讲说学问或故事的时候，我总会感到他必能活到八九十岁，而且相信若活到八九十岁，他必定还能像年轻的时候那样有说有笑，还能那样说干什么就干什么，永不驳回朋友的要求，或给朋友一点难堪。

地山竟自会死了——才将快到五十的边儿上吧。

他是我的好友。可是，我对于他的身世知道的并不十分详细。不错，他确是告诉过我许多关于他自己的事情；可是，大部分都被我忘掉了。一来是我的记性不好；二来是当我初次看见他的时候，我就觉得"这是个朋友"，不必细问他什么；即使他原来是个强盗，我也只看他可爱；我只知道面前是个可爱的人，就是一点也不晓得他的历史，也没有任何关系！况且，我还深信他会活到八九十岁呢。让他讲那些有趣的故事吧，让他说些对种种学术的心得与研究方法吧；至于他自己的历史，忙什么呢？等他老年的时候再说给我听，也还不迟啊！

可是，他已经死了！

我知道他是福建人。他的父亲作过台湾的知府——说不定他就生在台湾。他有一位舅父，是个很有才而后来作了不十分规矩的和尚的。由这位舅父，他大概自幼就接近了佛说，读过不少的佛经。还许因为这位舅父的关系，他曾在仰光一带住过，给了他不少后来写小说的资料。他的妻早已死去，留下一个小女孩。他手上的翠戒指就是为纪念他的亡妻的。从英国回到北平，他续了弦。这位太太姓周，我曾在北平和青岛见到过。

以上这一点：事实恐怕还有说得不十分正确的地方，我的记性实在太坏了！记得我到牛津去访他的时候，他告诉了我为什么老戴着那个翠戒指；同时，他说了许许多多关于他的舅父的事。是的，清清楚楚的我记得他由述说这位舅父而谈到禅宗的长短，因为他老人家便是禅宗的和尚。可是，除了这一点，我把好些极有趣的事全忘得一干二净；后悔没把它们都笔记下来！

我认识地山，是在二十年前了。那时候，我的工作不多，所以常到一个教会去帮忙，作些"社会服务"的事情。地山不但常到那里去，而且有时候住在那里，因此我认识了他。我呢，只是个中学毕业生，什么学识也没有。可是地山在那时候已经在燕大毕业而留校教书，大家都说他是个很有学问的青年。初一认识他，我几乎不敢希望能与他为友，他是有学问的人哪！可是，他有学问而没有架子，他爱说笑话，村的雅的都有；他同我去吃八个铜板十只的水饺，一边吃一边说，不一定说什么，但总说得有趣。我不再怕他了。虽然不晓得他有多大的学问，可是的确知道他是个极天真可爱的人了。一来二去，我试着步去问他一些书本上的事；我生怕他不肯告诉我，因为我知道有些学者是有这样脾气的：他可以和你交往，不管你是怎样的人；但是一提到学问，他就不肯开口了；不是他不肯把学问白白送给人，便是不屑于与一个没学问的人谈学问——他的神色表示出来，跟你来往已是降格相从，至于学问之事，哈哈……但是，地山绝对不是这样的人。他愿意把他所知道的告诉人，正如同他愿给人讲故事。他不因为我向他请教而轻视我，而且也并不板起面孔表示他有学问。和谈笑话似的，他知道什么便告诉我什么，没有矜持，没有厌倦，教我佩服他的学识，而仍认他为好友。学问并没有毁坏了他的为人，像那些气焰千丈的"学者"那样。他对我如此，对别人也如此；在认识他的人中，我没有听到过背地里指摘他，说他不够个朋友的。

不错，朋友们也有时候背地里讲究他；谁能没有些毛病呢。可是，地山的毛病只使朋友们又气又笑的那一种，绝无损于他的人格。他不爱写信。你给他十封信，他也未见得答复一次；偶尔回答你一封，也只有几个奇形怪状的字，写在一张随手拾来的破纸上。我管他的字叫作鸡爪体，真是难看。这也许是他不愿写信的原因之一吧？另一毛病是不守时刻。口头的或书面的通知，何时开会或何时集齐，对他绝不发生作用。只要他在图书馆中坐下，或和友人谈起来，就不用再希望他还能看看钟表。所以，你设若不亲自拉他去赴会就约，那就是你的过错；他是永远不记着时刻的。

一九二四年初秋，我到了伦敦，地山已先我数日来到。他是在美国得了硕士学位，再到牛津继续研究他的比较宗教学的；还未开学，所以先在伦敦住几天，我和他住在了一处。他正用一本中国小商店里用的粗纸账本写小说。那时节，我对文艺还没发生什么兴趣，所以就没大注意他写的是哪一篇。几天的工夫，他带着我到城里城外玩耍，把伦敦看了一个大概。地山喜欢历史，对宗教有多年的研究，对古生物学有浓厚的兴趣。由他领着逛伦敦，是多么有趣，有益的事呢！同时，他绝对不是"月亮也是外国的好"的那种留学生。说真的，他有时候过火的厌恶外国人。因为要批判英国人，他甚至于连英国人有礼貌，守秩序，和什么喝汤不准出响声，都看成为愚蠢可笑的事。因此，我一到伦敦，就借着他的眼睛看到那古城的许多宝物，也看到它那阴暗的一方面，而不至胡胡涂涂的断定伦敦的月亮比北平的好了。

不久，他到牛津去入学。暑假寒假中，他必到伦敦来玩几天。"玩"这个字，在这里，用得很妥当，又不很妥当。当他遇到朋友的时候，他就忘了自己：朋友们说怎样，他总不驳回。去到东伦敦买黄花木耳，大家作些中国饭吃？好！去逛动物园？好！玩扑克牌？好！他似乎永远没有忧郁，永远不会说"不"。不过，最好还是请他闲扯。据我所知道的，于各种宗教的研究而外，他还研究人学，民俗学，文学，考古学；他认识古代钱币，能鉴别古画，学过梵文与巴利文。请他闲扯，他就能——举个例说——由男女恋爱扯到中古的禁欲主义，再扯到原始时代的男女关系。他的故事多，书本上的佐证也丰富。他的话一会儿低降到贩夫走卒的俗野，一会儿高飞到学者的深刻高明。他谈一整天并无倦容，大家听一天也不感疲倦。

不过，你不要让他独自溜出去。他独自出去，不是到博物院，必是入图书馆。一进去，他就忘了出来。有一次，在上午八九点钟，我在东方学院的图书馆楼上发现了他。到吃午饭的时候，我去唤他，他不动。

一直到下午五点,他才出来,还是因为图书馆已到关门的时间的原故。找到了我,他不住的喊"饿";是啊,他已经饿了十点钟。在这种时节,"玩"字是用不得的。

牛津不承认他的美国的硕士学位,所以他须花二年的时光再考硕士。他的论文是《法华经》的介绍,在预备这本论文的时候,他还写了一篇相当长的文章,在世界基督教大会(?)上去宣读。这篇文章的内容是介绍道教。在一般的浮浅传教师心里,中国的佛教与道教不过是与非洲黑人或美洲红人所信的原始宗教差不多。地山这篇文章使他们闻所未闻,而且得到不少宗教学学者的称赞。

他得到牛津的硕士。假若他能继续住二年,他必能得到文学博士——最荣誉的学位。论文是不成问题的,他能于很短的期间预备好。但是,他必须再住二年;校规如此,不能变更。他没有住下去的钱,朋友们也不能帮助他。他只好以硕士为满意,而离开英国。

在他离英以前,我已试写小说。我没有一点自信心,而他又没工夫替我看看。我只能抓着机会给他朗读一两段。听过了几段,他说:"可以,往下写吧!"这,增多了我的勇气。他的文艺意见,在那时候,仿佛是偏重于风格与情调;他自己的作品都多少有些传奇的气息,他所喜爱的作品也差不多都是浪漫派的。他的家世,他的在南洋的经验,他的旧文学的修养,他的喜研究学问而又不忍放弃文艺的态度,和他自己的生活方式,我想,大概都使他倾向着浪漫主义。

单说:他的生活方式吧。我不相信他有什么宗教的信仰,虽然他对宗教有深刻的研究,可是,我也不敢说宗教对他完全没有影响。他的言谈举止都像个诗人。假若把"诗人"按照世俗的解释从他的生活中扩展起来,他就应当有很古怪奇特的行动与行为。但是,他并没作过什么怪事。他明明知道某某人对他不起,或是知道某某人的毛病,他仍然是一团和气,以朋友相待。他不会发脾气。在他的嘴里,有时候是乱扯一阵,可是他的私生活是很严肃的,他既是诗人,又是"俗"人。为了读书,他可以忘了吃饭。但一讲到吃饭,他却又不惜花钱。他并不孤高自赏。对于衣食住行他都有自己的主张,可是假若别人喜欢,他也不便固执己见。他能过很苦的日子。在我初认识他的几年中,他的饭食与衣服都是极简单朴俭。他结婚后,我到北平去看他,他的房屋衣服都相当讲究了。也许是为了家庭间的和美,他不便于坚持己见吧。虽然由破夏布褂子换为整齐的绫罗大衫,他的脱口而出的笑话与戏谑还完全是他,一点儿也没改。穿什么,吃什么,他仿佛都能随遇而安,无所不可。在这里,和在其他的好多地方,他似乎受佛教的影响较基督教的为多,虽然他是在神学系毕业,而且也常去作礼拜。他像个禅宗的居士,而绝不能成为一个清教徒。

不但亲戚朋友能影响他,就是不相识而偶然接触的人也能临时的左右他。有一次,我在"家"里,他到伦敦城里去干些什么。日落时,他回来了,进门便笑,而且不住的摸他的刚刚刮过的脸。我莫名其妙。他又笑了一阵。"教理发匠挣去两镑多!"我吃了一惊。那时候,在伦敦理发普通是八个便士,理发带刮脸也不过是一个先令,"怎能花两镑多呢?"原来是理发匠问他什么,他便答应什么,于是用香油香水洗了头,电气刮了脸,还不得两镑多么?他绝想不起那样打扮自己,但是理发匠的建议是不能驳回的!

自从他到香港大学任事,我们没有会过面,也没有通过信;我知道他不喜欢写信,所以也就不写给他。抗战后,为了香港"文协"分会的事,我不能不写信给他了,仍然没有回信。可是,我准知道,信虽没有,事情可是必定办了。果然,从分会的报告和友人的函件中,我晓得了他是极热心会务的一员。我不能希望他按时回答我的信,可是我深信他必对分会卖力气,他是个极随便而又极不随便的人,我知道。

我自己没有学问,不能妥切的道出地山在学术上的成就何如。我只知道,他极用功,读书很多,这就值得钦佩,值得效法。对文艺,我没有什么高明的见解,所以不敢批评地山的作品。但是我晓得,他向来没有争过稿费,或恶意的批评过谁。这一点,不但使他能在香港"文协"分会以老大哥的身分德望去推动会务,而且在全国文艺界的团结上也有重大的作用。

是的,地山的死是学术界文艺界的极重大的损失!至于谈到他与我私人的关系,我只有落泪了;他既是我的"师",又是我的好友!

啊,地山!你记得给我开的那张"佛学入门必读书"的单子吗?你用功,也希望我用功;可是那张单子上的六十几部书,到如今我一部也没有读啊!

你记得给我打电报,教我到济南车站去接周校长①吗?多么有趣的电报啊!知道我不认识她,所以你教她穿了黑色旗袍,而电文是:"×日×时到站接黑衫女"!当我和妻接到黑衫女的时候,我们都笑得闭不上口啊。朋友,你托友好作一件事,都是那样有风趣啊!啊,昔日的

---

① 周校长,即许地山的夫人的妹妹。

趣事都变成今日的泪源。你怎可以死呢！

不能再往下写了……

（原载1941年8月17日重庆《大公报》）

# 我所认识的沫若先生

关于沫若先生,据我看,至少有五方面值得赞述:

(一)他的文艺作品的创作及翻译;

(二)在北伐期间,他的革命功业;

(三)他在考古学上的成就;

(四)抗战以来,他的抗战工作;

(五)他的为人。

对上列的五项,可怜,我都没有资格说话,因为:

(一)他的文艺作品及翻译,我没有完全读过,不敢乱说;而马上去搜集他的全部著作,从事研读,在今天,恐怕又不可能。

(二)关于北伐时期他的革命工作,他自己已经写出了一点;以后他还许有更详细的自述,用不着我替他说;要说,我也所知无几。

(三)对于他的考古学的成就,我只知道:遇有机会,我总是小学生似的恭听他讲说古史或古文字。因为,据专家们说:今日治考古学的人们可分为三类,第一类是学有家数,出经入史,根底坚深,但不习外国言语,昧于科学方法,用力至苦而收获无多。第二类是略知科学方法,复有研究趣味,而旧学根底不够,失之浮浅。第三类是通古知今,新旧兼胜,既不泥古,复能出新,研究结果乃能照耀全世。沫若先生,据专家们说,就属于第三类。这,我只能相信他们的话。当我恭听他讲述的时候,我只怀疑自己的理解力,一句类似的批评的话也不敢说——一个外行怎敢去批评内行们所推崇的内行呢?

(四)至于抗战来,他的抗敌工作,是眼前的事情,人人知道,我并不比别人知道的多到哪里去,也就用不着多开口。

(五)关于他的为人,我照样的没有说话的资格,因为我认识他才不过四年。

不过一位新闻记者既可以由一面之缘而写印象记,那么,相识四年,还不可以放开胆子么? 根据这个聊以自解的理由,我现在要说几句没有什么资格来说的话。

由四年来的观察,我觉得沫若先生是个:

(一)绝顶聪明的人,这里所说的"聪明",并不指他的多才多艺而言,因为我要说的是他的为人,而不是介绍他在文艺上与学术上的才力与成就。我说他是绝顶聪明,因为他知道他自己的天才,知道自己的成就,知道他自己的地位,而完全不利用它们去取得个人的利益与享受。反之,他老想把自己的才力聪明用到他以为有意义的事上去,即使因此而受到很大的物质上的损失和身心上的苦痛,他也不皱一皱眉! 他敢去革命,敢去受苦,敢从日本小鬼的眼皮下逃回祖国,来抵抗日本小鬼! 我管这叫作愚傻的聪明,假若愚傻就是舍利趋义的意思的话。这种聪明才是一个诗人的伟大处:有了它,诗人的人格才有宝气珠光。

(二)沫若先生是个五十岁的小孩,因为他永是那么天真、热烈,使人看到他的笑容,他的怒色,他的温柔和蔼,而看不见,仿佛是,他的岁数。他永远真诚，等到他因真诚而受了骗的时候，他也会发怒——他的怒色是永不藏起去的。这个脾气使他不能自已的去多知多闻，对什么都感觉趣味；假若是他的才力所能及的，他便不舍昼夜的去研究学习，他写字，他作诗，他学医，他翻译西洋文学名著，他考古……而且，他都把它们作得好；他是头狮子，扑什么都用全力，等到他把握到一种学术或技艺，他会像小孩拆开一件玩具那么天真，高兴，去告诉别人，领导别人；他的学问，正和他的生命一样，是要献给社会、国家、与世界的。他对人也是如此，虽然不能有求必应，但凡是他所能作到的，他无不尽心尽力的去为人帮忙。最使我感动的是他那种随时的，真诚而并不正颜厉色的，对朋友们的规劝。这规劝，像春晓的微风似的，使人不知不觉的感到温暖，而不能不感谢他，服从他。好几次了，他注意到我贪酒。好几次了，当我辞别他的时候，他低声的，微笑的，好像极怕伤了我的心似的，说："少喝点酒啊！"好多次了，我看见他这样规劝别人——绝不是老大哥的口气，而永远是一种极同情，极关切的劝慰。在我不认识他的时候，我以为他是一条猛虎；现在，相识已有四年。我才知道他是个伏虎罗汉。

啊，五十岁的老小孩，我相信你会继续在创作上，学术研究上，抗敌工作上，用你的聪明；也相信，你会在创作研究等等而外，还时时给我们由你心中发出的春风！

（原载1941年11月16日《新蜀报·蜀道》）

# 滇行短记

## 一

总没学会写游记。这次到昆明住了两个半月,依然没学会写游记,最好还是不写。但友人嘱寄短文,并以滇游为题。友情难违;就想起什么写什么。另创一路,则吾岂敢,聊以塞责,颇近似之,惭愧得紧!

## 二

八月二十六日早九时半抵昆明。同行的是罗莘田先生。他是我的幼时同学,现在已成为国内有数的音韵学家。老朋友在久别之后相遇,谈些小时候的事情,都快活得要落泪。

他住昆明青云街靛花巷,所以我也去住在那里。

住在靛花巷的,还有郑毅生先生,汤老先生[①],袁家骅先生,许宝骒先生,郁泰然先生。

---

[①] 汤老先生,即汤用彤。

毅生先生是历史家，我不敢对他谈历史，只能说些笑话，汤老先生是哲学家，精通佛学，我偷偷的读他的晋魏六朝佛教史，没有看懂，因而也就没敢向他老人家请教。家骅先生在西南联大教授英国文学，一天到晚读书，我不敢多打扰他，只在他泡好了茶的时候，搭讪着进去喝一碗，赶紧告退。他的夫人钱晋华女士常来看我。到吃饭的时候每每是大家一同出去吃价钱最便宜的小馆。宝骙先生是统计学家，年轻，瘦瘦的，聪明绝顶。我最不会算术，而他成天的画方程式。他在英国留学毕业后，即留校教书，我想，他的方程式必定画得不错！假若他除了统计学，别无所知，我只好闭口无言，全没办法。可是，他还会唱三百多出昆曲。在昆曲上，他是罗莘田先生与钱晋华女士的"老师"。罗先生学昆曲，是要看看制曲与配乐的关系，属于哪声的字容或有一定的谱法，虽腔调万变，而不难找出个作谱的原则。钱女士学昆曲，因为她是个音乐家。我本来学过几句昆曲，到这里也想再学一点。可是，不知怎的一天一天的度过去，天天说拍曲，天天一拍也未拍，只好与许先生约定：到抗战胜利后，一同回北平去学，不但学，而且要彩唱！郁先生在许多别的本事而外，还会烹调。当他有工夫的时候，便作一二样小菜，沽四两市酒，请我喝两杯。这样，靛花巷的学者们的生活，并不寂寞。当他们用功的时候，我就老鼠似的藏在一个小角落里读书或打盹；等他们离开书本的时候，我也就跟着"活跃"起来。

此外，在这里还遇到杨今甫、闻一多、沈从文、卞之琳、陈梦家、朱自清、罗膺中、魏建功、章川岛……诸位文坛老将，好像是到了"文艺之家"。关于这些位先生的事，容我以后随时报告。

## 三

靛花巷是条只有两三人家的小巷，又狭又脏。可是，巷名的雅美，令人欲忘其陋。

昆明的街名，多半美雅。金马碧鸡等用不着说了，就是靛花巷附近的玉龙堆，先生坡，也都令人欣喜。

靛花巷的附近还有翠湖，湖没有北平的三海那么大，那么富丽，可是，据我看：比什刹海要好一些。湖中有荷蒲；岸上有竹树，颇清秀。最有特色的是猪耳菌，成片的开着花。此花叶厚，略似猪耳，在北平，我们管它叫做凤眼兰，状其花也；花瓣上有黑点，像眼珠。叶翠绿，厚而有光；花则粉中带蓝，无论在日光下，还是月光下，都明洁秀美。

云南大学与中法大学都在靛花巷左右，所以湖上总有不少青年男女，或读书，或散步，或划船。昆明很静，这里最静；月明之夕，到此，谁仿佛都不愿出声。

## 四

昆明的建筑最似北平，虽然楼房比北平多，可是墙壁的坚厚，椽柱的雕饰，都似"京派"。

花木则远胜北平。北平讲究种花，但夏天日光过烈，冬天风雪极寒，不易把花养好。昆明终年如春，即使不精心培植，还是到处有花。北平多树，但日久不雨，则叶色如灰，令人不快。昆明的树多且绿，而且树上时有松鼠跳动！入眼浓绿，使人心静，我时时立在楼上远望，老觉得昆明静秀可喜；其实呢，街上的车马并不比别处少。

至于山水，北平也得有愧色，这里，四面是山，滇池五百里——北平的昆明湖才多么一点点呀！山土是红的，草木深绿，绿色盖不住的地方露出几块红来，显出一些什么深厚的力量，教昆明城外到处使人感到一种有力的静美。

四面是山，围着平坝子，从高处看稻田万顷。海田之间，相当宽的河堤有许多道，都有几十里长，满种着树木。万顷稻，中间画着深绿的线，虽然没有怎样了不起的特色，可也不是怎的总看着像画图。

## 五

在西南联大讲演了四次。

第一次讲演，闻一多先生作主席。他谦虚的说：大学里总是作研究工作，不容易产出活的文学来……我答以：抗战四年来，文艺写家们发现了许多文艺上的问题，诚恳的去讨论。但是，讨论的第二步，必是研究，否则不易得到结果；而写家们忙于写作，很难静静的坐下去作研究；所以，大学里作研究工作，是必要的，是帮着写家们解决问题的。研究并不是崇古鄙今，而是供给新文艺以有益的参考，使新文艺更坚实起来。譬如说：这两年来，大家都讨论民族形式问题，但讨论的多半是何谓民族形式，与民族形式的源泉何在；至于其中的细腻处，则必非匆匆忙忙的所能道出，而须一项一项的细心研究了。近来，罗莘田先生根据一百首北方俗曲，指出民间诗歌用韵的活泼自由，及十三辙的发展，成为小册。这小册子虽只谈到了民族形式中的一项问题，但是老老实实详详细细的述说，绝非空论。看了这小册子，至少我们会明白十三辙已有相当长久的历史，和它怎样代替了官样的诗韵；至少我们会看出民间文艺的用韵是何等活动，何等大胆——也就增加了我们写作时的勇气。罗先生是音韵学家，可是他的研究结果就能直接有助于文艺的写作，我愿这样的例子一天比一天多起来。

## 六

正是雨季，无法出游。讲演后，即随莘田下乡——龙泉村。村在郊北，距城约二十里，北大文科研究所在此。冯芝生、罗膺中、钱端升、王了一、陈梦家诸教授都在村中住家。教授们上课去，须步行二十里。

研究所有十来位研究生，生活至苦，用工极勤。三餐无肉，只炒点"地蛋"丝当作菜。我既佩服他们苦读的精神，又担心他们的健康。莘田患恶性摆子，几位学生终日伺候他，犹存古时敬师之道，实为难得。

莘田病了，我就写剧本。

## 七

研究所在一个小坡上——村人管它叫"山"。在山上远望，可以见蟠龙江。快到江外的山坡，一片松林，是黑龙潭。晚上，山坡下的村子都横着一些轻雾；驴马带着铜铃，顺着绿堤，由城内回乡。

冯芝生先生领我去逛黑龙潭，徐旭生先生住在此处。此处有唐梅宋柏；旭老的屋后，两株大桂正开着金黄花。唐梅的干甚粗，但活着的却只有二三细枝——东西老了也并不一定好看。

坐在石凳上，旭老建议：中秋夜，好不好到滇池去看月；包一条小船，带着乐器与酒果，泛海竟夜。商议了半天，毫无结果。（一）船价太贵。（二）走到海边，已须步行二十里，天亮归来，又须走二十里，未免太苦。（三）找不到会玩乐器的朋友。看滇池月，非穷书生所能办到的呀！

## 八

中秋。莘田与我出了点钱，与研究所的学员们过节。吴晓铃先生掌灶，大家帮忙，居然作了不少可口的菜。饭后，在院中赏月，有人唱昆曲。午间，我同两位同学去垂钓，只钓上一二条寸长的小鱼。

## 九

莘田病好了一些。我写完了话剧《大地龙蛇》的前二幕。约了膺中、了一、和众研究生，来听我朗读。大家都给了些很好的意见，我开始修改。

对文艺，我实在不懂得什么，就是愿意学习，最快活的，就是写得了一些东西，对朋友们朗读，而后听大家的批评。一个人的脑子，无论怎样的缜密，也不能教作品完全没有漏隙，而旁观者清，不定指出多少窟窿来。

## 十

从文和之琳约上呈贡——他们住在那里,来校上课须坐火车。莘田病刚好,不能陪我去,只好作罢。我继续写剧本。

## 十一

岗头村距城八里,也住着不少的联大的教职员。我去过三次,无论由城里去,还是由龙泉村去,路上都很美。走二三里,在河堤的大树下,或在路旁的小茶馆,休息一下,都使人舍不得走开。

村外的小山上,有涌泉寺,和其他的云南的寺院一样,庭中有很大的梅树和桂树。桂树还有一株开着晚花,满院都是香的。庙后有泉,泉水流到寺外,成为小溪;溪上盛开着秋葵和说不上名儿的香花,随便折几枝,就够插瓶的了。我看到一两个小女学生在溪畔端详哪枝最适于插瓶——涌泉寺里是南菁中学。

在南菁中学对学生说了几句话。我告诉他们:各处缠足的女子怎样在修路,抬土,作着抗建的工作。章川岛先生的小女儿下学后,告诉她爸爸:"舒伯伯挖苦了我们的脚!"

## 十二

离龙泉村五六里,为凤鸣山。山上有庙,庙有金殿——一座小殿,全用铜筑。山与庙都没什么好看,倒是遍山青松,十分幽丽。

云南的松柏结果都特别的大。松塔大如菠萝，柏实大如枣。松子几乎代替了瓜子，闲着没事的时候，大家总是买些松子吃着玩，整船的空的松塔运到城中；大概是作燃料用，可是凤鸣山的青松并没有松塔儿，也许是另一种树吧，我叫不上名字来。

## 十三

在龙泉村，听到了古琴。相当大的一个院子，平房五六间。顺着墙，丛丛绿竹。竹前，老梅两株，瘦硬的枝子伸到窗前。巨杏一株，阴遮半院。绿阴下，一案数椅，彭先生弹琴，查先生吹箫；然后，查先生独奏大琴。

在这里，大家几乎忘了一切人世上的烦恼！

这小村多么污浊呀，路多年没有修过，马粪也数月没有扫除过，可是在这有琴音梅影的院子里，大家的心里却发出了香味。

查阜西先生精于古乐。虽然他与我是新识，却一见如故，他的音乐好，为人也好。他有时候也作点诗——即使不作诗，我也要称他为诗人呵！

与他同院住的是陈梦家先生夫妇，梦家现在正研究甲骨文。他的夫人，会几种外国语言，也长于音乐，正和查先生学习古琴。

## 十四

在昆明两月，多半住在乡下，简直的没有看见什么。城内与郊外的名胜几乎都没有看到。战时，古寺名山多被占用；我不便为看山访古而去托人情，连最有名的西山，也没有能去。在城内靛花巷住着的时候，每天我必倚着楼窗远望西山，想像着由山上看滇池，应当是怎样的美丽。山上时有云气往来，昆明人说："有雨无雨看西山"。山峰被云遮住，有雨，峰还外露，虽别处有云，也不至有多大的雨。此语，相当的灵验。西山，只当了我的阴晴表，真面目如何，恐怕这一生也不会知道了；哪容易再得到游昆明的机会呢！

到城外中法大学去讲演了一次，本来可以顺脚去看筇竹寺的五百罗汉塑像。可是，据说也不能随便进去，况且，又落了雨。

连城内的园通公园也只可游览一半，不过，这一半确乎值得一看。建筑的大方，或较北平的中山公园还好一些；至于石树的幽美，则远胜之，因为中山公园太"平"了。

同查阜西先生逛了一次大观楼。楼在城外湖边，建筑无可观，可是水很美。出城，坐小木船。在稻田中间留出来的水道上慢慢的走。稻穗黄，芦花已白，田坝旁边偶尔还有几穗凤眼兰。远处，稻田之外，万顷碧波，缓动着风帆——到昆阳去的水路。

大观楼在公园内，但美的地方却不在园内，而在园外。园外是滇池，一望无际。湖的气魄，比西湖与颐和园的昆明池都大得多了。在城市附近，有这么一片水，真使人狂喜。湖上可以划船，还有鲜鱼吃。我们没有买舟，也没有吃鱼，只在湖边坐了一会看水。天上白云，远处青山，眼前是一湖秋水，使人连诗也懒得作了。作诗要去思索，可是美景把人心融化在山水风花里，像感觉到一点什么，又好像茫然无所知，恐怕坐湖边的时候就有这种欣悦吧？在此际还要寻词觅字去作诗，也许稍微笨了一点。

## 十五

剧本写完,今年是我个人的倒霉年。春初即患头晕,一直到夏季,几乎连一个字也没有写。没想到,在昆明两月,倒能写成这一点东西——好坏是另一问题,能动笔总是件可喜的事。

## 十六

剧本既已写成,就要离开昆明,多看一些地方。从文与之琳约上呈贡,因为莘田病初好,不敢走路,没有领我去,只好延期。我很想去,一来是听说那里风景很好,二来是要看看之琳写的长篇小说!——已经写了十几万字,还在继续的写。

## 十七

查阜西先生愿陪我去游大理。联大的友人们虽已在昆明二三年,还很少有到过大理的。大家都盼望我俩的计划能实现。于是我们就分头去接洽车子。

有几家商车都答应了给我们座位,我们反倒难于决定坐哪一家的了。最后,决定坐吴晓铃先生介绍的车,因为一行四部卡车,其中的一位司机是他的弟弟。兄弟俩一定教我们坐那部车,而且先请我们吃了饭,吃饭的时候,我笑着说:"这回,司机可教黄鱼给吃了!"

## 十八

　　一上了滇缅公路，便感到战争的紧张；在那静静的昆明城里，除了有空袭的时候，仿佛并没有什么战争与患难的存在。在我所走过的公路中，要算滇缅公路最忙了，车，车，车，来的，去的，走着的，停着的，大的，小的，到处都是车！我们所坐的车子是商车，这种车子可以搭一两个客，客人按公路交通车车价十分之二买票。短途搭脚的客人，只乘三五十里，不经过检查站，便无须打票，而作黄鱼；这是司机者的一笔"外找"。官车有押车的人，黄鱼不易上去；这批买卖多半归商车作。商车的司机薪水既高，公物安全的到达，还有奖金；薪水与奖金凑起来，已近千元，此外且有外找，差不多一月可以拿到两三千元。因为入款多，所以他们开车极仔细可靠。同时，他们也敢享受。公家车子的司机待遇没有这么高；而到处物价都以商车司机的阔气为标准，所以他们开车便理直气壮。据说，不久的将来，沿途都要为司机们设立招待所，以低廉的取价，供给他们相当舒适的食宿，使他们能饱食安眠，得到一些安慰。希望这计划能早早实现！

　　第一天，到晚八时余，我们才走了六十三公里！我们这四部车没有押车的，因为押车的既没法约束司机，跟来是自讨无趣，而且时时耽误了工夫——一与司机冲突，则车不能动——一到时候交不上货去。押车员的地位，被司机的班长代替了，而这位班长绝对没有办事的能力。已走出二十公里，他忘记了交货证；回城去取。又走了数里，他才想起，没有带来机油，再回去取来！商车，假若车主不是司机出身，只有赔钱！

六十三公里的地方，有一家小饭馆，一位广东老人，不会说云南话，也不会说任何异于广东话的言语，作着生意。我很替他着急，他却从从容容的把生意作了；广东人的精神！

没有旅馆，我们住在一家人家里。房子很大，院中极脏。又赶上落了一阵雨，到处是烂泥，不幸而滑倒，也许跌到粪堆里去。

## 十九

第二天一早动身，过羊老哨，开始领略出滇缅路的艰险。司机介绍，从此到下关，最险的是坂山坡和天子庙，一上一下都有二十多公里。不过，这样远都是小坡，真正危险的地方还须过下关才能看到；有的地方，一上要一整天，一下又要一整天！

山高弯急，比川陕与西兰公路都更险恶。说到这里，也就难怪司机们要享受一点了，这是玩命的事啊！我们的司机，真谨慎：见迎面来车，马上停住让路；听后面有响声，又立刻停住让路；虽然他开车的技巧很好，可是一点也不敢大意。遇到大坡，车子一步一哼，不肯上去，他探着身（他的身量不高），连眼皮似乎都不敢眨一眨。我看得出来，到下午三四点钟的时候，他已经有点支持不住了。

在禄丰打尖，开铺子的也多是广东人。县城距公路还有二三里路，没有工夫去看。打尖的地方是在公路旁新辟的街上。晚上宿在镇南城外一家新开的旅舍里，什么设备也没有，可是住满了人。

## 二十

  第三天经过圾山坡及天子庙两处险坡。终日在山中盘旋。山连山，看不见村落人烟。有的地方，松柏成林；有的地方，却没有多少树木。可是，没有树的地方，也是绿的，不像北方大山那样荒凉。山大都没有奇峰，但浓翠可喜；白云在天上轻移，更教青山明媚。高处并不冷，加以车子越走越热，反倒要脱去外衣了。

  晚上九点，才到下关车站。几乎找不到饭吃，因为照规矩须在日落以前赶到，迟到的便不容易找到东西吃了。下关在高处，车子都停在车站。站上的旅舍饭馆差不多都是新开的，既无完好的设备，价钱又高，表示出"专为赚钱，不管别的"的心理。

  公路局设有招待所，相当的洁净，可是很难有空房。我们下了一家小旅舍，门外没有灯，门内却有一道臭沟，一进门我就掉在沟里！楼上一间大屋，设床十数架，头尾相连，每床收钱三元。客人们要有两人交谈的，大家便都需陪着不睡，因为都在一间屋子里。

  这样的旅舍要三元一铺，吃饭呢，至少须花十元以上，才能吃饱。司机者的花费，即使是绝对规规矩矩，一天也要三四十元咧。

## 二十一

  下关的风，上关的花，苍山的雪，洱海的月，为大理四景。据说下关的风虽多，而不进屋子。我们没遇上风，不知真假。我想，不进屋子的风恐怕不会有，也许是因这一带多地震，墙壁都造得特别厚，所以屋中不大受风的威胁吧。

早晨,车子都开了走,下关便很冷静;等到下午五六点钟的时候,车子都停下,就又热闹起来。我们既不愿白日在旅馆里呆坐,也不喜晚间的嘈杂,便马上决定到喜洲镇去。

由下关到大理是三十里,由大理到喜洲镇还有四十五里。看苍山,以在大理为宜;可是喜洲镇有我们的朋友,所以决定先到那里去。我们雇了两乘滑竿。

这里抬滑竿的多数是四川人。本地人是不愿卖苦力气的。

离开车站,一拐弯便是下关。小小的一座城,在洱海的这一端,城内没有什么可看的。穿出城,右手是洱海,左手是苍山,风景相当的美。可惜,苍山上并没有雪;据轿夫说,是几天没下雨,故山上没有雪——地上落雨,山上就落雪,四季皆然。

到处都有流水,是由苍山流下的雪水。缺雨的时候,即以雪水灌田,但是须向山上的人购买;钱到,水便流过来。

沿路看到整齐坚固的房子,一来是因为防备地震,二来是石头方便。

在大理城内打尖。长条的一座城,有许多家卖大理石的铺子。铺店的牌匾也有用大理石作的,圆圆的石块,嵌在红木上,非常的雅致。城中看不出怎样富庶,也没有多少很体面的建筑,但是在晴和的阳光下,大家从从容容的作着事情,使人感到安全静美。谁能想到,这就是杜文秀抵抗清兵十八年的地方啊!

太阳快落了,才看到喜洲镇。在路上,被日光晒得出了汗;现在,太阳刚被山峰遮住,就感到凉意。据说,云南的天气是一岁中的变化少,一日中的变化多。

## 二十二

洱海并不像我们想像的那么美。海长百里，宽二十里，是一个长条儿，长而狭便一览无余，缺乏幽远或苍茫之气；它像一条河，不像湖。还有，它的四面都是山，可是山——特别是紧靠湖岸的——都不很秀，都没有多少树木。这样，眼睛看到湖的彼岸，接着就是些平平的山坡了；湖的气势立即消散，不能使人凝眸伫视——它不成为景！

湖上的渔帆也不多。

喜洲镇却是个奇迹。我想不起，在国内什么偏僻的地方，见过这么体面的市镇，远远的就看见几所楼房，孤立在镇外，看样子必是一所大学校。我心中暗喜；到喜洲来，原为访在华中大学的朋友们；假若华中大学有这么阔气的楼房，我与查先生便可以舒舒服服的过几天了。及仔细一打听，才知道那是五台中学，地方上士绅捐资建筑的，花费了一百多万，学校正对着五台高峰，故以五台名。

一百多万，是的，这里的确有出一百多万的能力。看，镇外的牌坊，高大，美丽，通体是大理石的，而且不止一座呀！

进到镇里，仿佛是到了英国的剑桥，街旁到处流着活水：一出门，便可以洗菜洗衣，而污浊立刻随流而逝。街道很整齐，商店很多。有图书馆，馆前立着大理石的牌坊，字是贴金的！有警察局。有像王宫似的深宅大院，都是雕梁画柱。有许多祠堂，也都金碧辉煌。

不到一里，便是洱海。不到五六里便是高山。山水之间有这样的一个镇市，真是世外桃源啊！

## 二十三

华中大学却在文庙和一所祠堂里。房屋又不够用,有的课室只像卖香烟的小棚子。足以傲人的,是学校有电灯。校车停驶,即利用车中的马达磨电。据说,当电灯初放光明的时节,乡人们"不远千里而来""观光"。用不着细说,学校中一切的设备,都可以拿这样的电灯作象征——设尽方法,克服困难。

教师们都分住在镇内,生活虽苦,却有好房子住。至不济,还可以租住阔人们的祠堂——即连壁上都嵌着大理石的祠堂。

四年前,我离家南下,到武汉便住在华中大学。隔别三载,朋友们却又在喜洲相见,是多么快活的事呀!住了四天,天天有人请吃鱼:洱海的鱼拿到市上还欢跳着。"留神破产呀!"客人发出警告。可是主人们说:"谁能想到你会来呢?!破产也要痛快一下呀!"

我给学生们讲演了三个晚上,查先生讲了一次。五台中学也约去讲演,我很怕小学生们不懂我的言语,因为学生们里有的是讲闽家话的。民家话属于哪一语言系统,语言学家们还正在讨论中。在大理城中,人们讲官话,城外便要说民家话了。到城里作事和卖东西的,多数的人只能以官话讲价钱,和说眼前的东西的名称,其余的便说不上来了。所谓"民家"者,对官家军人而言,大概在明代南征的时候,官吏与军人被称为官家与军家,而原来的居民便成了民家。

民家人是谁?民家语是属于哪一系统?都有人正在研究。民家人的风俗,神话,历史,也都有研究的价值。云南是学术研究的宝地,人文而外,就单以植物而言,也是兼有温带与寒带的花木啊。

## 二十四

游了一回洱海,可惜不是月夜。湖边有不少稻田,也有小小的村落。阔人们在海中建起别墅别有天地。这些人是不是发国难财的,就不得而知了。

也游了一次山,山上到处响着溪水,东一个西一个的好多水磨。水比山还好看!苍山的积雪化为清溪,水浅绿,随处在石块左右,翻起白花,水的声色,有点像瑞士的。

山上有罗刹阁。菩萨化为老人,降伏了恶魔罗刹父子,压于宝塔之下。这类的传说,显然是佛教与本土的神话混合而成的。经过分析,也许能找出原来的宗教信仰,与佛教输入的情形。

## 二十五

此地,妇女们似乎比男人更能干。在田里下力的是妇女,在场上卖东西的是妇女,在路上担负粮柴的也是妇女。妇女,据说,可以养着丈夫,而丈夫可以在家中安闲的享福。

妇女的装束略同汉人,但喜戴些零七八碎的小装饰。很穷的小姑娘老太婆,尽管衣裙破旧,也戴着手镯。草帽子必缀上两根红绿的绸带。她们多数是大足,但鞋尖极长极瘦,鞋后跟钉着一块花布,表示出也近乎缠足的意思。

听说她们很会唱歌,但是我没有听见一声。

## 二十六

由喜洲回下关,并没在大理停住,虽然华中的友人给了我们介绍信,在大理可以找到住处。大理是游苍山的最合适的地方。我们所以直接回下关者,一来因为不愿多打扰生朋友,二来是车子不好找,须早为下手。

回到下关,范会逢先生来访,并领我们去洗温泉。云南这一带温泉很多,而且水很热。我们洗澡的地方,安有冷水管,假若全用泉水,便热得下不去脚了。泉下,一个很险要的地方,两面是山,中间是水,有一块碑,刻着汉诸葛武侯擒孟获处。碑是光绪年间立的,不知以前有没有?

范先生说有小车子回昆明,教我们乘搭。在这以前,我们已交涉好滇缅路交通车,即赶紧辞退,可是,路局的人员约我去演讲一次。他们的办公处,在湖边上,一出门便看见山水之胜。小小的一个聚乐部,里面有些书籍。职员之中,有些很爱好文艺的青年。他们还在下关演过话剧。他们的困难是找不到合适的剧本。他们的人少,服装道具也不易置办,而得到的剧本,总嫌用人太多,场面太多,无法演出。他们的困难,我想,恐怕也是各地方的热心戏剧宣传者的困难吧,写剧的人似乎应当注意及此。

讲演的时候,门外都站满了人。他们不易得到新书,也不易听到什么,有朋自远方来,当然使他们兴奋。

在下关旅舍里,遇见一位新由仰光回来的青年,他告诉我:海外是怎样的需要文艺宣传。有位"常任侠"——不是中大的教授——声言要在仰光等处演戏,需钱去接来演员。演员们始终没来一个,而常君自己已骗到手十多万！

## 二十七

小车子一天赶了四百多公里，早六时半出发，晚五时就开到了昆明。

预备作两件事：一件是看看滇戏，一件是上呈贡。滇戏没看到，因为空袭的关系，已很久没有彩唱，而只有"坐打"。呈贡也没去成。预定十一月十四日起身回渝，十号左右可去呈贡，可是忽然得到通知，十号可以走，破坏了预定计划。

十日，恋恋不舍的辞别了众朋友。

（原载1941年11月22日至1942年1月7日《扫荡报》）

# 青蓉略记

今年八月初,陈家桥一带的土井已都干得滴水皆无。要水,须到小河沟里去"挖"。天既奇暑,又没水喝,不免有些着慌了。很想上缙云山去"避难",可是据说山上也缺水。正在这样计无从出的时候,冯焕章先生来约同去灌县与青城。这真是福自天来了!

八月九日晨出发。同行者还有赖亚力与王冶秋二先生,都是老友,路上颇不寂寞。在来凤驿遇见一阵暴雨,把行李打湿了一点,临行买了一张席子遮在车上。打过尖,雨已晴,一路平安的到了内江。内江比二三年前热闹得多了,银行和旅馆都添增了许多家。傍晚,街上挤满了人和车。次晨七时又出发,在简阳吃午饭。下午四时便到了成都。天热,又因明晨即赴灌县,所以没有出去游玩,夜间下了一阵雨。

十一日早六时向灌县出发,车行甚缓,因为路上有许多小桥。路的两旁都有浅渠,流着清水;渠旁便是稻田;田埂上往往种着薏米,一穗穗的垂着绿珠。往西望,可以看见雪山。近处的山峰碧绿,远处的山峰雪白,在晨光下,绿的变为明翠,白的略带些玫瑰色,使人想一下子飞到那高远的地方去。还不到八时,便到了灌县。城不大,而处处是水,像一位身小而多乳的母亲,滋养着川西坝子的十好几县。住在任觉五先生的家中。孤零零的一所小洋房，两面都是雪浪激流的河，把房子围住，门前终日几乎没有一个行人，除了水声也没有别的声音。门外有些静静的稻田，稻子都有一人来高。远望便见到大面青城诸山，都是绿的。院中有一小盆兰花，时时放出香味。

青年团正在此举行夏令营，一共有千名以上的男女学生，所以街上特别的显着风光。学生和职员都穿汗衫短裤（女的穿短裙），赤脚着草鞋，背负大草帽，非常的精神。张文白将军与易君左先生都来看我们，也都是"短打扮"，也就都显着年轻了好多。夏令营本部在公园内，新盖的礼堂，新修的游泳池；原有一块不小的空场，即作为运动和练习骑马的地方。女学生也练习马术，结队穿过街市的时候，使居民们都吐吐舌头。

灌县的水利是世界闻名的。在公园后面的一座大桥上，便可以看到滚滚的雪水从离堆流进来。在古代，山上的大量雪水流下来，非河身所能容纳，故时有水患。后来，李冰父子把小山硬凿开一块，水乃分流——离堆便在凿开的那个缝子的旁边。从此双江分灌，到处划渠，遂使川西平原的十四五县成为最富庶的区域——只要灌县的都江堰一放水，这十几县便都不下雨也有用不完的水了。城外小山上有二王庙，供养的便是李冰父子。在庙中高处可以看见都江堰的全景。在两江未分的地方，有驰名的竹索桥。距桥不远，设有鱼嘴，使流水分家，而后一江外行，一江入离堆，是为内外江。到冬天，在鱼嘴下设阻碍，把水截住，则内江干涸，可以淘滩。春来，撤去阻碍，又复成河。据说，每到春季开水的时候，有多少万人来看热闹。在二王庙的墙上，刻着古来治水的格言，如深淘滩，低作堰……等。细细玩味这些格言，再看着江堰上那些实际的设施，便可以看出来，治水的诀窍只有一个字——"软"。水本力猛，遇阻则激而决溃，所以应低作堰，使之轻轻漫过，不至出险。水本急流而下，波涛汹涌，故中设鱼嘴，使分为二，以减其力；分而又分，江乃成渠，力量分散，就有益而无损了。作堰的东西只是用竹编的筐子，盛上大石卵。竹有弹性，而石卵是活动的，都可以用"四两破千斤"的劲儿对付那惊涛骇浪。用分化与软化对付无情的急流，水便老实起来，乖乖的为人们灌田了。

竹索桥最有趣。两排木柱，柱上有四五道竹索子，形成一条窄胡同儿。下面再用竹索把木板编在一处，便成了一座悬空的，随风摇动的，大桥。我在桥上走了走，虽然桥身有点动摇，虽然木板没有编紧，还看得到下面的急流——看久了当然发晕——可是绝无危险，并不十分难走。

治水和修构竹索桥的方法，我想，不定是经过多少年代的试验与失败，而后才得到成功的。而所谓文明者，我想，也不过就是能用尽心智去解决切身的问题而已。假若不去下一番功夫，而任着水去泛滥，或任着某种自然势力兴灾作祸，则人类必始终是穴居野处，自生自灭，以至灭亡。看到都江堰的水利与竹索桥，我们知道我们的祖先确有不甘屈服而苦心焦虑的去克服困难的精神。可是，在今天，我们还时时听到看到各处不是闹旱便是闹水，甚至于一些蝗虫也能教我们去吃树皮草根。可怜，也可耻呀！我们连切身的衣食问题都不去设法解决，还谈什么文明与文化呢？

灌县城不大，可是东西很多。在街上，随处可以看到各种的水果，都好看好吃。在此处，我看到最大的鸡卵与大蒜大豆。鸡蛋虽然已卖到一元二角一个，可是这一个实在比别处的大着一倍呀。雪山的大豆要比胡豆还大。雪白发光，看着便可爱！药材很多，在随便的一家小药店里，便可以看到雷震子，贝母，虫草，熊胆，麝香，和多少说不上名儿来的药物。看到这些东西，使人想到西边的山地与草原里去看一看。啊，要能到山中去割几脐麝香，打几匹大熊，够多威武而有趣呀！

物产虽多，此地的物价可也很高。只有吃茶便宜，城里五角一碗，城外三角，再远一点就卖二角了。青城山出茶，而遍地是水，故应如此。等我练好辟谷的工夫，我一定要搬到这一带来住，不吃什么，只喝两碗茶，或者每天只写二百字就够生活的了。

在灌县住了十天，才到青城山去。山在县城西南，约四十里。一路上，渠溪很多，有的浑黄，有的清碧：浑黄的大概是上流刚下了大雨。溪岸上往往有些野花，在树荫下幽闭的开着。山口外有长生观，今为荫堂中学校舍；秋后，黄碧野先生即在此教书。入了山，头一座庙是建福宫，没有什么可看的。由此拾阶而前，行五里，为天师洞——我们即住于此。由天师洞再往上走，约三四里，即到上清宫。天师洞上清宫是山中两大寺院，都招待游客，食宿概有定价，且甚公道。

从我自己的一点点旅行经验中，我得到一个游山玩水的诀窍："风景好的地方，虽无古迹，也值得去，风景不好的地方，纵有古迹，大可以不去。"古迹，十之八九，是会使人失望的。以上清宫和天师洞两大道院来说吧，它们都有些古迹，而一无足观。上清宫里有鸳鸯井，也不过是一井而有二口，一方一圆，一干一湿；看它不看，毫无关系。还有麻姑池，不过是一小方池浊水而已。天师洞里也有这类的东西，比如洗心池吧，不过是很小的一个水池；降魔石呢，原是由山崖裂开的一块石头，而硬说是被张天师用剑劈开的。假若没有这些古迹,这两座庙子的优美正自一点也不减少。上清宫在山头,可以东望平原,青碧千顷;山是青的,地也是青的,好像山上的滴翠慢慢流到人间去了的样子。在此,早晨可以看日出,晚间可以看圣灯;就是白天没有什么特景可观的时候,登高远眺,也足以使人心旷神怡。天师洞,与上清宫相反,是藏在山腰里,四面都被青山拥抱着,掩护着,我想把它叫作"抱翠洞",也许比原名更好一些。

不过,不管庙宇如何,假若山林无可观,就没有多大意思,因为庙以庄严整齐为主,成不了什么很好的景致。青城之值得一游,正在乎山的本身真好;即使它无一古迹,无一大寺,它还是值得一看的名山。山的东面倾斜,所以长满了树木,这占了一个"青"字。山的西面,全是峭壁千丈,如城垣,这占了一个"城"字。山不厚,由"青"的这一面转到"城"的那一面,只须走几里路便够了。山也不算高,由脚至顶不过十里路。既不厚,又不高,按说就必平平无奇了。但是不然。它"青",青得出奇,它不像深山老峪中那种老松凝碧的深绿,也不像北方山上的那种东一块西一块的绿,它的青色是包住了全山,没有露着山骨的地方;而且,这个笼罩全山的青色是竹叶,楠叶的嫩绿,是一种要滴落的,有些光泽的,要浮动的,淡绿。这个青色使人心中轻快,可是不敢高声呼唤,仿佛怕他那似滴未滴,欲动未动的青翠惊坏了似的。这个青色是使人吸到心中去的,而不是只看一眼,夸赞一声便完事的。当这个青色在你周围,你便觉出一种恬静,一种说不出,也无须说出的舒适。假若你非去形容一下不可呢,你自然的只会找到一个字——幽。所以,吴稚晖先生说:"青城天下幽。"幽得太厉害了,便使人生畏;青城山却正好不太高，不太深，而恰恰不大不小的使人既不畏其旷，也不嫌它窄；它令人能体会到"悠然见南山"的那个"悠然"。

山中有报更鸟，每到晚间，即梆梆的呼叫，和柝声极相似，据道人说，此鸟不多，且永不出山。那天，寺中来了一队人，拿着好几枝猎枪，我很为那几只会击柝的小鸟儿担心，这种鸟儿有个缺欠，即只能打三更——梆，梆梆——无论是傍晚还是深夜，它们老这么叫三下。假若能给它们一点训练，教它们能从一更报到五更，有多么好玩呢！

白日游山，夜晚听报更鸟，"悠悠"的就过了十几天。寺中的桂花开始放香，我们恋恋不舍的离别了道人们。

返灌县城，只留一夜，即回成都。过郫县，我们去看了看望丛祠；没有什么好看的，地方可是很清幽，王法勤委员即葬于此。

成都的地方大，人又多，若把半个多月的旅记都抄写下来，未免太麻烦了。拣几项来随便谈谈吧。

（一）成都"文协"分会：自从川大迁开，成都"文协"分会因短少了不少会员，会务曾经有过一个时期不大旺炽。此次过蓉，分会全体会员举行茶会招待，到会的也还有四十多人，并不太少。会刊——《笔阵》——也由几小页扩充到好十几项的月刊，虽然月间经费不过才有百元钱。这样的努力，不能不令人钦佩！可惜，开会时没有见到李劼人先生，他上了乐山。《笔阵》所用的纸张，据说，是李先生设法给捐来的；大家都很感激他；有了纸，别的就容易办得多了。会上，也没见到圣陶先生，可是过了两天，在开明分店见到。他的精神很好，只是白发已满了头。他的少爷们，他告诉我，已写了许多篇小品文，预备出个集子，想找我作序，多么有趣的事啊！郭子杰先生陶雄先生都约我吃饭，牧野先生陪着我游看各处，还有陈翔鹤，车瘦舟诸先生约我聚餐——当然不准我出钱——都在此致谢。瞿冰森先生和中央日报的同仁约我吃真正成都味的酒席，更是感激不尽。

（二）看戏：吴先忧先生请我看了川剧，及贾瞎子的竹琴，德娃子的洋琴，这是此次过蓉最快意的事。成都的川剧比重庆的好得多，况且我们又看的是贾佩之，萧楷成，周慕莲，周企何几位名手，就更觉得出色了。不过，最使我满意的，倒还是贾瞎子的竹琴。乐器只有一鼓一板，腔调又是那么简单，可是他唱起来仿佛每一个字都有些魔力，他越收敛，听者越注意静听，及至他一放音，台下便没法不喝彩了。他的每一个字像一个轻打梨花的雨点，圆润轻柔；每一句是有声有色的一小单位；真是字字有力，句句含情。故事中有多少人，他要学多少人，忽而大嗓，忽而细嗓，而且不只变嗓，还要咬音吐字各尽其情；这真是点本领！希望再有上成都去的机会。多听他几次！

（三）看书：在蓉，住在老友侯宝璋大夫家里。虽是大夫，他却极喜爱字画。有几块闲钱，他便去买破的字画；这样，慢慢的他已收集了不少四川先贤的手迹。这样，他也就与西玉龙一带的古玩铺及旧书店都熟识了。他带我去游玩，总是到这些旧纸堆中来。成都比重庆有趣就在这里——有旧书摊儿可逛。买不买的且不去管，就是多摸一摸旧纸陈篇也是快事啊。真的，我什么也没买，书价太高。可是，饱了眼福也就不虚此行。一般的说，成都的日用物品比重庆的便宜一点，因为成都的手工业相当的发达，出品既多，同业的又多在同一条街上售货，价格当然稳定一些。鞋、袜、牙刷、纸张什么的，我看出来，都比重庆的相因着不少。旧书虽贵，大概也比重庆的便宜，假若能来往贩卖，也许是个赚钱的生意。不过，我既没发财的志愿，也就不便多此一举，虽然贩卖旧书之举也许是俗不伤雅的吧。

（四）归来：因下雨，迟至中秋前一日才动身返渝。中秋日下午五时到陈家桥，天还阴着。夜间没有月光，马马虎虎的也就忘了过节。这样也好，省得看月思乡，又是一番难过！

（原载1942年10月10日重庆《大公报·战线》）

# 我的母亲

母亲的娘家是在北平德胜门外，土城儿外边，通大钟寺的大路上的一个小村里。村里一共有四五家人家，都姓马。大家都种点不十分肥美的地，但是与我同辈的兄弟们，也有当兵的，作木匠的，作泥水匠的，和当巡警的。他们虽然是农家，却养不起牛马，人手不够的时候，妇女便也须下地作活。

对于姥姥家，我只知道上述的一点。外公外婆是什么样子，我就不知道了，因为他们早已去世。至于更远的族系与家史，就更不晓得了；穷人只能顾眼前的衣食，没有功夫谈论什么过去的光荣；"家谱"这字眼，我在幼年就根本没有听说过。

母亲生在农家，所以勤俭诚实，身体也好。这一点事实却极重要，因为假若我没有这样的一位母亲，我之为我恐怕也就要大大的打个折扣了。

母亲出嫁大概是很早，因为我的大姐现在已是六十多岁的老太婆，而我的大甥女还长我一岁啊。我有三个哥哥，四个姐姐，但能长大成人的，只有大姐，二姐，三姐，三哥与我。我是"老"儿子。生我的时候，母亲已有四十一岁，大姐二姐已都出了阁。

由大姐与二姐所嫁入的家庭来推断，在我生下之前，我的家里，大概还马马虎虎的过得去。那时候定婚讲究门当户对，而大姐丈是作小官的，二姐丈也开过一间酒馆，他们都是相当体面的人。

　　可是，我，我给家庭带来了不幸：我生下来，母亲晕过去半夜，才睁眼看见她的老儿子——感谢大姐，把我揣在怀中，致未冻死。

　　一岁半，我把父亲"剋"死了。

　　兄不到十岁，三姐十二三岁，我才一岁半，全仗母亲独力抚养了。父亲的寡姐跟我们一块儿住，她吸鸦片，她喜摸纸牌，她的脾气极坏。为我们的衣食，母亲要给人家洗衣服，缝补或裁缝衣裳。在我的记忆中，她的手终年是鲜红微肿的。白天，她洗衣服，洗一两大绿瓦盆。她作事永远丝毫也不敷衍，就是屠户们送来的黑如铁的布袜，她也给洗得雪白。晚间，她与三姐抱着一盏油灯，还要缝补衣服，一直到半夜。她终年没有休息，可是在忙碌中她还把院子屋中收拾得清清爽爽。桌椅都是旧的，柜门的铜活久已残缺不全，可是她的手老使破桌面上没有尘土，残破的铜活发着光。院中，父亲遗留下的几盆石榴与夹竹桃，永远会得到应有的浇灌与爱护，年年夏天开许多花。

　　哥哥似乎没有同我玩耍过。有时候，他去读书；有时候，他去学徒；有时候，他也去卖花生或樱桃之类的小东西。母亲含着泪把他送走，不到两天，又含着泪接他回来。我不明白这都是什么事，而只觉得与他很生疏。与母亲相依如命的是我与三姐。因此，他们作事，我老在后面跟着。他们浇花，我也张罗着取水；他们扫地，我就撮土……从这里，我学得了爱花，爱清洁，守秩序。这些习惯至今还被我保存着。

　　有客人来，无论手中怎么窘，母亲也要设法弄一点东西去款待。舅父与表哥们往往是自己掏钱买酒肉食，这使她脸上羞得飞红，可是殷勤的给他们温酒作面，又给她一些喜悦。遇上亲友家中有喜丧事，母亲必把大褂洗得干干净净，亲自去贺吊——份礼也许只是两吊小钱。到如今为我的好客的习性，还未全改，尽管生活是这么清苦，因为自幼儿看惯了的事情是不易改掉的。

姑母常闹脾气。她单在鸡蛋里找骨头。她是我家中的阎王。直到我入了中学，她才死去，我可是没有看见母亲反抗过。"没受过婆婆的气，还不受大姑子的吗？命当如此！"母亲在非解释一下不足以平服别人的时候，才这样说。是的，命当如此。母亲活到老，穷到老，辛苦到老，全是命当如此。她最会吃亏。给亲友邻居帮忙，她总跑在前面：她会给婴儿洗三——穷朋友们可以因此少花一笔"请姥姥"钱——她会刮痧，她会给孩子们剃头，她会给少妇们绞脸……凡是她能作的，都有求必应。但是吵嘴打架，永远没有她。她宁吃亏，不逗气。当姑母死去的时候，母亲似乎把一世的委屈都哭了出来，一直哭到坟地。不知道哪里来的一位侄子，声称有承继权，母亲便一声不响，教他搬走那些破桌子烂板凳，而且把姑母养的一只肥母鸡也送给他。

可是，母亲并不软弱，父亲死在庚子闹"拳"的那一年。联军入城，挨家搜索财物鸡鸭，我们被搜两次。母亲拉着哥哥与三姐坐在墙根，等着"鬼子"进门，街门是开着的。"鬼子"进门，一刺刀先把老黄狗刺死，而后入室搜索。他们走后，母亲把破衣箱搬起，才发现了我。假若箱子不空，我早就被压死了。皇上跑了，丈夫死了，鬼子来了，满城是血光火焰，可是母亲不怕，她要在刺刀下，饥荒中，保护着女儿。北平有多少变乱啊，有时候兵变了，街市整条的烧起，火团落在我们院中。有时候内战了，城门紧闭，铺店关门，昼夜响着枪炮。这惊恐，这紧张，再加上一家饮食的筹划，儿女安全的顾虑，岂是一个软弱的老寡妇所能受得起的？可是，在这种时候，母亲的心横起来，她不慌不哭，要从无办法中想出办法来。她的泪会往心中落！这点软而硬的性格，也传给了我。我对一切人与事，都取和平的态度，把吃亏看作当然的。但是，在作人上，我有一定的宗旨与基本的法则，什么事都可将就，而不能超过自己画好的界限。我怕见生人，怕办杂事，怕出头露面；但是到了非我去不可的时候，我便不敢不去，正像我的母亲。从私塾到小学，到中学，我经历过起码有二十位教师吧，其中有给我很大影响的，也有毫无影响的，但是我的真正的教师，把性格传给我的，是我的母亲。母亲并不识字，她给我的是生命的教育。

当我在小学毕了业的时候，亲友一致的愿意我去学手艺，好帮助母亲。我晓得我应当去找饭吃，以减轻母亲的勤劳困苦。可是，我也愿意升学。我偷偷的考入了师范学校——制服，饭食，书籍，宿处，都由学校供给。只有这样，我才敢对母亲说升学的话。入学，要交十圆的保证金。这是一笔巨款！母亲作了半个月的难，把这巨款筹到，而后含泪把我送出门去。她不辞劳苦，只要儿子有出息。当我由师范毕业，而被派为小学校校长，母亲与我都一夜不曾合眼。我只说了句："以后，您可以歇一歇了！"她的回答只有一串串的眼泪。我入学之后，三姐结了婚。母亲对儿女是都一样疼爱的，但是假若她也有点偏爱的话，她应当偏爱三姐，因为自父亲死后，家中一切的事情都是母亲和三姐共同撑持的。三姐是母亲的右手。但是母亲知道这右手必须割去，她不能为自己的便利而耽误了女儿的青春。当花轿来到我们的破门外的时候，母亲的手就和冰一样的凉,脸上没有血色——那是阴历四月,天气很暖。大家都怕她晕过去。可是,她挣扎着,咬着嘴唇,手扶着门框,看花轿徐徐的走去。不久,姑母死了。三姐已出嫁,哥哥不在家,我又住学校,家中只剩母亲自己。她还须自晓至晚的操作,可是终日没人和她说一句话。新年到了,正赶上政府倡用阳历,不许过旧年。除夕,我请了两小时的假。由拥挤不堪的街市回到清炉冷灶的家中。母亲笑了。及至听说我还须回校,她愣住了。半天,她才叹出一口气来。到我该走的时候,她递给我一些花生,"去吧,小子!"街上是那么热闹,我却什么也没看见,泪遮迷了我的眼。今天,泪又遮住了我的眼,又想起当日孤独的过那凄惨的除夕的慈母。可是慈母不会再候盼着我了,她已入了土!

儿女的生命是不依顺着父母所设下的轨道一直前进的,所以老人总免不了伤心。我二十三岁,母亲要我结了婚,我不要。我请来三姐给我说情,老母含泪点了头。我爱母亲,但是我给了她最大的打击。时代使我成为逆子。二十七岁,我上了英国。为了自己,我给六十多岁的老母以第二次打击。在她七十大寿的那一天,我还远在异域。那天,据姐姐们后来告诉我,老太太只喝了两口酒,很早的便睡下。她想念她的幼子,而不便说出来。

"七七"抗战后,我由济南逃出来。北平又像庚子那年似的被鬼子占据了。可是母亲日夜惦念的幼子却跑西南来。母亲怎样想念我,我可以想像得到,可是我不能回去。每逢接到家信,我总不敢马上拆看,我怕,怕,怕,怕有那不祥的消息。人,即使活到八九十岁,有母亲便可以多少还有点孩子气。失了慈母便像花插在瓶子里,虽然还有色有香,却失去了根。有母亲的人,心里是安定的。我怕,怕,怕家信中带来不好的消息，告诉我已是失了根的花草。

去年一年，我在家信中找不到关于老母的起居情况。我疑虑，害怕。我想像得到，若有不幸，家中念我流亡孤苦，或不忍相告。母亲的生日是在九月，我在八月半写去祝寿的信，算计着会在寿日之前到达。信中嘱咐千万把寿日的详情写来，使我不再疑虑。十二月二十六日，由文化劳军的大会上回来，我接到家信。我不敢拆读，就寝前，我拆开信，母亲已去世一年了！

生命是母亲给我的。我之能长大成人，是母亲的血汗灌养的。我之能成为一个不十分坏的人，是母亲感化的。我的性格，习惯，是母亲传给的。她一世未曾享过一天福，临死还吃的是粗粮。唉！还说什么呢？心痛！心痛！

（原载1943年1月13日、15日《时事新报·青光》）

# 北京的春节

按照北京的老规矩，过农历的新年（春节），差不多在腊月的初旬就开头了。"腊七腊八，冻死寒鸦"，这是一年里最冷的时候。可是，到了严冬，不久便是春天，所以人们并不因为寒冷而减少过年与迎春的热情。在腊八那天，人家里，寺观里，都熬腊八粥。这种特制的粥是祭祖祭神的，可是细一想，它倒是农业社会的一种自傲的表现——这种粥是用所有的各种的米，各种的豆，与各种的干果（杏仁、核桃仁、瓜子、荔枝肉、桂圆肉、莲子、花生米、葡萄干、菱角米……）熬成的。这不是粥，而是小型的农产展览会。

腊八这天还要泡腊八蒜。把蒜瓣在这天放到高醋里，封起来，为过年吃饺子用的。到年底，蒜泡得色如翡翠，而醋也有了些辣味，色味双美，使人要多吃几个饺子。在北京，过年时，家家吃饺子。

从腊八起，铺户中就加紧的上年货，街上加多了货摊子——卖春联的、卖年画的、卖蜜供的、卖水仙花的等等都是只在这一季节才会出现的。这些赶年的摊子都教儿童们的心跳得特别快一些。在胡同里，吆喝的声音也比平时更多更复杂起来，其中也有仅在腊月才出现的，像卖宪书的、松枝的、薏仁米的、年糕的等等。

在有皇帝的时候，学童们到腊月十九日就不上学了，放年假一月。儿童们准备过年，差不多第一件事是买杂拌儿。这是用各种干果（花生、胶枣、榛子、栗子等）与蜜饯搀和成的，普通的带皮，高级的没有皮——例如：普通的用带皮的榛子，高级的就用榛瓤儿。儿童们喜吃这些零七八碎儿，即使没有饺子吃，也必须买杂拌儿。他们的第二件大事是买爆竹，特别是男孩子们。恐怕第三件事才是买玩艺儿——风筝、空竹、口琴等——和年画儿。

儿童们忙乱，大人们也紧张。他们须预备过年吃的使的喝的一切。他们也必须给儿童赶快做新鞋新衣，好在新年时显出万象更新的气象。

二十三日过小年，差不多就是过新年的"彩排"。在旧社会里，这天晚上家家祭灶王，从一擦黑儿鞭炮就响起来，随着炮声把灶王的纸像焚化，美其名叫送灶王上天。在前几天，街上就有多少多少卖麦芽糖与江米糖的，糖形或为长方块或为大小瓜形。按旧日的说法：用糖粘住灶王的嘴，他到了天上就不会向玉皇报告家庭中的坏事了。现在，还有卖糖的，但是只由大家享用，并不再粘灶王的嘴了。

过了二十三，大家就更忙起来，新年眨眼就到了啊。在除夕以前，家家必须把春联贴好，必须大扫除一次，名曰扫房。必须把肉、鸡、鱼、青菜、年糕什么的都预备充足，至少足够吃用一个星期的——按老习惯，铺户多数关五天门，到正月初六才开张。假若不预备下几天的吃食，临时不容易补充。还有，旧社会里的老妈妈论，讲究在除夕把一切该切出来的东西都切出来，省得在正月初一到初五再动刀，动刀剪是不吉利的。这含有迷信的意思，不过它也表现了我们确是爱和平的人，在一岁之首连切菜刀都不愿动一动。

除夕真热闹。家家赶作年菜,到处是酒肉的香味。老少男女都穿起新衣,门外贴好红红的对联,屋里贴好各色的年画,哪一家都灯火通宵,不许间断,炮声日夜不绝。在外边作事的人,除非万不得已,必定赶回家来,吃团圆饭,祭祖。这一夜,除了很小的孩子,没有什么人睡觉,而都要守岁。

元旦的光景与除夕截然不同:除夕,街上挤满了人;元旦,铺户都上着板子,门前堆着昨夜燃放的爆竹纸皮,全城都在休息。

男人们在午前就出动,到亲戚家,朋友家去拜年。女人们在家中接待客人。同时,城内城外有许多寺院开放,任人游览,小贩们在庙外摆摊、卖茶、食品和各种玩具。北城外的大钟寺、西城外的白云观、南城的火神庙(厂甸)是最有名的。可是,开庙最初的两三天,并不十分热闹,因为人们还正忙着彼此贺年,无暇及此。到了初五六,庙会开始风光起来,小孩们特别热心去逛,为的是到城外看看野景,可以骑毛驴,还能买到那些新年特有的玩具。白云观外的广场上有赛轿车赛马的;在老年间,据说还有赛骆驼的。这些比赛并不争取谁第一谁第二,而是在观众面前表演骡马与骑者的美好姿态与技能。

多数的铺户在初六开张,又放鞭炮,从天亮到清早,全城的炮声不绝。虽然开了张,可是除了卖吃食与其他重要日用品的铺子,大家并不很忙,铺中的伙计们还可以轮流着去逛庙、逛天桥和听戏。

元宵(汤圆)上市,新年的高潮到了 —— 元宵节(从正月十三到十七)。除夕是热闹的,可是没有月光;元宵节呢,恰好是明月当空。元旦是体面的,家家门前贴着鲜红的春联,人们穿着新衣裳,可是它还不够美。元宵节,处处悬灯结彩,整条的大街像是办喜事,火炽而美丽。

有名的老铺都要挂出几百盏灯来，有的一律是玻璃的，有的清一色是牛角的，有的都是纱灯；有的各形各色，有的通通彩绘全部《红楼梦》或《水浒传》故事。这，在当年，也就是一种广告；灯一悬起，任何人都可以进到铺中参观；晚间灯中都点上烛，观者就更多。这广告可不庸俗。干果店在灯节还要作一批杂拌儿生意，所以每每独出心裁的，制成各样的冰灯，或用麦苗作成一两条碧绿的长龙，把顾客招来。

除了悬灯，广场上还放花盒。在城隍庙里并且燃起火判，火舌由判官的泥像的口、耳、鼻、眼中伸吐出来。公园里放起天灯，像巨星似的飞到天空。

男男女女都出来踏月、看灯、看焰火；街上的人拥挤不动。在旧社会里，女人们轻易不出门，她们可以在灯节里得到些自由。

小孩子们买各种花炮燃放，即使不跑到街上去淘气，在家中也照样能有声有光的玩耍。家中也有灯：走马灯——原始的电影——宫灯、各形各色的纸灯，还有纱灯，里面有小铃，到时候就叮叮的响。大家还必须吃汤圆呀。这的确是美好快乐的日子。

一眨眼，到了残灯末庙，学生该去上学，大人又去照常作事，新年在正月十九结束了。腊月和正月，在农村社会里正是大家最闲在的时候，而猪牛羊等也正长成，所以大家要杀猪宰羊，酬劳一年的辛苦。过了灯节，天气转暖，大家就又去忙着干活了。北京虽是城市，可是它也跟着农村社会一齐过年，而且过得分外热闹。

在旧社会里，过年是与迷信分不开的。腊八粥，关东糖，除夕的饺子，都须先去供佛，而后人们再享用。除夕要接神；大年初二要祭财神，吃元宝汤（馄饨），而且有的人要到财神庙去借纸元宝，抢烧头股香。正月初八要给老人们顺星、祈寿。因此那时候最大的一笔浪费是买香蜡纸马的钱。现在，大家都不迷信了，也就省下这笔开销，用到有用的地方去。特别值得提到的是现在的儿童只快活的过年，而不受那迷信的熏染，他们只有快乐，而没有恐惧——怕神怕鬼。也许，现在过年没有以前那么热闹了，可是多么清醒健康呢。以前，人们过年是托神鬼的庇佑，现在是大家劳动终岁，大家也应当快乐的过年。

（原载1951年1月《新观察》第二卷第二期）

# 猫

猫的性格实在有些古怪。说它老实吧，它的确有时候很乖。它会找个暖和地方，成天睡大觉，无忧无虑。什么事也不过问。可是，赶到它决定要出去玩玩，就会走出一天一夜，任凭谁怎么呼唤，它也不肯回来。说它贪玩吧，的确是呀，要不怎么会一天一夜不回家呢？可是，及至它听到点老鼠的响动啊，它又多么尽职，闭息凝视，一连就是几个钟头，非把老鼠等出来不拉倒！

它要是高兴，能比谁都温柔可亲：用身子蹭你的腿，把脖儿伸出来要求给抓痒，或是在你写稿子的时候，跳上桌来，在纸上踩印几朵小梅花。它还会丰富多腔地叫唤，长短不同，粗细各异，变化多端，力避单调。在不叫的时候，它还会咕噜咕噜地给自己解闷。这可都凭它的高兴。它若是不高兴啊，无论谁说多少好话，它一声也不出，连半个小梅花也不肯印在稿纸上！它倔强得很！

是，猫的确是倔强。看吧，大马戏团里什么狮子、老虎、大象、狗熊，甚至于笨驴，都能表演一些玩艺儿，可是谁见过耍猫呢？（昨天才听说：苏联的某马戏团里确有耍猫的，我当然还没亲眼见过。）

这种小动物确是古怪。不管你多么善待它，它也不肯跟着你上街去逛逛。它什么都怕，总想藏起来。可是它又那么勇猛，不要说见着小虫和老鼠，就是遇上蛇也敢斗一斗。它的嘴往往被蜂儿或蝎子螫的肿起来。

赶到猫儿们一讲起恋爱来，那就闹得一条街的人们都不能安睡。它们的叫声是那么尖锐刺耳，使人觉得世界上若是没有猫啊，一定会更平静一些。

可是，及至女猫生下两三个棉花团似的小猫啊，你又不恨它了。它是那么尽责地看护儿女，连上房兜兜风也不肯去了。

郎猫可不那么负责，它丝毫不关心儿女。它或睡大觉，或上屋去乱叫，有机会就和邻居们打一架，身上的毛儿滚成了毡，满脸横七竖八都是伤痕，看起来实在不大体面。好在它没有照镜子的习惯，依然昂首阔步，大喊大叫，它匆忙地吃两口东西，就又去挑战开打。有时候，它两天两夜不回家，可是当你以为它可能已经远走高飞了，它却瘸着腿大败而归，直入厨房要东西吃。

过了满月的小猫们真是可爱，腿脚还不甚稳，可是已经学会淘气。妈妈的尾巴，一根鸡毛，都是它们的好玩具，要上没结没完。一玩起来，它们不知要摔多少跟头，但是跌倒即马上起来，再跑再跌。它们的头撞在门上，桌腿上，和彼此的头上。撞疼了也不哭。

它们的胆子越来越大，逐渐开辟新的游戏场所。它们到院子里来了。院中的花草可遭了殃。它们在花盆里摔跤，抱着花枝打秋千，所过之处，枝折花落。你不肯责打它们，它们是那么生气勃勃，天真可爱呀。可是，你也爱花。这个矛盾就不易处理。

现在，还有新的问题呢：老鼠已差不多都被消灭了，猫还有什么用处呢？而且，猫既吃不着老鼠，就会想办法去偷捉鸡雏或小鸭什么的开开斋。这难道不是问题么？

在我的朋友里颇有些位爱猫的。不知他们注意到这些问题没有？记得二十年前在重庆住着的时候，那里的猫很珍贵，须花钱去买。在当时，那里的老鼠是那么猖狂，小猫反倒须放在笼子里养着，以免被老鼠吃掉。据说，目前在重庆已很不容易见到老鼠。那么，那里的猫呢？是不是已经不放在笼子里，还是根本不养猫了呢？这须打听一下，以备参考。

也记得三十年前，在一艘法国轮船上，我吃过一次猫肉。事前，我并不知道那是什么肉，因为不识法文，看不懂菜单。猫肉并不难吃，虽不甚香美，可也没什么怪味道。是不是该把猫都送往法国轮船上去呢？我很难作出决定。

猫的地位的确降低了，而且发生了些小问题。可是，我并不为猫的命运多耽什么心思。想想看吧，要不是灭鼠运动得到了很大的成功，消除了巨害，猫的威风怎会减少了呢？两相比较，灭鼠比爱猫更重要的多，不是吗？我想，世界上总会有那么一天，一切都机械化了，不是连驴马也会有点问题吗？可是，谁能因耽忧驴马没有事作而放弃了机械化呢？

（原载1959年8月《新观察》第十六期）

# 内蒙风光

1961年夏天，我们——作家、画家、音乐家、舞蹈家、歌唱家等共二十来人，应内蒙古自治区乌兰夫同志的邀请，由中央文化部、民族事务委员会和中国文联进行组织，到内蒙古东部和西部参观访问了八个星期。陪同我们的是内蒙古文化局的布赫同志。他给我们安排了很好的参观程序，使我们在不甚长的时间内看到林区、牧区、农区、渔场、风景区和工业基地；也看到了一些古迹、学校和展览馆；并且参加了各处的文艺活动，交流经验，互相学习。到处，我们都受到领导同志们和各族人民的欢迎与帮助，十分感激！

以上作为小引。下面我愿分段介绍一些内蒙风光。

## 林 海

这说的是大兴安岭。自幼就在地理课本上见到过这个山名，并且记住了它，或者是因为"大兴安岭"四个字的声音既响亮，又含有兴国安邦的意思吧。是的，这个悦耳的名字使我感到亲切、舒服。可是，那个"岭"字出了点岔子：我总以为它是奇峰怪石，高不可攀的。这回，有机会看到它,并且进到原始森林里边去,脚落在千年万年积累的几尺厚的松针上,手摸到那些古木,才真的证实了那种亲切与舒服并非空想。

对了,这个"岭"字,可跟秦岭的"岭"字不大一样。岭的确很多,高点的,矮点的,长点的,短点的,横着的,顺着的,可是没有一条使人想起"云横秦岭"那种险句。多少条岭啊,在疾驰的火车上看了几个钟头,既看不完,也看不厌。每条岭都是那么温柔,虽然下自山脚,上至岭顶,长满了珍贵的林木,可是谁也不孤峰突起,盛气凌人。

目之所及,哪里都是绿的。的确是林海。群岭起伏是林海的波浪。多少种绿颜色呀:深的,浅的,明的,暗的,绿得难以形容,绿得无以名之。我虽诌了两句:"高岭苍茫低岭翠,幼林明媚母林幽",但总觉得离眼前实景还相差很远。恐怕只有画家才能够写下这么多的绿颜色来吧?

兴安岭上千般宝,第一应夸落叶松。是的,这是落叶松的海洋。看,"海"边上不是还有些白的浪花吗?那是些俏丽的白桦,树干是银白色的。在阳光下,一片青松的边沿,闪动着白桦的银裙,不像海边上的浪花么?

两山之间往往流动着清可见底的溪河,河岸上有多少野花呀。我是爱花的人,到这里我却叫不出那些花的名儿来。兴安岭多么会打扮自己呀:青松作衫,白桦为裙,还穿着绣花鞋呀。连树与树之间的空隙也不缺乏色彩:在松影下开着各种的小花,招来各色的小蝴蝶——它们很亲热地落在客人的身上。花丛里还隐藏着像珊瑚珠似的小红豆,兴安岭中酒厂所造的红豆酒就是用这些小野果酿成的,味道很好。

就凭上述的一些风光,或者已经足以使我们感到兴安岭的亲切可爱了。还不尽然：谁进入岭中，看到那数不尽的青松白桦，能够不马上向四面八方望一望呢？有多少省份用过这里的木材呀！大至矿井、铁路，小至桌椅、椽柱，有几个省市的建设与兴安岭完全没有关系呢？这么一想，"亲切"与"舒服"这种字样用来就大有根据了。所以，兴安岭越看越可爱！是的，我们在图画中或地面上看到奇山怪岭，也会发生一种美感，可是，这种美感似乎是起于惊异与好奇。兴安岭的可爱，就在于它美得并不空洞。它的千山一碧，万古长青，又恰好与广厦、良材联系起来。于是，它的美丽就与建设结为一体，不仅使我们拍掌称奇，而且叫心中感到温暖，因而亲切、舒服。

哎呀，是不是误投误撞跑到美学问题上来了呢？假若是那样，我想：把美与实用价值联系起来，也未必不好。我爱兴安岭，也更爱兴安岭与我们生活上的亲切关系。它的美丽不是孤立的，而是与我们的建设分不开的。它使不远千里而来的客人感到应当爱护它，感谢它。

及至看到林场，这种亲切之感便更加深厚了。我们伐木取材，也造林护树，左手砍，右手栽。我们不仅取宝，也作科学研究，使林海不但能够万古长青，而且百计千方，综合利用。山林中已有了不少的市镇，给兴安岭添上了新的景色，添上了愉快的劳动歌声。人与山的关系日益密切，怎能够使我们不感到亲切、舒服呢？我不晓得当初为什么管它叫作兴安岭，由今天看来，它的确含有兴国安邦的意义了。

## 草　原

自幼就见过"天苍苍，野茫茫，风吹草低见牛羊"这类的词句。这曾经发生过不太好的影响,使人怕到北边去。这次,我看到了草原。那里的天比别处的天更可爱,空气是那么清鲜,天空是那么明朗,使我总想高歌一曲,表示我的愉快。在天底下,一碧千里,而并不茫茫。四面都有小丘,平地是绿的,小丘也是绿的。羊群一会儿上了小丘,一会儿又下来,走在哪里都像给无边的绿毯绣上了白色的大花。那些小丘的线条是那么柔美,就像没骨画那样,只用绿色渲染,没有用笔勾勒,于是,到处翠色欲流,轻轻流入云际。这种境界,既使人惊叹,又叫人舒服,既愿久立四望,又想坐下低吟一首奇丽的小诗。在这境界里,连骏马与大牛都有时候静立不动,好像回味着草原的无限乐趣。紫塞,紫塞,谁说的?这是个翡翠的世界。连江南也未必有这样的景色啊!

我们访问的是陈巴尔虎旗的牧业公社。汽车走了一百五十华里,才到达目的地。一百五十里全是草原。再走一百五十里,也还是草原。草原上行车至为洒脱,只要方向不错,怎么走都可以。初入草原,听不见一点声音,也看不见什么东西,除了一些忽飞忽落的小鸟。走了许久,远远地望见了迂回的,明如玻璃的一条带子。河!牛羊多起来,也看到了马群,隐隐有鞭子的轻响。快了,快到公社了。忽然,像被一阵风吹来的,远丘上出现了一群马,马上的男女老少穿着各色的衣裳,马疾驰,襟飘带舞,像一条彩虹向我们飞过来。这是主人来到几十里外,欢迎远客。见到我们,主人们立刻拨转马头,欢呼着,飞驰着,在汽车左右与前面引路。静寂的草原,热闹起来:欢呼声,车声,马蹄声,响成一片。车、马飞过了小丘,看见了几座蒙古包。

蒙古包外,许多匹马,许多辆车。人很多,都是从几十里外乘马或坐车来看我们的。我们约请了海拉尔的一位女舞蹈员给我们作翻译。她的名字漂亮——水晶花。她就是陈旗的人，鄂温克族。主人们下了马，我们下了车。也不知道是谁的手，总是热乎乎地握着，握住不散。我们用不着水晶花同志给作翻译了。大家的语言不同，心可是一样。握手再握手，笑了再笑。你说你的，我说我的，总的意思都是民族团结互助！

也不知怎的，就进了蒙古包。奶茶倒上了，奶豆腐摆上了，主客都盘腿坐下，谁都有礼貌，谁都又那么亲热，一点不拘束。不大会儿，好客的主人端进来大盘子的手抓羊肉和奶酒。公社的干部向我们敬酒，七十岁的老翁向我们敬酒。正是：

祝福频频难尽意，举杯切切莫相忘！

我们回敬，主人再举杯，我们再回敬。这时候鄂温克姑娘们，戴着尖尖的帽儿，既大方，又稍有点羞涩，来给客人们唱民歌。我们同行的歌手也赶紧唱起来。歌声似乎比什么语言都更响亮，都更感人，不管唱的是什么，听者总会露出会心的微笑。

饭后，小伙子们表演套马，摔跤，姑娘们表演了民族舞蹈。客人们也舞的舞，唱的唱，并且要骑一骑蒙古马。太阳已经偏西，谁也不肯走。是呀！蒙汉情深何忍别，天涯碧草话斜阳！

乌兰巴干同志在《草原新史》短篇小说集里描写了不少近几年来牧民生活的变化，文笔好，内容丰富，值得一读。我就不想再多说什么。可是，我又没法不再说几句，因为草原和牧民弟兄实在可爱！好，就拿蒙古包说吧，从前每被呼为毡庐，今天却变了样，是用木条与草秆做成的，为是夏天住着凉爽，到冬天再改装。人的生活变了，草原上的一切都也随着变。看那马群吧，既有短小精悍的蒙古马，也有高大的新种三河马。这种大马真体面，一看就令人想起"龙马精神"这类的话儿，并且想骑上它，驰骋万里。牛也改了种，有的重达千斤，乳房像小缸。牛肥草香乳如泉啊！并非浮夸。羊群里既有原来的大尾羊，也添了新种的短尾细毛羊，前者肉美，后者毛好。是的，人畜两旺，就是草原上的新气象之一。

## 渔　场

　　这些渔场既不在东海，也不在太湖，而是在祖国的最北边，离满洲里不远。我说的是达赉湖。若是有人不信在边疆的最北边还能够打鱼，就请他自己去看看。到了那里，他就会认识到祖国有多么伟大，而内蒙古也并不仅有风沙和骆驼，像前人所说的那样。内蒙古不是什么塞外，而是资源丰富的宝地，建设祖国必不可缺少的宝地！

　　据说：这里的水有多么深，鱼有多么厚。我们吃到湖中的鱼，非常肥美。水好，所以鱼肥。有三条河流入湖中，而三条河都经过草原，所以湖水一碧千顷——草原青未了，又到绿波前。湖上飞翔着许多白鸥。在碧岸、翠湖、青天、白鸥之间游荡着渔船，何等迷人的美景！

　　我们去游湖。开船的是一位广东青年，长得十分英俊，肩阔腰圆，一身都是力气。他热爱这座湖，不怕冬天的严寒，不管什么天南地北，兴高采烈地在这里工作。他喜爱文学，读过不少的文学名著。他不因喜爱文学而藏在温暖的图书馆里，他要碰碰北国冬季的坚冰，打出鱼来，支援各地。是的，内蒙古尽管有无穷的宝藏，若是没有人肯动手采取，便连鱼也会死在水里。可惜，我忘了这位好青年的姓名。我相信他会原谅我，他不会是因求名求利而来到这里的。

## 农　产

"天苍苍，野茫茫"确不是完全正确的形容。内蒙古有一些荒沙地带，可是也有极为肥沃的土地，生产大量的粮食。说不定，我们今天端起饭碗，里边的米或面恰好是来自内蒙古。我们应当感谢内蒙古的农村兄弟姐妹！

我们访问了内蒙古的"乌克兰"——哲里木盟。这里生产高粱、玉米、谷子、大豆。我没有看见过这么多样儿的谷子，长穗的、短穗的、带芒儿的、不带芒儿的，还有一个穗上长出许多小犄角的。我们看见了，那长穗的有一尺多长！我们看见了，原来这里的农业研究所已经搜集了很多种谷子，一一详做研究试验，看哪一种谷子最适于生长在哪一种土壤上，争取丰产。这是件最可喜的事：我们不但有了人民公社这一面大红旗，而且科学研究正在这面红旗下发挥威力。

在从前，哲盟有三大害：风沙、辽河与鼠疫。现在，这三害已基本上被消灭。造林，使风沙不再肆虐。筑坝开渠，使辽河转害为利。捕鼠，讲卫生，控制了鼠疫。真是：十载除三害，全盟争上游。我们去参观水库。那里，只有荒沙，无石无木。怎么办？好，就移沙筑坝，并且开了许多渠道。水库中养起来自江南的鱼儿，沙坝下已遍生蒲苇，水库外的小塘已种上了莲花。水库的管理员，为欢迎远客，折莲插瓶，四座生辉。看到塞上的红莲，我们都感动得几乎要落泪。移沙筑坝是多么艰苦而光荣的工作啊！

我们也访问了离这有莲花的地方不远的一个人民公社。那里，原来只养牲口，而今却也种地，农牧结合。社里，有蒙古族，也有汉人，蒙汉协作，亲如一家。这种农牧结合、蒙汉协作的实例还有很多，这不过是其中之一而已。

提起莲花，也就想起苹果。这可就要谈到昭乌达盟了。我们访问了赤峰市郊区的两个人民公社。在第一个公社，我们看见了苹果林，长着鲜红的苹果。在这一带，苹果是新来的客人。公社里有个农业中学，学生们在一片毫无用处的沙地上设法种上各种果树，并在沙丘上用碎石拼成大字："青年花果山"。果然天下无难事，花果山前苹果红！

不仅苹果，那里也有各种的葡萄，各种的瓜，还有北京的小白梨呢！校旁，有一座养蜂场。有了蜜啊，足证沙丘沙地已变得甜美了！人民公社万岁！

第二个公社原来是最穷最苦的地方，一片荒沙，连野草都不高兴在这儿生长，更不用说树木了。种上庄稼，便被沙土埋上，还得再种。幸而成活了一些，一亩地也只能收那么五六十斤粮。风沙一起，天昏地暗，白日须点起灯来。这样，人民的最后一计不能不是拿起破碗，拉着孩子，去逃荒。可是，今天那里不但种上谷子，而且大片的长起向来种不活的玉米与高粱。今天，村里村外，处处渠水轻流，杨柳成荫。渠畔田边都是绿树。林木战胜了风沙，增多了雨量。我们这才真明白了林木的作用——起死回生，能使不毛之地变作良田，沙漠化为绿洲！人民公社万岁，万万岁！

积极造林的并不止这一个公社，到处如是。在赤峰的红山公园里，我写了一首小诗，末两句是："临风莫问秋消息，雁不思归花落迟。"是的，我想林木越来越多，气候越来越暖，有朝一日可能大雁便定居在北方，无须辛苦地南来北往了。这也许有点浪漫主义气息，可是并非全无现实的基础。

在昭盟，我们还看见许多令人兴奋的事物，因不尽与农产相关，就不在这一段里多说。

## 风 景 区

扎兰屯真无愧是塞上的一颗珍珠。多么幽美呀！它不像苏杭那么明媚，也没有天山万古积雪的气势，可是它独具风格，幽美得迷人。它几乎没有什么人工的雕饰，只是纯系自然的那么一些山川草木。谁也指不出哪里是一"景"，可是谁也不能否认它处处美丽。它没有什么石碑，刻着什么什么烟树，或什么什么奇观。它只是那么纯朴的，大方的，静静的等待着游人。没有游人呢，也没大关系。它并不有意地装饰起来，向游人索要诗词，它自己便充满了最纯朴的诗情词韵。

四面都有小山，既无奇峰，也没有古寺，只是那么静静地在青天下绣成一个翠环。环中间有一条河，河岸上这里多些，那里少些，随便地长着绿柳白杨。几头黄牛，一小群白羊，在有阳光的地方低着头吃草，并看不见牧童。也许有，恐怕是藏在柳荫下钓鱼呢。河岸是绿的。高坡也是绿的。绿色一直接上了远远的青山。这种绿色使人在梦里也忘不了，好像细致地染在心灵里。

绿草中有多少花呀。石竹，桔梗，还有许多说不上名儿的，都那么毫不矜持地开着各色的花，吐着各种香味，招来无数的凤蝶，闲散而又忙碌地飞来飞去。既不必找小亭，也不必找石墩，就随便坐在绿地上吧。风儿多么清凉，日光可又那么和暖，使人在凉暖之间想闭上眼睡去，所谓"陶醉",也许就是这样吧?

夕阳在山,该回去了。路上到处还是那么绿,还有那么多的草木,可是总看不厌。这里有一片荞麦,开着密密的白花;那里有一片高粱,在微风里摇动着红穗。也必须立定看一看,平常的东西放在这里仿佛就与众不同。正是因为有些荞麦与高粱,我们才越觉得全部风景的自自然然,幽美而亲切。看,那间小屋上的金黄的大瓜哟!也得看好大半天,仿佛向来也没有看见过!

是不是因为扎兰屯在内蒙古,所以才把五分美说成十分呢?一点也不是!我们不便拿它和苏杭或桂林山水做比较,但是假若非比一比不可的话,最公平的说法便是各有千秋。"天苍苍,野茫茫"在这里就越发显得不恰当了。我并非在这里单纯地宣传美景,我是要指出,并希望矫正以往对内蒙古的那种不正确的看法。知道了一点实际情况,像扎兰屯的美丽,或者就不至于再一听到"口外"、"关外"等名词,便想起八月飞雪,万里流沙,望而生畏了。

## 呼和浩特

由东到西,我们最后访问了呼和浩特与包头。

久想到呼和浩特去,老没有机会。这回可如愿以偿了,非常高兴。这里有旧城、新城,还有"新新城"。新城是满城,现在还住着不少满族人民。"新新城"是我给起的名儿,就是指解放后所建筑的那些新楼大厦而言。它们并不集中在一处,自成一城。可是我愿意这么叫它,不应厚古薄今哪。

是应当这么叫它。看,那些新建筑多么美,又多么有意义啊。图书馆,博物馆,大学,工厂,剧院……这表现着积极生产与文化繁荣啊。

在东部,我们看见了林、牧、农、渔,一部分工业和文化建设。看什么都令人兴奋:一来是内蒙古的十多个民族,都亲如兄弟,携手向社会主义齐步前进。人人感谢党与毛主席的民族政策!不论是清代的帝王,还是国民党政权,总是用分而治之的手段,分裂各民族。民族不团结便没有反抗压迫的力量,也没有移山倒海的建设的力量。今天,各民族一齐翻了身,一致拥护党、爱戴毛主席。这就有力量建设起来一座东西长二千四百多公里、南北五百到一千公里的北方乐园。历史上从来没有过这样的事。将来呢,各民族必定会永远同心同德,永远谁也离不开谁。是呀,我们看见了各族人民在同一工厂,同一块田地上亲密地愉快地劳动,也看见了各族的儿童在一块儿读书,在一块儿玩耍。我们看见了文工团里的各族演员,同台欢快地表演歌舞。我们看见了京剧团表演的以蒙古族故事为内容的大戏。我们看见了各族的基层的与各级的干部,学校教师与教授。每一民族都有了自己的干部与人才,这是多么了不起的事!

二来是,我们的兴奋不仅是被那些第一次看见的景物引起来的。我们是在每一新建设与新事物中都看到三面红旗的光辉!是,内蒙古的辉煌成就便是遵循总路线的必然结果。是,只要一问:这项建设是从什么时候开始的?十之八九,回答是:从大跃进!小至水库旁的莲花、沙丘上的苹果,大至从无到有的包头钢都,全表现了这跃进精神。至于人民公社,我们在前面已略提到了一些,就不再说。

到了呼和浩特,听到自治区领导人的报告,我们就更明白了民族政策与三面红旗的正确与伟大。回首东望，记忆中的内蒙古东部风光重新呈现在眼前，可是在一切成就中所贯串着的红线——民族政策与三面红旗却更鲜明、更光彩了。这也就是我们此行最大的收获。我们不但得到了不少新知识，而且受了社会主义的教育。我们不仅看到了内蒙风光，并且与内蒙古人民齐呼三面红旗万岁！

在呼和浩特，我遇见不少老朋友，彼此都欢喜得要跳起来。诗人纳·赛音朝克图刚由乡间回来，拿着他的诗集，塞到我手中，不多说什么，而眼中露出深挚的友情。小说家乌兰巴干更健壮了，总是笑容满面地陪伴着我们。名歌手琶杰老夫子还是那么硬朗，见着我们就编了一段热情的欢迎曲，自拉自唱。老友哈扎布的民歌唱得还是那么迷人，给我们唱了好几次。京剧团的青年演员大多数是中国戏曲学校的毕业生，在这里欢快地服务、钻研、成长。还见到许多位文艺界的、教育界的朋友，恕不一一提名道姓了。

在这里，正如在东部各地，遇见的文艺界朋友总是谦逊地说：我们的水平不高。其实，我们一路所看到的戏曲、歌舞等等，水平都并不很低。以言戏曲，不管是河北梆子，还是京剧、评剧、晋剧，不论团体大小，都表演的非常认真。这是一种可喜的新风气。由这个风气可以预见明天的发展。内蒙古人民所喜爱的二人台果然是可爱。它的老底子厚，有丰富的唱腔与活泼的舞蹈，所以几年来已经有了很好的新发展，编出不少值得保留的节目。以言歌舞，都多少保存着民族风格与地方色彩。内蒙古歌舞、音乐有深厚的传统，若能更进一步地深入挖掘，精心钻研，当更出色。更值得提到的是内蒙古已有了一些位自己的作曲家与舞蹈的编导者。也顺便说两句：据京剧界朋友们说，他们急需一些经验丰富的老师傅来传授本领，剧团里也需要充实角色，才能成龙配套，编演更多的新戏。

我们参观了内蒙大学。在东部各地，我们每天早晨看到各民族的男女儿童说着唱着去上学。有什么比这个更美丽的呢！在呼和浩特，我们又看到各民族的男女青年在一处受高等教育！我不愿多说什么，我只请大家想一想：历来的统治者对于人民，特别是对少数民族的人民，不总是采取愚民政策，以巩固自己的政权么？内蒙古人民身受其害者久矣。只有在今天，这里才能够有大学！在新城，我遇到一位满族老太太，她的儿子就在大学里读书。她说：凭我这个苦老婆子，做梦也梦不到儿子会上大学呀！我想，这句话可谓道尽各民族的父母心。那么，就叫我们一齐感谢党的民族政策，也就无须详细地形容内蒙大学的美丽了吧。

## 工业基地

我们恋恋不舍地向呼和浩特告别，同时又极兴奋地西去包头。

北枕青山，南面黄河，这是包头的气势！

旧城与新区相距四十里，一条敞平的笔直的大路把它们接连起来，又是何等的气势！

据说，当初只有行道树六十三棵；今天，不但四十里的大路两旁绿木成荫，而且往哪边看，哪边都有新的树林。难怪电线上落着那么多的燕子，房子多了，树木多了啊。新区原来是什么也没有的一片荒地！

比树林更好看的是烟突林。旧包头原来不过是货物聚散的码头，提不到工业。远远望见了烟突，心中就跳得快一些，我们有了工业，这原来只有八九万人口的地方,居然从无到有地建设起一个新的钢都。为钢都创造条件,所以连旧城外也有了不少烟突。反转过来,有了钢铁,又带动别项工业的发展。烟突如林是新时代最美的美景!

我们谁也不懂钢铁工业,可是在还没到包钢参观去,就都屡屡向那边望,看看那边冒着的浓烟,心中就万分兴奋。我们是这样,就可以想见包头人民与内蒙古人民该是怎样自豪、怎样为包钢而拿出一切力量了。

我们去参观,看到了出焦,登上了高炉……我们的心里真是百感交集,既想歌唱包钢与内蒙古,也想赞颂伟大的祖国。是呀,在党与毛主席的英明领导下,祖国各地区都渐次有了自己的工业体系,连这原是一片荒沙的地方,都有了这样现代化的钢铁企业。不管我们十几个人对重工业建设怎样外行,我们也会看见祖国前途的无限光明!

我们越看不懂,才越觉得那些位专家与工人同志们的可敬可爱!他们是多么不平凡啊,以他们的智慧、热情与辛苦的劳动,建设起这么大的企业来!真是:

跃进边城起壮图,从无到有建钢都,光芒天外三千丈,霞蔚云蒸七宝炉!

我看见了、介绍了一些内蒙风光。千真万确,这是一片大好风光!我看见的不很多,介绍的更欠详尽,但是多少总可以使人看到内蒙风光绝对不尽是"天苍苍,野茫茫",而是青山白水,开阔胸襟,工农林牧俱兴,文教卫生齐进。更重要的是:三面红旗光万丈,长城南北一条心!

(原载1961年10月13日《人民日报》)

辑 二

# 到了济南

## 一

　　到济南来,这是头一遭。挤出车站,汗流如浆,把一点小伤风也治好了,或者说挤跑了;没秩序的社会能治伤风,可见事儿没绝对的好坏;那么,"相对论"大概就是这么琢磨出来的吧?

　　挑选一辆马车。"挑选"在这儿是必要的。马车确是不少辆,可是稍有聪明的人便会由观察而疑惑,到底那里有多少匹马是应当雇八个脚夫抬回家去? 有多少匹可以勉强负拉人的责任? 自然,刚下火车,决无意去替人家抬马,虽然这是善举之一;那么,找能拉车与人的马自是急需。然而这绝对不是容易的事儿,因为:第一,那仅有的几匹颇带"马"的精神的马,已早被手急眼快的主顾雇了去。第二,那些"略"带"马气"的马,本来可以将就,那怕是只请他拉着行李——天下还有比"行李"这个字再不顺耳,不得人心,惹人头皮疼的? 而我和赶车的在辕子两边担任扶持,指导,劝告,鼓励,(如还不走)拳打脚踢之责呢。这凭良心说,大概不能不算善于应付环境,具有东方文化的妙处吧? 可是,"马"的问题刚要解决,"车"的问题早又来到:即使马能走三里五里,坚持到底不摔跟头;或者不幸跌了一交,而能爬起来再接再厉;那车,那车,那车,是否能装着行李而车底儿不哗啦啦掉下去呢? 又一个问题,确乎成问题! 假使走到中途,车底哗啦啦,还是我扛着行李(赶车的当然不负这个责任),在马旁同行呢? 还是叫马背着行李,我再背着马呢? 自然是,三人行必有我师,陪着御者与马走上一程,也是有趣的事;可是,花了钱雇车,而自扛行李,单为证明"三人行必有我师",是否有点发疯? 至于马背行李,我再负马,事属非常,颇有古代故事中巨人的风度,是! 可有一层,我要是被压而死,那马是否能把行李送到学校去? 我不算什么,行李是不能随便掉失的! 不为行李,起初又何必雇车呢? 小资产阶级的逻辑,不错;但到底是逻辑呀! 第三,别看马与车各有问题,马与车合起来而成的"马车"是整个的问题,敢情还有惊人的问题呢 —— 车价。一开首我便得罪了一位赶车的,我正在向那些马国之鬼,和那堆车之骨骼发呆之际,我的行李突然被一位御者抢去了。我并没生气,反倒感谢他的热心张罗。当他把行李往车上一放的时候,一点不冤人,我确乎听见哗啦一声响,确乎看见连车带马向左右摇动者三次,向前后进退者三次。"行啊?"我低声的问御者。"行?"他十足的瞪了我一眼。"行? 从济南走到德国去都行!"我不好意思再怀疑他,只好以他的话作我的信仰;心里想:"有信仰便什么也不怕!"为平他的气,赶快问:"到 —— 大学,多少钱?"他说了一个数儿。我心平气和的说:"我并不是要买贵马与尊车。"心里还想:"假如弄这么一份财产,将来不幸死了,遗嘱上给谁承受呢?"正在这么想,也不知怎的,我的行李好像被魔鬼附体,全由车中飞出来了。再一看,那怒气冲天的御者一扬鞭,那瘦病之马一掀后蹄,便轧着我的皮箱跑过去。皮箱一点也没坏,只是上边落着一小块车轮上的胶皮；为避免麻烦，我也没敢叫回御者告诉他，万一他叫"我"赔偿呢！同时，心中颇不自在，怨自己"以貌取马"，那知人家居然能掀起后蹄而跑数步之遥呢。

幸而××来了，带来一辆马车。这辆车和车站上的那些差不多。马是白色的，虽然事实上并不见得真白，可是用"白马之白"的抽象观念想起来，到底不是黑的，黄的，更不能说一定准是灰色的。马的身上不见得肥，因此也很老实。缰，鞍，肚带，处处有麻绳帮忙维系，更显出马之稳练驯良。车是黑色的，配起白马，本应黑白分明，相得益彰；可是不知济南的太阳光为何这等特别，叫黑白的相配，更显得暗淡灰丧。

行李，××和我，全上了车。赶车的把鞭儿一扬，吆喝了一声，车没有动。我心里说："马大概是睡着了。马是人们最好的朋友，多少带点哲学性，睡一会儿是常有的事。"赶车的又喊了一声，车微动。只动了一动，就又停住；而那匹马确是走出好几步远。赶车的不喊了，反把马拉回来。他好像老太婆缝补袜子似的，在马的周身上下细腻而安稳的找那些麻绳的接头，慢慢的一个一个的接好，大概有三十多分钟吧，马与车又发生关系。又是一声喊，这回马是毫无可疑的拉着车走了。倒叫我怀疑：马能拉着车走，是否一个奇迹呢？

一路之上，总算顺当。左轮的皮带掉了两次，随掉随安上，少费些时间，无关重要。马打了三个前失，把我的鼻子碰在车窗上一次，好在没受伤。跟××顶了两回牛儿，因为我们俩是对面坐着的，可是顶牛儿更显着亲热；设若没有这个机会，两个三四十的老小伙子，又焉肯脑门顶脑门的玩耍呢。因此，到了大学的时候，我摹仿着西洋少女，在瘦马脸上吻了一下，表示感谢他叫我们得以顶牛的善意。

## 二

上次谈到济南的马车,现在该谈洋车。

济南的洋车并没有什么特异的地方。坐在洋车上的味道可确是与众不同。要领略这个味道,顶好先检看济南的道路一番;不然,屈骂了车夫,或诬蔑济南洋车构造不良,都不足使人心服。

检看道路的时候,请注意,要先看胡同里的;西门外确有宽而平的马路一条,但不能算作国粹。假如这检查的工作是在夜里,请别忘了拿个灯笼,踏一脚黑泥事小,把脚腕拐折至少也不甚舒服。

胡同中的路,差不多是中间垫石,两旁铺土的。土,在一个中国城市里,自然是黑而细腻,晴日飞扬,阴雨和泥的,没什么奇怪。提起那些石块,只好说一言难尽吧。假如你是个地质学家,你不难想到:这些石是否古代地层变动之时,整批的由地下翻上来,直至今日,始终原封没动;不然,怎能那样不平呢? 但是,你若是个考古家,当然张开大嘴哈哈笑,济南真会保存古物哇! 看,看哪一块石头没有多少年的历史! 社会上一切都变了,只有你们这群老石还在这儿镇压着济南的风水!

浪漫派的文人也一定喜爱这些石路,因为块块石头带着慷慨不平的气味,且满有幽默。假如第一块屈了你的脚尖,哼,刚一迈步,第二块便会咬住你的脚后跟。左脚不幸被石洼囚住,留神吧,右脚会紧跟着滑溜出多远,早有一块中间隆起,棱而腻滑的等着你呢。这样,左右前后,处处是埋伏,有变化,假如那位浪漫派写家走过一程,要是幸而不晕过去,一定会得到不少写传奇的启示。

无论是谁,请不要穿新鞋。鞋坚固呢,脚必磨破。脚结实呢,鞋上必来个窟窿。二者必居其一。那些小脚姑娘太太们,怎能不一步一跌,真使人糊涂而惊异!

在这种路上坐汽车,咱没这经验,不能说是舒服与否。只看见过汽车中的人们,接二连三的往前蹿,颇似练习三级跳远。推小车子也没有经验,只能理想到:设若我去推一回,我敢保险,不是我——多半是我——就是小车子,一定有一个碎了的。

洋车,咱坐过。从一上车说吧。车夫拿起"把"来,也许是往前走,也许是往后退,那全凭石头叫他怎样他便怎样。济南的车夫是没有自由意志的。石头有时一高兴,也许叫左轮活动,而把右轮抓住不放;这样,满有把坐车的翻到下面去,而叫车坐一会儿人的希望。

坐车的姿式也请留心研究一番。你要是充正气君子,挺着脖子正着身,好啦:为维持脖子的挺立,下车以后,你不变成歪脖儿柳就算万幸。你越往直里挺,它们越左右的筛摇;济南的石路专爱打倒挺脖子,显正气的人们! 反之,你要是缩着脖子,懈松着劲儿,请要留神,车子忽高忽低之际,你也许有鬼神暗佑还在车上,也许完全摇出车外,脸与道旁黑土相吻。从经验中看,最好的办法是不挺不缩,带着弹性。像百码决赛预备好,专候枪声时的态度,最为相宜。一点不松懈,一点不忽略,随高就高,随低就低,车左亦左,车右亦右,车起须如据鞍而立,车落应如鲤鱼入水。这样,虽然麻烦一些,可是实在安全,而且练习惯了,以后可以不晕船。

坐车的时间也大有研究的必要,最适宜坐车的时候是犯肠胃闭塞病之际。不用吃泻药,只须在饭前,喝点开水,去坐半小时上下的洋车,其效如神。饭后坐车是最冒险的事，接连坐过三天，设若不生胃病，也得长盲肠炎。要是胃口像林黛玉那么弱的人，以完全不坐车为是，因没有一个时间是相宜的。

末了，人们都说济南洋车的价钱太贵，动不动就是两三毛钱。但是，假如你自己去在这种石路上拉车，给你五块大洋，你干得了干不了？

## 三

由前两段看来，好像我不大喜欢济南似的。不，不，有大不然者！有幽默的人爱"看"，看了，能不发笑吗？天下可有几件事，几件东西，叫你看完而不发笑的？不信，闭上一只眼，看你自己的鼻子，你不笑才怪；先不用说别的。有的人看什么也不笑，也对呀，喜悲剧的人不替古人落泪不痛快，因为他好"觉"；设身处地的那么一"觉"，世界上的事儿便少有不叫泪腺要动作动作的。噢，原来如此！

济南有许多好的事儿，随便说几种吧：葱好，这是公认的吧，不是我造谣生事。听说，犹太人少有得肺病的，因为吃鱼吃的多；山东人是不是因为多嚼大葱而不患肺病呢？这倒值得调查一下，好叫吃完葱的士女不必说话怪含羞的用手掩着嘴：假如调查结果真是山西河南广东因肺病而死的比山东多着七八十来个（一年多七八十，一万年要多若干？），而其主因确是因为口中的葱味使肺病菌倒退四十里。

在小曲儿里，时常用葱尖比美妇人的手指，这自然是春葱，决不会是山东的老葱，设若美妇人的十指都和老葱一般儿粗（您晓得山东老葱的直径是多少寸），一旦妇女革命，打倒男人，一个嘴巴子还不把男人的半个脸打飞！这决不是济南的老葱不美，不是。葱花自然没有什么美丽，葱叶也比不上蒲叶那样挺秀，竹叶那样清劲，连蒜叶也比不上，因为蒜叶至少可以假充水仙。不要花，不看叶，单看葱白儿，你便觉得葱的伟丽了。看运动家，别看他或她的脸，要先看那两条完美的腿，看葱亦然。（运动家注意。这里一点污辱的意思没有；我自己的腿比蒜苗还细，焉敢攀高比诸葱哉！）济南的葱白起码有三尺来长吧：粗呢，总比我的手腕粗着一两圈儿——有愿看我的手腕者，请纳参观费大洋二角。这还不算什么，最美是那个晶亮，含着水，细润，纯洁的白颜色。这个纯洁的白色好像只有看见过古代希腊女神的乳房者才能明白其中的奥妙，鲜，白，带着滋养生命的乳浆！这个白色叫你舍不得吃它，而拿在手中颠着，赞叹着，好像对于宇宙的伟大有所领悟。由不得把它一层层的剥开，每一层落下来，都好似油酥饼的折叠；这个油酥饼可不是"人"手烙成的。一层层上的长直纹儿，一丝不乱的，比画图用的白绢还美丽。看见这些纹儿，再看看馍馍，你非多吃半斤馍馍不可。人们常说——带着讽刺的意味——山东人吃的多，是不知葱之美者也！

　　反对吃葱的人们总是说：葱虽好，可是味道有不得人心之处。其实这是一面之词，假若大家都吃葱，而且时常开个"吃葱竞赛会"，第一名赠以重二十斤金杯一个，你看还敢有人反对否！

　　记得，在新加坡的时候，街上有卖榴莲者，味臭无比，可是土人和华人久往南洋者都嗜之若命。并且听说，美国维克陶利亚女皇吃过一切果品，只是没有尝过榴莲，引为憾事。济南的葱，老实的讲，实在没有奇怪味道，而且确是甜津津的。假如你不信呢，吃一棵尝尝。

**注**：此文原有七八段，后几段多是描写济南之美，因不甚幽默，所以删去。读者幸勿谓仆与济南来不及也。——作者。

（本篇曾以《一些印象》为题，分三次载1930年10月至1931年2月《齐大月刊》第一卷第一、二、四期）

## 济南的药集(济南通信)

今年的药集是从四月廿五日起,一共开半个月——有人说今年只开三天,中国事向来是没准儿的。地点在南券门街与三和街。这两条街是在南关里,北口在正觉寺街,南头顶着南围子墙。

喝!药真多!越因为我不认识它们越显着多!

每逢我到大药房去,我总以为各种瓶子中的黄水全是硫酸,白的全是蒸馏水,因为我的化学知识只限于此。但是药房的小瓶小罐上都有标签,并不难于检认;假若我害头疼,而药房的人给我硫酸喝,我决不会答应他的。到了药集,可是真没有法儿了!一捆一捆,一袋一袋,一包一包,全是药材,全没有标签!而且买主只问价钱,不问名称,似乎他们都心有成"药";我在一旁参观,只觉得腿酸,一点知识也得不到!

但是,我自有办法。桔皮,干向日葵,竹叶,荷梗,益母草,我都认得;那些不认识的粗草细草长草短草呢?好吧,长的都算柴胡,短的都算——什么也行吧,看那柴胡,有多少种呀;心中痛快多了!

关于动物的,我也认识几样:马蜂窝,整个的干龟,蝉蜕,僵蚕,还有椿蹦儿。这末一样的药名和拉丁名,我全不知道,只晓得这是椿树上的飞虫,鲜红的翅儿,翅上有花点,很好玩,北平人管它们叫椿蹦儿;

它们能治什么病呢？还看见了羚羊，原来是一串黑亮的小球；为什么羚羊应当是小黑球呢？也许有人知道。还有两对狗爪似的东西，莫非是熊掌？犀角没有看见，狗宝，牛黄也不知是什么样子，设若牛黄应像老倭瓜，我确是看见了好几个貌似干倭瓜的东西。最失望的是没有看见人中黄，莫非药铺的人自己能供给，所以集上无须发售吧？也许是用锦匣装着，没能看到？

矿物不多，石膏，大白，是我认识的；有些大块的红石头便不晓得是什么了。

草药在地上放着，熟药多在桌上摆着。万应锭，狗皮膏之类，看看倒还漂亮。

此外还有非药性的东西，如草纸与东昌纸等；还有可作药用也可作食品的东西，如山楂片，核桃，酸枣，莲子，薏仁米等。大概那些不识药性的游人，都是为买这些东西来的。价钱确是便宜。

我很爱这个集：第一，我觉得这里全是国货；只有人参使我怀疑有洋参的可能，那些种柴胡和那些马蜂窝看着十二分道地，决不会是舶来品。第二，卖药的人们非常安静，一点不吵不闹；也非常的和蔼，虽然要价有点虚谎，可是还价多少总不出恶声。第三，我觉得到底中国药（应简称为"国药"）比西洋药好，因为"国药"吃下去不管治病与否，至少能帮助人们增长抵抗力。这怎么讲呢？看，桔皮上有多么厚的黑泥，柴胡们带着多少沙土与马粪；这些附带的黑泥与马粪，吃下去一定会起一种作用，使胃中多一些以毒攻毒的东西。假如桔皮没有什么力量，这附带的东西还能补充一些。西洋药没有这些附带品，自然也不会发生附带的效力。那位医生敢说对下药有十二分的把握么？假如药不对症，而药品又没有附带物,岂不是大大的危险!"国药"全有附带物,谁敢说大多数的病不是被附带物治好的呢? 第四,到底是中国,处处事事带着古风:咱们的祖先遍尝百草,到如今咱们依旧是这样,大概再过一万八千年咱们还是这样。我虽然不主张复古,可是热烈的想保存古风的自大有人在,我不能不替他们欣喜。第五,从今年夏天起,我一定见着马蜂窝,大蝎子,烂树叶,就收藏起来;人有旦夕祸福,谁知道什么时候生病呢!万一真病了,有的是现成的马蜂窝等,挑选一个吃下去,治病是其一,没人说你是共产党是其二。

逛完了集,出了巷口,看见一大车牛马皮,带着毛还没制成革,不知是否也是药材。

(原载1932年6月11日《华年》第一卷第九期)

## 夏之一周间

我与学界的人们一同分润寒假暑假的"寒"与"暑","假"字与我老不发生关系似的。寒与暑并不因此而特别的留点情;可是,一想及拉车的,当巡警的,卖苦力气的,我还抱怨什么?而且假期到底是假期,晚起个三两分钟到底不会耽误了上堂;暂时不作铜铃的奴隶也总得算偌大的自由!况且没有粉笔面子的"双"薰——对不起,一对鼻孔总是一齐吸气,还没练成"单吸"的工夫,虽然作了不少年的教员。

整理已讲过的讲义,预备下学期的新教材,这把"念读写作,四者缺一不可"的工夫已作足。此外,还要写小说呢。教员兼写家,或写家兼教员,无论怎样排列吧,这是最时行的事。单干哪一行也不够养家的,况且我还养着一只小猫!幸而教员兼车夫,或写家兼屠户,还没大行开,这在像中国这么文明的国家里,还不该念佛?

闹钟的铃自一放学就停止了工作,可是没在六点后起来过,小说的人物总是在天亮左右便在脑中开了战事;设若不乘着打得正欢的时候把他们捉住,这一天,也许是两三天,不用打算顺当的调动他们,不管你吸多少枝香烟,他们总是在面前耍鬼脸,及至你一伸手,他们全跑得连个影儿也看不见。早起的鸟捉住虫儿,写小说的也如此。

  这决不是说早起可以少出一点汗。在济南的初伏以前而打算不出汗，除非离开济南。早晨，晌午，晚间，夜里，毛孔永远川流不息：只要你一眨巴眼，或叫声"球"——那只小猫——得，遍体生津。早起决不为少出汗，而是为拿起笔来把汗吓回去。出汗的工作是人人怕的，连汗的本身也怕。一边写，一边流汗；越流汗越写得起劲；汗知道你是与它拚个你死我活，它便不流了。这个道理或者可以从《易经》里找出来，但是我还没有工夫去检查。

  自六点至九点，也许写成五百字，也许写成三千字，假如没有客人来的话。五百字也好，三千字也好，早晨的工作算是结束了。值得一说的是：写五百字比写三千的时候要多吸至少七八枝香烟，吸烟能助文思不永远灵验，是不是还应当多给文曲星烧股高香？

  九点以后，写信——写信！老得写信！希望邮差再大罢工一年！——浇浇院中的草花，和小猫在地上滚一回，然后读欧·亨利。这一闹哄就快十二点了。吃午饭；也许只是闻一闻；夏天闻闻菜饭便可以饱了的。饭后，睡大觉，这一觉非遇见非常的事件是不能醒的。打大雷，邻居小夫妇吵架，把水缸从墙头掷过来，……只是不希望地震，虽然它准是最有效的。醒了，该弄讲义了，多少不拘，天天总弄出一点来。六点，又吃饭。饭后，到齐大的花园去走半点钟，这是一天中挺直脊骨的特许期间，廿四点钟内挺两刻钟的脊骨好像有什么卫生神术在其中似的，不过，挺着胸膛走到底是壮观的；究竟挺直了没有自然是另一问题，未便深究。

  挺背运动完毕，回家。屋子里比烤面包的炉子的热度高着多少？无从知道，因为没有寒暑表。屋内的蚊子还没都被烤死呢，我放心了。洗个澡,在院中坐一会儿,听着街上卖汽水,冰激凌的吆喝。心静自然凉,我永远不喝汽水,不吃冰激凌;香片茶是我一年到头的唯一饮料,多咱香片茶是由外洋贩来我便不喝了。九点钟前后就去睡,不管多热,我永远的躺下 —— 有时还没有十分躺好 —— 便能入梦。身体弱多睡觉,是我的格言。一气睡到天明,又该起来拿笔吓走汗了。

过去的一周就是这么过去的;没读过一张报纸,不作亡国的事的,与作亡国的事的,或者都不大爱读新闻纸;我是哪一等人呢? 良心上分吧。

(原载1932年9月1日《现代》第一卷第五期)

# 一 天

闹钟应当,而且果然,在六点半响了。睁开半只眼,日光还没射到窗上;把对闹钟的信仰改为崇拜太阳,半只眼闭上了。

八点才起床。赶快梳洗,吃早饭,饭后好写点文章。

早饭吃过,吸着第一枝香烟,整理笔墨。来了封快信,好友王君路过济南,约在车站相见。放下笔墨,一手扣钮,一手戴帽,跑出去,门口没有一辆车;不要紧,紧跑几步,巷口总有车的。心里想着:和好友握手是何等的快乐;最好强迫他下车,在这儿住哪怕是一天呢,痛快的谈一谈。到了巷口,没一个车影,好像车夫都怕拉我似的。

又跑了半里多路才遇上了一辆,急忙坐上去,津浦站! 车走得很快,决定误不了,又想象着好友的笑容与语声,和他怎样在月台上东张西望的盼我来。

怪不得巷口没车,原来都在这儿挤着呢,一眼望不到边,街上挤满了车,谁也不动。西边一家绸缎店失了火。心中马上就决定好,改走小路,不要在此死等,谁在这儿等着谁是傻瓜,马上告诉车夫绕道儿走,显出果断而聪明。

车进了小巷。这才想起在街上的好处;小巷里的车不但是挤住,而且无论如何再也退不出。马上就又想好主意，给了车夫一毛钱，似猿猴一样的轻巧跳下去。挤过这一段，再抓上一辆车，还可以不误事，就是晚也晚不过十来分钟。

棉袄的底襟挂在小车子上，用力扯，袍子可以不要，见好友的机会不可错过！袍子扯下一大块，用力过猛，肘部正好碰着在娘怀中的小儿。娘不加思索，冲口而成，凡是我不爱听的都清清楚楚的送到耳中，好像我带着无线广播的耳机似的。孩子哭得奇，嘴张得像个火山口；没有一滴眼泪，说好话是无用的；凡是在外国可以用"对不起"了之的事，在中国是要长期抵抗的。四围的人——五个巡警，一群老头儿，两个女学生，一个卖糖的，二十多小伙子，一只黄狗——把我围得水泄不通；没有说话，专门能看哭骂，笑嘻嘻的看着我挨雷。幸亏卖糖的是圣人，向我递了个眼神，我也心急手快，抓了一大把糖塞在小孩的怀中；火山口立刻封闭，四围的人皆大失望。给了糖钱，我见缝就钻，杀出重围。

到了车站，遇见中国旅行社的招待员。老那么和气而且眼睛那么尖，其实我并不常到车站，可是他能记得我，"先生取行李吗？"

"接人！"这是多余说，已经十点了，老王还没有叫火车晚开一个钟头的势力。

越想头皮越疼，几乎想要自杀。

出了车站，好像把自杀的念头遗落在月台上了。也好吧，赶快归去写文章。

到了家，小猫上了房；初次上房，怎么也下不来了。老田是六十多了，上台阶都发晕，自然婉谢不敏，不敢上墙。就看我的本事了，当仁不让，上墙！敢情事情都并不简单，你看，上到半腰，腿不晓得怎的会打起转来。不是颤而是公然的哆嗦。老田的微笑好像是恶意的，但是我还不能不仗着他扶我一把儿。

往常我一叫"球"，小猫就过来用小鼻子闻我，一边闻一边咕噜。上了房的"球"和地上的大不相同了，我越叫"球"，"球"越往后退。我知道，我要是一直的向前赶，"球"会退到房脊那面去，而我将要变成"球"。我的好话说多了，语气还是学着妇女的："来，啊，小球，快来，好宝贝，快吃肝来……"无效！我急了，开始恫吓，没用。

磨烦了一点来钟，二姐来了，只叫了一声"球"，"球"并没理我，可是拿我的头作桥，一跳跳到了墙头，然后拿我的脊背当梯子，一直跳到二姐的怀中。

兄弟姐妹之间，二姐是我最好的朋友。她第一个好处便是不阻碍我的工作。每逢看见我写字，她连一声都不出；我只要一客气，陪她谈几句，她立刻就搭讪着走出去。

"二姐，和球玩会儿，我去写点字。"我极亲热的说。

"你先给我写几个字吧，你不忙啊？"二姐极亲热的说。

当然我是不忙，二姐向来不讨人嫌，偶尔求我写几个字，还能驳回？

二姐是求我写封信。这更容易了。刚由墙上爬下来，正好先试试笔，稳稳腕子。

二姐的信是给她婆母的外甥女的干姥姥的姑舅兄弟的侄女婿的。二姐与我先决定了半点多钟怎样称呼他。在讨论的进程中，二姐把她婆母的、婆母的外甥女的、干姥姥的、姑舅兄弟的性格与相互的关系略微说明了一下，刚说到干姥姥怎么在光绪二十八年掉了一个牙，老田说午饭得了。

吃过午饭,二姐说先去睡个小盹,醒后再告诉我怎样写那封信。

我是心中搁不下事的,打算把干姥姥放在一旁而去写文章,一定会把莎士比亚写成外甥女婿。好在二姐只是去打一个小盹。

二姐的小盹打到三点半才醒,她很亲热的道歉,昨夜多打了四圈小牌。不管怎着吧,先写信。二姐想起来了,她要是到东关李家去,一定会见着那位侄女婿的哥哥,就不要写信了。

二姐走了。我开始从新整理笔墨,并且告诉老田泡一壶好茶,以便把干姥姥们从心中给刺激走。

老田把茶拿来,说,外边调查户口,问我几月的生日。"正月初一!"我告诉老田。

凡是老田认为不可信的事,他必要和别人讨论一番。他告诉巡警:他对我的生日颇有点怀疑,他记得是三月;不论如何也不能是正月初一。巡警起了疑,登时觉得有破获共产党机关的可能,非当面盘问我不可。我自然没被他们盘问短,我说正月与三月不过是阴阳历的差别,并且告诉他们我是属狗的。巡警一听到戌狗亥猪,当然把共产党忘了;又耽误了我一刻多钟。

整四点。忘了,图画展览会今天是末一天!但是,为写文章,牺牲了图画吧。又拿起笔来。只要许我拿起笔来,就万事亨通,我不怕在多么忙乱之后,也能安心写作。

门铃响了,信,好几封。放着信不看,信会闹鬼。第一封:创办老人院的捐启。第二封:三舅问我买洋水仙不买?第三封:地址对,姓名不对,是否应当打开?想了半天,看了信皮半天,笔迹,邮印,全细看过,加以福尔摩斯的判断法;没结果,放在一旁。第四封:新书目录,从头至尾看了一遍，没有我要看的书。第五封：友人求找事，急待答复。赶紧写回信，信和病一样，越耽误越难办。信写好，邮票不够了，只欠一分。叫老田，老田刚刚出去。自己跑一遭吧，反正邮局不远。

发了信，天黑了。饭前不应当写字，看看报吧。

晚饭后，吃了两个梨，为是有助于消化，好早些动手写文章。刚吃完梨，老牛同着新近结婚的夫人来了。

老牛的好处是天生来的没心没肺。他能不管你多么忙，也不管你的脸长到什么尺寸，他要是谈起来，便把时间观念完全忘掉。不过，今天是和新妇同来，我想他决不会坐那么大的工夫。

牛夫人的好处，恰巧和老牛一样，是天生来的没心没肺。我在八点半的时候就看明白了：大概这二位是在我这里度蜜月。我的方法都使尽了：看我的稿纸，打个假造的哈欠，造谣言说要去看朋友，叫老田上钟弦，问他们什么时候安寝，顺手看看手表……老牛和牛夫人决定赛开了谁是更没心没肺。十点了，两位连半点要走的意思都没有。

"咱们到街上走走，好不好？我有点头疼。"我这么提议，心里计划着：陪他们走几步，回来还可以写个两千多字，夜静人稀更写得快：我是向来不悲观的。

随着他们走了一程，回来进门就打喷嚏，老田一定说我是着了凉，马上就去倒开水，叫我上床，好吃阿司匹灵。老田的命令是不能违抗的，我要是一定不去睡，他登时就会去请医生。也好吧，躺在床上想好了主意明天天一亮就起来写。"老田，把闹钟上到五点！"

老田又笑了，不好和老人闹气，不然的话，真想打他两个嘴巴。

身上果然有点发僵，算了吧，什么也不要想了，快睡！两眼闭死，可是不困,数一二三四,越数越有精神。大概有十一点了,老田已经停止了咳嗽。他睡了,我该起来了,反正是睡不着,何苦瞎耗光阴。被窝怪暖和的,忍一会儿再说,只忍五分钟,起来就写。肚里有点发热,阿司匹灵的功效,还倒舒服。似乎老牛又回来了,二姐,小球……

"起吧,八点了!"老田在窗外叫。

"没上闹钟吗? 没告诉你上在五点上吗?"我在被窝里发怒。

"谁说没上呢,把我闹醒了;您大概是受了点寒,发烧,耳朵不大灵,嘿!"

生命似乎是不属于自己的,我叹了口气。稿子应该就发出了,还一个字没有呢!

"老田,报馆没来人催稿子吗?"

"来了,说请您不必忙了,报馆昨晚被巡警封了门。"

(原载1933年1月1日《论语》第八期)

## 当幽默变成油抹

小二小三玩腻了:把落花生的尖端咬开一点,夹住耳唇当坠子,已经不能再作,因为耳坠不晓得是怎回事,全到了他们肚里去;还没有人能把花生吃完再拿它当耳坠!《儿童世界》上的插图也全看完了,没有一张满意的,因为据小二看,画着王家小五是王八的才能算好画,可是插画里没有这么一张。小二和王家小五前天打了一架,什么也不因为,并且一点不是小二的错,一点也不是小五的错;谁的错呢? 没人知道。"小三,你当马吧?"小三这时节似乎什么也愿意干,只是不愿意当马。"再不然,咱们学狗打架玩?"小二又出了主意。"也好,可是得真咬耳朵?"小三愿事先问好,以免咬了小二的耳朵而去告诉妈妈。咬了耳朵还怎么再夹上花生当耳坠呢? 小二不愿意。唱戏吧? 好,唱戏。但是,先看看爸和妈干什么呢。假如爸不在家,正好偷偷的翻翻他那些杂志,有好看的图画可以撕下一两张来;然后再唱戏。

爸和妈都在书房里。爸手里拿着本薄杂志,可是没看;妈手里拿着些毛绳,可是没织;他们全笑呢。小二心里说大人也是好玩呀,不然,爸为什么拿着书不看,妈为什么拿着线不织?

爸说:"真幽默,哎呀,真幽默!"爸嘴上的笑纹几乎通到耳根上去。

这几天爸常拿着那么一薄本米色皮的小书喊幽默。

小二小三自然是不懂什么叫幽默，而听成了油抹；可是油抹有什么可笑呢？ 小三不是为把油抹在袖口上挨过一顿打吗！ 大人油抹就不挨打而嘻嘻，不公道！

爸念了，一边念一边嘻嘻，眼睛有时候像要落泪，有时候一句还没念完，嘴里便哈哈哈。妈也跟着嘻嘻嘻。念的什么子路 —— 小三听成了紫鹿 —— 又是什么三民主义，而后嘻嘻嘻 —— 一点也不可笑，而爸与妈偏嘻嘻嘻！

决定过去看看那小本是什么。爸不叫他们看："别这儿捣乱，一边儿玩去！"妈也说："玩去，等爸念完再来！"好像这个小薄本比什么都重要似的！ 也许爸和妈都吃多了；妈常说小孩子吃多了就胡闹，爸与妈也是如此。

念了半天，爸看了看表，然后把小本折好了一页，极小心的放在写字台的抽屉里："晚上再念；得出门了。"

"再念一段！"妈这半天连一针活也没作，还说再念一段呢，真不害羞！ 小三心里的小手指头直在脸上削，"没羞没臊，当间儿画个黑老道！"

"晚上，晚上！ 凑巧还许把第十期买来呢！"爸说，还是笑着。

爸爸走了，走到院里还嘻嘻呢；爸是吃多了！

妈拿着活计到里院去了。

小二小三决定要犯犯"不准动爸的书"的戒命。等妈走远了，轻轻的开了抽屉，拿出那本叫爸和妈嘻嘻的宝贝。他们全把大拇指放在嘴里咂着，大气不出的去找那招人笑的小鬼。他们以为书中必是有个小鬼，这个小鬼也许就叫做油抹。人一见油抹就要嘻嘻，或是哈哈。找了半天，一篇一篇全是黑字！有一张画，看不懂是什么，既不是小兔搬家，又不是小狗成亲，简直的什么也不像！这就可乐呀？字和这样的画要是可乐，为什么妈不许我们在墙上写字画图呢？

"咱们还是唱戏去吧？"小三不耐烦了。

"小三，看，这个小盒也在这儿呢，爸不许咱们动，楞偷偷的看看？"小二建议。

已经偷看了书，为什么不再偷看看小盒？就是挨打也是一顿。小三想的很精密。

把小盒轻轻打开，喝，里边一管挨着一管，都是刷牙膏，可是比刷牙膏的管小些细些。小二把小铅盖转了转，挤，咕——挤出滑溜溜的一条小红虫来，哎呀有趣！小三的眼睛得像两个新铜子，又亮又圆。"来，我挤一个！"他另拿了管，咕——挤出条碧绿的小虫来。

一管一管，全挤过了，什么颜色的也有，真好玩！小二拿起盒里的一支小硬笔，往笔上挤了些红膏，要往牙上擦。

"小二，别，万一这是爸的冻疮药呢？"

"不能，冻疮药在妈的抽屉里呢。"

"等等，不是药，也许呀，也许呀——"小三想了半天想不出是什么。

"这么着吧，小三，把小管全挤在桌上，咱们打花脸吧？"

"唱——那天你和爸听什么来着？"小三的戏剧知识只是由小二得来的那些。

"有花脸的那个？嘀咕的嘀咕嘀嘀咕！《黄鹤楼》！"

"就唱《黄鹤楼》吧！你打红脸，我打绿脸。嘀咕嘀——"

"《黄鹤楼》里没有绿脸！"小二觉得小三对扮戏是没发言权的。

"假装的有个绿脸就得了吗？糖挑上的泥人戏出就有绿脸的。"

两个把管里的小虫全挤得越长越好，而后用小硬笔往脸上抹。

"小二，我说这不是牙膏，你瞧，还油亮油亮的呢。喝，抹在脸上有点漆得慌！"

"别说话；你的嘴直动，我怎给你画呀？！"小二给小三的腮上打些紫道，虽然小三是要打绿脸。

正这么打脸，没想到，爸回来了！

"你们俩干什么呢？干什么呢！"

"我们——"小二一慌把小刷子放在小三的头上。

小三，正闭着眼等小二给画眉毛，睁开了眼。

"你们干什么？！"爸是动了气："二十多块一盒的油！"

"对啦，爸，我们这儿油抹呢！"小三直抓腮部，因为油漆得不好受。

"什么油抹呀？"

"不是爸看这本小书的时候，跟妈说，真油抹，爸笑妈也笑吗？"

"这本小书？"爸指着桌上那本说："从此不再看《论语》！"

爸真生了气。一下子坐在椅子上，气哼哼的，不自觉的，从衣袋里掏出一本小书——样子和桌上那本一样。

乘着爸看新买来的小书，小二小三七手八脚把小管全收在盒里，小三从头上揭下小笔，也放进去。

爸又看入了神，嘴角又慢慢往上弯。小二们的《黄鹤楼》是不敢唱了，可也不敢走开，敬候着爸的发落。

爸又嘻嘻了,拍了大腿一下:"真幽默!"

小三向小二咬耳朵:"爸是假装油抹,咱们才是真油抹呢!"

(原载1933年2月16日《论语》第十一期)

# 吃莲花的

少见则多怪，真叫人愁得慌！谁能都知都懂？就拿相对论说吧，到底怎样相对？是像哼哈二将么么相对，还是像情人要互吻时那么面面相对？我始终弄不清！况且，还要"论"呢。一向不晓得哼哈二将会作论；至于情人互吻而必须作论，难道情人也得"会考"？

这且不提。拿些小事说"眼生"就要恶意的发笑，"眼熟"的事儿是对的，至少也比"眼生"的文明些。中国人用湿毛巾擦脸，英美人用干的；中国人放伞头朝上，西洋鬼子放伞头朝下；于是据洋鬼子看，他们文明，我们是头朝下活着。少见多怪，"怪"完了还自是自高一下，愁人得慌！

这且不提。听说广东人吃狗。每逢有广东朋友来，我总把黄子藏到后院去。可是据我所知道的广东朋友们，还没有一位向我要求过："来，拿黄子开开斋！"没有。可是，黄子还是在后院保险。

这且不提。虽然我不"大"懂相对论——不是一点也不懂，说不定它还就许是像哼哈二将那样的对立——可是我天性爱花草。盆花数十种，分对列于庭中，大概我不见得一定比爱因司坦低下着多少。不，或者我比他还高着些。他会相对——和他的夫人相对而坐，也许是——而且会论——和他的夫人论些家长里短什么的。我呢，会种花。我与他各有一出拿手戏，谁也不高，谁也不低。他要是不服气的话，他骂我，我也会骂他。相对论，我得承认他的优越；相对骂，不定谁行呢！这样，我与他本是"肩膀齐为弟兄"，他不用吹，我用不着谦卑。可是，我的盆花是成对摆列着的，兰对兰，菊对菊，盆盆相对，只欠着一个"论"；那么，我比他强点！

这且不提——就使我真比爱因司坦强，也是心里的劲，不便大吹大擂的宣传，我不是好吹的人；何必再提？今年我种了两盆白莲。盆是由北平搜寻来的，里外包着绿苔，至少有五六十岁。泥是由黄河拉来的。水用趵突泉的。只是藕差点事，吃剩下来的菜藕。好盆好泥好水敢情有妙用，菜藕也不好意思了，长吧，开花吧，不然太对不起人！居然，拔了梗，放了叶，而且开了花。一盆里七八朵，白的！只有两朵，瓣尖上有点红，我细细的用檀香粉给涂了涂，于是全白。作诗吧，除了作诗还有什么办法？专说"亭亭玉立"这四个字就被我用了七十五次，请想我作了多少首诗吧！

这且不提。好几天了，天天门口卖菜的带着几把儿白莲。最初，我心里很难过。好好的莲花和茄子冬瓜放在一块，真！继而一想，若有所悟。啊，济南名士多，不能自己"种"莲，还不"买"些用古瓶清水养起来，放在书斋？是的，一定是这样。

这且不提。友人约游大明湖，"去买点莲花来！"他说。"何必去买，我的两盆还不可观？"我有点不痛快，心里说："我自种的难道比不上湖里的？真！"况且，天这么热，游湖更受罪，不如在家里，煮点毛豆角，喝点莲花白，作两首诗，以自种白莲为题，岂不雅妙？友人看着那两盆花，点了点头。我心里不用提多么痛快了；友人也很雅哟！除了作新诗向来不肯用这"哟"，可是此刻非用不可了！我忙着吩咐家中煮毛豆角，看看能买到鲜核桃不。然后到书房去找我的诗稿。友人静立花前，欣赏着哟！

这且不提。及至我从书房回来一看，盆中的花全在友人手里握着呢，只剩下两朵快要开败的还在原地未动。我似乎忽然中了暑，天旋地转，说不出话。友人可是很高兴。他说："这几朵也对付了，不必到湖中买去了。其实门口卖菜的也有，不过没有湖上的新鲜便宜。你这些不很嫩了，还能对付。"他一边说着，一边奔了厨房。"老田，"他叫着我的总管事兼厨子："把这用好香油炸炸。外边的老瓣不要，炸里边那嫩的。"老田是我由北平请来的，和我一样不懂济南的典故，他以为香油炸莲瓣是什么偏方呢。"这治什么病，烫伤？"他问。友人笑了。"治烫伤？吃！美极了！没看见菜挑子上一把一把儿的卖吗？"

这且不提。还提什么呢，诗稿全烧了，所以不能附录在这里。①

（原载1933年8月16日《论语》第二十三期）

---

① 此文在1934年收入《老舍幽默诗文集》时，作者曾删去1933年初刊于《论语》第二十三期中的最后一段。现附录于下：

  太史公读老舍文至莲花被吃诗稿被焚之句，慨然有动于衷，乃效时行才子佳人补赞曰：哎，哟，啊！您亭亭玉立的莲花，——莲花——莲花啊！您的幻灭，使我心弦颤动而鼻涕长流呵！我想——想您——您的亭亭玉立，不玉立无以为亭亭，不亭亭又何以玉立？我想到您的玉立之亭，尤想到您亭立之玉。奇怪啊，您——您的立居然如亭，您的亭又宛然如玉。我一想到此，我的心血来潮了，我的神经紧张了，我昏昏欲倒了。您的青春，您的美丽妖艳的青春，您亭亭玉立的青春，使我憧憬而昏醉了。您不朽的青春，将借我的秃笔而不朽的，虽然厨夫——狞恶的不了解您的厨夫——将您——您油炸了，但是您是不朽的啊！您是莲花，我是君子，我们的悲哀的命运正相同啊！您出于做男人之泥与做女人之水，水泥媾精而有了您，有了亭亭玉立之您，这是宇宙之神秘啊！我要死了。我看见您曼妙的花干与多姿的莲叶，被狞恶的厨夫遗弃于地上，我禁不住流泪了。哎哟，莲啊莲！我不敢——不忍——吃您——吃您——的青春不朽的花瓣，我要将您的骨肉炼成石膏，塑成爱神之像，供在我的案上，吻着，吻着，永远的吻着您亭亭玉立……等到末日，我们一同埋葬了自己吧！莲啊莲！

## 买 彩 票

在我们那村里，抓会赌彩是自古有之。航空奖券，自然的，大受欢迎。头彩五十万，听听！二姐发起集股合作，首先拿出大洋二角。我自己先算了一卦，上吉，于是拿了四角。和二姐算计了好大半天，原来还短着九元四才够买一张的。我和她分头去宣传，五十万，五十万，五十个人分，每人还落一万，二角钱弄一万！举村若狂，连狗都听熟了"五十万"，凡是说"五十万"的，哪怕是生人，也立刻摇尾而不上前一口把腿咬住。闹了整一个星期；十元算是凑齐；我是最大的股员。三姥姥才拿了五分，和四姨五姨共同凑了一股；她们还立了一本账簿。

上哪里去买呢？还得算卦。二姐不信任我的诸葛金钱课，花了五大枚请王瞎子占了个马前神课……利东北。城里有四家代售处；利成记在城之东北；决议，到利成记去买。可是，利成是四家买卖中最小的一号，只卖卷烟煤油，万一把十元拐去，或是卖假券呢！又送了王瞎子五大枚，从新另占。西北也行，他说；不但是行，他细掐过手指，还比东北好呢！西北是恒祥记，大买卖，二姐出阁时的缎子红被还是那儿买的呢。

谁去买？又是个问题。按说我是头号股员，我应当跑一趟。可是我是属牛的，今年是鸡年，总得找属鸡的，还得是男性，女性丧气。只有李家小三是鸡年生的，平日那些属鸡的好像都变了，找不着一个。小三自己去太不放心啊，于是决定另派二员金命的男人妥为保护。挑了吉日，三位进城买票。

　　票买来了，谁拿着呢？我们村里的合作事业有个特点，谁也不信任谁。经过三天三夜的讨论，还是交给了三姥姥，年高虽不见得必有德，可是到底手脚不利落，不至私自逃跑。

　　直到开彩那天，大家谁也没睡好觉。以我自己说，得了头彩——还能不是我们得吗？！——就分两万，这两万怎么花？买处小房，好，房的地点，样式，怎么布置，想了半夜。不，不买房子，还是作买卖好，于是铺子的地点、形式、种类，怎么赚钱，赚了钱以后怎样发展，又是半夜。天上的星星，河边的水泡，都看着像洋钱。清晨的鸟鸣，夜半的虫声，都说着"五十万"。偶尔睡着，手按在胸上，梦见一堆现洋压在身上，连气也出不得！特意买了一付骨牌，为是随时打卦。打了坏卦，不算，另打；于是打的都是好卦，财是发准了。

　　开奖了。报上登出前五彩，没有我们背熟了的那一号。房子，铺子……随着汗全走了。等六彩七彩吧，头五奖没有，难道还不中个小六彩？又算了一卦，上吉；六彩是五百，弄几块作件夏布大衫也不坏。于是一边等着六彩七彩的揭露，一边重读前五彩的号数，替得奖的人们想着怎么花用的方法，未免有些羡妒，所以想着想着便想到得奖人的乐极生悲，也许被钱烧死；自己没得也好；自然自己得奖也不见得就烧死。无论怎说，心中有点发堵。

　　六彩七彩也登出来了，还是没咱们的事，这才想起对尾子，连尾子都和我们开玩笑，我们的是个"三"，大奖的偏偏是个"二"。没办法！

二姐和我是发起人呀！三姥姥向我们俩要索她的五分。没法不赔她。赔了她，别人的二角也无意虚掷。二姐这两天生病，她就是有这个本事，心里一想就会生病。剩下我自己打发大家的二角。打发完了，二姐的病也好了，我呢，昨天夜里睡得很清甜。

（原载1933年9月1日《论语》第二十四期）

# 有声电影

二姐还没有看过有声电影。可是她已经有了一种理论。在没看见以前，先来一套说法，不独二姐如此，有许多伟人也是这样；此之谓"知之为知之，不知为知之"也。她以为有声电影便是电机答答之声特别响亮而已。要不然便是当电人——二姐管银幕上的英雄美人叫电人——互相巨吻的时候，台下鼓掌特别发狂，以成其"有声"。她确信这个，所以根本不想去看。本来她对电影就不大热心，每当电人巨吻，她总是用手遮上眼的。

但据说有声电影是有说有笑而且有歌。她起初还不相信，可是各方面的报告都是这样，她才想开开眼。

二姥姥等也没开过此眼，而二姐又恰巧打牌赢了钱，于是大请客。二姥姥三舅妈、四姨、小秃、小顺、四狗子，都在被请之列。

二姥姥是天一黑就睡，所以决不能去看夜场；大家决定午时出发，看午后两点半那一场。看电影本是为开心解闷，所以十二点动身也就行了。要是上车站接个人什么的，二姐总是早去七八小时的。那年二姐夫上天津，二姐在三天前就催他到车站去，恐怕临时找不到座位。

早动身可不见得必定早到；要不怎么越早越好呢。说是十二点走哇，到了十二点三刻谁也没动身。二姥姥找眼镜找了一刻来钟；确是不容易找，因为眼镜在她自己腰里带着呢。跟着就是三舅妈找钮子，翻了四只箱子也没找到，结果是换了件衣裳。四狗子洗脸又洗了一刻多钟，这还总算顺当；往常一个脸得至少洗四十多分钟，还得有门外的巡警给帮忙。

出发了。走到巷口，一点名，小秃没影了。大家折回家里，找了半点多钟，没找着。大家决定不看电影了，找小秃是更重要的。把新衣裳全脱了，分头去找小秃。正在这个当儿，小秃回来了；原来他是跑在前面，而折回来找她们。好吧，再穿好衣裳走吧，巷外有的是洋车，反正耽误不了。

二姥姥给车价还按着现洋换一百二十个铜子时的规矩，多一个不要。这几年了，她不大出门，所以老觉得烧饼卖三个大铜子一个不是件事实，而是大家欺骗她。现在拉车的三毛两毛向她要，也不是车价高了，是欺侮她年老走不动。她偏要走一个给他们瞧瞧。这一挂劲可有些"憧憬"：她确是有志向前迈步，不过脚是向前向后，连她自己也不准知道。四姨倒是能走，可惜为看电影特意换上高底鞋，似乎非扶着点什么不敢抬脚。她假装过去搀着二姥姥，其实是为自己找个靠头。不过大家看得很清楚，要是跌倒的话，这二位一定是一齐倒下。四狗子和小秃们急得直打蹦。

总算不离，三点一刻到了电影院。电影已经开映。这当然是电影院不对；难道不晓得二姥姥今天来么？二姐实在觉得有骂一顿街的必要，可是没骂出来，她有时候也很能"文明"一气。

既来之则安之，打了票。一进门，小顺便不干了，怕黑，黑的地方有红眼鬼，无论如何也不能进去。二姥姥一看里面黑洞洞，以为天已经黑了，想起来睡觉的舒服；她主张带小顺回家。要是不为二姥姥，二姐还想不起请客呢。谁不知道二姥姥已经是土埋了半截的人,不看回有声电影,将来见阎王的时候要是盘问这一层呢? 大家开了家庭会议。不行,二姥姥是不能走的。至于小顺,好办,买几块糖好了。吃糖自然便看不见红眼鬼了。事情便这样解决了。四姨搀着二姥姥,三舅妈拉着小顺,二姐招呼着小秃和四狗子。前呼后应,在暗中摸索,虽然有看座的过来招待,可是大家各自为政的找座儿,忽前忽后,忽左忽右,离而复散,分而复合,主张不一,而又愿坐在一块儿。直落得二姐口干舌燥,二姥姥连喘带嗽,四狗子咆哮如雷,看座的满头是汗。观众们全忘了看电影,一齐恶声的"吃——",但是压不下去二姐的指挥口令。二姐在公共场所说话特别响亮,要不怎样是"外场"人呢。

直到看座的电棒中的电已使净,大家才一狠心找到了座。不过,还不能这么马马虎虎的坐下。大家总不能忘了谦恭呀,况且是在公共场所。二姥姥年高有德,当然往里坐。可是二姥姥当着四姨怎肯倚老卖老,四姨是姑奶奶呀;而二姐又是姐姐兼主人;而三舅妈到底是媳妇,而小顺子等是孩子;一部伦理从何处说起? 大家打架似的推让,甚至把前后左右的观众都感化得直喊叫老天爷。好容易大家觉得让的已够上相当的程度,一齐坐下。可是小顺的糖还没有买呢! 二姐喊卖糖的,真喊得有劲,连卖票的都进来了,以为是卖糖的杀了人。

糖买过了,二姥姥想起一桩大事——还没咳嗽呢。二姥姥一阵咳嗽,惹起二姐的孝心,与四姨三舅妈说起二姥姥的后事来。老人家像二姥姥这样的,是不怕儿女当面讲论自己的后事,而且乐意参加些意见,如"别的都是小事,我就是要个金九连环。也别忘了糊一对童儿!"这一说起来,还有完吗? 一桩套着一桩,一件联着一件,说也奇怪,越是在戏馆电影场里，家事越显着复杂。大家刚说到热闹的地方，忽，电灯亮了，人们全往外走。二姐喊卖瓜子的；说起家务要不吃瓜子便不够派儿。看座的过来了，"这场完了，晚场八点才开呢。"

大家只好走吧。一直到二姥姥睡了觉，二姐才想起问三舅妈："有声电影到底怎么说来着？"三舅妈想了想："管它呢，反正我没听见。"还是四姨细心，她说她看见一个洋鬼子吸烟，还从鼻子里冒烟呢，"电影是怎样作的，多么巧妙哇，鼻子冒烟，和真的一样，你就说。"大家都赞叹不已。

（原载1933年11月《论语》第二十九期）

# 科学救命

很想研究科学,这几天。要发明个机器。这个机器得小巧玲珑,至大也不过像个十支长城烟包,可以随身带着,而没有私携手枪的嫌疑。到应用的时候,只须用手一摸就得,不用转螺丝,通电流,或接天线地线等等。只要一根天地人三才中的"人线"就够了。用手一摸,碰上人线,手指一热,热到脑部,于是立刻就能有个好笑话——机器的用处。

近来实在需要这么个机器。你看,有人请吃饭,能不去吗?去了,酒过三杯,临座笑得像个蜜桃似的——请来个笑话!往四下一观,座中至少有两位已经听过咱的那些傻姑爷与十七字诗。没办法!即使天才真有那么大,现成的笑话总比自造的好。可是现在的笑话似乎老是那几个,而且听笑话的老有熟人。刚一张嘴就被熟人接过去了——又是那个傻姑爷呀?这还怎往下说!幸而没人插嘴,而有这么一两位两眼死盯着咱,因为笑话听过的,所以专看咱怎么张嘴与眨巴眼,于是把那点说笑话应有的得意劲儿完全给赶走了;没这股得意劲儿乘早不用说笑话!有的时候,咱刚说了头两句,一位熟人善意的笑了——那是个好笑话,老丈人揍傻姑爷,哈哈哈!不用再往下说了。气先泄了,还怎么说!这顿饭吃到肚中,至少得到医院去一趟。

回到家，孩子们都钻了被窝，可是没睡，专等咱带来落花生与柿饼儿。十回有九回，忘了带这些零碎；好吧，说个笑话。刚一张嘴，小将军们一齐下令——"不听那个臭的！"香的打哪儿来呢？说哪个，哪个是臭的，一点不将就，为说笑话，大人小孩都觉得人生没有多少意义；而且小孩一定发脾气，能哭上一个多钟头，一边哭一边嚷——不听那个臭笑话，不听！

到了学校，学生代表来了——先生，我们今天开联欢会，您说个笑话？趁早不用驳回，反正秩序单早已定好了。好吧，由脑子里的最下层，大概离头发还有三四里地，找出个带锈的笑话来。收拾了收拾，打磨了打磨，预备去说。秩序单上的笑林项下还有别人呢。他在前面，当然他先说。他一张嘴，咱的慢性盲肠炎全不发炎了，浑身冰凉。刚打磨好的笑话被他给说了。而且他说得非常的圆到，比咱想起来的多着好多花样；这不仅使咱发慌，而且觉得惭愧！轮到咱了，张着嘴练习"立正"吧。有什么办法呢？脑子最下层的东西被人抢去，只好由脊椎骨上找点话吧；这自然不是容易的事，也不十分舒服。好歹的敷衍了几句，不像笑话，不像故事，不像演说，什么也不像；本来嘛，脊椎骨上的玩艺还能高明的了？咱的脸上笑着，别人的都哭丧着。说完了好大半天，大家想起鼓掌来，鼓得比呼吸的声音稍微大一些。

非发明个机器不可了！放在口袋里，用手一摸，脑中立刻一热，一亮，马上来个奇妙的笑话。不然，人生绝对幽默不了，而且要减寿十年。

打算先念中学物理教科书。

（原载1933年12月1日《论语》第三十期）

## 新年的二重性格

一想到新年，不知怎么心里就要喜欢一下，同时又有点胆战心惊：好像是一则以喜，一则以忧的味儿。喜的什么呢？很难说；大概是一种遗传病，到了新年总得喜欢。忧，这个很简单，怕讨债的。这是新年的二重性格。

想个什么法儿，能把这二重性格改成一重呢？我不算不聪明，我曾把极不一致的道理设法调和起来，如把一元论和二元论改为"一元半论"，可是我想不出法儿使新年只有喜，而无忧。

幽默也不行，讨债的人好像最不懂幽默。你越说轻松可笑的话，他越跟你瞪眼。他非看见钱不笑。你要跟他瞪眼呢，那就更糟，他似乎和巡警是亲戚，一招呼就来。

似乎根本不应当借债。没有亏空，到了新年自然是高高兴兴；新年本来应该高高兴兴。可是有一层，不借债在理论上是很好喽，实际上作得到。假如有一天两手空空，肚子乱叫，你怎办？为求新年的无忧而一定不去借钱，你就活不到新年了。这个不能不算计好了。为过新年而先把命丧了，幽默倒还幽默，可是犯得着这么幽默吗？圣人有云，好死不如赖活着。这是句有味儿的话。

有债随时还，不要都积到新年，似乎是个好方法。可是谁有这份能力呢。今天借了，明天还上，那满可以不借。借，就是因为有个长期间不还的享受，于是一压便压到新年。谁也没想到新年来得这么快！

取销新年呢，照样的不是办法。你自己取销了新年，新年还是到时候就来。债权者即使健忘，说什么也忘不了新年讨债。

说来说去还是没办法。如果非把新年的二重性格减去一重不可，似乎只好减去"喜"的那一面。在新年的前半月，就应当皱上眉头，表示无论如何也不喜。那么，讨债的到了家门，自然视若无物。假若他看不出你的眉头是自杀的标志，你满可以当着他的面上一回吊。这倒许引起他的幽默，而展限到端阳节再说。若是他不肯这么办呢，你上吊就完了，反正你已经承认新年是有忧无喜，生死还有什么多大的关系。这似乎不像仁者之言，可是世界就这个样，有什么好办法呢？好死不如赖活着；到了要命的关头，也就无法。

（原载1934年1月1日《申报·自由谈》）

# 新年醉话

大新年的，要不喝醉一回，还算得了英雄好汉么？喝醉而去闷睡半日，简直是白糟蹋了那点酒。喝醉必须说醉话，其重要至少等于新年必须喝醉。

醉话比诗话词话官话的价值都大，特别是在新年。比如你恨某人，久想骂他猴崽子一顿。可是平日的生活，以清醒温和为贵，怎好大睁白眼的骂阵一番？到了新年，有必须喝醉的机会，不乘此时节把一年的"储蓄骂"都倾泻净尽，等待何时？于是乎骂矣。一骂，心中自然痛快，且觉得颇有英雄气概。因此，来年的事业也许更顺当，更风光；在元旦或大年初二已自诩为英雄，一岁之计在于春也。反之，酒只两盅，菜过五味，欲哭无泪，欲笑无由。只好哼哼唧唧噜哩噜苏，如老母鸡然，则癞狗见了也多咬你两声，岂能成为民族的英雄？

再说，处此文明世界，女扮男装。许多许多男子大汉在家中乾纲不振。欲恢复男权，以求平等，此其时矣。你得喝醉哟，不然哪里敢！既醉，则挑鼻子弄眼，不必提名道姓，而以散文诗冷嘲，继以热骂：头发烫得像鸡窝，能孵小鸡么？曲线美，直线美又几个钱一斤？老子的钱是容易挣得？哼！诸如此类，无须管层次清楚与否，但求气势畅利。

每当少为停顿，则加一哼，哼出两道白气，这么一来，家中女性，必都惶恐。如不惶恐，则拉过一个——以老婆为最合适——打上几拳。即使因此而罚跪床前，但床前终少见证，而醉骂则广播四邻，其声势极不相同，威风到底是男子汉的。闹过之后，如有必要，得请她看电影；虽发似鸡窝如故，且未孵出小鸡，究竟得显出不平凡的亲密。即使完全失败，跪在床前也不见原谅，到底酒力热及四肢，不至着凉害病，多跪一会儿正自无损。这自然是附带的利益，不在话下。无论怎说，你总得给女性们一手儿瞧瞧，纵不能一战成功，也给了她们个有力的暗示——你并不是泥人哟。久而久之，只要你努力，至少也使她们明白过来：你有时候也会闹脾气，而跪在床前殊非完全投降的意思。

至若年底搪债，醉话尤为必需。讨债的来了，见面你先喷他一口酒气，他的威风马上得低降好多，然后，他说东，你说西，他说欠债还钱，你唱《四郎探母》。虽曰无赖，但过了酒劲，日后见面，大有话说。此"尖头曼"之所以为"尖头曼"也。

醉话之功，不止于此，要在善于运用。秘诀在这里：酒喝到八成，心中还记得"莫谈国事"，把不该说的留下；可以说的，如骂友人与恫吓女性，则以酒力充分活动想像力，务使自己成为浪漫的英雄。骂到伤心之处，宜紧紧摇头，使眼泪横流，自增杀气。

当是时也，切莫题词寄信，以免留叛逆的痕迹。必欲艺术的发泄酒性，可以在窗纸上或院壁上作画。画完题"醉墨"二字，豪放之情乃万古不朽。

《矛盾月刊》新年特大号向我要文章。写小说吧，没工夫；作诗，又不大会。就寄了这么几句,虽然没有半点艺术价值,可是在实际上不无用处。如有仁人君子照方儿吃一剂,而且有效,那我要变成多么有光荣的我哟!

一九三四年节 —— 作者。

（原载1934年1月《矛盾》第二卷第五期）

## 观 画 记

　　看我们看不懂的事物，是很有趣的；看完而大发议论，更有趣。幽默就在这里。怎么说呢？去看我们不懂得的东西，心里自知是外行，可偏要装出很懂行的样子。譬如文盲看街上的告示，也歪头，也动嘴唇，也背着手；及至有人问他，告示上说的什么，他答以正在数字数。这足以使他自己和别人都感到笑的神秘，而皆大开心。看完再对人讲论一番便更有意思了。譬如文盲看罢告示，回家对老婆大谈政治，甚至因意见不同，而与老婆干起架来，则更热闹而紧张。

　　新年前，我去看王绍洛先生个人展览的西画。济南这个地方，艺术的空气不像北平那么浓厚。可是近来实在有起色，书画展览会一个接着一个的开起来。王先生这次个展是在十二月二十三日到二十五日。只要有图画看，我总得去看看。因为我对于图画是半点不懂，所以我必须去看，表示我的腿并不外行，能走到会场里去。一到会场，我很会表演。先在签到簿上写上姓名，写得个儿不小，以便引起注意而或者能骗碗茶喝。要作品目录，先数作品的号码，再看标价若干，而且算清价格的总积：假如作品都售出去，能发多大的财。我管这个叫作"艺术的经济"。然后我去看画。设若是中国画，我便靠近些看，细看笔道如何，题款如何，图章如何，裱的绫子厚薄如何。每看一项，或点点头，或摇摇首，好像要给画儿催眠似的。设若是西洋画，我便站得远些看，头部的运动很灵活，有时为看一处的光线，能把耳朵放在肩膀上，如小鸡蹭痒痒然。这么看了一遍，已觉有点累得慌，就找个椅子坐下，眼睛还盯着一张画死看，不管画的好坏，而是因为它恰巧对着那把椅子。这样死盯，不久就招来许多人，都要看出这张图中的一点奥秘。如看不出，便转回头来看我，似欲领教者。我微笑不语，暂且不便泄露天机。如遇上熟人过来问，我才低声的说："印象派，可还不到后期，至多也不过中期。"或者："仿宋，还好；就是笔道笨些！"我低声的说，因为怕叫画家自己听见；他听不见呢，我得虎就虎，心中怪舒服的。

其实，什么叫印象派，我和印度的大象一样不懂。我自己的绘画本事限于画"你是王八"的王八，与平面的小人。说什么我也画不上来个偏脸的人，或有四条腿的椅子。可是我不因此而小看自己；鉴别图画的好坏，不能专靠"像不像"；图画是艺术的一支，不是照相。呼之为牛则牛，呼之为马则马；不管画的是什么，你总得"呼"它一下。这恐怕不单是我这样，有许多画家也是如此。我曾看见一位画家在纸上涂了几个黑蛋，而标题曰"群雏"。他大概是我的同路人。他既然能这么干，怎么我就不可以自视为天才呢？那么，去看图画；看完还要说说，是当然的。说得对与不对，我既不负责任，你干吗多管闲事？这不是很逻辑的说法吗？

我不认识王绍洛先生。可是很希望认识他。他画得真好。我说好，就是好，不管别人怎么说。我爱什么，什么就好，没有客观的标准。"客观"，顶不通。你不自己去看，而派一位代表去，叫作客观；你不自己去上电影院，而托你哥哥去看贾波林，叫作客观；都是傻事，我不这么干。我自己去看，而后说自己的话；等打架的时候，才找我哥哥来揍你。

王先生展览的作品：油画七十，素描二十四，木刻七。在量上说，真算不少。对于木刻，我不说什么。不管它们怎样好，反正我不喜爱它们。大概我是有点野蛮劲，爱花红柳绿，不爱黑地白空的东西。我爱西洋中古书籍上那种绘图，因为颜色鲜艳。一看黑漆漆的一片，我就觉得不好受。木刻，对于我，好像黑煤球上放着几个白元宵，不爱！有人给我讲过相对论，我没好意思不听，可是始终不往心里去；不论它怎样相对，反正我觉得它不对。对木刻也是如此，你就是说得天花乱坠，还是黑煤球上放白元宵。对于素描，也不爱看，不过瘾；七道子八道子的！

我爱那些画。特别是那些风景画。对于风景画，我爱水彩的和油的，不爱中国的山水。中国的山水，一看便看出是画家在那儿作八股，弄了些个起承转合，结果还是那一套。水彩与油画的风景真使我接近了自然，不但是景在那里，光也在那里，色也在那里，它们使我永远喜悦，不像中国山水画那样使我离开自然，而细看笔道与图章。这回对了我的劲，王先生的是油画。他的颜色用得真漂亮，最使我快活的是绿瓦上的那一层嫩绿——有光的那一块儿。他有不少张风景画，我因为看出了神，不大记得哪张是哪张了。我也不记得哪张太刺眼，这就是说都不坏，除了那张《汇泉浴场》似乎有点俗气。那张《断墙残壁》很好，不过着色太火气了些；我提出这个，为是证明他喜欢用鲜明的色彩。他是宜于画春夏景物的，据我看。他能画得干净而活泼；我就怕看抹布颜色的画儿。

关于人物，《难民》与《忏悔》是最惹人注意的。我不大爱那三口儿难民，觉得还少点憔悴的样子。我倒爱难民背后的设景：树，远远的是城，城上有云：城和难民是安定与漂流的对照，云树引起渺茫与穷无所归之感。《官邸与民房》也是用这个结构——至少是在立意上。最爱《忏悔》。裸体的男人，用手捧着头，头低着。全身没有一点用力的地方，而又没一点不在紧缩着，是忏悔。此外还有好几幅裸体人形，都不如这张可喜。永不喜看光身的大胖女人，不管在技术上有什么讲究，我是不爱看"河漂子"的。

花了两点钟的工夫，还能不说几句么？于是大发议论，大概是很臭。不管臭不臭吧，的确是很佩服王先生。这决不是捧场；他并没见着我，也没送给我一张画。我说他好歹，与他无关，或只足以露出我的臭味。说我臭，我也不怕，议论总是要发的。伟人们不是都喜欢大发议论么？

（原载1934年2月《青年界》第五卷第二号）

## 大发议论

　　过年是一种艺术。咱们的先人就懂得贴春联，点红灯，换灶王像，馒头上印红梅花点，都是为使一切艺术化。爆竹虽然是噪音，但"灯儿带炮"便给声音加上彩色，有如感觉派诗人所用的字眼儿。盖自有史以来，中国人本是最艺术的，其过年比任何民族都更复杂，热闹，美好，自是民族之光，亦理所当然。

　　以烹调而言，上自龙肝凤肺，下至姜蒜大葱，无所不吃，且都有奇妙的味道。拿板凳腿作冰激凌，只要是中国人做的，给欧西的化学家吃，他也得莫名其妙，而连声夸好；即使稍有缺点，亦不过使肚子微痛一阵而已。吃了老鼠而再吃猫，既不辨其为鼠为猫，且不在肚中表演猫捕鼠的游戏，是之谓巧夺天工。烹调的方法既巧夺天工，新年便没法儿不火炽，没法儿不是艺术的。一碗清汤，两片牛肉，而后来个硬凉苹果，如西洋红毛鬼子的办法，只足引起伤心，哪里还有心肠去快活。反之，酒有茵陈玫瑰和佛手露，佐以蜜饯果儿——红的是山楂糕，绿的是青梅，黄的是桔饼，紫的是金丝蜜枣，有如长虹吹落，碎在桌上，斑斑块块如灿艳群星，而到了口中都甜津津的，不亦乐乎！加以八碟八碗，或更倍之，各发异香，连冒出的气儿都婉转缓腻，不像馒头揭锅，热气立散；

于是吃一看二，咽一块不能不点点头，喝一口不能不咂咂嘴；或汤与块齐尝，则顺流而下，不知所之，岂不快哉！脑与口与肚一体舒畅，宜乎行令猜拳，吃个七八小时也。这是艺术。做得艺术，吃得艺术，于是一肚子艺术，而后题诗壁上，剪烛梅前，入了象牙之塔，出了象牙之狗，美哉新年也！

这不过略提了提"吃"，已足使弱小民族垂涎三尺，而万国来朝。至若吃饱喝足，面色微紫，或看牌，或掷骰，或顶牛，勾心斗角，各运心思，赢了微笑，输急才骂"妈的"；至若穿新衣，逛花灯，看亲戚，接姑奶奶与小外甥……只好从略，只好从略，以免六国联军又打天津。因羡生妒，至蛮不讲理，往往有之。

到了现在，过年的艺术不但在质上，就是在量上，也正在迈进。以次数说，新年起码有两个，增多了一倍。活个七老八十，而能过一百好几十次新年，正是：

五风十雨皆为瑞，
一岁双年总是春。

人生七十古来稀；到而今，活五十岁而过一百次年，活不到七十也没多大关系了。这顺手儿就解决了人口过剩问题，因为活到四五十岁，已经过了一百来回年，在价值上总算过得去了；那么，五十多而仍不死，就满可以立下遗嘱，而后把自己活埋了。不过，这是附带的话；如不愿活埋呢，也无须一定这么办，活着也好。书归正传：

两个新年，先过国历新年，然后再过"家历"新年。二者之间隔着那么几十天,恰好藕断丝连,顾此而不失彼,是诗意的跌宕,是艺术的沉醉,是电影的广告!前前后后三个来月,甚至于可以把冬至的馄饨接上端阳的粽子,而后紧跟着去到青岛避暑。天哪,感谢你使我们生在中国!

可是,人心不同,也有不这样看的。记得去年在我们镇上,铺户都在"家历"新年关上了门。小徒弟们在铺内敲锣打鼓,掌柜们把脸喝得怪红。邻家二大妈一向失于修饰,也戴上了朵小红绢石榴花。私塾中的学童们把《三字经》等放在神龛后面,暂由财神奶奶妥为照管。洋学堂的秀才们也回来凑热闹,过了灯节还舍不得走。这本是为艺术而艺术,并没有什么说不过去的地方。哪知道,镇上有位爱国志士发了议论:爱国的人应当遵守国历;再说,国历是最科学的。

我也说了话。我既也是镇上的圣人之一,自然不能增他人的锐气而减自己的威风。你看,大家听了志士的议论,虽然过年如故,可是心中有点不自在。我们镇上的人向来不提倡仇货;也不赞成妇女放脚,因为缠足是更含有国货的意味。他们不甘于作不爱国的人,但是,他们没话反攻,而爱国志士就鼻孔朝天的得意起来。我不能不开口了!我说:过年是种艺术,谈不到科学;谁能在除夕吃地质学,喝王水,外加安末尼亚?再说,国历是科学的,连洋鬼子都知道,难道堂堂的天朝选民就不晓得?二月是二十八天,正合二十八宿,中西正是一理,不过,科学是日新月异的,将来一高兴,也许二月剩八天,巧合八卦图,而十二月来上五六十来天!再说,家历月月十五有圆月,而国历月月十五有圆太阳,阳胜于阴,理当乾纲大振,大家不怕老婆。可惜,圆月之外还有新月半月等等,而太阳没有出过太阳牙。

连邻家二大妈也听出我这一套是暗含讥讽,马上给我送过来一大盘年糕;虽然我看出糕的一角似被老鼠啃去,也还很感激她。她的话比年糕的价值还大。她说:八月十五云遮月,正月十五雪打灯。假如十五没月亮,这两句古语从何应验?还有,腊月三十要是出了圆月,咱们是过年好呢,还是拜月好呢?二大妈的话实在有理。于是设法传到爱国志士耳中,省得叫他目空一切。二大妈至少比他多吃过二三十年的年糕,这不是瞎说的。

他似乎也看出八月十五云遮月的重要,可是仍然不服气。他带着讽刺的味儿说:为什么不可以把吃喝玩乐都放在国历新年?莫非是天气不够冷的?

我先回答了他这末一句。对于此点我更有话说。过去的经验不定在什么时候就会大有用处;你看,我恰巧在南洋过过一次年。在那里,元旦依然是风扇与冰激凌的天气。大家赤着脚,穿着单衫,可是拚命的放爆竹,吃年糕,贴对子,买牡丹,祭财神。天气和六月里一样,而过年还是过年。这不是冷不冷的问题。冷也得过年,热也得过年,过年是种艺术,与寒暑表的升降无关。

至于为什么不把吃喝玩乐都放在国历新年,他是只知其一,不知其二。为表示爱国,为表示科学化,我们都应当遵守国历;国历国科国学国民等等本来自成一系统。严格的说,一个国民而不欢欢喜喜的过下儿国历新年,理当斩首,号令国门。可是有一层,人当爱国,也当爱家。齐家而后能治国;试看古今多少英雄豪杰,哪个不是先把钱搂到家中,使家族风光起来,而后再谈国事?因此,国历与家历应当两存着;到爱国的时候就爱国,到爱家的时候便爱家,这才称得起是圣之时者。你真要在家历新年之际,三过其门而不入,留神尊夫人罚你跪下顶灯三小时;大冷的天,不是玩的!这不是要哪个与不要哪个的问题,也不是哪个好与哪个坏的问题,而是应当下一番工夫去研究怎样过新新年,与怎样过旧新年。二者的历史不同,性质不同,时间不同,种种不同,所以过法也得不同。把旧玩术都搬到新节令上来,不但是显着驴唇不对马嘴,而且是自己剥夺了生命的享受。反之,顺着天时地利与人和,各有各的办法,各有各的味道,才能算作生活的艺术。

以国历新年说吧。过这个年得带洋味,因为它是洋钦天监给规定的。在这个新年,见面不应说"多多发财",而须说"害怕扭一耳"。非这么办不可,你必须带出洋味,以便别于家历新年。该新则新,该旧则旧,这一向是我们的长处。你自己穿洋服去跳舞,而叫小脚夫人在家中啃窝窝头,理当如此。过年也是这样。那么,过国历新年,应在大街上高搭彩牌,以示普天同庆。大家到大饭店去喝香槟。然后,去跳舞一番,或凑几个同志打打微高尔夫。约女朋友看看电影,或去听听西洋音乐,吃些块奶油巧古力,也不失体统。若能凑几个人演一出三幕戏,偏请女客为自己来鼓掌,那更有意思。不必去给父亲拜年,你父亲自然会看到你在报纸上登的贺年小广告。可是见着父亲的时候别忘了说"害怕扭一耳"。你应当作一身新洋服。总之,你要在这个时节充分的表现出来,你是爱国,你懂得新事,你会跳舞,你会溜冰。这个年要过得似乎是洋鬼子,又不十分像;不像吧,又像。这也是一种艺术。若以酒类作喻,这是啤酒。虽然是酒,可又像汽水。拿准这个尺寸,这个新年正大有滋味。你要是不过它一下,你便永远摸不清个人与世界的关系。说到这儿,你顶好给美国总统写个贺年片,贴足邮票寄去。他要是不回拜的话,那是他的错儿,你居心无愧。

这么过了一个年,然后再等过那一个,艺术上的对照法。一个是浪漫的,摩登的,香槟与裸体美人的;一个是写实的,遗传的,家长里短的。你身过二年,胃收百味,是沟通东西文化的活水,是香槟与陈绍的产儿,是一切的一切!

应当再说怎过旧新年。不过,你早就知道。只须告诉你一句:无论是在哪个新年,总不应该还债。还有一句——只是一句了——在旧新年元旦出门,必先看好喜神是在哪一方;国历新年则不受此限制,你拿着顶出来也好。

爱国志士听了这一番高论,茅塞一顿一顿的都开了,托二大妈来约我去打几圈小麻雀,遂单刀赴会焉。

(原载1934年2月16日《论语》第三十五期)

# 考而不死是为神

考试制度是一切制度里最好的,它能把人支使得不像人了,而把脑子严格的分成若干小块块。一块装历史,一块装化学,一块……

比如早半天考代数,下午考历史,在午饭的前后你得把脑子放在两个抽屉里,中间连一点缝子也没有才行。设若你把 X + Y 和一八二八弄到一处,或者找唐朝的指数,你的分数恐怕是要在二十上下。你要晓得,状元得来个一百分呀。得这么着:上午,你的一切得是代数,仿佛连你是黄帝的子孙,和姓字名谁,全根本不晓得。你就像刚由方程式里钻出来,全身的血脉都是 X 和 Y。赶到刚一交卷,你立刻成了历史,向来没听说过代数是什么。亚力山大,秦始皇等就是你的爱人,连他们的生日是某年某月某时都知道。代数与历史千万别联宗,也别默想二者的有无关系,你是赴考呀,赴考的期间你别自居为人,你是个会吐代数,吐历史的机器。

这样考下去,你把各样功课都吐个不大离,好了,你可以现原形了;睡上一天一夜,醒来一切茫然,代数历史化学诸般武艺通通忘掉,你这才想起"妹妹我爱你"。这是种蛇脱皮的工作,旧皮脱尽才能自由;不然,你这条蛇不会得到文凭,就是你爱妹妹,妹妹也不爱你,准的。

最难的是考作文。在化学与物理中间，忽然叫你"人生于世"。你的脑子本来已分成若干小块，分得四四方方，清清楚楚，忽然来了个没有准地方的东西，东扑扑个空，西扑扑个空，除了出汗没有合适的办法。你的心已冷两三天，忽然叫你拿出情绪作用，要痛快淋漓，慷慨激昂，假如题目是"爱国论"，或"天下兴亡匹夫有责"；你的心要是不跳吧，笔下便无血无泪；跳吧，下午还考物理呢。把定律们都跳出去，或是跳个乱七八糟，爱国是爱了，而定律一乱则没有人替你整理，怎办？幸而不是爱国论，是山中消夏记，心无须跳了。可是，得有诗意呀。仿佛考完代数你更文雅了似的！假如你能逃出这一关去，你便大有希望了，够分不够的，反正你死不了了。被"人生于世"憋死，不是什么稀罕的事。

说回来，考试制度还是最好的制度。被考死的自然无须再提。假若考而不死，你放胆活下去吧，这已明明告诉你，你是十世童男转身。

（原载1934年7月1日《论语》第四十四期）

# 小 病

大病往往离死太近，一想便寒心，总以不患为是。即使承认病死比杀头活埋剥皮等死法光荣些，到底好死不如歹活着。半死不活的味道使盖世的英雄泪下如雨呀。拿死吓唬任何生物是不人道的。大病专会这么吓唬人，理当回避，假若不能扫除净尽。

可是小病便当另作一说了。山上的和尚思凡，比城里的学生要厉害许多。同样，楚霸王不害病则没的可说，一病便了不得。生活是种律动，须有光有影，有左有右，有晴有雨；滋味就含在这变而不猛的曲折里。微微暗些，然后再明起来，则暗得有趣，而明乃更明；且不至明过了度，忽然烧断，如百烛电灯泡然。这个，照直了说，便是小病的作用。常患些小病是必要的。

所谓小病，是在两种小药的能力圈内，阿司匹灵与清瘟解毒丸是也。这两种药所不治的病，顶好快去请大夫，或者立下遗嘱，备下棺材，也无所不可，咱们现在讲的是自己能当大夫的"小"病。这种小病，平均每个半月犯一次就挺合适。一年四季，平均犯八次小病，大概不会再患什么重病了。自然也有爱患完小病再患大病的人，那是个人的自由，不在话下。

咱们说的这类小病很有趣。健康是幸福；生活要趣味。所以应当讲说一番：

小病可以增高个人的身分。不管一家大小是靠你吃饭，还是你白吃他们，日久天长，大家总对你冷淡。假若你是挣钱的，你越尽责，人们越挑眼，好像你是条黄狗，见谁都得连忙摆尾；一尾没摆到，即使不便明言，也暗中唾你几口。不大离的你必得病一回，必得！早晨起来，哎呀，头疼！买清瘟解毒丸去！还有阿司匹灵吗？不在乎要什么，要的是这个声势。狗的地位提高了不知多少。连懂点事的孩子也要闭眼想想了——这棵树可是倒不得呀！你在这时节可以发散发散狗的苦闷了，卫生的要术。你若是个白吃饭的，这个方法也一样灵验。特别是妈妈与老嫂子，一见你真需要阿司匹灵，她们会知道你没得到你所应得的尊敬，必能设法安慰你：去听听戏，或带着孩子们看电影去吧？她们诚意的向你商量，本来你的病是吃小药饼或看电影都可以治好的，可是你的身分高多了呢。在朋友中，社会中，光景也与此略同。

此外，小病两日而能自己治好，是种精神的胜利。人就是别投降给大夫。无论国医西医，一律招惹不得。头疼而去找西医，他因不能断症——你的病本来不算什么——一定嘱告你住院，而后详加检验，发现了你的小脚指头不是好东西，非割去不可。十天之后，头疼确是好了，可是足指剩了九个。国医文明一些，不提小脚指头这一层，而说你气虚，一开便开二十味药；他越摸不清你的脉，越多开药，意在把病吓跑。就是不找大夫。预防大病来临，时时以小病发散之，而小病自己会治，这就等于"吃了萝卜喝热茶，气得大夫满街爬！"

有宜注意者：不当害这种病时，别害。头疼，大则足以失去一个王位，小则能惹出是非。设个小比方：长官约你陪客，你说头疼不去，其结果有不易消化者。怎样利用小病，须在全部生活艺术中搜求出来。看清机会，而后一想象，乃由无病而有病，利莫大焉。

　　这个，从实际上看，社会上只有一部分人能享受，差不多是一种雅好的奢侈。可是，在一个理想国里，人人应该有这个自由与享受。自然，在理想国内也许有更好的办法；不过，什么办法也不及这个浪漫，这是小品病。

（原载1934年7月5日《人间世》第七期）

# 神的游戏

戏剧不是小说。假若我是个木匠，我一定说戏剧不是大锯。由正面说，戏剧是什么，大概我和多数的木匠都说不上来。对戏剧我是头等的外行。

可是，我作过戏剧。这只有我与字纸篓知道。看别人写戏，我也试试，正如看别人下海，我也去涮涮脚。原来戏剧和小说不是一回事。这个发现，多少是恼人的。

"小说是袖珍戏园"。不错。连卖瓜子的打手巾把的都有地位。形容那位睡着了的观客，和他的梦，都无所不可。一出戏，非把卖瓜子的逐出去不可，那位作梦的先生也该枪毙。戏剧限于台上那点玩艺，而且必定不许台下有人睡觉。一些布景，几个人，说说笑笑或哭哭啼啼，这要使人承认为艺术；天哪，难死人也！景片的绳子松了一些，椅子腿有点活动，都不在话下；她一个劲儿使人明白人生，认识生命，拿揭显代替形容，拿吵嘴当作哲理，这简直不可能。可是真有会干这个的！

设若戏剧是"一个"人的发明，他必是个神。小说，二大妈也会是发明人。从头说起吧。立意有了，人物，地点，时间，也都有了，这不应很乐观么？是。于是提起笔来，终于放下，让谁先出来呢？设若是小说，我就大有办法。我能叫一混成旅人一齐出来，也能叫一个人没有而大讲秋天的红叶。戏剧家必是个神，他晓得而且毫不迟疑的怎样开始。他似乎有件法宝，一祭起便成了个诛仙阵，把台下的众灵魂全引进阵去。并且是很简单呀，没有说明书，没有开场词，没有名人的介绍；一开幕便单摆浮搁的把阵式列开，一两个回合便把人心捉住，拿活人演活人的事，而且叫台下的活人郑重其事的感到一些什么，傻子似的笑或落泪。这个本事是真本事，我只能使眼前的白纸老那么白着吧。请想，我面对面的，十二分诚恳的，给二大妈述说一件事，她还不能明白，或是不愿听；怎能将两个人放在台上交谈一阵，就使她明白而且乐意听呢？大概不是她故意与我作难，就是我该死。

勉强的打了个头儿。一开幕，一胖一瘦在书房内谈话，窗外有片雪景，不坏。胖子先说话，瘦子一边听一边看报。也好。谈了两三分钟，胖子和瘦子的话是一个味儿，话都非常的漂亮，只是显不出胖子是怎么个人，瘦子是怎么个人。把笔放下，叹气。

过了十分钟，想起来了。该上女角了。女角一露面，胖子和瘦子之间便起了冲突，一起冲突便有了人格。好极了。女角出来了。她也加入谈话，三个人说的都一个味儿，始终是白开水。她打扮得很好，长得也不坏，说话也漂亮；她是怎么个人呢？没办法。胖子不替她介绍，瘦子也不管详述族谱，她自己更不好意思自述。这位救命星原来也是木头的。字纸篓里增多了两三张纸。

天才不应当承认失败，再来。这回，先从后头写。问题的解决是更难写的；先解决了，然后再倒转回来补充，似乎更保险。小说不必这样，因为无结果而散也是真实的情形。戏剧必须先作茧，到末了变出蛾子来。

是的，先出蛾子好了。反正事实都已预备好，只凭一写了。写吧。胖子瘦子和姑娘又都出来了。还是木头的。瘦子娶了姑娘，胖子饮鸩而死，悲剧呀。自己没悲，胖子没悲，虽然是死了！事实很有味儿，就是人始终没活着。胖子和瘦子还打了一场呢，白打，最紧张处就是这一打，我自己先笑了。

念两本前人的悲剧，找点诀窍吧。哼！事实不如我的奇，穿插不如我的巧，言语没有我的俏，可是，也不是从哪里找来的，前前后后，里里外外，有股悲劲萦绕回环，好似与人物事实平行着一片秋云，空气便是凉飕飕的。不是闹鬼；定是有神。这位神，把人与事放在一个悲的宇宙里。不知他是先造的人呢，还是先造的那个宇宙。一切是在悲壮的律动里，这个律动把二大妈的泪引出来，满满的哭了两三天，泪越多心里越痛快。二大妈的灵魂已到封神台下去，甘心的等着被封为——哪怕是土地奶奶呢，到底是入了神界！

我完了。神始终不照顾我。他不给我这点力量。我的眼总是迷糊，看不见那么立体的一小块——其中有人有事有说有笑，一小块人生，一小块真理，一小块悲史，放在心里正合适，放在宇宙里便和宇宙融成一体，如气之与风。戏剧呀，神的游戏。木匠，还是用你的锯吧。

（原载1934年7月14日天津《大公报·文艺副刊》）

# 避 暑

英美的小资产阶级，到夏天若不避暑，是件很丢人的事。于是，避暑差不多成为离家几天的意思，暑避了与否倒不在话下。城里的人到海边去，乡下人上城里来；城里若是热，乡下人干吗来？若是不热，城里的人为何不老老实实的在家里歇着？这就难说了。再看海边吧，各样杂耍，似赶集开庙一般，男女老幼，闹闹吵吵，比在家中还累得慌。原来暑本无须避，而面子不能不圆上；夏天总得走这么几日，要不然便受不了亲友的盘问。谁也知道，海边的小旅馆每每一间小屋睡大小五口；这只好尽在不言中。

手中更富裕的，讲究到外国来。这更少与避暑有关。巴黎夏天比伦敦热得多，而巴黎走走究竟体面不小。花几个钱，长些见识，受点热也还值得。可是咱们这儿所说的人们，在未走以前已经决定好自己的文化比别国高，而回来之后只为增高在亲友中的身份——"刚由巴黎回来；那群法国人！"

到中国做事的西人，自然更不能忘了这一套。在北戴河，有三家凑赁一所小房的，住上二天，大家的享受正如圈里的羊。自然也有很阔气的，真是去避暑；可是这样的人大概在哪里也不见得感到热，有钱呀。

有钱能使鬼推磨,难道不能使鬼做冰激凌吗?这总而言之,都有点装着玩。外国人装蒜,中国人要是不学,便算不了摩登。于是自从皇上被免职以后,中国人也讲究避暑。北平的西山,青岛,和其他的地方,都和洋钱有同样的响声。还有特意到天津或上海玩玩的,也归在避暑项下;谁受罪谁知道。

暑,从哲学上讲,是不应当避的。人要把暑都避了,老天爷还要暑干吗?农人要都去避暑,粮食可还有的吃?再退一步讲,手里有钱,暑不可不避,因为它暑。这自然可以讲得通,不过为避暑而急得四脖子汗流,便大可以不必。到避暑期间而闹得人仰马翻,便根本不如在家里和谁打上一架。

所以我的避暑法便很简单——家里蹲。第一不去坐火车;为避暑而先坐二十四小时的特别热车,以便到目的地去治上吐下泻,我就不那么傻。第二不扶老携幼去张心:比如上山,带着四个小孩,说不定会有三个半滚了坡的。山上的空气确是清新,可是下得山来,孩子都成了瘸子,也与教育宗旨不甚相合。即使没有摔坏,反正还不吓一身汗?这身汗哪里出不了,单上山去出?第三不用搬家。你说,一家大小都去避暑,得带多少东西?即使出发的时候力求简单,到了地方可就明白过来,啊,没有给小二带乳瓶来!买去吧,哼,该买的东西多了!三叔的固元膏忘下了,此处没有卖的,而不贴则三叔就泻肚;得发快信托朋友给寄!及至东西都慢慢买全,也该回家了,往回运吧,有什么可说的!

一个人去自然简单些,可是你留神吧,你的暑气还没落下去,家里的电报到了——急速回家!赶回来吧,原来没事,只是尊夫人不放心你!本来吗,一个人在海岸上溜,尊夫人能放心吗?她又不是没看过美人鱼的照片。

  大家去,独自去,都不好;最好是不去。一动不如一静,心静自然凉。况且一切应用的东西都在手底下:凉席,竹枕,蒲扇,烟卷,万应锭,小二的乳瓶……要什么伸手即得,这就是个乐子。渴了有绿豆汤,饿了有烧饼,闷了念书或作两句诗。早早的起来,晚晚的睡,到了晌午再补上一大觉;光脚没人管,赤背也不违警章,喝几口随便,喝两盅也行。有风便荫凉下坐着,没风则勤扇着,暑也可以避了。

  这种避暑有两点不舒服:(一)没把钱花了;(二)怕人问你。都有办法:买点暑药送苦人,或是赈灾,即使不是有心积德,到底钱是不必非花在青岛不可的。至于怕有人问,你可以不见客,等秋来的时候,他们问你,很可以这样说:"老没见,上莫干山住了三个多月。"如能把孩子们嘱咐好了,或者不至漏了底。

(原载1934年8月1日《论语》第四十六期)

# 习　惯

不管别位，以我自己说，思想是比习惯容易变动的。每读一本书，听一套议论，甚至看一回电影，都能使我的脑子转一下。脑子的转法是像螺丝钉，虽然是转，却也往前进。所以，每转一回，思想不仅变动，而且多少有点进步。记得小的时候，有一阵子很想当"黄天霸"。每逢四顾无人，便掏出瓦块或碎砖，回头轻喊：看镖！有一天，把醋瓶也这样出了手，几乎挨了顿打。这是听《五女七贞》的结果。及至后来读了托尔斯泰等人的作品，就是看杨小楼扮演的"黄天霸"，也不会再扔醋瓶了。你看，这不仅是思想老在变动，而好歹的还高了一二分呢。

习惯可不能这样。拿吸烟说吧，读什么，看什么，听什么，都吸着烟。图书馆里不准吸烟，干脆就不去。书里告诉我，吸烟有害，于是想戒烟，可是想完了，照样的点上一支。医院里陈列着"烟肺"也看见过，颇觉恐慌，我也是有肺动物啊！这点嗜好都去不掉，连肺也对不起呀，怎能成为英雄呢？！思想很高伟了；乃至吃过饭，高伟的思想又随着蓝烟上了天。有的时候确是坚决，半天儿不动些小白纸卷，而且自号为理智的人——对面是习惯的人。后来也不是怎么一股劲，连吸三支，合着并未吃亏。肺也许又黑了许多，可是心还跳着，大概一时不至于死，这很足自慰。什么都这样。按说一个自居摩登的人，总该常常携着夫人在街上走走了。我也这么想过，可是做不到。大家一看，我就毛咕，"你慢慢走着，咱们家里见吧！"把夫人落在后边，我自己迈开了大步。什么"尖头曼""方头曼"的，不管这一套。虽然这么说，到底觉得差一点。从此再不去双双走街。

明知电影比京戏文明些，明知京戏的锣鼓专会供给头疼，可是嘉宝或红发女郎总胜不过杨小楼去。锣鼓使人头疼得舒服，仿佛是。同样，冰激凌，咖啡，青岛洗海澡，美国桔子，都使我摇头。酸梅汤，香片茶，裕德池，肥城桃，老有种知己的好感。这与提倡国货无关，而是自幼儿养成的习惯。年纪虽然不大，可是我的幼年还赶上了野蛮时代。那时候连皇上都不坐汽车，可想见那是多么野蛮了。

跳舞是多么文明的事呢，我也没份儿。人家印度青年与日本青年，在巴黎或伦敦看见跳舞，都讲究馋得咽唾沫。有一次，在艾丁堡，跳舞场拒绝印度学生进去，有几位差点上了吊。还有一次在海船上举行跳舞会，一个日本青年气得直哭，因为没人招呼他去跳。有人管这种好热闹叫作猴子的摹仿，我倒并不这么想。在我的脑子里，我看这并不成什么问题，跳不能叫印度登时独立，也不能叫日本灭亡。不跳呢，更不会就怎样了不得。可是我不跳。一个人吃饱了没事，独自跳跳，还倒怪好。叫我和位女郎来回的拉扯，无论说什么也来不得。看着就不顺眼，不用说真去跳了。这和吃冰激凌一样，我没有这个胃口。舌头一凉，马上联想到泻肚，其实心里准知道并没危险。

还有吃西餐呢。干净，有一定的份量，好消化，这些我全知道。不过吃完西餐要不补充上一碗馄饨两个烧饼，总觉得怪委屈的。吃了带血的牛肉，喝凉水，我一定跑肚。想象的作用。这就没有办法了，想象真会叫肚子山响！

对于朋友，我永远爱交老粗儿。长发的诗人，洋装的女郎，打高尔夫的男性女性，咬言咂字的学者，满跟我没缘。看不惯。老粗儿的言谈举止是咱自幼听惯看惯的。一看见长发诗人，我老是要告诉他先去理发；即使我十二分佩服他的诗才，他那些长发使我堵的慌。家兄永远到"推剃两从便"的地方去"剃"，亮堂堂的很悦目。女子也剪发，在理论上我极同意，可是看着别扭。问我女子该梳什么"头"，我也答不出，我总以为女性应留着头发。我的母亲，我的大姐，不都是世界上最好的女人么？她们都没剪发。

行难知易，有如是者。

（原载1934年9月5日《人间世》第十一期）

# 取 钱

我告诉你，二哥，中国人是伟大的。就拿银行说吧，二哥，中国最小的银行也比外国的好，不冤你。你看，二哥，昨儿个我还在银行里睡了一大觉。这个我告诉你，二哥，在外国银行里就做不到。

那年我上外国，你不是说我随了洋鬼子吗？二哥，你真有先见之明。还是拿银行说吧，我亲眼得见，洋鬼子再学一百年也赶不上中国人。洋鬼子不够派儿。好比这么说吧，二哥，我在外国拿着张十镑钱的支票去兑现钱。一进银行的门，就是柜台，柜台上没有亮亮的黄铜栏杆，也没有大小的铜牌。二哥你看，这和油盐店有什么分别？不够派儿。再说人吧，柜台里站着好几个，都那么光梳头，净洗脸的，脸上还笑着；这多下贱！把支票交给他们谁也行，谁也是先问你早安或午安；太不够派儿了！拿过支票就那么看一眼，紧跟着就问："怎么拿？先生！"还是笑着。哪道买卖人呢？！叫"先生"还不够，必得还笑，洋鬼子脾气！我说了，二哥："四个一镑的单张，五镑的一张，一镑零的；零的要票子和钱两样。"要按理说，二哥，十镑钱要这一套啰哩啰嗦，你讨厌不，假若二哥你是银行的伙计？你猜怎么样，二哥，洋鬼子笑得更下贱了，好像这样麻烦是应当应分。喝，登时从柜台下面抽出簿子来，刷刷的就写；

写完，又一伸手，钱是钱，票子是票子，没有一眨眼的工夫，都给我数出来了；紧跟着便是："请点一点，先生！"又是一个"先生"，下贱，不懂得买卖规矩！点完了钱，我反倒楞住了，好像忘了点什么。对了，我并没忘了什么，是奇怪洋鬼子干事——况且是堂堂的大银行——为什么这样快？赶丧哪？真他妈的！

　　二哥，还是中国的银行，多么有派儿！我不是说昨儿个去取钱吗？早八点就去了，因为现在天儿热，银行八点就开门；抓个早儿，省得大晌午的劳动人家；咱们事事都得留个心眼，人家有个伺候得着与伺候不着，不是吗？到了银行，人家真开了门，我就心里说，二哥：大热的天，说什么时候开门就什么时候开门，真叫不容易。其实人家要楞不开一天，不是谁也管不了吗？一边赞叹，我一边就往里走。喝，大电扇忽忽的吹着，人家已经都各按部位坐得稳稳当当，吸着烟卷，按着铃要茶水，太好了，活像一群皇上，太够派儿了。我一看，就不好意思过去，大热的天，不叫人家多歇会儿，未免有点不知好歹。可是我到底过去了，二哥，因为怕人家把我撵出去；人家看我像没事的，还不撵出来么？人家是银行，又不是茶馆，可以随便出入。我就过去了，极慢的把支票放在柜台上。没人搭理我，当然的。有一位看了我一看，我很高兴；大热的天，看我一眼，不容易。二哥，我一过去就预备好了：先用左腿金鸡独立的站着，为是站乏了好换腿。左腿立了有十分钟，我很高兴我的腿确是有了劲。支持到十二分钟我不能不换腿了，于是就来个右金鸡独立。右腿也不弱，我更高兴了，嗨，爽性来个猴啃桃吧，我就头朝下，顺着柜台倒站了几分钟。翻过身来，大家还没动静，我又翻了十来个跟头，打了些旋风脚。刚站稳了，过来一位；心里说：我还没练两套拳呢；这么快？

那位先生敢情是过来吐口痰,我补上了两套拳。拳练完了,我出了点汗,很痛快。又站了会儿,一边喘气,一边欣赏大家的派头——真稳!很想给他们喝个彩。八点四十分,过来一位,脸上要下雨,眉毛上满是黑云,看了我一看。我很难过,大热的天,来给人家添麻烦。他看了支票一眼,又看了我一眼,好像断定我和支票像亲哥儿俩不像。我很想把脑门子上签个字。他连大气没出把支票拿了走,扔给我一面小铜牌。我直说:"不忙,不忙!今天要不合适,我明天再来;明天立秋。"我是真怕把他气死,大热的天。他还是没理我,真够派儿,使我肃然起敬!

拿着铜牌,我坐在椅子上,往放钱的那边看了一下。放钱的先生——一位像屈原的中年人——刚按铃要鸡丝面。我一想:工友传达到厨房,厨子还得上街买鸡,凑巧了鸡也许还没长成个儿;即使顺当的买着鸡,面也许还没磨好。说不定,这碗鸡丝面得等三天三夜。放钱的先生当然在吃面之前决不会放钱;大热的天,腹里没食怎能办事。我觉得太对不起人了,二哥!心中一懊悔,我有点发困,靠着椅子就睡了。睡得挺好,没蚊子也没臭虫,到底是银行里!一闭眼就睡了五十多分钟;我的身体,二哥,是不错了!吃得饱,睡得着!偷偷的往放钱的先生那边一看,(不好意思正眼看,大热的天,赶劳人是不对的!)鸡丝面还没来呢。我很替他着急,肚子怪饿的,坐着多么难受。他可是真够派儿,肚子那么饿还不动声色,没法不佩服他了,二哥。

大概有十点左右吧,鸡丝面来了!"大概",因为我不肯看壁上的钟——大热的天,表示出催促人家的意思简直不够朋友。况且我才等了两点钟,算得了什么。我偷偷的看人家吃面。他吃得可不慢。我觉得对不起人。为兑我这张支票再逼得人家噎死,不人道!二哥,咱们都是善心人哪。他吃完了面，按铃要手巾把，然后点上火纸，咕噜开小水烟袋。我这才放心，他不至于噎死了。他又吸了半点多钟水烟。这时候，二哥。等取钱的已有了六七位，我们彼此对看，眼中都带出对不起人的神气，我要是开银行，二哥，开市的那天就先枪毙俩取钱的，省得日后麻烦。大热的天，取哪门子钱？！ 不知好歹！

十点半，放钱的先生立起来伸了伸腰。然后捧着小水烟袋和同事的低声闲谈起来。我替他抱不平，二哥，大热的天，十时半还得在行里闲谈，多么不自由！凭他的派儿，至少该上青岛避两月暑去；还在行里，还得闲谈，哼！

十一点，他回来，放下水烟袋，出去了；大概是去出恭。十一点半才回来。大热的天，二哥，人家得出半点钟的恭，多不容易！再说，十一点半，他居然拿起笔来写账，看支票。我直要过去劝告他不必着急。大热的天，为几个取钱的得点病才合不着。到了十二点，我决定回家，明天再来。我刚要走，放钱的先生喊："一号！"我真不愿过去，这个人使我失望！才等了四点钟就放钱，派儿不到家！可是，他到底没使我失望！我一过去，他没说什么，只指了指支票的背面。原来我忘了在背后签字，他没等我拔下自来水笔来，说了句："明天再说吧。"这才是我所希望的！本来吗，人家是一点关门；我补签上字，再等四点钟，不就是下午四点了吗？大热的天，二哥，人家能到时候不关门？我收起支票来，想说几句极合适的客气话，可是他喊了"二号"；我不能再耽误人家的工夫，决定回家好好的写封道歉的信！二哥，你得开开眼去，太够派儿！

（原载1934年10月1日《论语》第五十期）

# 画 像

前些日子，方二哥在公园里开过"个展"，有字有画，画又分中画西画两部。第一天到会参观的有三千多人，气晕了多一半，当时死了四五十位。

据我看，方二哥的字确是不坏，因为墨色很黑，而且缺着笔划的字也还不算多。可是方二哥自己偏说他的画好。在"个展"中，中画的杰作——他自己规定的——是一张人物。松树底下坐着俩老头儿。确是松树，因为他题的是"松声琴韵"。他题的是松，我要是说像榆树，不是找着打架吗？所以我一看见标题就承认了那是松树：为朋友的面子有时候也得叫良心藏起一会儿去。对于那俩老头儿，我可是没法不言语了。方二哥的俩老头儿是一顺边坐着，大小一样，衣装一样，方向一样，活像是先画了一个，然后又照描了一个。"这是怎么个讲究？"我问他。

"这？俩老头儿鼓琴！"他毫不迟疑的回答。

"为什么一模一样？"我问的是。

"怎么？不许一模一样吗？"他的眼里已然冒着点火。

"那么你不会画一个向左，一个向右？"

"讲究画成一样！这是艺术！"他冷笑着。

我不敢再问了，他这是艺术。

又去看西画。他还跟着我。虽然他不很满意我刚才的质问，可究竟是老朋友，不好登时大发脾气。再说，我已承认了他这是艺术。

西画的杰作，他指给我，是油画的几棵鸡冠花，花下有几个黑球。不知为什么标签上只写了鸡冠花，而没管那些黑球。要不是先看了标签，要命我也想不起鸡冠花来——一些红道子夹着蓝道子，我最初以为是阴丹士林布衫上洒了狗血，后来才悟过来那是我永不能承认的鸡冠花。那些黑球是什么呢？不能也是鸡冠花吧？我不能不问了，不问太憋得慌。"那些黑玩艺是什么？"

"黑玩艺？！！！"他气得直瞪眼："那是鸡！你站远点看！"

我退了十几步，歪着头来回的端详，还是黑球。可是为保全我的性命，我改了嘴："可不是鸡！一边儿大，一样的黑；这是艺术！"

方二哥天真的笑了："这是艺术。好了，这张送给你了！"

我可怪不好意思接受，他这张标价是一千五百元呢。送点小礼物，我们俩的交情确是过得着；一千五，这可不敢当！况且拿回家去，再把老人们气死一两位，也不合算。我不敢要。

我正谦谢，方二哥得了灵感："不要这张也好，另给你画一张，我得给你画像；你的脸艺术！"

我心里凉了！不用说，我的脸不是像块砖头，就是像个黑蛋。要不然方二哥怎说它长得艺术呢？我设尽方法拦阻他：没工夫；不够被画的资格；坐定了就抽疯……他不听这一套，非画不可；第二天还就得开始，灵感一到，机关枪也挡不住；不画就非疯了不可！我没了办法。为避免自己的脸变成黑蛋，而叫方二哥入疯人院，我不忍。画就画吧。我可是绕着弯儿递了个口语:"二哥,可画细致一点。家里的人不懂艺术,他们专看像不像。我自己倒没什么,你就画个黑球而说是我,我也能欣赏。"

"艺术是艺术,管他们呢!"方二哥说,"明天早晨八点,一准!"

我没说出什么来,一天没吃饭。

第二天,还没到八点,方二哥就来了;灵感催的。喝,拿着的东西多了,都挂着颜色。把东西堆在桌上,他开始惩治我。叫我坐定不动,脸儿偏着,脖子扭着,手放在膝上,别动,连眼珠都别动。我吓开了神。他进三步,退两步,向左歪头,抓抓头发,又向右看,挤挤眼睛。闹腾了半点多钟,他说我的鼻子长的不对。得换个方向,给鼻子点光。我换过方向来,他过来弹弹我的脑门,拉拉耳朵,往上兜兜鼻子,按按头发;然后告诉我不要再动。我不敢动。他又退后细看,头上出了汗。还不行,我的眼不对。得换个方向,给眼睛点光。我忍不住了,我把他推在椅子上,照样弹了他的脑门,拉了他的耳朵……"我给你画吧!"我说。

为艺术,他不能跟我赌气。他央告我再坐下:"就画,就画!"

我又坐好,他真动了笔。一劲嘱咐我别动。瞪我一眼,回过头去抹一个黑蛋;又瞪我一眼,在黑蛋上戳上几个绿点;又回过头来,向我的鼻子咧嘴,好像我的鼻子有毒似的。画了一点多钟,他累得不行了,非休息不可,仿佛我歪着头倒使他脖子酸了。我一边揉着脖子,一边去细看他画了什么。很简单,几个小黑蛋凑成的一个大黑蛋,黑蛋上有些高起的绿点。

"这是不是煤球上长着点青苔?"我问。

"别忙啊,还得画十天呢。"他看着大煤球出神。

"十天? 我还得坐十天?"

"啊!"

当天下午,我上了天津。两天后,家中来信说:方二哥疯了。疯了就疯了吧,我有什么办法呢?

(原载1934年10月16日《论语》第五十一期)

# 写　字

假若我是个洋鬼子，我一定也得以为中国字有趣。换个样儿说，一个中国人而不会写笔好字，必定觉得不是味儿；所以我常不得劲儿。

写字算不算一种艺术，和作官算不算革命，我都弄不清楚。我只知道好字看着顺眼。顺眼当然不一定就是美，正如我老看自己的鼻子顺眼而不能自居姓艺名术字子美。可是顺眼也不算坏事，还没有人因为鼻子长得顺眼而去投河。再说，顺眼也颇不容易；无论你怎样自居为宝玉，你的鼻子没有我的这么顺眼，就干脆没办法；我的鼻子是天生带来的，不是在医院安上的。说到写字，写一笔漂亮字儿，不容易。工夫，天才，都得有点。这两样，我都有，可就是没人求我写字，真叫人起急！

看着别人写，个儿是个儿，笔力是笔力，真馋得慌。尤其堵得慌的是看着人家往张先生或李先生那里送纸，还得作揖，说好话，甚至于请吃饭。没人理我。我给人家作揖，人家还把纸藏起去。写好了扇子，白送给人家，人家道完谢，去另换扇面。气死人不偿命，简直的是！

只有一个办法：遇上丧事必送挽联，遇上喜事必送红对，自己写。敢不挂，玩命！人家也知道这个，哪敢不挂？可是挂在什么地方就大有分寸了。我老得到不见阳光，或厕所附近，找我写的东西去。行一回人情总得头疼两天。

顶伤心的是我并不是不用心写呀。哼,越使劲越糟! 纸是好纸,墨是好墨,笔是好笔,工具满对得起人。写的时候,焚上香,开开窗户,还先读读碑帖。一笔不苟,横平竖直;挂起来看吧,一串倭瓜,没劲!不是这个大那个小,就是歪着一个。行列有时像歪脖树,有时像曲线美。整齐自然不是美的要素;要命是个个字像傻蛋,怎么耍俏怎么不行。纸算糟蹋远了去啦。要讲成绩的话,我就有一样好处,比别人糟蹋的纸多。

可是,"东风常向北,北风也有转南时",我也出过两回锋头。一回是在英国一个乡村里。有位英国朋友死了,因为在中国住过几年,所以留下遗言,墓碣上要几个中国字。我去吊丧,死鬼的太太就这么跟我一提。我晓得运气来了,登时包办下来;马上回伦敦取笔墨砚,紧跟着跑回去,当众开彩。全村子的人横是差不多都来了吧,只有我会写;我还告诉他们:我不仅是会写,而且写得好。写完了,我就给他们掰开揉碎的一讲,这笔有什么讲究,哪笔有什么讲究。他们的眼睛都睁得圆圆的,眼珠里满是惊叹号。我一直痛快了半个多月。后来,我那几个字真刻在石头上了,一点也不瞎吹。"光荣是中国的,艺术之神多着一位。天上落下白米饭,小鬼儿唧唧的哭;因为仓颉泄露了天机!"我还记得作了这样高伟的诗。

第二回是在中国,这就更不容易了。前年我到远处去讲演。那里没有一个我的熟人。讲演完了,大家以为我很有学问,我就棍打腿的声明自己的学问很大,他们提什么我总知道,不知道的假装一笑,作为不便于说,他们简直不晓得我吃几碗干饭了,我更不便于告诉他们。提到写字,我又那么一笑。喝,不大会儿,玉版宣来了一堆。我差点乐疯了。

平常老是自己买纸，这回我可捞着了！我也相信这次必能写得好：平常总是拿着劲，放不开胆，所以写的不自然；这次我给他个信马由缰，随笔写来，必有佳作。中堂，屏条，对联，写多了，直写了半天。写的确是不坏，大家也都说好。就是在我辞别的时候，我看出点毛病来：好些人跟招待我的人嘀咕，我很听见了几句："别叫这小子走！""那怎好意思？""叫他赔纸！""算了吧，他从老远来的。"……招待员总算懂眼，知道我确是卖了力气写的，所以大家没一定叫我赔纸；到如今我还以为这一次我的成绩顶好，从量上质上说都下得去。无论怎么说，总算我过了瘾。

我知道自己的字不行，可有一层，谁的孩子谁不爱呢！是不是，二哥？

（原载1934年12月16日《论语》第五十五期）

# 落 花 生

我是个谦卑的人。但是，口袋里装上四个铜板的落花生，一边走一边吃，我开始觉得比秦始皇还骄傲。假若有人问我："你要是作了皇上，你怎么享受呢？"简直的不必思索，我就答得出："派四个大臣拿着两块钱的铜子，爱买多少花生吃就买多少！"

什么东西都有个幸与不幸。不知道为什么瓜子比花生的名气大。你说，凭良心说，瓜子有什么吃头？它夹你的舌头，塞你的牙，激起你的怒气 —— 因为一咬就碎；就是幸而没碎，也不过是那么小小的一片，不解饿，没味道，劳民伤财，布尔乔亚！你看落花生：大大方方的，浅白麻子，细腰，曲线美。这还只是看外貌。弄开看：一胎儿两个或者三个粉红的胖小子。脱去粉红的衫儿，象牙色的豆瓣一对对的抱着，上边儿还结着吻。那个光滑，那个水灵，那个香喷喷的，碰到牙上那个干松酥软！白嘴吃也好，就酒喝也好，放在舌上当槟榔含着也好。写文章的时候，三四个花生可以代替一支香烟，而且有益无损。

种类还多呢：大花生，小花生，大花生米，小花生米，糖饯的，炒的，煮的，炸的，各有各的风味，而都好吃。下雨阴天，煮上些小花生，放点盐；来四两玫瑰露；够作好几首诗的。瓜子可给诗的灵感？冬夜，早早的躺在被窝里,看着《水浒》,枕旁放着些花生米;花生米的香味,在舌上,在鼻尖;被窝里的暖气,武松打虎……这便是天国!冬天在路上,刮着冷风,或下着雪,袋里有些花生使你心中有了主儿。掏出一个来,剥了,慌忙往口中送,闭着嘴嚼,风或雪立刻不那么厉害了。况且,一个二十岁以上的人肯神仙似的,无忧无虑的,随随便便的,在街上一边走一边吃花生,这个人将来要是作了宰相或度支部尚书,他是不会有官僚气与贪财的。他若是作了皇上,必是朴俭温和直爽天真的一位皇上,没错。吃瓜子的照例不在街上走着吃,所以我不给他保这个险。

至于家中要是有小孩儿,花生简直比什么也重要。不但可以吃,而且能拿它们玩。夹在耳唇上当环子,几个小姑娘就能办很大的一回喜事。小男孩若找不着玻璃球儿,花生也可以当弹儿。玩法还多着呢。玩了之后,剥开再吃,也还不脏。两个大子儿的花生可以玩半天;给他们些瓜子试试。

论样子,论味道,栗子其实满有势派儿。可是它没有落花生那点家常的"自己"劲儿。栗子跟人没有交情,仿佛是。核桃也不行,榛子就更显着疏远。落花生在哪里都有人缘,自天子以至庶人都跟它是朋友;这不容易。

在英国,花生叫作"猴豆"——Monkey nuts。人们到动物园去才带上一包,去喂猴子。花生在这个国里真不算很光荣,可是我亲眼看见去喂猴子的人——小孩就更不用提了——偷偷的也往自己口中送这猴豆。花生和苹果好像一样的有点魔力,假如你知道苹果的典故;我这儿确是用着典故。

美国吃花生的不限于猴子。我记得有位美国姑娘,在到中国来的时候,把几只皮箱的空处都填满了花生,大概凑起来总够十来斤吧,怕是到中国吃不着这种宝物。美国姑娘都这样重看花生,可见它确是有价值;按照哥伦比亚的哲学博士的辩证法看,这当然没有误儿。

花生大概还跟婚礼有点关系,一时我可想不起来是怎么个办法了;不是新娘子在轿里吃花生,不是;反正是什么什么春吧——你可晓得这个典故?其实花轿里真放上一包花生米,新娘子未必不一边落泪一边嚼着。

(原载1935年1月20日《漫画生活》第五期)

# 有钱最好

既是苦命人,到处都得受罪。穷大奶奶逛青岛,受洋罪;我也正受着这种洋罪。

青岛的青山绿水是给诗人预备的,我不是诗人。青岛的洋楼汽车是给阔人预备的,我有时候袋里剩三个子儿。享受既然无缘,只好放在一边,单表受罪。

第一先得说房。大小不拘,这里的房全是洋式。由房东那方面看,租钱不算多;由住房儿的看,像我这样的人,简直一月月的干给房钱赶网。吃也不算贵,喝也不算贵;房没有贱的。房既然贵,自然住不起一整所儿,所以大多数的楼房是分租,一层儿两三间房租给一家。住楼上的呢,得上下跑腿;而且费煤,因为高处得风,墙又不厚。住楼下的,自然省了脚,也较比的暖一点,可是乐不抵苦。您别看大家都洋服唧当儿的,讲到公德心,青岛的人并不比别处的文明。楼的建筑根本是二五八,楼板也就是一寸来厚,而楼上的人们,绝不会想到楼下还有人。希望大家铺地毯,未免所求过奢;能垫上点席子的便很难得。要赶上楼上有那么七八个孩子,那就蛤蟆垫桌腿儿,死挨。人家能把楼板跺得老忽闪忽闪的动,时时有塌下来的可能。自然没人能管住小孩不走不跳,可是能够作到的也没人作。比如说椅子腿上包点布,或者不准小孩拉椅子,这很容易办吧?哼,没那回事。你莫名其妙楼上怎会有那么多椅子,更不知道为什么老在那儿拉。你晓得楼上拉椅子多么难听,它钻脑子,叫人想马上自杀。可是谁叫你住楼下呢!你乘早不用去请求,住楼上的理直气壮。"哟,我们的孩子会闹?那可奇怪!拉椅子?我们的小孩可就是喜欢拉椅子玩。在楼上踢毽?可不是,小孩还能不玩?"楼上的人都这么和气而且近情近理。你只有一条路,搬家。

搬吧,都调查好了,同楼的小孩少,大人也规矩,你很喜欢。搬过去一看,院里有八条狗!青岛是带洋派的地方,讲究养狗。可是养狗的人想不起去溜溜它们,狗屎全摆在院中。狗名儿都是洋的,什么济美、什么邦走;敢情洋名的狗拉洋屎,也是臭的。济美们还叫呢,要赶上你要睡会儿觉,或是孩子刚睡着,人家才叫得凶呢。

还得搬哪!这回可好,没小孩,也没有狗。早晨七点来钟,人家唱上了。青岛的京戏最时兴。早晨唱过了,那敢情不过是喊喊嗓子。大轴子是在晚上,胡琴拉着,生末净旦丑俱全,唱开了没头儿。唱得好听的自然不是没有哇;叫人想自杀的也不少。你怎办?还得搬家。

搬一回家,要安一回灯,挂一回帘子;洋房吗。搬一回家,要到公司报一回灯,报一回水,洋派吗。搬一回家,要损失一些东西,损失一些钱,洋罪吗。

好房子有哇,也得住得起呀。算了吧,房子够了。

带洋字的,还就是洋车好,干净,雨布风帘也齐全;可就是贵。一上车就是一毛钱,稍微远那么一点就得两毛。我的办法是不坐。这有点对不起"车友"们,可是有什么办法呢?自行车也不好骑,净是山路,坡得要命。最好是坐汽车，其次就是走，据我看。汽车呢，连那个喇叭咱也买不起；即使勉强的买个喇叭，不是还得自己走路；干脆，咱走就是了。青岛的空气却是不坏，可惜脚受点委屈！

关于食，没有什么可说的。饭馆子不少，中菜西菜都有。价钱都可以的，所以咱还是消极抵抗，不吃。自己家里做菜倒不贵，鱼虾现成，而且新鲜。别的肉类菜蔬也说不上贵来；吃饱了拉倒，这倒好办。馋了呢？活该！

穿，随便。青年人多数穿洋服，也很有些穿得很讲究的。咱向来不讲究穿，给它个不在乎。这占了已结婚的便宜。设若正在"追求"期间，我想我也得多一份洋罪。不穿洋服，可是我天天刮胡子，这一来是要洋派，二来表示我并不完全不怕太太。完全不怕太太的人不易发财，真的！

说到了玩，此地没有什么游艺场。此地根本是个避暑的所在，成年价在这儿住，当然是别扭。京戏偶尔来几个名角，戏价总要两三块，咱犯不上去。平日呢，老有蹦蹦戏，听着又不过瘾。电影院有几处，夏天才来好片子；冬天只是对付事儿，我假装的避宿，赶到惊蛰再去，也还不迟。公园真好，道路真好，海岸真好，遇上晴天我便去走，既不用花钱，而且接近了自然。在别方面受的罪，由这个享受补过来，这叫做穷欢喜。

总起来说，青岛不是个坏地方，官员们也真卖力气建设。所谓洋罪，是我的毛病，穷。假若我一旦发了财，我必定很喜欢这里。等着吧，反正咱不能穷一辈子。

（原载1935年3月1日《论语》第六十期）

# 西 红 柿

所谓番茄炒虾仁的番茄，在北平原叫作西红柿，在山东各处则名为洋柿子，或红柿子。想当年我还梳小辫，系红头绳的时候，西红柿还没有番茄这点威风。它的价值，在那不文明的时代，不过与"赤包儿"相等，给小孩儿们拿着玩玩而已。大家作"娶姑娘扮姐姐"玩耍的时节，要在小板凳上摆起几个红胖发亮的西红柿，当作喜筵，实在漂亮。可是，它的价值只是这么点，而且连这一点还不十分稳定，至于在大小饭铺里，它是完全没有份儿的。这种东西，特别是在叶子上，有些不得人心的臭味——按北平的话说，这叫作"青气味儿"。所谓"青气味儿"，就是草木发出来的那种不好闻的味道，如楮树叶儿和一些青草，都是有此气味的。可怜的西红柿，果实是那么鲜丽，而被这个味儿给累住，像个有狐臭的美人。不要说是吃，就是当"花儿"看，它也是没有"凉水茄"，"番椒"等那种可以与美人蕉，翠雀儿等草花同在街上售卖的资格。小孩儿拿它玩耍，仿佛也是出于不得已；这种玩艺儿好玩不好吃，不像落花生或枣子那样可以"吃玩两便"。其实呢，西红柿的味道并不像它的叶子那么臭恶，而且不比臭豆腐难吃，可是那股青气味儿到底要了它的命。除了这点味道，恐怕它的失败在于它那点四不像的劲儿：拿它当果子看待，它甜不如果，脆不如瓜；拿它当菜吃，煮熟之后屁味没有，稀松一堆，没点"嚼头"；它最宜生吃，可是那股味儿，不果不瓜不菜，亦可以休矣！

西红柿转运是在近些年，"番茄"居然上了菜单，由英法大菜馆而渐渐侵入中国饭铺，连山东馆子也要报一报"番茄虾银（仁）儿"！文化的侵略哟，门牙也挡不住呀！可是细一看呢，饭馆里的番茄这个与那个，大概都是加上了点番茄汁儿，粉红怪可看，且不难吃；至于整个的鲜番茄，还没多少人肯大嘴的啃。肯生吞它的，或者还得算留过洋的人们和他们的儿女，到底他们的洋味地道些。近来西医宣传西红柿里含有维他命A至W，可是必须生吃，这倒有点别扭。不过呢，国人是最注意延年益寿，滋阴补肾的东西，或者这点青气味儿也不难于习惯下来的；假如国医再给证明一下：番茄加鹿茸可以壮阳种子，我想它的前途正自未可限量咧。

（原载1935年7月14日《青岛民报·避暑录话》）

# 檀 香 扇

中华民族是好是坏，一言难尽，顶好不提。我们"老"，这说着似乎不至有人挑眼，而且在事实上也许是正确的。科学家在中国不大容易找饭吃，科学家的话也每每招咱们头疼；因此，我自幸不是个科学家，也不爱说带定律味儿的话。"革命"就是"劫数"，美国总统也请人相面，说着都另有股子劲儿，和包文正《打龙袍》一样能讨咱们喜欢。谈到民族老不老的问题，自然也不便刨根问底，最好先点头咂嘴，横打鼻梁："我们老得多；你们是孙子！"于是，即使祖父被孙子揍了，到底孙子是年幼无知；爽性来个宽宏大量，连忤逆也不去告。这叫作"劲儿"。明白这点劲儿，莫谈国事乃更见通达。

您就拿看电影说吧，总得算洋派儿。可是赶上邻座是洋人，您就觉得有点不得劲；洋派儿和洋人到底是两回事，无论您的洋服多么讲究，反正赶不上洋人地道。您有点气馁，不是不能不设法捧自己的场，于是您就那么一比较：啊，原来洋人身上，甚至于连手上，都有长长的毛；有时候洋人老太太带着小胡子嘴儿。野人。那么也就是孙子了。您吐一口气，摸摸自己的手，光润无毛，文明得厉害。

夏天到电影院去，更怕遇见"洋"她们。她们穿得很少很薄，白白的脖儿,胖胖的臂,原有个看头儿。可是您的鼻子受了委屈,香水味里裹着一股像臭豆腐加汽水的味儿,又臭又辣,使您恶心。不论好莱坞的女明星怎么美妙,您从此大概不会再想娶洋姨太太。民族老幼不可同日而语,香臭也会使人们决定"东是东,西是西",没法儿调和,只好掩鼻而过。

"铁展"救了我一命。那天我去看《块肉余生》,左边坐着位重三百磅的洋太太,右边坐着三位洋姑娘——体重差一些,可是三位呢。左右逢源,自制的氯气阵阵加紧。我知道是要坏;我不能堵上鼻看电影:堵得太严,满有死去的希望;不堵呢,大概比死去还难受,感谢"铁展"!我手中拿着前一天刚买来的檀香扇!看完电影,我念念有词,作了两句标语:

"老民族是香的!中华万岁!"

"檀香扇打倒帝国主义!"

(原载1935年8月11日《青岛民报·避暑录话》)

# 青岛与我

这是头一次在青岛过夏。一点不吹，咱算是开了眼。可是，只能说开眼；没有别的好处。就拿海水浴说吧，咱在海边上亲眼看见了洋光眼子！可是咱自家不敢露一手儿。大概您总可以想象得到：一个比长虫——就是蛇呀——还瘦的人儿，穿上上不着天，下不着地的浴衣，脖子上套着太平圈，浑身上下骨骼分明，端立海岸之上，这是不是故意的气人？即使大家不动气，咱也不敢往水里跳呀；脖子上套着皮圈，而只在沙土上"憧憬"，泄气本无无可，可也不能泄得出奇。咱只能穿着夏布大衫，远远的瞧着；偶尔遇上个异教卫道的人，相对微笑点首，叹风化之不良；其实他也跟我一样，不敢下水。海水浴没了咱的事。

白天上海岸，晚上呢自然得上跳舞场。青岛到夏天，的确是热闹：白舞女，黄舞女，黑舞女，都光着脚，脚指甲上涂得通红晶亮，鞋只是两根绊儿和两个高底。衣服，帽子，花样之多简直说不尽。按说咱既不敢下海，晚上似乎该去跳了，出点汗，活动活动。咱又没这个造化。第一，晚上一过九点就想睡；到舞场买票睡觉，似乎大可不必。第二呢，跳倒可以敷衍着跳一气，不过人家不踩咱的脚指，而咱只踩人家的，虽说有独到之处，到底怪难以为情。莫若早早的睡吧，不招灾，不惹祸。况且这么规规矩矩，也足引起太太的敬意，她甚至想登报颂扬我的"仁政"，可是被我拦住了，我向来是不好虚荣的。

既不去赶热闹，似乎就该在家中找些乐事；唱戏，打牌，安无线广播机等等都是青岛时行的玩艺。以唱戏说，不但早晨在家中吊嗓子的很多，此地还有许多剧社，锣鼓俱全，角色齐备，倒怪有个意思。我应当加入剧社，我小时候还听过谭鑫培呢，当然有唱戏的资格。找了介绍人，交了会费，头一天我就露了一出《武家坡》。我觉得唱得不错，第二天早早就去了，再想露一出拿手的。等了足有两点钟吧。一个人也没来，社员们太不热心呀，我想。第三天我又去了，还是没人，这未免有点奇怪。坐了十来分钟我就出去了，在门口遇见了个小孩。"小孩，"我很和气的说，"这儿怎样老没人？"小孩原来是看守票房李六的儿子，知道不少事儿。"这两天没人来，因为呀，"小孩笑着看了我一眼，"前天有一位先生唱得像鸭子叫唤，所以他们都不来啦；前天您来了吗？"我摇了摇头，一声没出就回了家。回到家里，我一咂摸滋味，心里可真有点不得劲儿。可是继而一想呢，票友们多半是有习气的，也许我唱得本来很好，而他们"欺生"。这么一想，我就决定在家里独唱，不必再出去怄闲气。唱，我一个人可就唱开了，"文武代打"，好不过瘾！唱到第三天，房东来了，很客气的请我搬家，房东临走，向敝太太低声说了句："假若先生不唱呢，那就不必移动了，大家都是朋友！"太太自然怕搬家，先生自然怕太太，我首先声明我很讨厌唱戏。

我刚要去买播音机，邻居郑家已经安好，我心中不大好过。在青岛，什么事走迟了一步，风头就被别人出尽；我不必再花钱了，既然已叫郑家抢了先。再说呢，他们播放，我听得很真，何必一定打对仗呢。我决定等着听便宜的。郑家的机器真不坏,据说花了八百多块。每到早十点,他们必转弄那个玩艺。最初是像火车挂钩,嘎!哗啦,哗啦!哗啦了半天,好似怕人讨厌它太单调,忽然改了腔儿,细声细气的啊啊,像老牛害病时那样呻吟。猛古丁的又改了办法,啪啪,喔——喔,越来越尖,咯喳!我以为是院中的柳树被风刮折了一棵!这是前奏曲。一切静寂,有五分钟的样子,忽然兜着我的耳根子:"南京!"也就是我呀,修养差一点的,管保得惊疯!吃了一丸子定神丸,我到底要听听南京怎样了。呕,原来南京的底下是——"王小姐唱《毛毛雨》"。这个《毛毛雨》可与众不同:第一声很足壮,第二声忽然像被风刮了走,第三声又改了火车挂钩,然后紧跟着刮风,下雨,打雷,空军袭击城市,海啸;《毛毛雨》当然听不到了。闹了一大阵,兜着我的耳根子——"北平!"我堵上了耳朵。早晨如是,下午如是,夜间如是;这回该我找房东去了。我搬了家。

还就是打个小牌,大概可以不招灾惹祸,可是我没有忍力。叫我打一圈吗,还可以;一坐下就八圈,我受不了。况且十几张牌,咱得把它们摆成五行,连这么办还有时把该留着的打出去。在我,这是消遣,慢慢的调动,考虑,点头,迟疑,原无不可;可是别人受得了吗。莫若多一事不如少一事,不必招人讨厌。

您说青岛这个地方,除了这些玩耍,还有什么可干的?干脆的说吧,我简直和青岛不发生关系,虽然是住在这里。有钱的人来青岛,好。上青岛来结婚,妙。爱玩的人来青岛,行。对于我,它是片美丽的沙漠。

对,有一件事我做还合适,而且很时行。娶个姨太太。是的,我得娶个姨太太。又体面,又好玩。对,就这么办啦。我先别和太太商量,而暗中储蓄俩钱儿。等到娶了姨太太之后,也许我便唱得比鸭子好听,打牌也有了忍力……您等我的喜信吧!

(原载1935年8月16日《论语》第七十期)

# 钢笔与粉笔

钢笔头已生了锈,因为粉笔老不离手。拿粉笔不是个好营生,自误误人是良心话,而良心扭不过薪水去。钢笔多么有意思:黑黑的管,尖尖的头,既没粉末,又不累手。想不起字来,沾沾墨水,或虚画几个小圈;如在灯下,笔影落纸上似一烛苗。想起来了,刷刷写下去,笔道圆,笔尖儿滑,得心应手,如蜻蜓点水,轻巧健丽。写成一气,心眼俱亮,急点上香烟一支,意思冉潮,笔尖再动,忙而没错儿,心在纸上,纸滑如油,乐胜于溜冰。就冲这点乐趣,好像为文艺而牺牲就值得,至少也对得起钢笔。

钢笔头下什么都有。要哭它便有泪,要乐它就会笑,要远远在天边,要美美如雪后的北平或春雨中的西湖。它一声不出,可是能代达一切的感情欲望,而且不慌不忙,刚完一件再办一件;笔尖老那么湿润润的,如美人的唇。

可是,我只能拿粉笔!特别是这半年,因这半年特别的忙。可以说是一个字没有写,这半年!毛病是在哪里呢?钢笔有一个缺点,一个很大的缺点。它——不——能——生——钱!我只能瞪着眼看它生锈,它既救不了我,我也救不了它。它不单喝墨水,也喝脑汁与血。供给它血的得先造血，而血是钱变的。我喂不起它呀！粉笔比它强，我喂它，它也喂我。钢笔不能这个。虽然它是那么可爱与聪明。它的行市是三块钱一千字，得写得好，快，应时当令，而且不激烈，恰好立于革命与不革命之间，政治与三角恋爱之外，还得不马上等着钱用。它得知道怎样小心，得会没墨水也能写出字，而且写得高明伟大；它应会办的事太多了，它的报酬可只是三块钱一千字与比三块钱还多一些的臭骂。

钢笔是多么可爱的东西呢，同时又是多么受气的玩艺啊！因为钢笔是这样，那么写东西不写也就没什么关系了。任它生锈，我且拿粉笔找黑板去者！

（原载1935年12月15日天津《益世报·益世小品》）

# 鬼 与 狐

我所见过的鬼都是鼻眼俱全，带着腿儿，白天在街上蹓跶的。夜间出来活动的鬼，还未曾遇到过；不是他们的过错，而是因为我不敢走黑道儿。平均的说，我总是晚上九点后十点前睡觉，鬼们还未曾出来；一睁眼就又天亮了，据说鬼们是在鸡鸣以前回家休息的。所以我老与鬼们两不照面，向无交往。即使有时候鬼在半夜扒着窗户看看我，我向来是睡得如死狗一般，大概他们也不大好意思惊动我。据我推测，鬼的拿手戏是在吓唬人；那么，我夜间不醒，他也就没办法。就是他想一口冷气把我吹死，到底未能先使我的头发立起如刺猬的样子，他大概是不会过瘾的。

假若黑夜的鬼可以躲避，白天的鬼倒真没法儿防备。我不能白天也老睡觉。只要我一上街，总得遇上他。有时候在家中静坐，他会找上门来。夜里的鬼并不这样讨人嫌。还有呢，夜间的鬼有种种奇装异服与怪脸面，使人一见就知道鬼来了，如披散着头发，吐着舌头，走道儿没声音，和驾着阴风等等。这些特异的标帜使人先有个准备，能打呢就和他开仗，如若个子太高或样子太可怕呢，咱就给他表演个二百米或一英里竞走，虽然他也许打破我的纪录，而跑到前面去，可是到底我有个希望。

白天的鬼，哼，比夜间的要厉害着多少倍，简直不知多少倍。第一，他不吐舌头，也不打旋风；他只在你不留神的时候，脚底下一绊，你准得躺下。他的样子一点也不见得比我难看，十之八九是胖胖的，一肚子鬼胎。他要能吓唬你，自然是见面就"虎"一气了；可是一般的说，他不"虎"，而是嬉皮笑脸的讨人喜欢，等你中了他的计策之后，你才觉出他比棺材板还硬还凉。他与夜鬼的分别是这样：夜鬼拿人当人待，他至多不过希望拉个替身；白日鬼根本不拿人当人，你只是他的诡计中的一个环节，你永远逃不出他的圈儿。夜鬼大概多少有点委屈，所以白脸红舌头的出出恶气，这情有可原。白日鬼什么委屈也没有，他干脆要占别人的便宜。夜鬼不讲什么道德，因为他晓得自己是鬼；白日鬼很讲道德，嘴里讲，心里是男盗女娼一应俱全。更厉害的是他比夜鬼的心眼多，他知道怎样有组织，用大家的势力摆下迷魂大阵，把他所要收拾的一一的捉进阵去。在夜鬼的历史里，很少有大头鬼、吊死鬼等等联合起来作大规模运动的。白日鬼可就两样了，他们永远有团体，有计划，使你躲开这个，躲不开那个，早晚得落在他们的手中。夜鬼因为势力孤单，他知道怎样不专凭势力，而有时也去找个清官，如包老爷之流，诉诉委屈，而从法律上雪冤报仇。白日鬼不讲这一套，世上的包老爷多数死在他们的手里，更不用说别人了。这种鬼的存在似乎专为害人，就是害不死人，也把人气死。他们什么也晓得，只是不晓得怎样不讨厌。他们的心眼很复杂，很快，很柔软——像块皮糖似的怎揉怎合适，怎方便怎去。他们没有半点火气，地道的纯阴，心凉得像块冰似的，口中叼着大吕宋烟。

这种无处无时不讨厌的鬼似乎该有个名称，我想"不知死的鬼"就很恰当。这种鬼虽具有人形，而心肺则似乎不与人心人肺的标本一样。

他在顶小的利益上看出天大的甜头，在极黑暗的地方看出美，找到享乐。他吃，他唱，他交媾，他不知道死。这种玩艺们把世界弄成了鬼的世界，有地狱的黑暗，而无其严肃。

鬼之外，应当说到狐。在狐的历史里，似乎女权很高，千年白狐总是变成妖艳的小娘子——可惜就是有时候露出点小尾巴。虽然有时候狐也变成白发老翁，可是究竟是老翁，少壮的男狐精就不大听说。因此，鬼若是可怕，狐便可怕而又可喜，往往使人舍不得她。她浪漫。

因为浪漫，狐似乎有点傻气，至少比"不知死的鬼"傻多了。修炼了千年或更长的时间才能化为人形，不刻苦的继续下工夫，却偏偏为爱情而牺牲，以至被张天师的张手雷打个粉碎，其愚不可及也。况且所爱的往往不是有汽车高楼的痴胖子，而是风流年少的穷书生；这太不上算了，要按着世上女鬼的逻辑说。

狐的手段也不高明。对于得罪他们的人，只会给饭锅里扔把沙子，或把茶壶茶碗放在厕所里去。这种办法太幼稚，只能恼人而不叫人真怕他们。于是人们请来高僧或捉妖的老道，门前挂上符咒，老少狐仙便即刻搬家。在这一点上，狐远不及鬼，更不及白日的鬼。鬼会在半夜三更叫唤几声，就把人吓得藏在被窝里出白毛汗，至少得烧点纸钱安慰安慰冤魂。至于那白日鬼就更厉害了，他会不动声色的，跟你一块吃喝的工夫，把你送到阴间去，到了阴间你还不知道是怎回事呢。

我以为说鬼说狐的故事与文艺大概多数的是为造成一种恐怖，故意的供给一种人为的哆嗦，好使心中空洞的人有些一想就颤抖的东西——神经的冷水浴。在这个目的以外，也许还有时候含着点教训，如鬼狐的报恩等等。不论是怎样吧，写这样故事的人大概都是为避免着人事，因为人事中的阴险诡诈远非鬼所能及；鬼的能力与心计太有限了，所以鬼事倒比较的容易写一些。至于鬼狐报恩一类的事，也许是求之人世而不可得，乃转而求诸鬼狐吧。

（原载1936年7月1日《论语》第九十一期）

# 代语堂先生拟赴美宣传大纲

话说林语堂先生,头戴纱帽盔,上面两个大红丝线结子;遮目的是一对崂山水晶墨镜,完全接近自然,一点不合科学的制法。身上穿着一件宝蓝团龙老纱大衫,铜钮扣,没有领子——因为反对洋服的硬领,所以更进一步的爽性光着脖子。脚上一双青大缎千层底圆口皂鞋,脚脖儿上豆青的绸带扎住裤口。右手里一把斑竹八根架纸扇,一面画的是淡墨山水,一面自己写的一小段舒白香游山日记——写得非常的好,因为每个字旁都由林先生自己画了双圈。左手提着云南制的水烟袋,托子是珐琅的,非常的古艳。

林先生的身上自然还有别的东西,一一的说来未免有点烦絮;总而言之,他身上没有一件足以惹人怀疑是否国产的物品。这倒不全为提倡国货;每一件东西都是顶古雅精美的,顺手儿也宣传着东方文化。

林先生本打算雇一条带帆的渔船,或西湖上的游艇,在太平洋里一面钓着鱼,一面缓缓前进。这个办法既足以证实他的艺术生活,又足以使两个老渔夫或一对船娘能自食其力的挣口饭吃——后者恐怕是这个计划的主要目的。不过,即使大家都不怕慢,走上三五个月满不在乎,可是小船——虽然是么有画意——恐怕干不过海洋里的风浪。真要是把老渔夫或船娘都喂了海鱼，未免有悖于人道主义。算了吧，只好坐海船吧。

为减少轮船上的俗气与洋味，林先生带着个十岁的小书童：头上梳着两个抓髻，系着鲜红的头绳。林先生坐在甲板上的藤椅上，书童捧着瑶琴一旁侍立。琴上无弦，省得去弹；只是个"意思"而已。

一"海"无话，林先生吃得胖胖的，就到了美国。船一到码头，新闻记者如蜜蜂一般拥上前来，全是找林先生的。林先生命书童点起檀香，提着景泰蓝香炉在前引路，徐徐的前进。新闻记者围上前来，林先生深感不快，乃曼声曰："吾乃——'吾国吾民'之著者是也！没别的可说！"众畏其威，乃退。不过，林先生的相，在他没甚留神的时候，已被他们照了去；在当日的晚报就登印出来。

歇兵三日，林先生拟出宣传大纲：

一、男人应否怕老婆——阳纲不振为西方文化之大毛病。予之来所以使懦夫立也——林先生的文字是文言与白话两掺着的，特别是在草拟大纲的时候。公鸡打鸣，母鸡生蛋，天然有别。不可强易。男女平等，本是男的种田，女的纺线，各尽其职之谓。反之，像英美各国，男儿拼命挣钱，老婆不管洗衣作饭；哪道婚姻，什么平等！妇道不修，于是在恋爱之前已打听好怎样离婚，以便争取生活费，哀哉！中国古圣先贤都说夫为妻纲，已预知此害；西方无此种圣人，故大吃其亏。宜速迎东方活圣人一位，封为国师！

二、男人怎样可以不怕老婆——在今日的中国，怕老婆者穿洋服。与夫人同行，代她拿伞，抱孩子。洋服者，西洋之服，自古已然，怕老婆非一日矣！为今之计，西洋男子应马上改穿中服，以免万劫茫茫。中服威严,虽贾波林穿上亦无局促瘦窘之相。望而生畏,女人不敢大发雌威矣。中服舒服,男人知道求舒服,女人即知责任之所在;反之,自上锁镣,硬领皮鞋,以示甘受苦刑,则女人见景生情,必使跪着顶灯!猛醒吧,西洋男子! 中服使人安详自在。气度安详,则威而不猛,增高身份。譬若老婆发了命令,穿大衫之丈夫可漫应之,Yes, dear;而许久不动,直至对方把命令改成央求,乃徐徐起立。穿西服之丈夫鲜能为此:洋服表示干净利落之精神,一闻令下,必须疾驱而前,显出敏捷脆快;Yes, dear,未及说完,早已一道闪光而去,脸上笑容充满宇宙。久之,夫人并发令之劳且厌之,而眉指颐使,丈夫遂成了专看眼神的动物! 这还了得,西洋男子必须革命!

三、中西文化及其苍蝇——东方人的闲适,使苍蝇也得到自由;西方人的固执,苍蝇大受压迫。世界大同,虽是个理想,但总有实现之一日。以苍蝇言,在大同主义之下,必有其东方的自由,而受过西方科学的洗礼;"明日"之苍蝇必为消毒的苍蝇,活泼泼的而不负传染恶疾的责任。此事虽小,足以喻大;明乎此,可与言东西文化之交映成辉矣。(此项下还有许多节目,如中西文化及其蜈蚣,中西文化及其青蛙等,即不备录。)

四、东西的艺术及其将来:西方的艺术大体上说来,总免不了表现肉感,裸体画与雕刻是最明显的例子。东方的艺术,反之,却表现着清涤肉感,而给现实生活一些云烟林水之气。由这一点上来看,西方的精神是斑斓猛虎,有它的猛勇,活跃,及直爽;东方的精神是淡远的秋林,有它的安闲,静恬,及含蓄。这样说来,仿佛各有所长,船多并不碍江。可是细那么一想,则东方的精神实在是西方文化的矫正,特别是在都市文化发达到出了毛病的时候——像今日。西方今日之需要静恬,就是没别的更好的办法,至少也须常常看到一种秋江夕照的图画(如林先生扇子上所画的那个),常常听到一种平沙落雁的音乐,而把客厅里悬着的大光眼儿,二光眼儿,一律暂时收起。光屁股艺术有它的直爽与健康,但乐园的亚当与夏娃并非只以一丝不挂为荣,还有林花虫蝶之乐。况且假若他俩多注意些花鸟之趣,而一心无邪,恐怕到如今还住在那里——闲着画几幅山水儿什么的,给天使们鉴赏,岂不甚好?!

五、吾国与吾民——有书为证,顶好大家手执一册,焚香静读,你们多得些知识,我多收点版税,两有益的事儿。

六、幽默的意义与技巧——专为美国大学生讲;女生暂不招待,以使听完不懂得发笑,大杀风景。

七、中国今日的文艺——专为研究比较文学的讲演,听讲时须各携烟斗或香烟与洋火。讲题:(1)《论语》的创始与发展。(2)《人间世》的生灭。(3)《宇宙风》怎样刮风。

(原载1936年8月《逸经》第十一期)

# 相　片

在今日的文化里，相片的重要几乎胜过了音乐、图画与雕刻等等。在一个摩登的家庭里，没有留声机，没有名人字画，没有石的或铜的刻像，似乎还可以下得去；设若没几张相片，或一二相片本子，简直没法活下去！不用说是一个家庭，就是铺户、旅馆、火车站、学生宿舍，没有相片就都不像一回事。电车上"谨防扒手"的下面要是没有几片四寸的半身照相，就一定显着空洞。水手们身上要是不带着几张最写实不过的妖精打架二寸艺术照相，恐怕海上的生活就要加倍难堪了。想想看，一个设备很完全的学校，而没有年刊或同学录，一个政府机关里而没些张窄长的这个全体与那个周年的相片！至于报纸与杂志，哼，就是把高尔基的相误注为托尔斯泰的，也比空空如也强！投考、领护照、定婚、结婚、拜盟兄弟，哪一样可以没有相片？即使你天生来的反对照相，你也得去照；不然，你就连学校也不要入，连太太也不用娶，你乘早儿不用犯这个牛脖子——"请笑一点"，你笑就是了。儿童、妇女、国货、航空，都有"年"。年，究竟是年，今年甲子，明年乙丑，过去就完事；至于照相，这个世纪整个的是"照相世纪"；想想，你逃得出去吗？

还是先说家庭吧。比如你的屋中挂着名家的字画,还有些古玩,雅是雅了,可是第一你就得防贼,门上加双锁,窗上加铁栅,连这样,夜间有个风声草动,你还得咳嗽几声;设若是明火,进来十几位蒙面的好汉,大概你连咳嗽也不敢了。这何苦呢? 相片就没这种危险,谁也不会把你父亲的相偷去当他的爸爸,这不是实话么?

就满打没这个危险,艺术作品或古玩也远不及相片的亲切与雅俗共赏。一张名画,在普通的人眼中还不如理发馆壁上所悬的"五福临门",而你的朋友亲戚不见得没有普通人。你夸奖你的名画,他说看不上眼,岂不就得打吵子? 相片人人能看得懂,而且就是照得不见佳也会有人夸好。比如令尊的相片加了漆金框悬在墙上,多么笨的人也不会当着你的面儿说:"令尊这个相还不如五福临门好看!"绝对不会。即使那个相真不好看,人家也得说:"老爷子福相,福相!"至不济,也会夸奖句:"框子配得真好!"

以此类推,尊家自己,尊夫人,令郎令媛,都有相片,都能得到好评,这够多么快活呢?! 况且相片遮丑,尊家面上的麻子,与尊夫人脸上的小沙漠似的雀斑,都不至于照上;你自己看着起劲,朋友们也不必会问:"照片上怎么忘掉你的麻子?"站在一张图画前面,不管懂与否,谁都想批评批评,为表示自己高明,当着一个人,谁也不愿对他的面貌发表意见;看相片也是如此。

有相片就有话说,不至于宾主对愣着。

"这是大少爷吧?"

"可不是! 上美国读书去了。"

"近来有信吧?"

打这儿，就由大少爷谈到美国，又由美国谈回来，碰巧了就二反投唐再谈回美国去，话是越说越多，而且可以指点着相片而谈，有诗为证：句句是真，交情乃厚。

最好是有一二相片本子。提到大少爷，马上拿出本子来：

"这是他满月时候照的，他生在福州，那时先严正在福州做官。"话又远去了，足够写三四本书的。假若没有这可宝贵的本子，你怎好意思突乎其来的说：先严在福州做过官？而使朋友吓一跳，当是你的脑子有毛病。

遇上两位话不投缘，而屡有冲突起来的危险的客人，相片本子——顶好是有两本——真是无价之宝。一看两位的眼神不对，你应当很自然的一人递给一本。他们正在，比如说，为袁世凯是否伟人而要瞪眼的时候，你把大少爷生在福州，和二小姐已经定婚的照片翻开，指示给他们。他们一个看福州生的胖小子，一个看将要成为新娘子的二小姐，自然思想换了地方，一人问你一套话，而袁世凯或者不成为问题了。要不然，这个有很大的危险。假若你没有相片本子，而二位抓住袁世凯不撒手，你要往折中里一说，说二位各有各的理，他们一定都冲着你来了；寡不敌众，你没调停好，还弄一鼻子灰。你要是向着一边说话，不用说，那就非得罪一边不可，也许因此而飞起茶碗——在你家里，茶碗自然是你的。你要是一声不出，听着他们吵，赶到彼此已说无可说而又不想打架的时候，他们就会都抱怨你不像个朋友。你若是不分青红皂白而把客人一齐逐出去，那就更糟，他们也许在你的门口吵嚷一阵，而同声的骂你不懂交情。总之，你非预备两个本子不可！

赶到朋友多的时候，你只有一张嘴，无论如何也应酬不过来，相片本子可以替你招待客人。找那不爱说话的，和那顶爱说话的，把本子送过去；那位一声不出的可以不至死板板的坐在那里，那位包办说话的也不好再转着弯儿接四面八方的话。把这两极端安置好，你便可以从容对付那些中庸的客人了。这比茶点果子都更有效。爱说话的人，宁可牺牲了点心，也不放弃说话。至于茶，就更不挡事；爱说话的人会一劲儿的说，直等茶凉了，一口灌下去，赶紧接着再说。果子也不行，有人不喜欢吃凉的，让到了他，他还许摆出些谱儿来："一向不大动凉的，不过偶尔的吃一个半个的，假如有玫瑰香葡萄之类！"你听，他是挖苦你没预备好果子。相片本子既比茶点省钱，又不至被人拒绝，大概谁也不会说，"一向讨厌看相片！"

相片里有许多人生的姿体，打开一本照相，你可以有许多带着感情的话。假若你现在的事由不如从前了，看着相片，你可以对友人说："这是前十年的了，那时候还不像这么狼狈！"这种牢骚是哀而不伤的，因为现在狼狈，并不能抹杀过去的光荣，回忆永是甜美的，对于兄弟儿女，都能起这种柔善的感情："看，这是当年的老六，多么体面，谁能想到他会……"你虽然依旧恨着老六，可是看着当年的照片，你到底想要原谅他。看着相片说些富有感情的话，你自己痛快，别人听着也够味儿。设若你会作诗的话，顶好在相片边题上些小诗，就更见出人生的味道。

不过，有些相片是不好摆进本子去的，你应当留神。歪戴帽或弄鬼脸的，甚至于扮成十三妹的相片，都可以贴上，因为这足以表示你颇天真，虽然你在平日是个完全的君子人，可是心田活泼泼的，也能像孩子般的淘气，这更见英雄的本色。至于背着尊夫人所接到的女友小照，似乎就不必公开的展览。爽直是可贵的，可是也得有个分寸。这个，你自然晓得；不过，我更嘱咐你一句：这类的相片就是藏起来也得要十分的严密，太太们对这种玩艺是特别注意的。

（原载1936年9月《逸经》第十三期）

# 婆 婆 话

一位友人从远道而来看我，已七八年没见面，谈起来所以非常高兴。一来二去，我问他有了几个小孩？他连连摇头，答以尚未有妻。他已三十五六，还作光棍儿，倒也有些意思；引起我的话来，大致如下：

我结婚也不算早，作新郎时已三十四岁了。为什么不肯早些办这桩事呢？最大的原因是自己挣钱不多，而负担很大，所以不愿再套上一份麻烦，作双重的马牛。人生本来是非马即牛，不管是贵是贱，谁也逃不出衣食住行，与那油盐酱醋。不过，牛马之中也有些性子刚硬的，挨了一鞭，也敢回敬一个别扭。合则留，不合则去，我不能在以劳力换金钱之外，还赔上狗事巴结人，由马牛降作走狗。这么一来，随时有卷起铺盖滚蛋的可能，也就得有些准备：积极的是储蓄俩钱，以备长期抵抗；消极的是即使挨饿，独身一个总不致灾情扩大。所以我不肯结婚。卖国贼很可以是慈父良夫，错处是只尽了家庭中的责任，而忘了社会国家。我的不婚，越想越有理。

及至过了三十而立，虽有桌椅板凳亦不敢坐，时觉四顾茫然。第一个是老母亲的劝告，虽然不明说："为了养活我，你牺牲了自己，我是怎样的难过！"可是再说硬话实在使老人难堪；只好告诉母亲：不久即有好消息。君子一言，驷马难追；一透口话，就满城风雨。朋友们不论老少男女，立刻都觉得有作媒的资格，而且说得也确是近情近理；平日真没想到他们能如此高明。最普遍而且最动听的——不晓得他们都是从哪儿学来的这一套？——是：老光棍儿正如老姑娘。独居惯了就慢慢养成绝户脾气——万要不得的脾气！一个人，他们说，总得活泼泼的，各尽所长，快活的忙一辈子。因不婚而弄得脾气古怪，自己苦恼，大家不痛快，这是何苦？这个，的确足以打动一个卅多岁，对世事有些经验的人！即使我不希望升官发财，我也不甘成为一个老别扭鬼。

那么经济问题呢？我问他们。我以为这必能问住他们，因为他们必不会因为怕我成了老绝户而愿每月津贴我多少钱。哼，他们的话更多了。第一，两个人的花销不必比一个人多到哪里去；第二，即使多花一些，可是苦乐相抵，也不算吃亏；第三，找位能挣些钱的女子，共同合作，也许从此就富裕起来；第四，就说她不能挣钱，而且多花一些，人生本来是经验与努力，不能永远消极的防备，而当努力前进。

说到这里，他们不管我相信这些与否，马上就给我介绍女友了。仿佛是我决不会去自己找到似的。可是，他们又有文章。恋爱本无须找人帮忙，他们晓得；不过，在恋爱期间，理智往往弱于感情；一旦造成了将错就错的局面，必会将恩作怨，糟糕到底。反之，经友人介绍，旁观者清，即使未必准是半斤八两，到底是过了磅的有个准数。多一番理智的考核，便少一些感情的瞎碰。双方既都到了男大当娶，女大当聘之年，而且都愿结婚，一经介绍，必定郑重其事的为结婚而结婚，不是过过恋爱的瘾，况且结婚就是结婚；所谓同居，所谓试婚，所谓解决性欲问题，原来都是这一套。同居而不婚，也得两人吃饭，也得生儿养女；并不因为思想高明,而可以专接吻,不用吃饭!

我没了办法。你一言,我一语,说得我心中闹得慌。似乎只有结婚才能心静,别无办法。于是我就结了婚。

到如今,结婚已有五年,有了一儿一女。把五年的经验和婚前所听到的理论相证,倒也怪有个味儿。

第一该说脾气。不错,朋友们说对了:有了家,脾气确是柔和了一些。我必定得说,这是结婚的好处。打算平安的过活必须采纳对方的意见,阳纲或阴纲独振全得出毛病;男女同居,根本需要民治精神,独裁必引起革命;努力于此种革命并不足以升官发财,而打得头破血出倒颇悲壮而泄气。彼此非纳着点气儿不可,久而久之都感到精神的胜利,凡事可以和平解决,夫妇俱可成圣矣。

这个,可并不能完全打倒我在婚前的主张:独身气壮,天不怕地不怕;结婚气馁,该瞅着的就得低头。我的顾虑一点不算多此一举。结了婚,脾气确是柔和了,心气可也跟着软下来。为两个人打算,绝不会像一人吃饱天下太平那么干脆。于是该将就者便须将就,不便挺起胸来大吹浩然之气,恋爱可以自由,结婚无自由。

朋友们说对了。我也并没说错。这个,请老兄自己去判断,假如你想结婚的话。

第二该说经济。现在,如果再有人对我说,俩人花钱不见得比一人多,我一定毫不迟疑的敬他一个嘴巴子。俩人是俩人,多数加S,钱也得随着加S。是的,太太可以去挣钱,俩人比一人挣的多;可是花得也多呀。公园,电影场,绝不会有"太太免票"的办法,别的就不用说了。及至有了小孩,简直的就不能再有什么预算决算,小孩比皇上还会花钱。

太太的事不能再作，顾了挣钱就顾不了小孩，因挣钱而把小孩养坏，照样的不上算；好，太太专看小孩，老爷专去挣钱，小孩专管花钱，不破产者鲜矣。

自然小孩会带来许多快乐，作了父母的夫妻特别的能彼此原谅，而小胖孩子又是那么天真可爱。单单的伸出一个胖手指已足使人笑上半天。可是，小胖子可别生病；一生病，爸的表，娘的戒指，全得暂入当铺，而且昼夜吃不好，睡不安，不亚于国难当前。割割扁桃腺，得一百块！幸亏正是扁桃腺，这要是整个的圆桃，说不定就得上万！以我自己说，我对儿女总算不肯溺爱，可是只就医药费一项来说，已经使我的肩背又弯了许多。有病难道不给治么？小孩真是金子堆成的。这还没提到将来的教育费——谁敢去想，闭着眼睛混吧！

有人会说喽，结婚之后顶好不要小孩呀。不用听那一套。我看见不少了，夫妻因为没有小孩而感情越来越坏，甚至去抱来个娃娃，暂时敷衍一下。有小孩才像家庭；不然，家庭便和旅馆一样。要有小孩，还是早些有的为是。一来，妇女岁数稍大，生产就更多危险；二来，早些有子女，虽然花费很多，可是多少能早些有个打算，即使计划不能实现，究竟想有个准备；一想到将来，便想到子女，多少心中要思索一番，对于作事花钱就不能不小心。这样，夫妇自自然然的会老成一些了，要按着老法子说呢，父母养活子女，赶到子女长大便倒过头来养活父母。假如此法还能适用，那么早有小孩，更为上算。假如父亲在四十岁上才有了儿子，儿子到二十的时候，父亲已经六十了；说不定，也许活不到六十；即使儿子应用古法，想养活父亲，而父亲已入了棺材，哪能喝酒吃饭？

这个，朋友，假若你想结婚的话，又该去思索一番。娶妻需花钱，生儿养女需花钱，负担日大，肩背日弯，好不伤心；同时，结婚有益，有子也有乐趣，即使乐不抵苦，可是生命至少不显着空虚。如何之处，统希鉴裁！

至于娶什么样的太太，问题太大，一言难尽。不过，我看出这么点来：美不是一切。太太不是图画与雕刻，可以用审美的态度去鉴赏。人的美还有品德体格的成分在内。健壮比美更重要。一位爱生病的太太不大容易使家庭快乐可爱。学问也不是顶要紧的，因为有钱可以自己立个图书馆，何必一定等太太来丰富你的或任何人的学问？据我看，结婚是关系于人生的根本问题的；即使高调很受听，可是我不能不本着良心说话，吃，喝，性欲，繁殖，在结婚问题中比什么理想与学问也更要紧。我并不是说妇人应当只管洗衣作饭抱孩子，不应读书作事。我是说，既来到婚姻问题上，既来到家庭快乐上，就乘早不必唱高调，说那些闲盘儿。这是个实际问题，是解决生命的根源上的几项问题，那么，说真实的吧，不必弄一套之乎者也。一个美的摆设，正如一个有学问的摆设，都是很好的摆设，可是未见得是位好的太太。假若你是富家翁呢，那就随便的弄什么摆设也好。不幸，你只是个普通的人，那么，一个会操持家务的太太实在是必要的。假如说吧，你娶了一位哲学博士，长得也顶美，可是一进厨房便觉恶心，夜里和你讨论康德的哲学，力主生育节制，即使有了小孩也不会抱着，你怎办？听我的话，要娶，就娶个能作贤妻良母的。尽管大家高喊打倒贤妻良母主义，你的快乐你知道。这并不完全是自私，因为一位不希望作贤妻良母的满可以不嫁而专为社会服务呀。假如一位反抗贤妻良母的而又偏偏去嫁人，嫁了人又连自己的袜子都不会或不肯洗,那才是自私呢。不想结婚,好,什么主义也可以喊;既要结婚,须承认这是个实际问题,不必弄玄虚。夫妻怎不可以谈学问呢;可是有了五个小孩,欠着五百元债,明天的房钱还没指望,要能谈学问才怪!两个帮手,彼此帮忙,是上等婚姻。

  有人根本不承认家庭为合理的组织,于是结婚也就成为可笑之举。这,另有说法,不是咱们所要谈的。咱们谈的是结婚与组织家庭,那么,这套婆婆话也许有一点点用,多少的备你参考吧。

(原载1936年9月5日《中流》创刊号)

# 我的理想家庭

一个二十多岁的小伙子，讲恋爱，讲革命，讲志愿，似乎天地之间，唯我独尊，简直想不到组织家庭——结婚既是爱的坟墓，家庭根本上是英雄好汉的累赘。及至过了三十，革命成功与否，事情好歹不论，反正领略够了人情世故，壮气就差点事儿了。虽然明知家庭之累，等于投胎为马为牛，可是人生总不过如此，多少也都得经验一番，既不坚持独身，结婚倒也还容易。于是发帖子请客，笑着开驶倒车，苦乐容或相抵，反正至少凑个热闹。到了四十，儿女已有二三，贫也好富也好，自己认头苦曳，对于年轻的朋友已经有好些个事儿说不到一处，而劝告他们老老实实的结婚，好早生儿养女，即是话不投缘的一例。到了这个年纪，设若还有理想，必是理想的家庭。倒退二十年，连这么一想也觉泄气。人生的矛盾可笑即在于此，年轻力壮，力求事事出轨，决不甘为火车；及至中年，心理的，生理的，种种理的什么什么，都使他不但非作火车不可，且作货车焉。把当初与现在一比较，判若两人，足够自己笑半天的！或有例外，实不多见。

明年我就四十了，已具说理想家庭的资格：大不必吹，盖亦自嘲。

我的理想家庭要有七间小平房：一间是客厅，古玩字画全非必要，只要几张很舒服宽松的椅子，一二小桌。一间书房，书籍不少，不管什么头版与古本，而都是我所爱读的。一张书桌，桌面是中国漆的，放上热茶杯不至烫成个圆白印儿。文具不讲究，可是都很好用，桌上老有一两枝鲜花，插在小瓶里。两间卧室，我独据一间，没有臭虫，而有一张极大极软的床。在这个床上，横睡直睡都可以，不论怎睡都一躺下就舒服合适，好像陷在棉花堆里，一点也不硬碰骨头。还有一间，是预备给客人住的。此外是一间厨房，一个厕所，没有下房，因为根本不预备用仆人。家中不要电话，不要播音机，不要留声机，不要麻将牌，不要风扇，不要保险柜。缺乏的东西本来很多，不过这几项是故意不要的，有人白送给我也不要。

院子必须很大。靠墙有几株小果木树。除了一块长方的土地，平坦无草，足够打开太极拳的，其他的地方就都种着花草——没有一种珍贵费事的，只求昌茂多花。屋中至少有一只花猫，院中至少也有一两盆金鱼；小树上悬着小笼，二三绿蝈蝈随意地鸣着。

这就该说到人了。屋子不多，又不要仆人，人口自然不能很多：一妻和一儿一女就正合适。先生管擦地板与玻璃，打扫院子，收拾花木，给鱼换水，给蝈蝈一两块绿王瓜或几个毛豆；并管上街送信买书等事宜。太太管做饭，女儿任助手——顶好是十二三岁，不准小也不准大，老是十二三岁。儿子顶好是三岁，既会讲话，又胖胖的会淘气。母女于做饭之外，就做点针线，看小弟弟。大件衣服拿到外边去洗，小件的随时自己涮一涮。

既然有这么多工作，自然就没有多少工夫去听戏看电影。不过在过生日的时候，全家就出去玩半天；接一位亲或友的老太太给看家。过生日什么的永远不请客受礼，亲友家送来的红白帖子，就一概扔在字纸篓里，除非那真需要帮助的，才送一些干礼去。到过节过年的时候，吃食从丰，而且可以买一通纸牌，大家打打"索儿胡"，赌铁蚕豆或花生米。

男的没有固定的职业；只是每天写点诗或小说，每千字卖上四五十元钱。女的也没事做，除了家务就读些书。儿女永不上学，由父母教给画图，唱歌，跳舞——乱蹦也算一种舞法——和文字，手工之类。等到他们长大，或者也会仗着绘画或写文章卖一点钱吃饭；不过这是后话，顶好暂且不提。

这一家子人，因为吃得简单干净，而一天到晚又不闲着，所以身体都很不坏。因为身体好，所以没有肝火，大家都不爱闹脾气。除了为小猫上房，金鱼甩子等事着急之外，谁也不急叱白脸的。

大家的相貌也都很体面，不令人望而生厌。衣服可并不讲究，都做得很结实朴素；永远不穿又臭又硬的皮鞋。男的很体面，可不露电影明星气；女的很健美，可不红唇卷毛的鼻子朝着天。孩子们都不卷着舌头说话，淘气而不讨厌。

这个家庭顶好是在北平，其次是成都或青岛，至坏也得在苏州。无论怎样吧，反正必须在中国，因为中国是顶文明顶平安的国家；理想的家庭必在理想的国内也。

（原载1936年11月16日《论语》第一百期）

# 有了小孩以后

艺术家应以艺术为妻，实际上就是当一辈子光棍儿。在下闲暇无事，往往写些小说，虽一回还没自居过文艺家，却也感觉到家庭的累赘。每逢困于油盐酱醋的灾难中，就想到独人一身，自己吃饱便天下太平，岂不妙哉。

家庭之累，大半由儿女造成。先不用提教养的花费，只就淘气哭闹而言，已足使人心慌意乱。小女三岁，专会等我不在屋中，在我的稿子上画圈拉杠，且美其名曰"小济会写字"！把人要气没了脉，她到底还是有理！再不然，我刚想起一句好的，在脑中盘旋，自信足以愧死莎士比亚，假若能写出来的话。当是时也，小济拉拉我的肘，低声说："上公园看猴？"于是我至今还未成莎士比亚。小儿一岁整，还不会"写字"，也不晓得去看猴，但善亲亲，闭眼，张口展览上下四个小牙。我若没事，请求他闭眼，露牙，小胖子总会东指西指的打岔。赶到我拿起笔来，他那一套全来了，不但亲脸，闭眼，还"指"令我也得表演这几招。有什么办法呢？！

这还算好的。赶到小济午后不睡，按着也不睡，那才难办。到这么四点来钟吧，她的困闹开始，到五点钟我已没有人味。什么也不对，连公园的猴都变成了臭的，而且猴之所以臭，也应当由我负责。小胖子也有这种困而不睡的时候，大概多数是与小济同时发难。两位小醉鬼一齐找毛病，我就是诸葛亮恐怕也得唱空城计，一点办法没有！在这种干等束手被擒的时候，偏偏会来一两封快信——催稿子！我也只好闹脾气了。不大一会儿，把太太也闹急了，一家大小四口，都成了醉鬼，其热闹至为惊人。大人声言离婚，小孩怎说怎不是，于离婚的争辩中瞎打混。一直到七点后，二位小天使已困得动不的，离婚的宣言才无形的撤销。这还算好的。遇上小胖子出牙，那才真教厉害，不但白天没有情理，夜里还得上夜班。一会儿一醒，若被针扎了似的惊啼，他出牙，谁也不用打算睡。他的牙出利落了，大家全成了红眼虎。

不过，这一点也不妨碍家庭中爱的发展，人生的巧妙似乎就在这里。记得 Frank Harris 仿佛有过这么点记载：他说王尔德为那件不名誉的案子过堂被审，一开头他侃侃而谈，语多幽默。及至原告提出几个男妓作证人，王尔德没了脉，非失败不可了。Harris 以为王尔德必会说："我是个戏剧家，为观察人生，什么样的人都当交往。假若我不和这些人接触，我从哪里去找戏剧中的人物呢？"可是，王尔德竟自没这么答辩，官司就算输了！

把王尔德且放在一边；艺术家得多去经验，Harris 的意见，假若不是特为王尔德而发的，的确是不错。连家庭之累也是如此。还拿小孩们说吧——这才来到正题——爱他们吧，嫌他们吧，无论怎说，也是极可宝贵的经验。

在没有小孩的时候，一个人的世界还是未曾发现美洲的时候的。小孩是科仑布，把人带到新大陆去。这个新大陆并不很远，就在熟习的街道上和家里。你看,街市上给我预备的,在没有小孩的时候,似乎只有理发馆,饭铺,书店,邮政局等。我想不出婴儿医院,糖食店,玩具铺等等的意义。连药房里的许许多多婴儿用的药和粉,报纸上婴儿自己药片的广告,百货店里的小袜子小鞋,都显着多此一举,劳而无功。及至小天使自天飞降,我的眼睛似乎戴上了一双放大镜,街市依然那样,跟我有关系的东西可是不知增加了多少倍!婴儿医院不但挂着牌子,敢情里边还有医生呢。不但有医生,还是挺神气,一点也得罪不得。拿着医生所给的神符,到药房去,敢情那些小瓶子小罐都有作用。不但要买瓶子里的白汁黄面和各色的药饼,还得买瓶子罐子,轧粉的钵,量奶的漏斗,乳头,卫生尿布,玩艺多多了!百货店里那些小衣帽,小家具,也都有了意义;原先以为多此一举的东西,如今都成了非它不行;有时候铺中缺乏了我所要的那一件小物品,我还大有看不起他们的意思:既是百货店,怎能不预备这件东西呢?!慢慢的,全街上的铺子,除了金店与古玩铺,都有了我的足迹;连当铺也走得怪熟。铺中人也渐渐熟识了,甚至可以随便闲谈,以小孩为中心,谈得颇有味儿。伙计们,掌柜们,原来不仅是站柜作买卖,家中还有小孩呢!有的铺子,竟自敢允许我欠账,仿佛一有了小孩,我的人格也好了些,能被人信任。三节的账条来得很踊跃,使我明白了过节过年的时候怎样出汗。

　　小孩使世界扩大,使隐藏着的东西都显露出来。非有小孩不能明白这个。看着别人家的孩子,肥肥胖胖,整整齐齐,你总觉得小孩们理应如此,一生下来就戴着小帽,穿着小袄,好像小雏鸡生下来就披着一身黄绒似的。赶到自己有了小孩,才能晓得事情并不这么简单。一个小娃娃身上穿戴着全世界的工商业所能供给的,给全家人以一切啼笑爱怨的经验，小孩的确是位小活神仙！

有了小活神仙，家里才会热闹。窗台上，我一向认为是摆花的地方。夏天呢，开着窗，风儿轻轻吹动花与叶，屋中一阵阵的清香。冬天呢，阳光射到花上，使全屋中有些颜色与生气。后来，有了小孩，那些花盆很神秘的都不见了，窗台上满是瓶子罐子，数不清有多少。尿布有时候上了写字台，奶瓶倒在书架上。大扫除才有了意义，是的，到时候非痛痛快快的收拾一顿不可了，要不然东西就有把人埋起来的危险。上次大扫除的时候，我由床底下找到了但丁的《神曲》。不知道这老家伙干吗在那里藏着玩呢！

人的数目也增多了，而且有很多问题。在没有小孩的时候，用一个仆人就够了，现在至少得用俩。以前，仆人"拿糖"，满可以暂时不用；没人作饭，就外边去吃，谁也不用拿捏谁。有了小孩，这点豪气乘早收起去。三天没人洗尿布，屋里就不要再进来人。牛奶等项是非有人管理不可，有儿方知卫生难，奶瓶子一天就得烫五六次；没仆人简直不行！有仆人就得捣乱，没办法！

好多没办法的事都得马上有办法，小孩子不会等着"国联"慢慢解决儿童问题。这就长了经验。半夜里去买药，药铺的门上原来有个小口，可以交钱拿药，早先我就不晓得这一招。西药房里敢情也打价钱，不等他开口，我就提出："还是四毛五？"这个"还是"使我省五分钱，而且落个行家。这又是一招。找老妈子有作坊，当票儿到期还可以入利延期，也都被我学会。没功夫细想，大概自从有了儿女以后，我所得的经验至少比一张大学文凭所能给我的多着许多。大学文凭是由课本里掏出来的，现在我却念着一本活书，没有头儿。

连我自己的身体现在都会变形,经小孩们的指挥,我得去装马装牛,还须装得像个样儿。不但装牛像牛,我也学会牛的忍性,小胖子觉得"开步走"有意思,我就得百走不厌;只作一回,绝对不行。多咱他改了主意,多咱我才能"立正"。在这里,我体验出母性的伟大,觉得打老婆的人们满该下狱。

中秋节前来了个老道,不要米,不要钱,只问有小孩没有?看见了小胖子,老道高了兴,说十四那天早晨须给小胖子左腕上系一根红线。备清水一碗,烧高香三炷,必能消灾除难。右邻家的老太太也出来看,老道问她有小孩没有,她惨淡的摇了摇头。到了十四那天,倒是这位老太太的提醒,小胖子的左腕上才拴了一圈红线。小孩子征服了老道与邻家老太太。一看胖手腕的红线,我觉得比写完一本伟大的作品还骄傲,于是上街买了两尊兔子王,感到老道,红线,兔子王,都有绝大的意义!

(原载1936年11月25日《谈风》第三期)

# 搬　家

　　一提议说搬家，我就知道麻烦又来了。住着平安，不吵不闹，谁也不愿搬动。又不是光棍一条，搬起来也省事。既然称得起"家"，这至少起码是夫妇两个，往往彼此意见不合，先得开几次联席会议，结果大家的主张不得不折衷。谁去找房，这个说，等我找到得几时，我又得教书，编讲义，写文章，而且专等星期去找；况且我男人家又粗心又马虎，还是你去吧。那个说，一个女人家东家进，西家出，"眼观六路耳听八方"都得看仔细，打听明白，就是看妥了，和房东办交涉也是不善，全权通交在一人身上，这个责任，确是不轻。

　　没有法子，只得第二天就去实行，一路上什么也引不起注意，就看布告牌上的招租帖，墙角上，热闹口上通都留神，这还不算。有的好房就不贴条子，也不请银行信托部来管，这可不好办。一来二去的自己有了点发现，凡是窗户上没有窗帘子，你就可拍门去问。虽然看不中意，但是比较起所看的房确是强的多。

　　住惯北平的房子，老希望能找到一个大院子。所以离开北平之后，无论到天津，济南，汉口，上海，以至青岛，能找到房子带个大院子，真是少有。特别是在青岛，你能找到独门独院，只花很少的租价，就简直可说没有。除非你真有腰包，可以大大的租上座全楼。

我就不喜欢一个楼，分楼上一家，楼下一家，或是楼分四家住。这样住在楼上的人多少总是占便宜的。楼下的可就倒霉。遇见清净孩子少的还好，遇见好热闹，有嗜好的，孩子多的，那才叫活糟。而且还注意同楼是不是好养狗。这是经验告诉我，一条狗得看新养的，还是旧有的。青岛的狗种，可属全世界的了，三更半夜，嚎出的声真能吓得你半夜不能安睡。有了狗群，更不得安生，决斗声，求爱声，乳狗声，比什么声音都复杂热闹。这个可不敢领教了！

其次看同楼邻居如何；人口，年龄，籍贯，职业，都得在看房之际顺口答音的，探听清楚。比如说吧，这家是南方人，老太太是湖北的，少奶奶是四川的，少爷是在港务局作事，孩子大小三个；这所楼我虽看的还合适，房间大，阳光充足，四壁厕所厨房都干净，可是一看这家邻居，心就凉爽了。第一老太太是南方的我先怕。这并不是说对于南方的老太太有什么仇恨，而是对于她们生活习惯都合不来。也不管什么日子，黑天白日，黄钱白钱——纸钱——足烧一气，口中念念有词，我确是看不下去。再有是在门前买东西，为了一分钱，一棵菜，绝不善罢甘休买成功，必得为少一两分量吵嚷半天，小贩们脸红脖子粗的走开。少奶奶管孩子，少爷吊嗓子，你能管得着么？碰巧还架上贱价无线电，吵得你"姑子不得睡，和尚不得安"。所以趁早不用找麻烦。

论到职业上，确是重大问题。如果同楼邻居是同行，当然不必每天见面，"今天天气，哈哈哈"，或者不至于遭人白眼，扭头不屑于理"你个穷酸教书匠"，大有"道不同不相为谋"的气概。有时还特别显示点大爷就是这股子劲，看着不顺眼，搬哪！于是乎下班之后约些朋友打打小牌。越是更深人静，红中白板叫得越响，碰巧就继续到天亮，叫车送客忙了一大阵，这且不提。

你遇见这样对头最好忍受。你若一干涉，好，事情更来得重，没事先拉拉胡琴，约个人唱两出。久而久之，来个"坐打二簧"，锣鼓一齐响，你不搬家还等着什么？想用功到时候了，人家却是该玩的时候；你说明天第一堂有课，人家十时多才上班。你想着票友散了，先睡一觉，人家楼上孩子全起来了，玩橄榄球，拉凳子，打铁壶又跟上了。心中老害怕薄薄一层楼板，早晚是全军覆没，盖上木头被褥，那才高兴呢！

一封客客气气的劝告信，满希望等楼上的先生下了班，送了过去，发生点效力。一会儿楼上老妈子推门进来说，我们太太不认识字，老爷不在家，太太说不收这封信。好吧，接过来，整个丢进字纸篓里。自愧没作公安局长。

一个月后，房子才算妥当了，半年为期，没有什么难堪条件。回来对她一说，她先摇头，难道楼下你还没住够？我说，这次可担保，一定没有以前所受的流弊。房子够住，地点适宜，离学校，菜市，大街都近，而且喜欢遇到整齐的院子，又带着一个大空后院，练球，跳远，打拳都行。再说楼上只住老夫妇俩，还是教育界。她点了点头。

两辆大敞车，把所有的动产，在一早晨都搬了过去，才又发现门口正对着某某宿舍三个敞口大垃圾箱。掩鼻而过可也！

（原载1936年12月10日《谈风》第四期，发表时署名"非我"）

# 文艺副产品

## ——孩子们的事情

自从去年秋天辞去了教职，就拿写稿子挣碗"粥"吃——"饭"是吃不上的。除了星期天和闹肚子的时候，天天总动动笔，多少不拘，反正得写点儿。于是，家庭里就充满了文艺空气，连小孩们都到时候懂得说："爸爸写字吧？"文艺产品并没能大量的生产，因为只有我这么一架机器，可是出了几样副产品，说说倒也有趣：

（一）自由故事。须具体的说来：

早九点，我拿起笔来。烟吸过三枝，笔还没落到纸上一回。小济（女，实岁数三岁半）过来检阅，见纸白如旧，就先笑一声，而后说："爸，怎么没有字呢？"

"待一会儿就有，多多的字！"

"啊！爸，说个故事？"

我不语。

"爸快说呀，爸！"她推我的肘，表示我即使不说，反正肘部动摇也写不了字。

这时候，小乙（男，实岁数一岁半，说话时一字成句，简当而有含蓄）

来了,妈妈在后面跟着。

见生力军来到,小济的声势加旺:"快说呀! 快说呀!"

我放下笔:"有那么一回呀——"

小乙:"回!"

小济:"你别说,爸说!"

爸:"有那么一回呀,一只大白兔——"

小乙:"兔兔!"

小济:"别——"

小乙撇嘴。

妈:"得,得,得,不哭! 兔兔!"

小乙:"兔兔!"泪在眼中一转,不知转到哪里去了。

爸:"对了,有两只大白兔——"

小乙:"泡泡!"

妈:"小济,快,找小盆去!"

爸:"等等,小乙,先别撒!"随小济作快步走,床下椅下,分头找小盆,至为紧张,且喊且走,"小盆在哪儿?"只在此屋中,云深不知处,无论如何,找不到小盆。

妈曳小乙疾走如风,入厕,风暴渐息。

归位,小济未忘前事:"说呀!"

爸:"那什么,有三只大白兔——"等小乙答声,我好想主意。

小乙尿后,颇镇定,把手指放在口中。

妈:"不含手指,臭!"

小乙置之不理。

小济:"说那个小猪吃糕糕的,爸!"

小乙:"糕糕,吃!"他以为是到了吃点心的时候呢。

妈:"小猪吃糕糕,小乙不吃。"

爸说了小猪吃糕糕。说完,又拿起笔来。

小济:"白兔呢?"

颇成问题! 小猪吃糕糕与白兔如何联到一处呢?

门外:"给点什么吃啵,太太!"

小济小乙齐声:"太太!"

全家摆开队伍,由爸代表,给要饭的送去铜子儿一枚。

故事告一段落。

这种故事无头无尾,变化万端,白兔不定几只,忽然转到小猪吃糕糕,若不是要饭的来解围,故事便当延续下去,谁也不晓得说到哪里去,故定名为"自由故事"。此种故事在有小孩子的家中非常方便好用,作者信口开河,随听者的启示与暗示而跌宕多姿。著者与听者打成一片,无隔膜抵触之处。其体裁既非童话,也非人话,乃一片行云流水,得天然之美,极当提倡。故事里毫无教训,而充分运用着作者与听者的想象,故甚可贵。

(二)新蝌蚪文:

在以前没有小孩的时候,我写坏了稿纸,便扔在字纸篓里。自从小济会拿铅笔,此项废纸乃有出路,统统归她收藏。

我越写不上来,她越闹哄得厉害:逼我说故事,劝我带她上街,要不然就吃一个苹果,"小济一半,爸一半!"我没有办法,只好把刚写上三五句不像话的纸送给她:"看这张大纸,多么白! 去,找笔来,你也写字,好不好?"赶上她心顺,她就找来铅笔头儿,搬来小板凳,以椅为桌,开始写字。

她已三岁半,可是一个字不识。我不主张早教孩子们认字。我对于教养小孩,有个偏见——也许是"正"见:六岁以前,不教给他们任何东西;只劳累他们的身体,不劳累脑子。养得脸蛋儿红扑扑的,胳臂腿儿挺有劲,能蹦能闹,便是好孩子。过六岁,该受教育了,但仍不从严督促。他们有聪明,爱读书呢,好;没聪明而不爱读书呢,也好。反正有好身体才能活着,女的去作舞女,男的去拉洋车,大腿生活也就不错,不用着急。

这就可以想象到小济写的是什么字了:用铅笔一按,在格中按了个不小的黑点,然后往上或往下一拉,成个小蝌蚪。一个两个,一行两行,一次能写满半张纸。写完半张,她也照着爸的样子说:"该歇歇了!"于是去找弟弟玩耍,忘了说故事与吃苹果等要求。我就安心写作一会儿。

(三)卡通演义:

因为有书,看惯了,所以孩子们也把书当作玩艺儿。玩别的玩腻了,便念书玩。小乙的办法是把书挡住眼,口中嘟嘟嘟嘟;小济的办法是找图画念,口中唱着:一个小人儿,一个小鸟儿,又一个小人儿……

俩孩子最喜爱的一本是朋友给我寄来的一本英国卡通册子,通体都是画儿,所以俩孩子争着看。他们看小人儿,大人可受了罪,他们教我给"说"呀。篇篇是讽刺画儿,我怎么"说"呢?急中生智,我顺口答音,见机而作,就景生情,把小人儿全联到一处,成为一完整而又变化很多的故事。

说完了,他们不记得,我也不记得;明天看,明天再编新词儿。英国的首相。在我们的故事里，叫作"大鼻子"；麦克唐纳是"大脑袋"，由小乙的建议呢，凡戴眼镜儿的都是"爸"——因为我戴眼镜儿。我们的故事总是很热闹，"大鼻子叼着烟袋锅，大脑袋张着嘴，没有烟袋，大鼻子不给他，大脑袋就生气，爸就来劝，得了，别生气……"

卡通演义比自由故事更有趣，因为照着图来说，总得设法就图造事，不能三只四只白兔的乱说。说的人既须费些思索，故事自然分外的动听，听者也就多加注意。现在，小乙不怕是把这本册子拿倒了，也能指出哪个是英国首相——"鼻！"歪打正着，这也许能帮助训练他们的观察能力；自然，没有这种好处，我们也都不在乎；反正我们的故事很热闹。

（四）改造杂志：

我们既能把卡通给孩子讲通了，那么，什么东西也不难改造了。我们每月固定的看《文学》，《中流》，《青年界》，《宇宙风》，《论语》，《西风》，《谈风》，《方舟》；除了《方舟》是定阅的，其余全是赠阅的。此外，我们还到小书铺里去"翻"各种刊物，看着题目好，就买回来。无论是什么刊物吧，都是先由孩子们看画儿，然后大人们念字。字，有时候把大人憋住，怎念怎念不明白。画，完全没有困难。普式庚的像，罗丹的雕刻，苏联的木刻……我们都能设法讲解明白了。无论什么严重的事，只要有图，一到我们家里便变成笑话。所以我们时常感到应向各刊物的编辑道歉，可是又不便于道歉，因为我们到底是看了，而且给它们另找出一种意义来呀。

（五）新年特刊：

这是我们家中自造的刊物：用铜钉按在墙上，便是壁画；不往墙上钉呢，便是活页的杂志。用不着花印刷费，也不必征求稿件，只须全家把"画来——卖画"的卖年画的包围住，花上两三毛钱，便能五光十色的得到一大堆图画。小乙自己是胖小子，所以也爱胖小子，于是胖小子抱鱼——"富贵有余"——胖小子上树——摇钱树——便算是由他主编，自成一组。小济是主编故事组："小叭儿狗会擀面"，"小小子坐门墩"，"探亲相骂"……都由她收藏管理，或贴在她的床前。戏出儿和渔家乐什么的算作爸与妈的，妈担任说明画上的事情，爸担任照着戏出儿整本的唱戏，文武昆乱，生末净旦丑，一概不挡，烦唱哪出就唱哪出。这一批年画儿能教全家有的说，有的看，有的唱，热闹好几个月。地上也是，墙上也是，都彩色鲜明，百读不厌。我们这个特刊是文艺、图画、戏剧、歌唱的综合；是国货艺术与民间艺术的拥护；是大人与小孩的共同恩物。看完这个特刊，再看别的杂志，我们觉得还是我们自家的东西应属第一。

好啦，就说到此处为止吧。

（原载1937年5月1日《宇宙风》第四十期）

# 兔儿爷

我好静,故怕旅行。自然,到过的地方就不多了。到的地方少,看的东西自然也就少。就是对于兔儿爷这玩艺也没有看过多少种。

稍为熟习的只有北方几座城:北平,天津,济南,和青岛。在这四个名城里,一到中秋,街上便摆出兔儿爷来——就是山东人称为兔子王的泥人。兔儿爷或兔子王都是泥作的。兔脸人身,有的背后还插上纸旗,头上罩着纸伞。种类多,作工细,要算北平。山东的兔子王样式既少,手工也很糙。

泥人本有多种,可是因为不结实,所以作得都不太精细;给小儿女买玩艺儿,谁也不愿多花钱买一碰即碎的呀。兔儿爷虽也系泥人,但售出的时间只在八月节前的半个月左右,与月饼同为迎时当令的东西,故不妨作得精细一些。况且小儿女们每愿给兔儿爷上供,置之桌上,不像对待别种泥娃娃那么随便,于是也就略为减少碰碎的危险。这样,兔儿爷便获得较优越的地位,而能每年一度很漂亮的出现于街头。

中秋又到了,北平等处的兔儿爷怎样呢?

我可以想象到:那些粉脸彩衣,插旗打伞的泥人们一定还是一行行的摆在街头,为暴敌粉饰升平啊!

听说敌人这些日子，正在北平大量的焚书，几乎凡不是木板的图书都可以遭到被投入火里的厄运。学校里，人家里，都没有了书，而街头上到处摆出兔儿爷，多么好的一种布置呢！暴敌要的是傀儡呀！

友人来信，说平津大雨，连韭菜都卖到三吊钱（与重庆的"吊"同值）一束，粗粮也卖到一毛多一斤。谁还买得起兔儿爷呢？大概也就是在市上摆几天，给大家热闹热闹眼睛吧？

因而就想到那些高等汉奸，到时候，他们就必出来。正如桂花一开，兔子王便上市。他们的脸很体面，油光水滑的，只可惜鼻下有个三瓣子嘴，而头上有一对长耳朵。他们的身上也花花绿绿，足下登起粉底高靴。身腔里可是空空的，脊背有个泥团儿，为插旗伞之用；旗伞都是纸作的。他们多体面，多空虚，多没有心肝呢！他们唯一的好处似乎只在有两个泥膝，跪下很方便。

兔儿爷怕遇上淘气的孩子，左搬右弄，它脸上的粉，身上的彩，便被弄污；不幸而孩子一失手，全身便变成若干小片片了。孩子并不十分伤心，有钱便能再买一个呀。幸而支持过了中秋，并未粉碎；可又时节已过，谁还有心玩兔子王呢？最聪明的傀儡也不过是些小土片呀！那些带活气的兔子王，越漂亮，我就越替他们担心；小日本鬼子不但淘气，而且是世上最凶狠的孩子啊。兔子王的寿命无论如何过不去中秋，我真想为那些粉墨登场的傀儡们落泪了。

抗战建国须凭真实本领与浩然正气，只能迎时当令充兔子王的，不作汉奸，也是废物。那么，我们不仅当北望平津，似乎也当自省一下吧？

（原载1938年10月30日《弹花》第二卷第一期）

# 四位先生

## 吴组缃先生的猪

从青木关到歌乐山一带等处,在我所认识的文友中要算吴组缃先生为最阔绰。他养着一口小花猪。据说,这小动物的身价,值六百元!

每次我去访组缃先生,必附带的向小花猪致敬,因为我与组缃先生核计过了:假若他与我共同登广告卖身,大概也不会有人出六百元来买!

有一天,我又到吴宅去。给小江——组缃先生的少爷——买了几个比醋还酸的桃子。拿着点东西,好搭讪着骗顿饭吃,否则就不太好意思了。一进门,我看见吴太太的脸比晚日还红。我心里一想,便想到了小花猪。假若小花猪丢了,或是出了别的毛病,组缃先生的阔绰便马上不存在了! 一打听,果然是为了小花猪:它已绝食一天了。我很着急,急中生智,主张给它点奎宁吃,恐怕是打摆子。大家都不赞同我的主张。我又建议把它抱到床上盖上被子睡一觉,出点汗也许就好了;焉知道不是感冒呢? 这年月的猪比人还娇贵呀! 大家还是不赞成。后来,把猪医生请来了。我颇兴奋,要看看猪怎么吃药。猪医生把一些草药包在竹筒的大厚皮儿里,使小花猪横衔着,两头儿向后束在脖子上:这样,药味与药汁便慢慢走入里边去。把药包儿束好，小花猪的口中好像生了两个翅膀，倒并不难看。

虽然吴宅有此骚动，我还是在那里吃了午饭——自然稍微的有点不得劲儿！

过了两天，我又去看小花猪——这回是专程探病，绝不为看别人；我知道现在猪的价值有多大！小花猪的口中已无那个药包，而且也吃点东西了。大家都很高兴，我就又就棍打腿的骗了顿饭吃，并且提出声明：到冬天，得分给我几斤腊肉！组缃先生与太太没加任何考虑便答应了。吴太太说："几斤？十斤也行！想想看，那天它要是一病不起……"大家听罢，都出了冷汗！

## 马宗融先生的时间观念

马宗融先生的表大概是，我想是一个装饰品。无论约他开会，还是吃饭，他总迟到一个多钟头，他的表并不慢。

来重庆，他多半是住在白象街的作家书屋。有的说也罢，没的说也罢，他总要谈到夜里两三点钟。假若不是别人都困得不出一声了，他还想不起上床去。有人陪着他谈，他能一直坐到第二天夜里两点钟。表、月亮、太阳，都不能引起他注意到时间。

比如说吧，下午三点他须到观音岩去开会，到两点半他还毫无动静。"宗融兄，不是三点，有会吗？该走了吧？"有人这样提醒他。他马上去戴上帽子，提起那有茶碗口粗的木棒，向外走。"七点吃饭。早回来呀！"大家告诉他。他回答声"一定回来"，便匆匆地走出去。

到三点的时候,你若出去,你会看见马宗融先生在门口与一位老太婆,或是两个小学生,谈话儿呢!即使不是这样,他在五点以前也不会走到观音岩。路上每遇到一位熟人,便要谈,至少,十分钟的话。若遇上打架吵嘴的,他得过去解劝,还许把别人劝开,而他与另一位劝架的打起来!遇上某处起火,他得帮着去救。有人追赶扒手,他必然的加入,非捉到不可。看见某种新东西,他得过去问问价钱,不管买与不买。看到戏报子,马上他去借电话,问还有票没有……这样,他从白象街到观音岩,可以走一天,幸而他记得开会那件事,所以只走两三个钟头!到了开会的地方,即使大家已经散了会,他也得坐两点钟。他跟谁都谈得来,都谈得很有趣,很亲切,很细腻。有人随便哼了一句二黄,他立刻请教给他;有人刚买一条绳子,他马上拿过来练习跳绳——五十岁了啊!

七点,他想起来回白象街吃饭,归路上,又照样的劝架,救火,追贼,问物价,打电话……至早,他在八点半左右走到目的地。满头大汗,三步当作两步走的,他走了进来。饭早已开过了。

所以,我们与友人定约会的时候,若说随便什么时间,早晨也好,晚上也好,反正我一天不出门,你哪时来也可以,我们便说"马宗融的时间吧"!

## 姚蓬子先生的砚台

作家书屋是个神秘的地方,不信你交到那里一份文稿,而三五日后再亲自去索回,你就必定不说我扯谎了。

进到书屋，十之八九你找不到书屋的主人——姚蓬子先生。他不定在哪里藏着呢。他的被褥是稿子，他的枕头是稿子，他的桌上、椅上、窗台上……全是稿子。简单的说吧，他被稿子埋起来了。当你要稿子的时候，你可以看见一个奇迹。假如说尊稿是十张纸写的吧，书屋主人会由枕头底下翻出两张，由裤袋里掏出三张，书架里找出两张，窗子上揭下一张，还欠两张。你别忙，他会由老鼠洞里拉出那两张，一点也不少！

单说蓬子先生的那块砚台，也足够惊人了！那是块是无可形容的石砚。不圆不方，有许多角儿，而没有任何角度。有一点沿儿，豁口甚多，底子最奇，四周翘起，中间的一点凸出，如元宝之背，它会像陀螺似的在桌上乱转，还会一头高一头低地倾斜，如浪中之船。我老以为孙悟空就是由这块石头跳出去的！

到磨墨的时候，它会由桌子这一端滚到那一端，而且响如快跑的马车。我每晚十时必就寝，而对门儿书屋的主人要办事办到天亮。从十时到天亮，他至少研十次墨，一次比一次响——到夜最静的时候，大概连南岸都感到一点震动。从我到白象街起，我没做过一个好梦，刚一入梦，砚台来了一阵雷雨，梦为之断。在夏天，砚一响，我就起来拿臭虫。冬天可就不好办，只好咳嗽几声，使之闻之。

现在，我已交给作家书屋一本书，等得到出版，我必定破费几十元，送给书屋主人一块平底的，不出声的砚台！

## 何容先生的戒烟

首先要声明：这里所说的烟是香烟，不是鸦片。

从武汉到重庆，我老同何容先生在一间屋子里，一直到前年八月间。在武汉的时候，我们都吸"大前门"或"使馆"牌；小大"英"似乎都不够味儿。到了重庆，小大"英"似乎变了质，越来越"够"味儿了，"前门"与"使馆"倒仿佛没了什么意思。慢慢的，"刀"牌与"哈德门"又变成我们的朋友，而与小大"英"，不管是谁的主动吧，好像冷淡得日甚一日。不久，"刀"牌与"哈德门"又与我们发生了意见，差不多要绝交的样子。何容先生就决心戒烟！

在他戒烟之前，我已声明过："先上吊，后戒烟！"本来吗，"弃妇抛雏"的流亡在外，吃不敢进大三元，喝么也不过是清一色（黄酒贵，只好吃点白干），女友不敢去交，男友一律是穷光蛋，住是二人一室，睡是臭虫满床，再不吸两枝香烟，还活着干吗呢？可是，一看何容先生戒烟，我到底受了感动，既觉自己无勇，又钦佩他的伟大；所以，他在屋里，我几乎不敢动手取烟，以免动摇他的坚决！

何容先生那天睡了十六个钟头，一枝烟没吸！醒来，已是黄昏，他便独自走出去。我没敢陪他出去，怕不留神递给他一枝烟，破了戒！掌灯之后，他回来了，满面红光，含着笑的，从口袋中掏出一包土产卷烟来。"你尝尝这个，"他客气地让我，"才一个铜板一枝！有这个，似乎就不必戒烟了！没有必要！"把烟接过来，我没敢说什么，怕伤了他的尊严。面对面的，把烟燃上，我俩细细地欣赏。头一口就惊人，冒的是黄烟，我以为他误把爆竹买来了！听了一会儿，还好，并没有爆炸，就放胆继续地吸。吸了不到四五口，我看见蚊子都争着向外边飞，我很高兴。既吸烟，又驱蚊，太可贵了！再吸几口之后，墙上又发现了臭虫，大概也要搬家，我更高兴了！吸到了半枝，何容先生与我也跑出去了！

他低声地说:"看样子,还得戒烟!"

何容先生二次戒烟,有半天之久。当天的下午,他买来了烟斗与烟叶。"几毛钱的烟叶,够吃三四天的,何必一定戒烟呢!"他说。吸了几天的烟斗,他发现了:(一)不便携带;(二)不用力,抽不到;用力,烟油射在舌头上;(三)费洋火;(四)须天天收拾,麻烦! 有此四弊,他就戒烟斗,而又吸上香烟了。"始作卷烟者,其无后乎!"他说。

最近二年,何容先生不知戒了多少次烟了,而指头上始终是黄的。

(原载1942年6月22、23、24、25日《新民报晚刊·西方夜谈》)

## "住"的梦

在北平与青岛住家的时候，我永远没想到过：将来我要住在什么地方去。在乐园里的人或者不会梦想另辟乐园吧。

在抗战中，在重庆与它的郊区住了六年。这六年的酷暑重雾，和房屋的不像房屋，使我会作梦了。我梦想着抗战胜利后我应去住的地方。

不管我的梦想能否成为事实，说出来总是好玩的：

春天，我将要住在杭州。二十年前，我到过杭州，只住了两天。那是旧历的二月初，在西湖上我看见了嫩柳与菜花，碧浪与翠竹。山上的光景如何？ 没有看到。三四月的莺花山水如何，也无从晓得。但是，由我看到的那点春光，已经可以断定杭州的春天必定会教人整天生活在诗与图画中的。所以，春天我的家应当是在杭州。

夏天，我想青城山应当算作最理想的地方。在那里，我虽然只住过十天，可是它的幽静已拴住了我的心灵。在我所看见过的山水中，只有这里没有使我失望。它并没有什么奇峰或巨瀑，也没有多少古寺与胜迹，可是，它的那一片绿色已足使我感到这是仙人所应住的地方了。到处都是绿，而且都是像嫩柳那么淡，竹叶那么亮，蕉叶那么润，目之所及，那片淡而光润的绿色都在轻轻的颤动，仿佛要流入空中与心中去似的。

这个绿色会像音乐似的，涤清了心中的万虑，山中有水，有茶，还有酒。早晚，即使在暑天，也须穿起毛衣。我想，在这里住一夏天，必能写出一部十万到二十万的小说。

假若青城去不成，求其次者才提到青岛。我在青岛住过三年，很喜爱它。不过，春夏之交，它有雾，虽然不很热，可是相当的湿闷。再说，一到夏天，游人来的很多，失去了海滨上的清静。美而不静便至少失去一半的美。最使我看不惯的是那些喝醉的外国水兵与差不多是裸体的，而没有曲线美的妓女。秋天，游人都走开，这地方反倒更可爱些。

不过，秋天一定要住北平。天堂是什么样子，我不晓得，但是从我的生活经验去判断，北平之秋便是天堂。论天气，不冷不热。论吃食，苹果，梨，柿，枣，葡萄，都每样有若干种。至于北平特产的小白梨与大白海棠，恐怕就是乐园中的禁果吧，连亚当与夏娃见了，也必滴下口水来！果子而外，羊肉正肥，高粱红的螃蟹刚好下市，而良乡的栗子也香闻十里。论花草，菊花种类之多，花式之奇，可以甲天下。西山有红叶可见，北海可以划船——虽然荷花已残，荷叶可还有一片清香。衣食住行，在北平的秋天，是没有一项不使人满意的。即使没有余钱买菊吃蟹，一两毛钱还可以爆二两羊肉，弄一小壶佛手露啊！

冬天，我还没有打好主意，香港很暖和，适于我这贫血怕冷的人去住，但是"洋味"太重，我不高兴去。广州，我没有到过，无从判断。成都或者相当的合适，虽然并不怎样和暖，可是为了水仙，素心腊梅，各色的茶花，与红梅绿梅，仿佛就受一点寒冷，也颇值得去了。昆明的花也多，而且天气比成都好，可是旧书铺与精美而便宜的小吃食远不及成都的那么多，专看花而没有书读似乎也差点事。好吧，就暂时这么规定：冬天不住成都便住昆明吧。

在抗战中，我没能发了国难财。我想，抗战结束以后，我必能阔起来，唯一的原因是我是在这里说梦。既然阔起来，我就能在杭州，青城山，北平，成都，都盖起一所中式的小三合房，自己住三间，其余的留给友人们住。房后都有起码是二亩大的一个花园，种满了花草；住客有随便折花的，便毫不客气的赶出去。青岛与昆明也各建小房一所，作为候补住宅。各处的小宅，不管是什么材料盖成的，一律叫作"不会草堂"——在抗战中，开会开够了，所以永远"不会"。

那时候，飞机一定很方便，我想四季搬家也许不至于受多大苦处的。假若那时候飞机减价，一二百元就能买一架的话，我就自备一架，择黄道吉日慢慢的飞行。

（原载1944年5月《民主世界》第二期）

# 多鼠斋杂谈

## 一 戒 酒

并没有好大的量,我可是喜欢喝两杯儿。因吃酒,我交下许多朋友——这是酒的最可爱处。大概在有些酒意之际,说话作事都要比平时豪爽真诚一些,于是就容易心心相印,成为莫逆。人或者只在"喝了"之后,才会把专为敷衍人用的一套生活八股抛开,而敢露一点锋芒或"谬论"——这就减少了我些脸上的俗气,看着红扑扑的人有点样子!

自从在社会上作事至今的廿五六年中,我不记得一共醉过多少次,不过,随便的一想,便颇可想起"不少"次丢脸的事来。所谓丢脸者,或者正是给脸上增光的事,所以我并不后悔。酒的坏处并不在撒酒疯,得罪了正人君子——在酒后还无此胆量,未免就太可怜了! 酒的真正的坏处是它伤害脑子。

"李白斗酒诗百篇"是一位诗人赠另一位诗人的夸大的谀赞。据我的经验,酒使脑子麻木,迟钝,并不能增加思想产物的产量。即使有人非喝醉不能作诗,那也是例外,而非正常。在我患贫血病的时候,每喝一次酒,病便加重一些;未喝的时候若患头"昏",喝过之后便改为"晕"

了,那妨碍我写作!

对肠胃病更是死敌。去年,因医治肠胃病,医生严嘱我戒酒。从去岁十月到如今,我滴酒未入口。

不喝酒,我觉得自己像哑巴了:不会嚷叫,不会狂笑,不会说话!啊,甚至于不会活着了!可是,不喝也有好处,肠胃舒服,脑袋昏而不晕,我便能天天写一二千字!虽然不能一口气吐出百篇诗来,可是细水长流的写小说倒也保险;还是暂且不破戒吧!

## 二 戒 烟

戒酒是奉了医生之命,戒烟是奉了法弊的命令。什么?劣如"长刀"也卖百元一包?老子只好咬咬牙,不吸了!

从廿二岁起吸烟,至今已有一世纪的四分之一。这廿五年养成的习惯,一旦戒除可真不容易。

吸烟有害并不是戒烟的理由。而且,有一切理由,不戒烟是不成。戒烟凭一点"火儿"。那天,我只剩了一支"华丽"。一打听,它又长了十块!三天了,它每天长十块!我把这一支吸完,把烟灰碟擦干净,把洋火放在抽屉里。我"火儿"啦,戒烟!

没有烟,我写不出文章来。廿多年的习惯如此。这几天,我硬撑!我的舌头是木的,嘴里冒着各种滋味的水,嗓门子发痒,太阳穴微微的抽着疼!——顶要命的是脑子里空了一块!不过,我比烟要更厉害些:尽管你小子给我以各样的毒刑,老子要挺一挺给你看看!

毒刑夹攻之后,它派来会花言巧语的小鬼来劝导:"算了吧,也总算是个老作家了,何必自苦太甚!况且天气是这么热;要戒,等到秋凉,总比较的要好受一点呀!"

"去吧!魔鬼!咱老子的一百元就是不再买又霉、又臭、又硬、又伤天害理的纸烟!"

今天已是第六天了,我还撑着呢!长篇小说没法子继续写下去;谁管它!除非有人来说:"我每天送你一包'骆驼',或廿支'华福',一直到抗战胜利为止!"我想我大概不会向"人头狗"和"长刀"什么的投降的!

## 三 戒 茶

我既已戒了烟酒而半死不活,因思莫若多加几戒,爽性快快的死了倒也干脆。

谈再戒什么呢?

戒荤吗?根本用不着戒,与鱼不见面者已整整二年,而猪羊肉近来也颇疏远。还敢说戒?平价之米,偶而有点油肉相佐,使我绝对相信肉食者"不鄙"!若只此而戒除之,则腹中全是平价米,而人也决变为平价人,可谓"鄙"矣!不能戒荤!

必不得已,只好戒茶。

我是地道中国人,咖啡、蔻蔻、汽水、啤酒,皆非所喜,而独喜茶。有一杯好茶,我便能万物静观皆自得。烟酒虽然也是我的好友,但它们都是男性的——粗莽,热烈,有思想,可也有火气——未若茶之温柔,雅洁,轻轻的刺戟,淡淡的相依;茶是女性的。

我不知道戒了茶还怎样活着,和干吗活着。但是,不管我愿意不愿意,近来茶价的增高已教我常常起一身小鸡皮疙瘩!

茶本来应该是香的,可是现在卅元一两的香片不但不香,而且有一股子咸味!为什么不把咸蛋的皮泡泡来喝,而单去买咸茶呢?六十元一两的可以不出咸味,可也不怎么出香味,六十元一两啊!谁知道明天不就又长一倍呢!

恐怕呀,茶也得戒!我想,在戒了茶以后,我大概就有资格到西方极乐世界去了——要去就抓早儿,别把罪受够了再去!想想看,茶也须戒!

## 四 猫的早餐

多鼠斋的老鼠并不见得比别家的更多,不过也不比别处的少就是了。前些天,柳条包内,棉袍之上,毛衣之下,又生了一窝。

没法不养只猫子了,虽然明知道一买又要一笔钱,"养"也至少须费些平价米。

花了二百六十元买了只很小很丑的小猫来。我很不放心。单从身长与体重说,厨房中的老一辈的老鼠会一口咬两只这样的小猫的。我们用麻绳把咪咪拴好,不光是怕它跑了,而是怕它不留神碰上老鼠。

我们很怕咪咪会活不成的,它是那么瘦小,而且终日那么团着身哆哩哆嗦的。

人是最没办法的动物,而他偏偏爱看不起别的动物,替它们担忧。

吃了几天平价米和煮包谷,咪咪不但没有死,而且欢蹦乱跳的了。

它是个乡下猫，在来到我们这里以前，它连米粒与包谷粒大概也没吃过。

我们总觉得有点对不起咪咪——没有鱼或肉给它吃，没有牛奶给它喝。猫是食肉动物，不应当吃素！

可是，这两天，咪咪比我们都要阔绰了；人才真是可怜虫呢！昨天，我起来相当的早，一开门咪咪骄傲的向我叫了一声，右爪按着个已半死的小老鼠。咪咪的旁边，不放着一大一小的两个死蛙——也是咪咪咬死的，而不屑于去吃，大概死蛙的味道不如老鼠的那么香美。

我怔住了，我须戒酒、戒烟、戒茶，甚至要戒荤，而咪咪——那么瘦小丑陋的小东西——会有两只蛙，一只老鼠作早餐！说不定，它还许已先吃过两三个蚱蜢了呢！

## 五　最难写的文章

或问：什么文章最难写？

答：自己不愿意写的文章最难写。比如说：邻居二大爷年七十，无疾而终。二大爷一辈子吃饭穿衣，喝两杯酒，与常人无异。他没立过功，没立过言。他少年时是个连模样也并不惊人的少年，到老年也还是个平平常常的老人，至多，我只能说他是个安分守己的好公民。可是，文人的灾难来了！二大爷的儿子——大学毕业，现在官居某机关科员——送过来讣文，并且诚恳的请赐挽词。我本来有两句可以赠给一切二大爷的挽词："你死了不能再见，想起来好不伤心！"可是我不敢用它来搪塞二大爷的科员少爷，怕他说我有意侮辱他的老人。我必须另想几句——近邻，天天要见面，假若我决定不写，科员少爷会恼我一辈子的。可是，老天爷,我写什么呢?

在这很为难之际,我真佩服了从前那些专凭作挽诗寿序挣吃饭的老文人了!你看,还以二大爷这件事为例吧,差不多除了扯谎,我简直没法写出一个字。我得说二大爷天生的聪明绝顶,可是还"别"说他虽聪明绝顶,而并没著过书,没发明过什么东西,和他在算钱的时候总是脱了袜子的。是的,我得把别人的长处硬派给二大爷,而把二大爷的短处一字不题。这不是作诗或写散文,而是替死人来骗活人!我写不好这种文章,因为我不喜欢扯谎!

在挽诗与寿序等而外,就得算"九一八","双十"与"元旦"什么的最难写了。年年有个元旦,年年要写元旦,有什么好写呢?每逢接到报馆为元旦增刊征文的通知,我就想这样回复:"死去吧!省得年年教我吃苦!"可是又一想,它死了岂不又须作挽联啊?于是只好按住心头之火,给它拼凑几句——这不是我作文章,而是文章作我!说到这里,相应提出:"救救文人!"的口号,并且希望科员少爷与报馆编辑先生网开一面,叫小子多活两天!

## 六 最可怕的人

我最怕两种人:第一种是这样的——凡是他所不会的,别人若会,便是罪过。比如说:他自己写不出幽默的文字来,所以他把幽默文学叫作文艺的脓汁,而一切有幽默感的文人都该加以破坏抗战的罪过。他不下一番工夫去考查考查他所攻击的东西到底是什么,而只因为他自己不会,便以为那东西该死。这是最要不得的态度,我怕有这种态度的人,因为他只会破坏，对人对己都全无好处。假若他作公务员，他便只有忌妒，甚至因忌妒别人而自己去作汉奸；假若他是文人，他便也只会忌妒，而一天到晚浪费笔墨，攻击别人，且自鸣得意，说自己颇会批评——其实是扯淡！这种人乱骂别人，而自己永不求进步；他污秽了批评，且使自己的心里堆满了尘垢。

第二种是无聊的人。他的心比一个小酒盅还浅，而面皮比墙还厚。他无所知，而自信无所不知。他没有不可干的事，而一切都莫名其妙。他的谈话只是运动运动唇齿舌喉，说不说与听不听都没有多大关系。他还在你正在工作的时候来"拜访"。看你正忙着，他赶快就说，不耽误你的工夫。可是，说罢便安然坐下了——两个钟头以后，他还在那儿坐着呢！他必须谈天气，谈空袭，谈物价，而且随时给你教训："有警报还是躲一躲好！"或是"到八月节物价还要涨！"他的这些话无可反驳，所以他会百说不厌，视为真理。我真怕这种人，他耽误了我的时间，而自杀了他的生命！

## 七　衣

对于英国人，我真佩服他们的穿衣服的本领。一个有钱的或善交际的英国人，一天也许要换三四次衣服。开会，看赛马，打球，跳舞……都须换衣服。据说：有人曾因穿衣脱衣的麻烦而自杀。我想这个自杀者并不是英国人。英国人的忍耐性使他们不会厌烦"穿"和"脱"，更不会使他们因此而自杀。

我并不反对穿衣要整洁，甚至不反对衣服要漂亮美观。可是，假若教我一天换几次衣服,我是也会自杀的。想想看,系钮扣解钮扣,是多么无聊的事!而钮扣又是那么多,那么不灵动,那么不起好感,假若一天之中解了又系,系了再解,至数次之多,谁能不感到厌世呢!

在抗战数年中,生活是越来越苦了。既要抗战,就必须受苦,我决不怨天尤人。再进一步,若能从苦中求乐,则不但可以不出怨言,而且可以得到一些兴趣,岂不更好呢!在衣食住行人生四大麻烦中,食最不易由苦中求乐,菜根香一定香不过红烧蹄膀!菜根使我贫血;"狮子头"却使我壮如雄狮!

住和行虽然不像食那样一点不能将就,可是也不会怎样苦中生乐。三伏天住在火炉子似的屋内,或金鸡独立的在汽车里挤着,我都想掉泪,一点也找不出乐趣。

只有穿的方面,一个人确乎能由苦中找到快活。"七七"抗战后,由家中逃出,我只带着一件旧夹袍和一件破皮袍,身上穿着一件旧棉袍。这三袍不够四季用的,也不够几年用的。所以,到了重庆,我就添置衣裳。主要的是灰布制服。这是一种"自来旧"的布作成的,一下水就一蹶不振,永远难看。吴组缃先生名之为斯文扫地的衣服。可是,这种衣服给我许多方便——简直可以称之为享受!我可以穿着裤子睡觉,而不必担心裤缝直与不直;它反正永远不会直立。我可以不必先看看座位,再去坐下;我的宝裤不怕泥土污秽,它原是自来旧。雨天走路,我不怕汽车。晴天有空袭,我的衣服的老鼠皮色便是伪装。这种衣服给我舒适、自由和亲切之感。它和我好像多年的老夫妻,彼此有完全的了解,没有一点隔膜。

我希望抗战胜利之后,还老穿着这种国难衣,倒不是为省钱,而是为舒服。

## 八　行

  朋友们屡屡函约进城，始终不敢动。"行"在今日，不是什么好玩的事。看吧，从北碚到重庆第一就得出"挨挤费"一千四百四十元。所谓挨挤费者就是你须到车站去"等"，等多少时间？没人能告诉你。幸而把车等来，你还得去挤着买票，假若你挤不上去，那是你自己的无能，只好再等。幸而票也挤到手，你就该到车上去挨挤。这一挤可厉害！你第一要证明了你的确是脊椎动物，无论如何你都能直挺挺的立着。第二，你须证明在进化论中，你确是猴子变的，所以现在你才能手脚并用，全身紧张而灵活，以免被挤成像四喜丸子似的一堆肉。第三，你须有"保护皮"，足以使你全身不怕伞柄、胳臂肘、脚尖、车窗，等等的戳、碰、刺、钩；否则你会遍体鳞伤。第四，你要有不中暑发痧的把握，要有不怕把鼻子伸在有狐臭的腋下而不能动的本事……你须备有的条件太多了，都是因为你喜欢交那一千四百多元的挨挤费！

  我头昏，一挤我就有变成爬虫的可能，所以，我不敢动。

  再说，在重庆住一星期，至少花五六千元；同时，还得耽误一星期的写作；两面一算，使我胆寒！

  以前，我一个人在流亡，一人吃饱便天下太平，所以东跑西跑，一点也不怕赔钱。现在，家小在身边，一张嘴便是五六个嘴一齐来，于是嘴与胆子乃适成反比，嘴越多，胆子越小！

  重庆的人们哪，设法派小汽车来接呀，否则我是不会去看你们的。

你们还得每天给我们一千元零花。烟、酒都无须供给，我已戒了。啊，笑话是笑话，说真的，我是多么想念你们，多么渴望见面畅谈呀！

## 九　帽

在"七七"抗战后，从家中跑出来的时候，我的衣服虽都是旧的，而一顶呢帽却是新的。那是秋天在济南花了四元钱买的。

廿八年随慰劳团到华北去，在沙漠中，一阵狂风把那顶呢帽刮去，我变成了无帽之人。假若我是在四川，我便不忙于去再买一顶——那时候物价已开始要张开翅膀。可是，我是在北方，天已常常下雪，我不可一日无帽。于是，在宁夏，我花了六元钱买了一顶呢帽。在战前它公公道道的值六角钱。这是一顶很顽皮的帽子。它没有一定的颜色，似灰非灰，似紫非紫，似赭非赭，在阳光下，它仿佛有点发红，在暗处又好似有点绿意。我只能用"五光十色"去形容它，才略为近似。它是呢帽，可是全无呢意。我记得呢子是柔软的，这顶帽可是非常的坚硬，用指一弹，它噹噹的响。这种不知何处制造的硬呢会把我的脑门儿勒出一道小沟，使我很不舒服；我须时时摘下帽来，教脑袋休息一下！赶到淋了雨的时候，它就完全失去呢性，而变成铁筋洋灰的了。因此，回到重庆以后，我总是能不戴它就不戴；一看见它我就有点害怕。

因为怕它，所以我在白象街茶馆与友摆龙门阵之际，我又买了一顶毛织的帽子。这一顶的确是软的，软得可以折起来，我很高兴。

不幸，这高兴又是短命的。只戴了半个钟头，我的头就好像发了火，痒得很。原来它是用野牛毛织成的。它使脑门热得出汗，而后用那很硬的毛儿刺那张开的毛孔！这不是戴帽，而是上刑！

把这顶野牛毛帽放下，我还是得戴那顶铁筋洋灰的呢帽。经雨淋、汗沤、风吹、日晒，到了今年，这顶硬呢帽不但没有一定的颜色，也没有一定的样子了——可是永远不美观。每逢戴上它，我就躲着镜子；我知道我一看见它就必有斯文扫地之感！

前几天，花了一百五十元把呢帽翻了一下。它的颜色竟自有了固定的倾向，全体都发了红。它的式样也因更硬了一些而暂时有了归宿，它的确有点帽子样儿了！它可是更硬了，不留神，帽檐碰在门上或硬东西上，硬碰硬，我的眼中就冒了火花！等着吧，等到抗战胜利的那天，我首先把它用剪子铰碎，看它还硬不硬！

## 十　狗

中国狗恐怕是世界上最可怜最难看的狗。此处之"难看"并不指狗种而言，而是与"可怜"密切相关。无论狗的模样身材如何，只要喂养得好，它便会长得肥肥胖胖的，看着顺眼。中国人穷。人且吃不饱，狗就更提不到了。因此，中国狗最难看；不是因为它长得不体面，而是因为它骨瘦如柴，终年夹着尾巴。

每逢我看见被遗弃的小野狗在街上寻找粪吃，我便要落泪。我并非是爱作伤感的人，动不动就要哭一鼻子。我看见小狗的可怜，也就是感到人民的贫穷。民富而后猫狗肥。

中国人动不动就说：我们地大物博。那也就是说，我们不用着急呀，我们有的是东西，永远吃不完喝不尽哪！哼，请看看你们的狗吧！

还有：狗虽那么找不着吃，（外国狗吃肉，中国狗吃粪；在动物学上，据说狗本是食肉兽。）那么随便就被人踢两脚，打两棍，可是它们还照旧的替人们服务。尽管它们饿成皮包着骨，尽管它们刚被主人踹了两脚，它们还是极忠诚的去尽看门守夜的责任。狗永远不嫌主人穷。这样的动物理应得到人们的赞美，而忠诚、义气、安贫、勇敢，等等好字眼都该归之于狗。可是，我不晓得为什么中国人不分黑白的把汉奸与小人叫作走狗，倒仿佛狗是不忠诚不义气的动物。我为狗喊冤叫屈！

猫才是好吃懒作，有肉即来，无食即去的东西。洋奴与小人理应被叫作"走猫"。

或者是因为狗的脾气好，不像猫那样傲慢，所以中国人不说"走猫"而说"走狗"？假若真是那样，我就又觉得人们未免有点"软的欺，硬的怕"了！

不过，也许有一种狗，学名叫作"走狗"；那我还不大清楚。

## 十一　昨　天

昨天一整天不快活。老下雨，老下雨，把人心都好像要下湿了！

有人来问往哪儿跑？答以：嘉陵江没有盖儿。邻家聘女。姑娘有二十二三岁，不难看。来了一顶轿子，她被人从屋中掏出来，放进轿中；轿夫抬起就走。她大声的哭。没有锣鼓。轿子就那么哭着走了。看罢，我想起幼时在鸟市上买鸟。贩子从大笼中抓出鸟来，放在我的小笼中，鸟尖锐的叫。

黄狼夜间将花母鸡叼去。今午，孩子们在山坡后把母鸡找到。脖子上咬烂，别处都还好。他们主张还炖一炖吃了。我没拦阻他们。乱世，鸡也该死两道的！

头总是昏。一友来，又问："何以不去打补针？"我笑而不答，心中很生气。

正写稿子，友来。我不好让他坐。他不好意思坐下，又不好意思马上就走。中国人总是过度的客气！

友人函告某人如何，某事如何，即答以："大家肯把心眼放大一些，不因事情不尽合己意而即指为恶事，则人世纠纷可减半矣！"发信后，心中仍在不快。

长篇小说越写越不像话，而索短稿者且夥，颇郁郁！

晚间屋冷话少，又戒了烟，呆坐无聊，八时即睡。这是值得记下来的一天——没有一件痛快事！在这样的日子，连一句漂亮的话也写不出！为什么我们没有伟大的作品哪？哼，谁知道！

## 十二　傻　子

在民间的故事与笑话里，有许多许多是讲兄弟三个，或姐妹三个，或盟兄弟三个，或女婿三个；第三个必定是傻子，而傻子得到最后的胜利。据说这种结构的公式是世界性的，世界各处都有这样的故事与笑话。为什么呢？因为人们是同情于弱者的。三弟三妹三女婿既最幼，又最傻，所以必须胜利。

和许多别种民间故事与笑话的含义一样，这种同情弱者的表示可也许是"夫子自道也"。这就是说：人民有一肚子委屈而无处去诉，就只好想象出一位"臣包文正",或北侠欧阳春来,给他们撑一撑腰,吐一口气。同样的,他们制造出弱者胜利的故事与笑话,也是为了自慰;故事与笑话中的傻子就是他们自己。他们自己既弱且愚,可是他们讽刺了那有势力,有钱财,与有学问的人,他们感到胜利。

可是,这种讽刺的胜利到底是否真正的胜利,就不大好说。假若胜利必须是精神上的呢,他们大概可以算得了胜。反之,精神胜利若因无补于实际而算不得胜利,那就不大好办了。

在我们的民间,这种傻子胜利的故事与笑话似乎比哪一国都多。我不知道,我应当庆祝他们已经得到胜利,还是应当把我的"怪难过的"之感告诉给他们。

(原载1944年9月1、9、15、23日,11月5、11、15、20日,
12月10、15、19、24日重庆《新民报晚刊·西方夜谈》)

# 梦想的文艺

我盼望总会有那么一天，我可以随便到世界任何地方去，而没有人偷偷的跟在我的背后，没有人盘问我到哪里去和干什么去，也没有人检查我的行李。那就是我的理想世界！在那个世界里，我爱写什么便写什么，正如同我爱到何处去便到何处那样。我相信，在那个世界里，文艺将是讲绝对的真理的，既不忌讳什么而吞吞吐吐，也不因遵守标语口号而把某一帮一行的片面，当作真理。那时候，我的笔下对真理负责，而不帮着张三或李四去辩论曲直是非——他们俩最好找律师去解决那些鸡毛蒜皮的事。

那时候，我若到了德国，便直言无隐的告诉德国人，他们招待客人还太拘形式，使我感到不舒服。（德国人在那时候当然已早忘了制造战争，而很忠诚的制造阿司匹灵。）他们听了并不生气，而赶快去研究怎样可以不拘形式而把客人招待得从心眼里觉得安逸。同样的，我可以在伦敦讽刺英国的士大夫：他们为什么那样注意戴礼帽，拿雨伞，而不设法去消灭或减少伦敦的黑雾。那些有幽默感的英国人笑着接受了我的暗示，于是国会决议：每天起飞五千架重轰炸机往下洒极细的砂子，把黑雾过滤成白雾，而伦敦市民就一律因此增寿十年。

我的笔将是温和的,微微含笑的,不发气的,写出聪明的合理的话。我不必粗脖子红脸的叫喊什么,那样是会使文字粗糙,失去美丽的。我不必顾虑我的话会引来棍棒与砖头,除非我是说了谎或乱骂了人。那时候的社会上求真的习尚,使写家必须像先知似的说出警告,那时候人们的审美力的提高,使作家必须唱出他的话语,像春莺似的美妙。

昨天我听见一个四十多岁的汉子,对一个十九岁的学生说:

"你要真理?我的话便是真理!听从我的话便是听从真理!我这个真理会教你有衣有食,有津贴好拿!在我的真理以外,你要想另找一个,你便会找到监狱,毒刑,死亡!想想看,你才十九岁,青春多么可爱呀!"

这几句话使我颤抖了好大半天。我不晓得那个十九岁的孩子后来怎样回答,我一声没出。我可是愿意说出我的愿望,尽管那个愿望是永不会实现的梦想!

(原载1944年12月《抗战文艺》第九卷五、六期)

# 辑 三

## 谈 幽 默

"幽默"这个字在字典上有十来个不同的定义。还是把字典放下,让咱们随便谈吧。据我看,它首要的是一种心态。我们知道,有许多人是神经过敏的,每每以过度的感情看事,而不肯容人。这样人假若是文艺作家,他的作品中必含着强烈的刺激性,或牢骚,或伤感;他老看别人不顺眼,而愿使大家都随着他自己走,或是对自己的遭遇不满,而伤感的自怜。反之,幽默的人便不这样,他既不呼号叫骂,看别人都不是东西,也不顾影自怜,看自己如一活宝贝。他是由事事中看出可笑之点,而技巧的写出来。他自己看出人间的缺欠,也愿使别人看到。不但仅是看到,他还承认人类的缺欠;于是人人有可笑之处,他自己也非例外,再往大处一想,人寿百年,而企图无限,根本矛盾可笑。于是笑里带着同情,而幽默乃通于深奥。所以 Thackeray[1] 说:"幽默的写家是要唤醒与指导你的爱心,怜悯,善意 —— 你的恨恶不实在,假装,作伪 —— 你的同情与弱者,穷者,被压迫者,不快乐者。"

Walpole[2] 说:"幽默者'看'事,悲剧家'觉'之。"这句话更能补证

---

[1] 现通译萨克雷(1811—1863),英国作家。
[2] 沃波尔(1717—1797),英国作家。

上面的一段。我们细心"看"事物，总可以发现些缺欠可笑之处；及至钉着坑儿去咂摸，便要悲观了。

我们应再进一步的问，除了上面这点说明，能不能再清楚一些的认识幽默呢？好吧，我们先拿出几个与它相近，而且往往与它相关的几个字，与它比一比，或者可以稍微使我们清楚一点。反语（irony）讽刺（satire），机智（wit），滑稽剧（farce），奇趣（whimsicality），这几个字都和幽默有相当的关系。我们先说那个最难讲的——奇趣。这个字在应用上是很松泛的，无论什么样子的打趣与奇想都可以用这个字来表示，《西游记》的奇事，《镜花缘》中的冒险，《庄子》的寓言，都可以叫作奇趣。可是，在分析文艺品类的时候，往往以奇趣与幽默放在一处，如《现代小说的研究》的著者 Marble[1] 便把 whimsicality and humour[2] 作为一类。这大概是因为奇趣的范围很广，为方便起见，就把幽默也加了进去。一般地说，幻想的作品——即使是别有目的——不能不利用幽默，以便使文字生动有趣；所以这二者——奇趣与幽默——就往往成了一家人。这个，简直不但不能帮忙我们看明何为幽默，反倒使我更糊涂了。不过，有一点可是很清楚：就是文字要生动有趣，必须利用幽默。在这里，我们没弄清幽默是什么，可是明白幽默很重要的一个效用。假若干燥，晦涩，无趣，是文艺的致命伤；幽默便有了很大的重要；这就是它之所以成为文艺的因素之一的缘故吧。

至于反语，便和幽默有些不同了；虽然它俩还是可以联合在一处的

---

[1] 马布尔。
[2] 奇趣和幽默。

东西。反语是暗示出一种冲突。这就是说，一句中有两个相反的意思，所要说的真意却不在话内，而是暗示出来的。《史记》上载着这么回事：秦始皇要修个大园子，优旃对他说："好哇，多多搜集飞禽走兽，等敌人从东方来的时候，就叫麋鹿去挡一阵，满好！"这个话，在表面上，是顺着始皇的意思说的。可是咱们和始皇都能听出其中的真意；不管咱们怎样吧，反正始皇就没再提造园的事。优旃的话便是反语。它比幽默要轻妙冷静一些。它也能引起我们的笑，可是得明白了它的真意以后才能笑。它在文艺中，特别是小品文中，是风格轻妙，引人微笑的助成者。据会古希腊语的说：这个字原意便是"说"，以别于"意"。因此，这个字还有个较实在的用处——在文艺中描写人生的矛盾与冲突，直以此字的含意用之人生上，而不只在文字上声东击西。在悲剧中，或小说中，聪明的人每每落在自己的陷阱里，聪明反被聪明误；这个，和与此相类的矛盾，普遍被称为Sophoclean irony①。不过，这与幽默是没什么关系的。

现在说讽刺。讽刺必须幽默，但它比幽默厉害。它必须用极锐利的口吻说出来，给人一种极强烈的冷嘲；它不使我们痛快的笑，而是使我们淡淡的一笑，笑完因反省而面红过耳。讽刺家故意的使我们不同情于他所描写的人或事。在它的领域里，反语的应用似乎较多于幽默，因为反语也是冷静的。讽刺家的心态好似是看透了这个世界，而去极巧妙的攻击人类的短处，如《海外轩渠录》，如《镜花缘》中的一部分，都是这种心态的表现。幽默者的心是热的，讽刺家的心是冷的；因此，讽刺多是破坏的。马克·吐温（Mark Twain）可以被人形容作："粗壮，心

---

① 索福克里斯的反语。

宽，有天赋的用字之才，使我们一齐发笑。他以草原的野火与西方的泥土建设起他的真实的罗曼司，指示给我们，在一切重要之点上我们都是一样的。"这是个幽默者。让咱们来看看讽刺家是什么样子吧。好，看看 Swift① 这个家伙；当他赞美自己的作品时，他这么说："好上帝。我写那本书的时候，我是何等的一个天才呀！"在他廿六岁的时候，他希望他的诗能够："每一行会刺，会炸，像短刃与火。"是的，幽默与讽刺二者常常在一块儿露面，不易分划开；可是，幽默者与讽刺家的心态，大体上是有很清楚的区别的。幽默者有个热心肠儿，讽刺家则时常由婉刺而进为笑骂与嘲弄。在文艺的形式上也可以看出二者的区别来：作品可以整个的叫作讽刺，一出戏或一部小说都可以在书名下注明 a satire。幽默不能这样。"幽默的"至多不过是形容作品的可笑，并不足以说明内容的含意如何。"一个讽刺"——a satire——则分明是有计划的，整本大套的讥讽或嘲骂。一本讽刺的戏剧或小说，必有个道德的目的，以笑来矫正或诛伐。幽默的作品也能有道德的目的，但不必一定如此。讽刺因道德目的而必须毒辣不留情，幽默则宽泛一些，也就宽厚一些，它可以讽刺，也可以不讽刺，一高兴还可以什么也不为而只求和大家笑一场。

  机智是什么呢？它是用极聪明的，极锐利的言语，来道出像格言似的东西，使人读了心跳。中国的老子庄子都有这种聪明。讽刺已经很厉害了，可到底要设法从旁面攻击；至于机智则是劈面一刀，登时见血。"圣人不死，大盗不止！"这才够味儿。不论这个道理如何，它的说法的锐敏就够使人跳起来的了。有机智的人大概是看出一条真理，便毫不含

---

① 斯威夫特（1667—1745），英国讽刺作家。

糊的写出来；幽默的人是看出可笑的事而技巧的写出来；前者纯用理智，后者则赖想象来帮忙。Chesterton[①]说："在事物中看出一贯的，是有机智的。在事物中看出不一贯的，是个幽默者。"这样，机智的应用，自然在讽刺中比在幽默中多，因为幽默者的心态较为温厚，而讽刺与机智则要显出个人思想的优越。

滑稽戏—farce—在中国的老话儿里应叫作"闹戏"，如《瞎子逛灯》之类。这种东西没有多少意思，不过是充分的作出可笑的局面，引人发笑。在影戏的短片中，什么把一套碟子都摔在头上，什么把汽车开进墙里去，就是这种东西。这是幽默发了疯；它抓住幽默的一点原理与技巧而充分的去发展，不管别的，只管逗笑，假若机智是感诉理智的，闹戏则仗着身体的摔打乱闹。喜剧批评生命，闹戏是故意招笑。假若幽默也可以分等的话，这是最下级的幽默。因为它要摔打乱闹的行动，所以在舞台上较易表现；在小说与诗中几乎没有什么地位。不过，在近代幽默短篇小说里往往只为逗笑，而忽略了——或根本缺乏——那"笑的哲人"的态度。这种作品使我们笑得肚痛，但是除了对读者的身体也许有点益处——笑为化食糖呀——而外，恐怕任什么也没有了。

有上面这一点粗略的分析，我们现在或者清楚一些了：反语是似是而非，借此说彼；幽默有时候也有弦外之音，但不必老这个样子。讽刺是文艺的一格，诗，戏剧，小说，都可以整篇的被呼为 a satire；幽默在态度上没有讽刺这样厉害，在文体上也不这样严整。机智是将世事人心放在 X 光线下照透，幽默则不带这种超越的态度，而似乎把人都看成兄

---

① 切斯特顿（1874—1936），英国小说家，诗人。

弟，大家都有短处。闹戏是幽默的一种，但不甚高明。

拿几句话作例子，也许就更能清楚一些：

今天贴了标语，明天中国就强起来——反语。

君子国的标语："之乎者也"——讽刺。

标语是弱者的广告——机智。

张三把"提倡国货"的标语贴在祖坟上——滑稽；再加上些贴标语时怎样摔跟头等等招笑的行动，就成了闹戏。

张三把"打倒帝国主义走狗"贴成"走狗打倒帝国主义"——幽默；这个张三贴一天的标语也许才挣三毛小洋，贴错了当然要受罚；我们笑这种贴法，可是很可怜张三。

这几个例子摆在纸面上也许能帮助我们分别的认清它们，但在事实上是不易这样分划开的。从性质上说，机智与讽刺不易分开，讽刺也有时候要利用闹戏；至于幽默，就更难独立。从一篇文章上说，一篇幽默的文字也许利用各种方法，很难纯粹。我们简直可以把这些都包括在幽默之内，而把它们看成各种手法与情调。我们这样分析它们与其说是为从形式上分别得清楚，还不如说是为表明幽默——大概的说——有它特具的心态。

所谓幽默的心态就是一视同仁的好笑的心态。有这种心态的人虽不必是个艺术家，他还是能在行为上言语上思想上表现出这个幽默态度。这种态度是人生里很可宝贵的，因为它表现着心怀宽大。一个会笑，而且能笑自己的人，决不会为件小事而急躁怀恨。往小了说，他决不会因为自己的孩子挨了邻儿一拳，而去打邻儿的爸爸。往大了说，他决不会因为战胜政敌而去请清兵。褊狭，自是，是"四海兄弟"这个理想的大障碍；幽默专治此病。嬉皮笑脸并非幽默；和颜悦色，心宽气朗，才是幽默。一个幽默写家对于世事，如入异国观光，事事有趣。他指出世人的愚笨可怜，也指出那可爱的小古怪地点。世上最伟大的人，最有理想的人，也许正是最愚而可笑的人，吉珂德先生即一好例。幽默的写家会同情于一个满街追帽子的大胖子，也同情 —— 因为他明白 —— 那攻打风磨的愚人的真诚与伟大。

（原载1936年8月16日《宇宙风》第二十三期）

# 论 创 作

要创作当先解除一切旧势力的束缚。文章义法及一切旧说，在创作之光里全没有存在的可能。

对于旧的文艺，应有相当的认识，不错，因为它们自有它们的价值。但是不可由认识古物而走入迷古；事事以古代的为准则，便是因沿，便是消失了自身。即使摹古有所似，究是替古人宣传。即使考古有所获，究是文学以外之物，不是文学的本身。

托尔司太说："每人都有他的特性，和他独有的，个人的，奇异的，复杂的疾病。这点疾病是医学中所不知道的，它不是医书中所载之肺病，肝病、皮肤病、心脏病、神经病；它是由这各种机关的不调和而成的。这个道理是医生所不能晓得的。"这段话很好拿来说明文学的认识：好考证的，好研究文章义法的，好研究诗词格律的，好考究作家历史的，好玩弄版本沿革的，都足以著书立论，都足以作研究文学的辅助；但这些东西都不是文学的本身，文学的本身是高于这一切，而不是这些专家所能懂的。

在旧书中讨生活的可以作学者，作好教授；但是往往流于祖古，心灵便滞塞了；往往抱着述而不作的态度，这个态度便是文学衰死的先兆。

抱着"松花"是不会孵出小鸡的。想孵出小鸡，顶好找几个活卵。

读一本伟大的创作，便胜于读一百本关于文学的书。读过几段《红楼梦》，便胜于读十几篇红楼考证的文字。文学是生命的诠解，不是考古家的玩艺儿。

文学的批评不是一字一句的考证，是欣赏，是估定文学的价值。我们"真"读了杜甫，便不再称他为"诗圣"，因为还要拿他与世界上的大诗人比一比，以便看出他到底怎么高明。这样看出短长，我们便不复盲从，不再迷信自家古物。承认杜甫没有莎士比亚伟大，决不是污蔑杜甫，我们要知道的是世界上最好的作品；世界！抱着几本黄纸线装书便不能满足我们了！

孔子说：读诗可以迩之事父，远之事君，多识于鸟兽草木之名。在文学史中，这些话便是好材料。从文学上看，孔子对于诗根本是外行。真要多识鸟兽草木之名，动植物教科书岂不更有用，何必读诗？我们今日还拿孔子的话说诗，便是糊涂。以孔子的话还给孔子，以我们自己的眼光认识文学，才真能有所了解。

不因沿才有活气，志在创作才有生命。

我们的《红楼梦》节翻成英文，我们的《三国志演义》也全部译成外国语，对于外国文学有什么影响？毫无影响！再看看俄国诸大家的作品，一经翻译，便震动了全世界！不要自馁，我们的好著作叫人家比下去，不是还有我们吗？努力创作，只有创作是发扬国光，而利泽施于全世的。

我们自有感情，何必因李白、白乐天酒后牢骚，我们也就牢骚。我们自有观察力，何必拿"盈盈宝靥，红酣春晓之花；浅浅蛾眉，黛画初三之月"等等敷衍。我们自有判断，何须借重古句古书。因袭偷巧是我们的大毛病，这么一个古国，这么多的书籍，真有高超思想，妙美描写的，可有几部？真诚是为文第一要件，藉风花雪月写我们的心情，要使读者，读了文字，也读心情，看不出文字与心灵的分歧处。文字是工具，是符号；思想感情是个人的，是内心的。文字通过心灵的锻炼，便成了个人的。风花雪月是外面的，经过心灵的浸洗，便是由心灵吹出来的风花雪月的现象，使读者看见，同时也闻到花的香，听到风的响，还似醉非醉，似梦非梦的迷恋在这诗境之中，这便是文学作品的成功。

批评家可以不会创作，而没有一个创作家不会批评的。在他下笔之前，对于生命自然已有了极详细的视察，极严格的批评，然后才下笔写东西。读文者是由认识而批评而指导，正如作者之由认识而批评而指导。

反之，作者是抄袭摹拟，读者是挑剔字句的毛病，这作者读者便该捆在一处，各打四十大板。

对于生命与自然由认识批评指导，才能言之有物。批评不是专为挑剔毛病，要在指导。胡适先生批评旧文字的弊病，同时他指导出新文字的应用，于是这几年来文学界中才有一些生气。指导是积极的，对于文学的发展，效力最大。

文字的限制是中国文学不伟大的一因。文字呆板，加以因袭的毛病，文学便成了少数人的玩艺，而全无生气。抄袭旧辞，调弄平仄是瓦匠砌墙，不是大建筑家的计划。现在好了，文字的束缚除解了许多，我们可以用活文字写东西了。可是毛病还有：第一，白话的本身是很穷窘的，句的结构太少变化，字的太少伸缩，文法的太简单，用字的简少，都足以妨碍思想发表的自由。但是这文字本身的恶劣，我们既不打算采用某种外国语来代替，也就只好努力利用这不漂亮的国货。第二，白话已是成形的东西，可是白话文学还在萌芽期中，这便是我们的责任来创筑一座新的金塔。我们最大的毛病便是不肯吃苦，每当形容景物，便感觉到白话的简陋不够用，而去偷几个古字来撑门面。有的更聪明一点，便把偷来的辞句添上个"吗"，"呢"，"哟"来冒充自造。这便是二荤铺添女招待，原来卖的还是那些菜。

有思想自是作文最重要的事，但是不要忘了文学是艺术中的一个星球，美也是最要的成分。假如我们只有好思想，而不千锤百炼的写出来，那便是报告，而不是文艺。文学的真实，是真实受了文学炼洗的；文学家怎样利用真实比是不是真实还要紧。在文字上不下一番工夫，作品便不会高贵。我们应有作八股文的态度，字字句句要细心配对，我们的作品，要成为文字的结晶，要使读者不再想引用古句，而引用我们自己的话。我们不能改定过去，但将来的历史是由我们造成的！使将来的人们忘了《离骚》、诸子，而引据我们，是我们应有的野心。有人说：兴会所至，下笔万言，不增删一字。这或者是事实，可是我不敢这样信，更不敢这样办。"他永远是作文章，点，冒号，分号，惊叹号，问号永远在他的眼前。"这是乔治姆耳称赞沃路特儿拍特儿的话，也是我们当遵从的。

要看问题：凡是一件事的发生，不会被喊打倒的打倒，也不会因有喊万岁的而万岁。文学家的态度是细细看问题，然后去指导。没有问题，文学便渐成了消闲解闷之品；见着问题而乱嚷打倒或万岁，便只有标语而失掉文学的感动力。伟大的创作，由感动渐次的宣传了主义。粗劣的宣传，由标语而毁坏了主义。

创作：抛开旧势力的重负，抱着批评的态度，有了自己的思想，用着活的文字，看着一切问题，我们的国家已经破产，我们还甘于同别人一块儿作梦吗？我们忠诚于生命，便不能不写了。在最近二三十年我们受了多少耻辱，多少变动，多少痛苦，为什么始终没有一本伟大的著作？不是文人只求玩弄文字，而精神上与别人一样麻木吗？我们不许再麻木下去，我们且少掀两回《说文解字》，而去看看社会，看看民间，看看枪炮一天打杀多少你的同胞，看看贪官污吏在那里耍什么害人的把戏。看生命，领略生命，解释生命，你的作品才有生命。看，看便起了心灵的感应，这个感应便是生命的呼声。看，看别人，也看自己；看外面，也用直觉；这样便有了创作的训练。

创作！不要浮浅，不要投机，不计利害。活的文学，以生命为根，真实作干，开着爱美之花。

（原载1930年10月10日《齐大月刊》第一卷第一期，
发表时署名"舍予"）

# 滑稽小说

滑稽小说这个名词与政治小说、爱情小说等一样的不能成立。政治与爱情等不过是材料的选取；而这种选材不能是很简单的，多数的小说的穿插含有许多的不同兴趣，如要严格的分别，恐怕一部小说便要有个极长的类名，像某小说为政治爱情社会军事家庭小说，或不止于此。况且小说的成败，根本不在它的材料是什么。滑稽小说也是如此，假如要勉强的成立，势必弄成勉强的类分，如半滑稽小说，先滑稽后悲惨小说，一人滑稽而多数人严重等等；因为滑稽小说的内容虽可笑，可是未必有喜剧的结局，像狄更斯的作品，有许多是悲剧的，而不失为幽默的；在普通小说中设一两个有幽默的角色也是常有的事。况且滑稽小说普通以为是可笑的作品；但笑与笑便不同：有的是引起天真的大笑，有的引起冷隽的微笑；滑稽二字便不能包括这一切。而且滑稽小说一名词所含的意味又与政治小说等不同。政治小说等是由取材上看，而滑稽不是这样固定的材料，而是一种心态。一个写家惯于采用某种材料，往往被人称为某种小说写家，如张资平的被称为三角恋爱小说写家。但是这并不能限制住张资平不跑到"爱力圈外"去。滑稽小说家的名称，并不因为他写的什么而得这个徽号，而是因为他无论写什么也是可笑的。这足以说明滑稽是写家的心态,不是他抱定什么一定的材料而后才能滑稽。文学中分派,也没有滑稽派,虽然文学家有被称为滑稽家或幽默家的。一个人如果他的心态是幽默的,不论他是那派的,不论他写什么东西,他总可以表现出那幽默的心境与觉得的。

滑稽小说虽不成立,我们可是不能不讲一讲这个滑稽的心态,因为它在文学中占有很重要的地位。为便利与清楚起见,我们采用时行的"幽默"二字来代替它,因为"滑稽"的意义是没有"幽默"那样广的。

幽默这个字在字典上有十来个不定的定义,我们所要说的是文学作品中的幽默。它是一种心态。我们知道有许多人是神经过敏的,以过分的情感看事,而不肯容人;这样的人假若是文艺的作者,作品中必是含着过度的兴奋与刺激,看别人不好,使别人随着自己走;或是对自己的遭遇不满,作颓丧的自弃。反之,有幽默的人便不这样,他不叫骂呼号,以别人为不对,而是由事事中看出可笑之点,照样的写出来时他有那罕有的观察天才;他看世人是愚笨可笑,可是也看出他们的郑重与诚恳;有时正因为他们爽直诚实才可笑,就好像我们看小孩子的天真可笑,但这决不是轻视小孩子。一个幽默家的世界不是个坏鬼的世界,也不是个圣人的世界,而是个个人有个人的幽默的世界。幽默指出那使人可爱的古怪之点,小典故,与无害的弱点。他是好奇的观察,如入异国,凡事有趣。

这似乎是专就幽默家的心态而言,我们再问,幽默与小说的关系怎样呢?柏格森说,幽默是不能离人的范围而存在的,我们不笑山水树木,而笑人的动作。由这一点上看,要在音乐上与图画上表现幽默是极难的事,而在文艺上是很合宜的,因为言语的运用可以充分的把幽默表现出来的。至于小说，差不多都是讲述人事的，而幽默恰好是有人而后有幽默的。因此，就是说幽默是小说的特有物也无所不可吧。

小说最适宜于表现幽默，假如人是不会笑的东西，自然幽默无从说起，但是人是会笑的动物，而且是最愿笑的，而且是只有笑的时候，他必须要反响，人笑已亦笑，或己笑也愿别人笑；这种需要使笑成为人世最宝贵的东西，最能表现人情的东西，于是幽默也便在文艺中占有重要的地位。假如有人能引触大家都笑，他便是人类的恩人，所以狄更斯与卓别林便是世人的恩人，狄更斯的死时，能使 Westminster Abbey① 三日不能关上门，足以证明人们怎样爱戴他。卓别林在欧战②后，不复受未加入战场的责骂，而反有人说，幸而他没有去从军，因为一个欧战也抵不了一个卓别林，也足以证明这个道理。笑是有益于身体的，自然是人人知道的，笑是有益于精神上的，谁也不能否认。以招笑为写作的动机决不是卑贱的。因笑而成就的伟业比流血革命胜强多少倍，狄更斯的影响于十九世纪的社会改革是最经济的最有价值的。马克·吐温的以美国商业化的观识作幽默的材料，不仅是招笑，而是也替近代文明担忧。

那么，幽默的表现是否成为艺术的呢？假如我们不能回答此点，我们便只能承认上面所说的——幽默的实用——而不能解释它在艺术里的功能了。从艺术上说，有柏格森作我们的证人，幽默决不是一种胡闹。幽默之引人发笑是基于人类天性。笑是多方面的：笑是与情绪隔开的，所以他近乎天真。笑是机械的固定性，习惯应如此而忽然中止则招笑，一个艺

---

① 威斯特敏斯特教堂，英国有名人物国葬的地方。
② 欧战，指第一次世界大战。

术家在人生上可以找到许多这样的材料。笑是我们的活动成为机械的时候而发生的，这个在艺术家的眼里可以像哲理似的去找社会的死化之点。最后，夸大是招笑的主因之一，但这决不是艺术的目的，而是艺术家把所见的畸形的胚胎扩大而使我们注意，这是漫画的原理，也是一班幽默艺术家的天才所在。只有艺术家才能看透宇宙间的种种可笑的要素，而后用强烈的手段写画出来。有人以为这种夸大是没有什么的，最好是请他夸大一下试试，看别人笑不笑。笑自有它的逻辑，情绪活动时笑即停止，因为哭与笑不过是一物的两端，那么，要使人笑的，必须有天才把人们的笑的逻辑维持住，一个猴子读马克·吐温的幽默笔记而悲啼，是使他引为奇耻的。因为笑有它的定律与逻辑，它不许一切的东西有不匀妥的地方，于是写家才会利用它的想象去适应这个定律与逻辑；空泛的讲几句贫话是不成功的。况且一个艺术家须有经验，而世界上奇物自多，正可拿我们自己的经验断定事实的可能性。泪可以不觉的落下，笑永远是自觉的。

最末后我们要说一句：只有自由国家的人民才会产生狄更斯与阿里斯托芬那样的人，因为笑是有时候能发生危险的。在自由的国家社会里，人民会笑，会欣赏幽默，才会笑别人也笑自己，才会用幽默的态度接受幽默。反之，在专制与暴动的社会国家中，人人眼光如豆，是不会欣赏幽默的。

幽默的根源须由笑之原理找出来。矛盾与对照为招笑之源。关于此点，看柏格森的《笑之研究》。

说法与看法可以有幽默，并不一定有多么可笑的事。

（录自作者1930—1934年在山东齐鲁大学执教时自编讲义手稿之一章）

# 一个近代最伟大的境界与人格的创造者

——我最爱的作家——康拉得

对约瑟·康拉得①（Joseph Conrad 一八五六——一九二四年）的个人历史，我知道的不多，也就不想多说什么。圣佩韦的方法——要明白一本作品须先明白那个著者——在这里是不便利用的；我根本不想批评这近代小说界中的怪杰。我只是要就我所知道的，不完全的，几乎是随便的，把他介绍一下罢了。

谁都知道，康拉得是个波兰人，原名 Feodor Josef Conrad Korzeniowski；当十六岁的时候才仅晓得六个英国字；在写过 Lord Jim②（一九〇六）以后还不懂得 cad 这个字的意思（我记得仿佛是 Arnold Bennett 这么说过）。可是他竟自给乔叟，莎士比亚，狄更斯们的国家增加许多不朽的著作。这岂止是件不容易的事呢！从他的文字里，我们也看得出，他对于创作是多么严重热烈，字字要推敲，句句要思索；写了再改，改了还不满意；有时候甚至于绝望。他不拿写作当种游戏。"我所要成就的

---

① 即约瑟夫·康拉德。
② 小说《吉姆爷》。

工作是，借着文字的力量，使你听到，使你觉到——首要的是使你看到。"是的，他的材料都在他的经验中，但是从他的作品的结构中可以窥见：他是把材料翻过来掉过去的布置排列，一切都在他的心中，而一切需要整理染制，使它们成为艺术的形式。他差不多是殉了艺术，就是这么累死的。文字上的困难使他不能不严重，不感觉艰难，可是严重到底胜过了艰难。虽然文法家与修辞家还能指出他的许多错误来，但是那些错误，即使是无可原谅的，也不足以掩遮住他的伟大。英国人若是只拿他在文法上与句子结构上的错误来取笑他，那只是英国人的藐小。他无须请求他们原谅，他应得的是感谢。

　　他是个海船上的船员船长，这也是大家都知道的。这个决定了他的作品内容。海与康拉得是分不开的。我们很可以想象到：这位海上的诗人，到处详细的观察，而后把所观察的集成多少组，像海上星星的列岛。从漂浮着一个枯枝，到那无限的大洋，他提取出他的世界，而给予一些浪漫的精气，使现实的一切都立起来，呼吸着海上的空气。Peyrol 在 *The Rover*① 里，把从海上劫取的金钱偷偷缝在帆布的背心里；康拉得把海上的一切偷来，装在心里。也正像 Peyrol，海陆上所能发生的奇事都不足以使他惊异；他不慌不忙的，细细品味所见到听到的奇闻怪事，而后极冷静的把它们逼真的描写下来；他的写实手段有时候近于残酷。可是他不只是个冷酷的观察者，他有自己的道德标准与人生哲理，在写实的背景后有个生命的解释与对于海上一切的认识。他不仅描写，他也解释；要不然，有过航海经验的固不止他一个人呀。

---

① 康拉德的小说《漂泊者》。

## 散文——一个近代最伟大的境界与人格的创造者

关于他的个人历史，我只想提出上面这两点；这都给我们一些教训："美是艰苦的"，与"诗是情感的自然流露"，常常在文学的主张上碰了头，而不愿退让。前者作到极端便把文学变成文学的推敲，而忽略了更大的企图；后者作到极端便信笔一挥即成文章，即使显出点聪明，也是华而不实的。在我们的文学遗产里，八股匠与所谓的才子便是这二者的好例证。在白话文学兴起以后，正有点像西欧的浪漫运动，一方面打破了文艺的义法与拘束，自然便在另一方面提倡灵感与情感的自然流露。这个，使浪漫运动产生了伟大的作品，也产生了随生转灭，毫无价值的作品。我们的白话文学运动显然的也吃着这个亏，大家觉得创作容易，因而就不慎重，假如不是不想努力。白话的运用在我们手里，不像文言那样准确，处处有轨可循；它还是个待炼制的东西。虽然我们用白话没有像一个波兰人用英文那么多的困难，可是我们应当，应当知道怎样的小心与努力。这个，就是我爱康拉得的一个原因；他使我明白了什么叫严重。每逢我读他的作品，我总好像看见了他，一个受着苦刑的诗人，和艺术拚命！至于材料方面，我在佩服他的时候感到自己的空虚；想象只是一股火力，经验——像金子——须是先搜集来的。无疑的，康拉得是个最有本事的说故事者。可是他似乎不敢离开海与海的势力圈。他也曾写过不完全以海为背景的故事，他的艺术在此等故事中也许更精到。可是他的名誉到底不建筑在这样的故事上。一遇到海和在南洋的冒险，他便没有敌手。我不敢说康拉得是个大思想家；他绝不是那种寓言家，先有了要宣传的哲理，而后去找与这哲理平行的故事。他是由故事，由他的记忆中的经验，找到一个结论。这结论也许是错误的，可是他的故事永远活跃的立在我们目前。于此，我们知道怎样培养我们自己的想象,怎样先去丰富我们自己的经验,而后以我们的作品来丰富别人的经验,精神的和物质的。

关于他的作品,我没都读过;就是所知道的八九本也都记不甚清了,因为那都是在七八年前读的。对于别人的著作,我也是随读随忘;但忘记的程度是不同的,我记得康拉得的人物与境地比别的作家的都多一些,都比较的清楚一些。他不但使我闭上眼就看见那在风暴里的船,与南洋各色各样的人,而且因着他的影响我才想到南洋去。他的笔上魔术使我渴想闻到那咸的海,与从海岛上浮来的花香;使我渴想亲眼看到他所写的一切。别人的小说没能使我这样。我并不想去冒险,海也不是我的爱人——我更爱山——我的梦想是一种传染,由康拉得来的。我真的到了南洋,可是,啊! 我写出了什么呢?! 失望使我加倍的佩服了那《台风》与《海的镜》的作家。我看到了他所写的一部分,证明了些他的正确与逼真,可是他不准我摹仿;他是海王!

可是康拉得在把我送到南洋以前,我已经想从这位诗人偷学一些招数。在我写《二马》以前,我读了他几篇小说。他的结构方法迷惑住了我。我也想试用他的方法。这在《二马》里留下一点 —— 只是那么一点 —— 痕迹。我把故事的尾巴摆在第一页,而后倒退着叙说。我只学了这么一点;在倒退着叙述的部分里,我没敢再试用那忽前忽后的办法。到现在,我看出他的方法并不是顶聪明的,也不再想学他。可是在《二马》里所试学的那一点,并非没有益处。康拉得使我明白了怎样先看到最后的一页,而后再动笔写最前的一页。在他自己的作品里,我们看到:每一个小小的细节都似乎是在事前预备好,所以他的叙述法虽然显着破碎,可是他不至陷在自己所设的迷阵里。我虽然不愿说这是个有效的方法,可是也不能不承认这种预备的工夫足以使作者对故事的全体能准确的把握住，不至于把力量全用在开首，而后半落了空。自然，我没能完全把这个方法放在纸上，可是我总不肯忘记它，因而也就老忘不了康拉得。

郑西谛说我的短篇每每有传奇的气味！无论题材如何，总设法把它写成个"故事"。这个话——无论他是警告我，还是夸奖我——我以为是正确的。在这一点上，还是因为我老忘不了康拉得——最会说故事的人。说真的，我不信自己在文艺创作上有个伟大的将来；至好也不过能成个下得去的故事制造者。就是连这点希冀也还只是个希冀。不过，假设这能成为事实呢，我将永忘不了康拉得的恩惠。

刚才提到康拉得的方法，那么就再接着说一点吧。

现在我已不再被康拉得的方法迷惑着。他的方法有一时的诱惑力，正如它使人有时候觉得迷乱。他的方法不过能帮助他给他的作品一些特别的味道，或者在描写心理时能增加一些恍忽迷离的现象，此外并没有多少好处，而且有时候是费力不讨好的。康拉得的伟大不寄在他那点方法上。

他在结构上惯使两个方法：第一个是按着古代说故事的老法子，故事是由口中说出的。但是在用这个方法的时候，他使一个 Marlow[①]，或一个 Davidson[②] 述说，可也把他自己放在里面。据我看，他满可以去掉一个，而专由一人负述说的责任；因为两个人或两个人以上述说一个故事，述说者还得互相形容，并与故事无关，而破坏了故事的完整。况且

---

[①] 马罗，康拉得一些小说如《吉姆爷》《青春》《黑暗的心灵》《机遇》中的故事叙述人。

[②] 达维德逊，康拉得小说《胜利》中的故事叙述人。

像在 Victory① 里面，述说者 Davidson 有时不见了，而"我"——作者——也没一步不离的跟随着故事中的人物，于是只好改为直接的描写了。其实，这个故事颇可以通体用直接的描写法，"我"与 Davidson 都没有多少用处。因为用这个方法，他常常去绕弯，这是不合算的。第二个方法是他将故事的进行程序割裂，而忽前忽后的叙说。他往往先提出一个人或一件事，而后退回去解析他或它为何是这样的原因；然后再回来继续着第一次提出的人与事叙说，然后又绕回去。因此，他的故事可以由尾而头，或由中间而首尾的叙述。这个办法加重了故事的曲折，在相当的程度上也能给一些神秘的色彩。可是这样写成的故事也未必一定比由头至尾直着叙述的更有力量。像 Youth② 和 Typhoon③ 那样的直述也还是极有力量的。

在描写上，我常常怀疑康拉得是否从电影中得到许多新的方法。不管是否如此吧，他这种描写方法是可喜的。他的景物变动得很快，如电影那样的变换。在风暴中的船手用尽力量想从风浪中保住性命时；忽然康拉得的笔画出他们的家来，他们的妻室子女，他们在陆地上的情形。这样，一方面缓和了故事的紧张，使读者缓一口气；另一方面，他毫不费力的，轻松的，引出读者的泪——这群流氓似的海狗也是人哪！他们不是只在水上漂流的一群没人关心的灵魂啊。他用这个方法，把海与陆联上，把一个人的老年与青春联上，世界与生命都成了整的。时间与空间的距离在他的笔下任意的被戏耍着。

--------

① 康拉德的小说《胜利》。
② 康拉德的小说《青春》。
③ 康拉德的小说《台风》。

这便更像电影了:"掌舵的把桨插入水中,以硬臂用力的摇,身子前俯。水高声的碎叫;忽然那长直岸好像转了轴,树木转了个圆圈,落日的斜光像火闪照到木船的一边,把摇船的人们的细长而破散的影儿投在河上各色光浪上。那个白人转过来,向前看。船已改了方向,和河身成了直角,船头上雕刻的龙首现在正对着岸上短丛的一个缺口。"(The Lagoon①)其实呢,河岸并没有动,树木也没有动;是人把船换了方向,而觉得河身与树木都转了。这个感觉只有船上的人能感到,可是就这么写出来,使读者也身入其境的去感觉;读者由旁观者变为故事中的人物了。

无论对人物对风景,康拉得的描写能力是惊人的。他的人物,正像南洋的码头,是民族的展览会。他有东方与西方的各样人物,而且不仅仅描写了他们的面貌与服装,也把他们的志愿,习惯,道德……都写出来。自然,他的欧洲人被船与南洋给限制住,他的东方人也因与白人对照而没完全得到公平的待遇。可是在他的经验范围里,他是无敌的;而且无论如何也比 Kipling② 少着一点成见。

对于景物,他的严重的态度使他不仅描写,而时时加以解释。这个解释使他把人与环境打成了一片,而显出些神秘气味。就我所知道的,他的白人大概可以分为两类:成功的与失败的。所谓成功,并不是财富或事业上的,而是由责任心上所起的勇敢与沉毅。他们都不是出奇的人才,没有超人的智慧,他们可是至死不放松他们的责任。他们敢和台风

---

① 康拉德的小说《环礁湖》。
② 吉卜林(1865—1936),英国作家。作品大多描述英国殖民者在印度的生活,有种族主义偏见。

怒海抵抗，敢始终不离开要沉落的船，海员的道德使他们成为英雄，而大自然的残酷行为也就对他们无可如何了。他们都认识那"好而壮的海，苦咸的海。能向你耳语，能向你吼叫，能把你打得不能呼吸"。可是他们不怕。Beard 船长，Mao Whirr 船长，Allistoun 船长，都是这样的人。有这样的人，才能与海相平衡。他的景物都有灵魂，因为它们是与英雄们为友或为敌的。Beard 船长到船已烧起，不能不离开的时候才恋恋不舍的下了船，所以船的烧起来是这样的：

"在天地黑暗之间，她（船）在被血红火舌的游戏射成的一圈紫海上猛烈的烧着；在闪耀而不祥的一圈水上。一高而清亮的火苗，一极大而孤寂的火苗，从海上升起，黑烟在尖顶上继续的向天上灌注。她狂烈的烧着；悲哀而壮观像夜间烧起的葬火，四面是水，星星在上面看着。一个庄严的死来到，像给这只老船的奔忙的末日一个恩宠，一个礼物，一个报酬。把她的疲倦了的灵魂交托给星与海去看管，其动心正如看一光荣的凯旋。桅杆倒下来正在天亮以前，一刻中火星乱飞，好似给忍耐而静观的夜充满了飞火，那在海上静卧的大夜。在晨光中她仅剩了焦的空壳，带着一堆有亮的煤，还冒着烟浮动。"

类似这样的文字还能找到许多，不过有此一段已足略微窥见他怎样把浪漫的气息吹入写实里面去。他不能不这样，这被焚的老船并非独自在那里烧着，她的船员们都在远处看着呢。康拉得的景物多是带着感情的。

在那些失败者的四围，景物的力量更为显明："在康拉得，哈代，和多数以景物为主体的写家，'自然'是画中的恶人。"是的，他手中那些白人，经商的，投机的，冒险的，差不多一经失败，便无法逃出——

简直可以这么说吧——"自然"给予的病态。山川的精灵似乎捉着了他们,把他们像草似的腐在那里。Victory 里的主角 Heyst 是"群岛的漂流者,嗜爱静寂,好几年了他满意的得到。那些岛们是很安静。它们星列着,穿着木叶的深色衣裳,在银与翠蓝的大静默里;那里,海不发一声,与天相接,成个有魔力的静寂之圈。一种含笑的睡意包覆着它们;人们就是出声也是温软而低敛的,好像怕破坏了什么护身的神咒"。Heyst 永远没有逃出这个静寂的魔咒,结果是落了个必不可免的"空虚"(nothing)。

Nothing,常常成为康拉得的故事的结局。不管人有多么大的志愿与生力,不管行为好坏,一旦走入这个魔咒的势力圈中,便很难逃出。在这种故事中,康拉得是由个航员而变为哲学家。那些成功的人物多半是他自己的写照,爱海,爱冒险,知道困难在前而不退缩。意志与纪律有时也可以胜天。反之,对这些失败的人物,他好像是看到或听到他们的历史,而点首微笑的叹息:"你们胜过不了所在的地方。"他并没有什么伟大的思想,也没想去教训人;他写的是一种情调,这情调的主音是虚幻。他的人物不尽是被环境锁住而不得不堕落的,他们有的很纯洁很高尚;可是即使这样,他们的胜利还是海阔天空的胜利,nothing。

由这两种人——成功的与失败的——的描写中,我们看到康拉得的两方面:一方面是白人的冒险精神与责任心,一方面是东方与西方相遇的由志愿而转入梦幻。在这两方面,"自然"都占据了重要的地位,他的景物也是人。他的伟大不在乎他认识这种人与景物的关系,而是在对这种关系中诗意的感得,与有力的表现。真的,假如他的感觉不是那么精微,假如他的表现不是那么有力,恐怕他的虚幻的神秘的世界只是些浮浅的伤感而已。他的严重不许他浮浅。像 The Nigger of the "Narcissus"① 那样的材料，假若放在 W. W. Jacobs② 手里，那将成为何等可笑的事呢。可是康拉得保持着他的严重，他会使那个假装病的黑水手由恐怖而真的死去。

可是这个严重态度也有它的弊病：因为太热心给予艺术的刺激，他不惜用尽方法去创作出境界与效力，于是有时候他利用那些人为的不自然的手段。我记得，他常常在人物争斗极紧张的时节利用雷闪，像电影中的助成恐怖。自然，除去这小小的毛病，他无疑的是近代最伟大的境界与人格的创造者。

（原载1935年11月10日上海《文学时代》创刊号）

---

① 康拉德的小说《白水仙号上的黑水手》。
② 威廉·W. 雅各布斯（1863—1943），英国短篇小说家。

## 我怎样写《老张的哲学》

七月七刚过去,老牛破车的故事不知又被说过多少次;小儿女们似睡非睡的听着;也许还没有听完,已经在梦里飞上天河去了;第二天晚上再听,自然还是怪美的。但是我这个老牛破车,却与"天河配"没什么关系,至多也不过是迎时当令的取个题目而已;即使说我贴"谎报",我也犯不上生气。最合适的标题似乎应当是"创作的经验",或是"创作十本",因为我要说的都是关系过去几年中写作的经验,而截至今日,我恰恰发表过十本作品。是的,这俩题目都好。可是,比上老牛破车,它们显然的缺乏点儿诗意。再一说呢,所谓创作,经验,等等都比老牛多着一些"吹";谦虚是不必要的,但好吹也总得算个毛病。那末,咱们还是老牛破车吧。

除了在学校里练习作文作诗,直到我发表《老张的哲学》以前,我没写过什么预备去发表的东西,也没有那份儿愿望。不错,我在南开中学教书的时候曾在校刊上发表过一篇小说;可是那不过是为充个数儿,连"国文教员当然会写一气"的骄傲也没有。我一向爱文学,要不然也当不上国文教员;但凭良心说,我教国文只为吃饭;教国文不过是且战且走,骑马找马;我的志愿是在作事——那时候我颇自信有些作事的能力，有机会也许能作作国务总理什么的。我爱文学，正如我爱小猫小狗，并没有什么精到的研究，也不希望成为专家。设若我继续着教国文，说不定二年以后也许被学校辞退；这虽然不足使我伤心，可是万一当时补不上国务总理的缺，总该有点不方便。无论怎说吧，一直到我活了二十七岁的时候，我作梦也没想到我可以写点东西去发表。这也就是我到如今还不自居为"写家"的原因，现在我还希望去作事，哪怕先作几年部长呢，也能将就。

二十七岁出国。为学英文，所以念小说，可是还没想起来写作。到异乡的新鲜劲儿渐渐消失，半年后开始感觉寂寞，也就常常想家。从十四岁就不住在家里，此处所谓"想家"实在是想在国内所知道的一切。那些事既都是过去的，想起来便像一些图画，大概那色彩不甚浓厚的根本就想不起来了。这些图画常在心中来往，每每在读小说的时候使我忘了读的是什么，而呆呆的忆及自己的过去。小说中是些图画，记忆中也是些图画，为什么不可以把自己的图画用文字写下来呢？我想拿笔了。

但是，在拿笔以前，我总得有些画稿子呀。那时候我还不知道世上有小说作法这类的书，怎办呢？对中国的小说我读过唐人小说和《儒林外史》什么的，对外国小说我才念了不多，而且是东一本西一本，有的是名家的著作，有的是女招待嫁皇太子的梦话。后来居上，新读过的自然有更大的势力，我决定不取中国小说的形式，可是对外国小说我知道的并不多，想选择也无从选择起。好吧，随便写吧，管它像样不像样，反正我又不想发表。况且呢，我刚读了 *Nicholas Nickleby*[①]

---

[①] 《尼考拉斯·尼柯尔贝》。

和 *Pickwick Papers*① 等杂乱无章的作品,更足以使我大胆放野;写就好,管它什么。这就决定了那想起便使我害羞的《老张的哲学》的形式。

形式是这样决定的;内容呢,在人物与事实上我想起什么就写什么,简直没有个中心;这是初买来摄影机的办法,到处照像,热闹就好,谁管它歪七扭八,哪叫作取光选景!浮在记忆上的那些有色彩的人与事都随手取来,没等把它们安置好,又去另拉一批,人挤着人,事挨着事,全喘不过气来。这一本中的人与事,假如搁在今天写,实在够写十本的。

在思想上,那时候我觉得自己很高明,所以毫不客气的叫作"哲学"。哲学!现在我认明白了自己:假如我有点长处的话,必定不在思想上。我的感情老走在理智前面,我能是个热心的朋友,而不能给人以高明的建议。感情使我的心跳得快,因而不假思索便把最普通的,浮浅的见解拿过来,作为我判断一切的准则。在一方面,这使我的笔下常常带些感情;在另一方面,我的见解总是平凡。自然,有许多人以为文艺中感情比理智更重要,可是感情不会给人以远见;它能使人落泪,眼泪可有时候是非常不值钱的。故意引人落泪只足招人讨厌。凭着一点浮浅的感情而大发议论,和醉鬼借着点酒力瞎叨叨大概差不很多。我吃了这个亏,但在十年前我并不这么想。

假若我专靠着感情,也许我能写出有相当伟大的悲剧,可是我不澈底;我一方面用感情咂摸世事的滋味,一方面我又管束着感情,不完全以自己的爱憎判断。这种矛盾是出于我个人的性格与环境。我自幼便是个穷人,在性格上又深受我母亲的影响——她是个楞挨饿也不肯求人

---

① 《匹克威克外传》。

的，同时对别人又是很义气的女人。穷，使我好骂世；刚强，使我容易以个人的感情与主张去判断别人；义气，使我对别人有点同情心。有了这点分析，就很容易明白为什么我要笑骂，而又不赶尽杀绝。我失了讽刺，而得到幽默。据说，幽默中是有同情的。我恨坏人，可是坏人也有好处；我爱好人，而好人也有缺点。"穷人的狡猾也是正义"，还是我近来的发现；在十年前我只知道一半恨一半笑的去看世界。

有人说，《老张的哲学》并不幽默，而是讨厌。我不完全承认，也不完全否认，这个。有的人天生的不懂幽默；一个人一个脾气，无须再说什么。有的人急于救世救国救文学，痛恨幽默；这是师出有名，除了太专制一些，尚无大毛病。不过这两种人说我讨厌，我不便为自己辩护，可也不便马上抽自己几个嘴巴。有的人理会得幽默，而觉得我太过火，以至于讨厌。我承认这个。前面说过了，我初写小说，只为写着玩玩，并不懂何为技巧，哪叫控制。我信口开河，抓住一点，死不放手，夸大了还要夸大，而且津津自喜，以为自己的笔下跳脱畅肆。讨厌？当然的。

大概最讨厌的地方是那半白半文的文字。以文字要俏本来是最容易流于耍贫嘴的，可是这个诱惑不易躲避；一个局面或事实可笑，自然而然在描写的时候便顺手加上了招笑的文字，以助成那夸张的陈述。适可而止，好不容易。在发表过两三本小说后，我才明白了真正有力的文字——即使是幽默的——并不在乎多说废话。虽然如此，在实际上我可是还不能完全除掉那个老毛病。写作是多么难的事呢，我只能说我还在练习；过勿惮改，或者能有些进益；拍着胸膛说，"我这是杰作呀！"我永远不敢，连想一想也不敢。"努力"不过足以使自己少红两次脸而已。

够了，关于《老张的哲学》怎样成形的不要再说了。

写成此书，大概费了一年的工夫。闲着就写点，有事便把它放在一旁，所以漓漓拉拉的延长到一年；若是一气写下，本来不需要这么多的时间。写的时候是用三个便士一本的作文簿，钢笔横书，写得不甚整齐。这些小事足以证明我没有大吹大擂的通电全国——我在著作；还是那句话，我只是写着玩。写完了，许地山兄来到伦敦；一块儿谈得没有什么好题目了，我就掏出小本给他念两段。他没给我什么批评，只顾了笑。后来，他说寄到国内去吧。我倒还没有这个勇气；即使寄去，也得先修改一下。可是他既不告诉我哪点应当改正，我自然闻不见自己的脚臭；于是马马虎虎就寄给了郑西谛兄——并没挂号，就那么卷了一卷扔在邮局。两三个月后，《小说月报》居然把它登载出来，我到中国饭馆吃了顿"杂碎"，作为犒赏三军。欲知后事如何，且听下回分解。

（原载1935年9月16日《宇宙风》第一期）

# 我怎样写《小坡的生日》

离开伦敦,我到大陆上玩了三个月,多半的时间是在巴黎。在巴黎,我很想把马威调过来,以巴黎为背景续成《二马》的后半。只是想了想,可是:凭着几十天的经验而动笔写像巴黎那样复杂的一个城,我没那个胆气。我希望在那里找点事作,找不到;马威只好老在逃亡吧,我既没法在巴黎久住,他还能在那里立住脚么!

离开欧洲,两件事决定了我的去处:第一,钱只够到新加坡的;第二,我久想看看南洋。于是我就坐了三等舱到新加坡下船。为什么我想看看南洋呢?因为想找写小说的材料,像康拉德的小说中那些材料。不管康拉德有什么民族高下的偏见没有,他的著作中的主角多是白人;东方人是些配角,有时候只在那儿作点点缀,以便增多一些颜色——景物的斑斓还不够,他还要各色的脸与服装,作成个"花花世界"。我也想写这样的小说,可是以中国人为主角,康拉德有时候把南洋写成白人的毒物——征服不了自然便被自然吞噬,我要写的恰与此相反,事实在那儿摆着呢:南洋的开发设若没有中国人行么?中国人能忍受最大的苦处,中国人能抵抗一切疾痛:毒蟒猛虎所盘据的荒林被中国人铲平,不毛之地被中国人种满了菜蔬。中国人不怕死,因为他晓得怎样应付环境,怎样活着。中国人不悲观,因为他懂得忍耐而不惜力气。他坐着多么破的船也敢冲风破浪往海外去,赤着脚,空着拳,只凭那口气与那点天赋的聪明,若能再有点好运,他便能在几年之间成个财主。自然,他也有好多毛病与缺欠,可是南洋之所以为南洋,显然的大部分是中国人的成绩。国内人只知道在南洋容易挣钱,而华侨都是胖胖的财主,所以凡有点势力的人就派个代表在那儿募捐。只知道要钱,不晓得华侨所受的困苦,更想不到怎样去帮忙。另有一些人以为华侨是些在国内无法生存而到国外碰运气的,一伸手也许摸着个金矿,马上便成百万之富。这样的人是因为轻视自己所以也忽略了中国人能力的伟大。还有些人以为华侨漫无组织,所以今天暴富而富得不得其道,明天忽然失败又正自理当如此;说这样现成话的人是只看见了华侨的短处,而忘了国家对这些在海外冒险的人可曾有过帮助与指导没有。华侨的失败也就是国家的失败。无论怎样吧,我想写南洋,写中国人的伟大;即使仅能写成个罗曼司,南洋的颜色也正是艳丽无匹的。

可是,这有三件必须预备的事:第一,得在城市中研究经济的情形。第二,到内地观察老华侨的生活,并探听他们的历史。第三,得学会广东话,福建话,与马来话。哎呀,这至少须花费几年的工夫呀! 我恰巧花费不起这么多的工夫。我找不到相当的事作。只能在中学里去教书,而教书就把我拴在了一个地方,时间与金钱都不许我到各处去观察。我的心慢慢凉起来。我是在新加坡教书,假若我想到别的地方去看看,除非我能在别处找到教书的机会,机会哪能那么容易得呢。即使有机会,还不是仍得教书,钱不够花而时间不属于我? 我没办法。我的梦想眼看着将永成为梦想了。

打了个大大的折扣，我开始写《小坡的生日》。我爱小孩，我注意小孩子们的行动。在新加坡，我虽没工夫去看成人的活动，可是街上跑来跑去的小孩，各种各色的小孩，是有意思的，可以随时看到的。下课之后，立在门口，就可以看到一两个中国的或马来的小儿在林边或路畔玩耍。好吧，我以小人儿们作主人翁来写出我所知道的南洋吧——恐怕是最小最小的那个南洋吧！

上半天完全消费在上课与改卷子上。下半天太热。非四点以后不能作什么。我只能在晚饭后写一点。一边写一边得驱逐蚊子，而老鼠与壁虎的捣乱也使我心中不甚太平，况且在热带的晚间独抱一灯，低着头写字，更仿佛有点说不过去：屋外的虫声，林中吹来的湿而微甜的晚风，道路上印度人的歌声，妇女们木板鞋的轻响，都使人觉得应到外边草地上去，卧看星天，永远不动一动。这地方的情调是热与软，它使人从心中觉到不应当作什么。我呢，一气写出一千字已极不容易，得把外间的一切都忘了才能把笔放在纸上。这需要极大的注意与努力，结果，写一千来字已是筋疲力尽，好似打过一次交手仗。朋友们稍微点点头，我就放下笔，随他们去到林边的一间门面的茶馆去喝咖啡了。从开始写直到离开此地，至少有四个整月，我一共才写成四万字，没法儿再快。这本东西通体有六万字，那末后两万是在上海郑西谛兄家中补成的。

以小孩为主人翁，不能算作童话。可是这本书的后半又全是描写小孩的梦境，让猫狗们也会说话，仿佛又是个童话。此书的形式因此极不完整：非大加删改不可。前半虽然是描写小孩，可是把许多不必要的实景加进去；后半虽是梦境，但也时时对南洋的事情作小小的讽刺。总而言之，这是幻想与写实夹杂在一处，而成了个四不像子。这个毛病是因为我是脚踩两只船：既舍不得小孩的天真，又舍不得我心中那点不属于儿童世界的思想。我愿与小孩们一同玩耍，又忘不了我是大人。这就糟了。所谓不属于儿童世界的思想是什么呢？是联合世界上弱小民族共同奋斗。此书中有中国小孩，马来小孩，印度小孩，而没有一个白色民族的小孩。在事实上，真的，在新加坡住了半年，始终没见过一回白人的小孩与东方小孩在一块玩耍。这给我很大的刺激，所以我愿把东方小孩全拉到一处去玩，将来也许立在同一战线上去争战！同时，我也很明白广东与福建人中间的冲突与不合作，马来与印度人间的愚昧与散漫。这些实际上的缺欠，我都在小孩们一块玩耍时随手儿讽刺出。可是，写着写着我又似乎把这个忘掉，而沉醉在小孩的世界里，大概此书中最可喜的一些地方就是这当我忘了我是成人的时候。现在看来，我后悔那时候我是那么拿不定主意；可是我对这本小书仍然最满意，不是因为别的，是因为我深喜自己还未全失赤子之心——那时我已经三十多岁了。

最使我得意的地方是文字的浅明简确。有了《小坡的生日》，我才真明白了白话的力量；我敢用最简单的话，几乎是儿童的话，描写一切了。我没有算过，《小坡的生日》中一共到底用了多少字；可是它给我一点信心，就是用平民千字课的一千个字也能写出很好的文章。我相信这个，因而越来越恨"迷惘而苍凉的沙漠般的故城哟"这种句子。有人批评我，说我的文字缺乏书生气，太俗，太贫，近于车夫走卒的俗鄙；我一点也不以此为耻！

在上海写完了，就手儿便把它交给了西谛，还在《小说月报》发表。登完，单行本已打好底版，被"一·二八"的大火烧掉；所以在去年才又交给生活书店印出来。

希望还能再写一两本这样的小书，写这样的书使我觉得年轻，使我快活；我愿永远作"孩子头儿"。对过去的一切，我不十分敬重；历史中没有比我们正在创造的这一段更有价值的。我爱孩子，他们是光明，他们是历史的新页，印着我们所不知道的事儿——我们只能向那里望一望，可也就够痛快的了，那里是希望。

得补上一些。在到新加坡以前我还写过一本东西呢。在大陆上写了些，在由马赛到新加坡的船上写了些，一共写了四万多字。到了新加坡，我决定抛弃了它，书名是"大概如此"。

为什么中止了呢？慢慢的讲吧。这本书和《二马》差不多，也是写在伦敦的中国人。内容可是没有《二马》那么复杂，只有一男一女。男的穷而好学，女的富而遭了难。穷男人救了富女的，自然喽跟着就得恋爱。男的是真落于情海中，女的只拿爱作为一种应酬与报答，结果把男的毁了。文字写得并不错，可是我并不满意这个题旨。设若我还住在欧洲，这本书一定能写完。可是我来到新加坡，新加坡使我看不起这本书了。在新加坡，我是在一个中学里教几点钟国文。我教的学生差不多都是十五六岁的小人儿们。他们所说的，和他们在作文时所写的，使我惊异。他们在思想上的激进，和所要知道的问题，是我在国外的学校五年中所未遇到过的。不错，他们是很浮浅；但是他们的言语行动都使我不敢笑他们，而开始觉到新的思想是在东方，不是在西方。在英国，我听过最激烈的讲演，也知道有专门售卖所谓带危险性书籍的铺子。但是大概的说来，这些激烈的言论与文字只是宣传，而且对普通人很少影响。学校里简直听不到这个。大学里特设讲座，讲授政治上经济上的最新学说与设施；可是这只限于讲授与研究，并没成为什么运动与主义；大多数的将来的硕士博士还是叼着烟袋谈"学生生活",几乎不晓得世界上有什么毛病与缺欠。新加坡的中学生设若与伦敦大学的学生谈一谈,满可以把大学生说得瞪了眼,自然大学生可别刨根问底的细问。

有件小事很可以帮助说明我的意思:有一天,我到图书馆里去找本小说念,找到了本梅·辛克来(May Sinclair)①的 *Arnold Waterlow*②。别的书都带着"图书馆气",污七八黑的;只有这本是白白的,显然的没人借读过。我很纳闷,馆中为什么买这么一本书呢？我问了问,才晓得馆中原是去买大家所知道的那个辛克来(Upton Sinclair)③的著作,而错把这位女写家的作品买来,所以谁也不注意它。我明白了! 以文笔来讲,男辛克来的是低等的新闻文学,女辛克来的是热情与机智兼具的文艺。以内容言,男辛克来的是作有目的的宣传,而女辛克来只是空洞的反抗与破坏。女辛克来在西方很有个名声,而男辛克来在东方是圣人。东方人无暇管文艺,他们要炸弹与狂呼。西方的激烈思想似乎是些好玩的东西,东方才真以它为宝贝。新加坡的学生差不多都是家中很有几个钱的,可是他们想打倒父兄,他们捉住一些新思想就不再松手,甚至于写这样的句子:"自从母亲流产我以后"——他爱"流产",而不惜用之于己身,虽然他已活了十六七岁。

在今日而想明白什么叫作革命,只有到东方来,因为东方民族是受着人类所有的一切压迫;从哪儿想,他都应当革命。这就无怪乎英国中

---

① 现通译梅·辛克莱(1870—1946),英国小说家,1924年著小说《阿诺德·沃特洛》。

② 《阿诺德·沃特洛》。

③ 现通译厄普顿·辛克莱(1878—1968),美国小说家。

等阶级的儿女根本不想天下大事,而新加坡中等阶级的儿女除了天下大事什么也不想了。虽然光想天下大事,而永远不肯交作文与算术演草簿的小人儿们也未必真有什么用处,可是这种现象到底是应该注意的。我一遇见他们,就没法不中止写"大概如此"了。一到新加坡,我的思想猛的前进了好几丈,不能再写爱情小说了! 这个,也就使我决定赶快回国来看看了。

(原载1935年11月1日《宇宙风》第四期)

## 我怎样写《离婚》

也许这是个常有的经验吧：一个写家把他久想写的文章撂在心里，撂着，甚至于撂一辈子，而他所写出的那些倒是偶然想到的。有好几个故事在我心里已存放了六七年，而始终没能写出来；我一点也不晓得它们有没有能够出世的那一天。反之，我临时想到的倒多半在白纸上落了黑字。在写《离婚》以前，心中并没有过任何可以发展到这样一个故事的"心核"，它几乎是忽然来到而马上成了个"样儿"的。在事前，我本来没打算写个长篇，当然用不着去想什么。邀我写个长篇与我临阵磨刀去想主意正是同样的仓促。是这么回事：《猫城记》在《现代》杂志登完，说好了是由良友公司放入"良友文学丛书"里。我自己知道这本书没有什么好处，觉得它还没资格入这个"丛书"。可是朋友们既愿意这么办，便随它去吧，我就答应了照办。及至事到临期，现代书局又愿意印它了，而良友扑了个空。于是良友的"十万火急"来到，立索一本代替《猫城记》的。我冒了汗！可是我硬着头皮答应下来；知道拼命与灵感是一样有劲的。

这我才开始打主意。在没想起任何事情之前，我先决定了：这次要"返归幽默"。《大明湖》与《猫城记》的双双失败使我不得不这么办。附带的也决定了,这回还得求救于北平。北平是我的老家,一想起这两个字就立刻有几百尺"故都景象"在心中开映。啊!我看见了北平,马上有了个"人"。我不认识他,可是在我廿岁至廿五岁之间我几乎天天看见他。他永远使我羡慕他的气度与服装,而且时时发现他的小小变化:这一天他提着条很讲究的手杖,那一天他骑上自行车——稳稳的溜着马路边儿,永远碰不了行人,也好似永远走不到目的地;太稳,稳得几乎像凡事在他身上都是一种生活趣味的展示。我不放手他了。这个便是"张大哥"。

叫他作什么呢?想来想去总在"人"的上面,我想出许多的人来。我得使"张大哥"统领着这一群人,这样才能走不了板,才不至于杂乱无章。他一定是个好媒人,我想;假如那些人又恰恰的害着通行的"苦闷病"呢?那就有了一切,而且是以各色人等揭显一件事的各种花样,我知道我捉住了个不错的东西。这与《猫城记》恰相反:《猫城记》是但丁的游"地狱",看见什么说什么,不过是既没有但丁那样的诗人,又没有但丁那样的诗。《离婚》在决定人物时已打好主意:闹离婚的人才有资格入选。一向我写东西总是冒险式的,随写随着发现新事实;即使有时候有个中心思想,也往往因人物或事实的趣味而唱荒了腔。这回我下了决心要把人物都拴在一个木桩上。

这样想好,写便容易了。从暑假前大考的时候写起,到七月十五,我写得了十二万字。原定在八月十五交卷,居然能早了一个月,这是生平最痛快的一件事。天气非常的热——济南的热法是至少可以和南京比一比的——我每天早晨七点动手,写到九点;九点以后便连喘气也很费事了。平均每日写两千字。所余的大后半天是一部分用在睡觉上,一部分用在思索第二天该写的二千来字上。这样,到如今想起来,那个热天实在是最可喜的。能写入了迷是一种幸福,即使所写的一点也不高明。

在下笔之前,我已有了整个计划;写起来又能一气到底,没有间断,我的眼睛始终没离开我的手,当然写出来的能够整齐一致,不至于大嘟噜小块的。匀净是《离婚》的好处,假如没有别的可说的。我立意要它幽默,可是我这回把幽默看住了,不准它把我带了走。饶这么样,到底还有"滑"下去的地方,幽默这个东西——假如它是个东西——实在不易拿得稳,它似乎知道你不能老瞪着眼盯住它,它有机会就跑出去。可是从另一方面说呢,多数的幽默写家是免不了顺流而下以至野调无腔的。那么,要紧的似乎是这个:文艺,特别是幽默的,自要"底气"坚实,粗野一些倒不算什么。Dostoevsky①的作品——还有许多这样伟大写家的作品——是很欠完整的,可是他的伟大处永不被这些缺欠遮蔽住。以今日中国文艺的情形来说,我倒希望有些顶硬顶粗莽顶不易消化的作品出来,粗野是一种力量,而精巧往往是种毛病。小脚是纤巧的美,也是种文化病,有了病的文化才承认这种不自然的现象,而且称之为美。文艺或者也如此。这么一想,我对《离婚》似乎又不能满意了,它太小巧,笑得带着点酸味! 受过教育的与在生活上处处有些小讲究的人,因为生活安适平静,而且以为自己是风流蕴藉,往往提到幽默便立刻说:幽默是含着泪的微笑。其实据我看呢,微笑而且得含着泪正是"装蒜"之一种。哭就大哭,笑就狂笑,不但显出一点真挚的天性,就是在文学里也是很健康的。唯其不敢真哭真笑,所以才含泪微笑;也许这是件很难作

---

① 陀思妥耶夫斯基。

到与很难表现的事，但不必就是非此不可。我真希望我能写出些震天响的笑声，使人们真痛快一番，虽然我一点也不反对哭声震天的东西。说真的，哭与笑原是一事的两头儿；而含泪微笑却两头儿都不站。《离婚》的笑声太弱了。写过了六七本十万字左右的东西，我才明白了一点何谓技巧与控制。可是技巧与控制不见得就会使文艺伟大。《离婚》有了技巧，有了控制；伟大，还差得远呢！ 文艺真不是容易作的东西。我说这个，一半是恨自己的藐小，一半也是自励。

（原载1935年12月16日《宇宙风》第七期）

# 我怎样写《牛天赐传》

《牛天赐传》，就是和我自己的其他作品比较起来，也没有什么可吹的地方。一篇东西的好坏，有许多使它好或使它坏的原因。在这许多原因里，作家当时的生活情形是很要紧的。《牛天赐传》吃亏在这个上不少。我记得，这本东西是在一九三四年三月廿三日动笔的，可是直到七月四日才写成两万多字。三个多月的工夫只写了这么点点，原因是在学校到六月尾才能放暑假，没有充足的工夫天天接着写。在我的经验里，我觉得今天写十来个字，明天再写十来个字，碰巧了隔一个星期再写十来个字，是最要命的事。这是向诗神伸手乞要小钱，不是创作。

七月四日以后，写得快了；七月十九日已有了五万多字。忽然快起来，因为已放了暑假。八月十号，我的日记上记着："《牛天赐传》写完，匆匆赶出，无一是处！"

单是快，也还好。还有别的不得劲的事呢：自从一入七月门，济南就热起，那年简直热得出奇；那就是我"避暑床下"的那一回。早晨一睁眼，屋里——是屋里——就九十多度！小孩拒绝吃奶，专门哭号；大人不肯吃饭，立志喝水！可是我得赶文章，昏昏忽忽，半睡半醒，左手挥扇与打苍蝇，右手握笔疾写，汗顺着指背流到纸上。写累了，想走一走，可不敢出去，院里的墙能把人身炙得像叉烧肉——那廿多天里，每天街上都热死行人！屋里到底强得多，忍着吧。自然，要是有个电扇，再有个冰箱，一定也能稍好一些。可是我的财力还离设置电扇与冰箱太远。一连十五天，我没敢出街门。要说在这个样的暑天里，能写出怪像回事儿的文章，我就有点不信。

天气是那么热，心里还有不痛快的事呢。我在老早就想放弃教书匠的生活，到这一年我得到了辞职的机会。六月廿九日我下了决心，就不再管学校里的事。不久，朋友们知道了我这点决定，信来了不少。在上海的朋友劝我到上海去，爽性以写作为业。在别处教书的朋友呢，劝我还是多少教点书，并且热心的给介绍事。我心中有点乱，乱就不痛快。辞事容易找事难，机会似乎不可都错过了。另一方面呢，且硬试试职业写家的味儿，倒也合脾味。生活，创作，二者在心中大战三百几十回合。寸心已成战场，可还要假装没事似的写《牛天赐传》，动中有静，好不容易。结果，我拒绝了好几位朋友的善意，决定到上海去看看。八月十九日动了身。在动身以前，必须写完《牛天赐传》，不然心中就老存着块病。这又是非快写不可的促动力。

热，乱，慌，是我写《牛天赐传》时生活情形的最合适的三个形容字。这三个字似乎都与创作时所需要的条件不大相合。"牛天赐"产生的时候不对，八字根本不够格局！

此外，还另有些使它不高明的原因。第一个是文字上的限制。它是《论语》半月刊的特约长篇，所以必须幽默一些。幽默与伟大不是不能相容的，我不必为幽默而感到不安；《吉诃德先生传》等名著译成中文也并没招出什么"打倒"来。我的困难是每一期只要四五千字，既要顾到故事的连续，又须处处轻松招笑。为达到此目的，我只好抱住幽默死啃；不用说，死啃幽默总会有失去幽默的时候；到了幽默论斤卖的地步，讨厌是必不可免的。我的困难至此乃成为毛病。艺术作品最忌用不正当的手段取得效果，故意招笑与无病呻吟的罪过原是一样的。

每期只要四五千字，所以书中每个人，每件事，都不许任其自然的发展。设若一段之中我只详细的描写一个景或一个人，无疑的便会失去故事的趣味。我得使每期不落空，处处有些玩艺。因此，一期一期的读，它倒也怪热闹；及至把全书一气读完，它可就显出紧促慌乱，缺乏深厚的味道了。

书中的主人公——按老话儿说，应当叫作"书胆"——是个小孩儿。一点点的小孩儿没有什么思想，意志，与行为。这样的英雄全仗着别人来捧场，所以在最前的几章里我几乎有点和个小孩子开玩笑的嫌疑了。其实呢，我对小孩子是非常感觉趣味，而且最有同情心的。我的脾气是这样：不轻易交朋友，但是只要我看谁够个朋友，便完全以朋友相待。至于对小孩子，我就一律的看待，小孩子都可爱。世界上有千千万万的受压迫的人，其中的每一个都值得我们替他呼冤，代他想方法。可是小孩子就更可怜，不但是无衣无食的，就是那打扮得马褂帽头像小老头的也可怜。牛天赐是属于后者的，因为我要写得幽默，就不能拿个顶穷苦的孩子作书胆——那样便成了悲剧。自然，我也明知道照我那么写一定会有危险的——幽默一放手便会成为瞎胡闹与开玩笑。于此，我至今还觉得怪对不起牛天赐的！

就在这儿附带声明一下吧。前些日子，我与赵少侯兄商议好，合写"天书代存"——用书信体写《牛天赐续传》。可是，这个暑假里，我俩的事情大概要有些变动，说不定也许不能再在一块儿了。合写一个长篇而不能常常见面商议就未免太困难了，所以我俩打了退堂鼓，虽然每人已经写了几千字。事实所迫，我们俩只好向牛天赐与喜爱他的人们道歉了！以后也许由我，也许由少侯兄，单独的去写；不过这是后话，顶好不提了。

（原载1936年8月1日《宇宙风》第二十二期）

# 事实的运用

小说中的人与事是相互为用的。人物领导着事实前进是偏重人格与心理的描写，事实操纵着人物是注重故事的惊奇与趣味。因灵感而设计，重人或重事，必先决定，以免忽此忽彼。中心既定，若以人物为主，须知人物之所思所作均由个人身世而决定；反之，以事实为主，须注意人心在事实下如何反应。前者使事实由人心辐射出，后者使事实压迫着个人。若是，故事才会是心灵与事实的循环运动。事实是死的，没有人在里面不会有生气。最怕事实层出不穷，而全无联络，没有中心。一些零乱的事实不能成为小说。

大概我们平常看事，总以为它们是平面的，看过去就算了，此乃读新闻纸的习惯与态度。欲作个小说家，须把事实看成有宽广厚的东西，如律师之辩护，要把犯人在作案时的一切情感与刺激都引为免罪或减罪的证据。一点风一点雨也是与人物有关系的，即使此风此雨不足帮助事实的发展，亦至少对人物的心感有关。事实无所谓好坏，我们应拿它作人格的试金石。没有事情，人格不能显明；说一人勇敢，须在放炸弹时试试他。抓住人物与事实相关的那点趣味与意义，即见人生的哲理。在平凡的事中看出意义，是最要紧的。把事实只当作事实看，那么见了妓女便只见了争风吃醋,或虚情假义,如蝴蝶鸳鸯派作品中所报告者。由妓女的虚情假义而看到社会的罪恶,便深进了一层;妓女的狡猾应由整个社会负责任,这便有了些意义。事实的新奇要在其次,第一须看出个中的深义。

我们若能这样看事实并找事实,就不怕事实不集中,因为我们已捉到事实的真义,自然会去合适的裁剪或补充。我们也不怕事实虚空了,因为这些事实有人在其中。不集中与空虚是两大弊病,必须避免。

小说,我们要记住了,是感情的纪录,不是事实的重述。我们应先看出事实中的真意义,这是我们所要传达的思想;而后,把在此意义下的人与事都赋与一些感情,使事实成为爱,恶,仇恨,等等的结果或引导物;小说中的思想是要带着感情说出的。"快乐",巴尔扎克说,"是没有历史的,'他们很快乐'一语是爱情小说的收结。"

在古代与中古的故事里,对于感情的表现是比较微弱的,设若 Henry James[①] 的作品而放在古人们手里,也许只用"过了十年"一语便都包括了;他的作品总是在特别的一点感情下看一些小事实,不厌其细琐与平凡,只要写出由某件事所激起的感情如何。康拉德的小说中有许多新奇的事实,但是他决不为新奇而表现它们,他是要述说由事实所引起的感情,所以那些事实不止新奇,也使人感到亲切有趣。小说,十之八九,是到了后半便松懈了。为什么? 多半是因为事实已不能再是感情的刺激与产物。一旦失去这个,故事便失去活跃的力量,而露出勉强堆砌的痕迹来。一下笔时不十分用力,以便有余力贯彻全体,不过是消极

---

① 亨利·詹姆斯。

的办法；设若始终拿事实为感情起落的刺激物，便不怕有松懈的毛病了。康拉德之所以能忽前忽后的述说，就是因为他先决定好了所要传达的感情为何，故事的秩序虽颠倒杂陈亦不显着混乱了。

所谓事实发展的关键，逗宕与顶点者，便是感情的冲突，波浪与结束。这是个自然的步骤。假若我们没有深厚的感情，而空泛的逗宕，适足以惹人讨厌，如八股文之起承转合然。

Arlo Bates① 说："我不相信小说构成的死规则。工作的方法必随个人的性情而异。我自己的办法据我看是最逻辑的，可是我知道这是每一写家自决的问题。以我自己说，我以为小说的大体有定好的必要，而且在未动手之前就知道结局是更要紧的。"

这段话使我们放胆去运用事实。实事是事实，是死的，怎样运用它是我们自己的事。Arnold Bennett② 在巴黎的一个饭馆里，看见一老妇，她的举止非常的可笑。他就设想她曾经有过美好的青春，由少艾而肥老，其间经过许多细小的不停的变化。于是他便决定写那《老妇们的故事》。但这本书当开始动笔的时候，主角可已不是那个老妇，因为她太老了，不足以惹起同情。杜思妥益夫斯基的《罪与罚》是根据他自己的经验，但把故事放在都市里，因为都市生活的不安与犯罪空气的浓厚，更适宜于此题旨的表现。这样看，我们得到事实是随时的事，我们用什么事实是判断了许多事实之后的结果。真人真事不过是个起点，是个跳板。我们不仗着事实本身的好坏，而是仗着我们怎样去判断事实。这就是说，

---

① 阿洛·贝茨。
② 阿诺尔特·贝内特。

小说一开首的某件事实，已经是我们判断过的；在小说中，大家所见到的是事实的逐渐的发展，其实在作者心中，小说中的第一件事与第末一件事同样是预先决定好了的。自然，谁也不会把一部小说的每一段都预先想好，只等动笔一写，像填表格似的，不会。写出来才是作品，想得怎样高明不算一回事。但是，我们确能在写第一件事的时候，已经预备好末一件事，而且并不很难，因为即使我们不准知道那件是什么事，我们总会知道那是件什么样的事——我们所要传达的与激起的情绪是什么便替我们决定，替我们判断，所需要的是什么事。明乎此，在下笔的时候便能准确；我们要的是"怒"，便不会上手就去打哈哈。及至写完了，想改正，我们也知道了怎去改正——加强我们所要激起的感情，删削那阻碍或破坏此种情绪的激发的。

由事实中求得意义，予以解释，而后把此意义与解释在情绪的激动下写出来；这样，我们才敢以事实为生材料，不论是极平凡的，还是极惊奇的，都有经过锻炼的必要。我们最怕教事实给管束住：看见或听见一件奇事，我们想这必是好材料，而愿把它写出来。这有两个危险，第一是写了一堆东西，而毫无意义；第二是只顾了写事而忘记了去创造人。反之，我们知道材料是需要我们去锻炼炮制的，我们才敢大胆的自由的去运用它们，使它们成为我们手中的东西。小说中的事实所以能使人感到艺术的味道就是因为每一事实所给的效果与感力都是整个作品所要给的效果与感力的一部分，仿佛每一件事都是完全由作者调动好了的，什么事在他手下都能活动起来。硬插入一段事实，不管它本身是多么有趣，必定妨碍全体的整美。平匀是最不易作到的。要平匀，我们必须依着所要激动的情绪制造出一种空气，把一切材料都包围起来。我们所要的是

"怒",那么便可以利用声音、光线、味道,种种去包围那些材料,使它们都在这种声音、光线、味道中有了活力,有了作用,有了感力。这样,我们才能使作品各部分平匀的供给刺激,全体像一气呵成的,在最后达到"怒"的高潮。所谓小说中的逗宕便是在物质上为逻辑的排列,在精神上是情绪的盘旋回荡。小说是些图画,都用感情联串起来。图画的鲜明或暗淡,或一明一暗,都凭所要激起的情感而决定。千峰万壑,色彩各异,有明有暗,有远有近,有高有低,但是在秋天,它们便都有秋的景色,连花草也是秋花秋草。小说的事实如千峰万壑,其中主要的感情便是季节的景色。

但是,我们千万莫取巧,去用小巧的手段引起虚浮的感情。电影片中每每用雷声闪光引起恐怖,可是我们并不受多少感动,而有时反觉得可笑可厌。暗示是个好方法,它能调剂写法,使不至处处都有强烈的描画,通体只有色而无影。它也能使描写显着细腻,比直接述说还更有力。一个小孩,当故意恐吓人的时候,也会想到一种比直陈事实更有力的方法——不说出什么事,而给一点暗示。他不说屋中有鬼,而说有两只红眼睛。小说中的暗示,给人一些希冀,使人动心。说屋中有些血迹,比直说那里杀了人更多些声势;说某人的衣服上有油污,比直说他不干净强。暗示既使人希冀,又使人与作者共同去猜想,分担了些故事发展的预测。但是这不可用得过火了,虚张声势而使读者受骗是不应该的。

(原载1936年12月16日《宇宙风》第二十九期)

# 言语与风格

小说是用散文写的，所以应当力求自然。诗中的装饰用在散文里不一定有好结果，因为诗中的文字和思想同是创造的，而散文的责任则在运用现成的言语把意思正确的传达出来。诗中的言语也是创造的，有时候把一个字放在那里，并无多少意思，而有些说不出来的美妙。散文不能这样，也不必这样。自然，假若我们高兴的话，我们很可以把小说中的每一段都写成一首散文诗。但是，文字之美不是小说的唯一的责任。专在修辞上讨好，有时倒误了正事。本此理，我们来讨论下面的几点：

（一）用字：佛罗贝①说，每个字只有一个恰当的形容词。这在一方面是说选字须极谨慎，在另一方面似乎是说散文不能像诗中那样创造言语，所以我们须去找到那最自然最恰当最现成的字。在小说中，我们可以这样说，用字与其俏皮，不如正确；与其正确，不如生动。小说是要绘色绘声的写出来，故必须生动。借用一些诗中的装饰，适足以显出小气呆死，如蒙旦所言："在衣冠上，如以一些特别的，异常的，式样以自别，是小气的表示。言语也如是，假若出于一种学究的或儿气的志愿而

---

① 即福楼拜。

专去找那新词与奇字。"青年人穿戴起古代衣冠,适见其丑。我们应以佛罗贝的话当作找字的应有的努力,而以蒙旦的话为原则——努力去找现成的活字。在活字中求变化,求生动,文字自会活跃。

(二)比喻:约翰孙博士①说:"司微夫特这个家伙永远不随便用个比喻。"这是句赞美的话。散文要清楚利落的叙述,不仗着多少"我好比"叫好。比喻在诗中是很重要的,但在散文中用得过多便失了叙述的力量与自然。看《红楼梦》中描写黛玉:"两湾似蹙非蹙笼烟眉,一双似喜非喜含情目。态生两靥之愁。娇袭一身之病。泪光点点。娇喘微微。闲静似娇花照水,行动如弱柳扶风。心较比干多一窍,病如西子胜三分。"这段形容犯了两个毛病:第一是用诗语破坏了描写的能力;念起来确有诗意,但是到底有肯定的描写没有? 在诗中,像"泪光点点",与"闲静似娇花照水"一路的句子是有效力的,因为诗中可以抽出一时间的印象为长时间的形容:有的时候她泪光点点,便可以用之来表现她一生的状态。在小说中,这种办法似欠妥当,因为我们要真实的表现,便非从一个人的各方面与各种情态下表现不可。她没有不泪光点点的时候么? 她没有闹气而不闲静的时候么? 第二,这一段全是修辞,未能由现成的言语中找出恰能形容出黛玉的字来。一个字只有一个形容词,我们应再给补充上:找不到这个形容词便不用也好。假若不适当的形容词应当省去,比喻就更不用说了。没有比一个精到的比喻更能给予深刻的印象的,也没有比一个可有可无的比喻更累赘的。我们不要去费力而不讨好。

比喻由表现的能力上说,可以分为表露的与装饰的。散文中宜用表

---

① 即约翰逊。

露的——用个具体的比方,或者说得能更明白一些。庄子最善用这个方法,像庖丁以解牛喻见道便是一例,把抽象的哲理作成具体的比拟,深入浅出的把道理讲明。小说原是以具体的事实表现一些哲理,这自然是应有的手段。凡是可以拿事实或行动表现出的,便不宜整本大套的去讲道说教。至于装饰的比喻,在小说中是可以免去便免去的。散文并不能因为有些诗的装饰便有诗意。能直写,便直写,不必用比喻。比喻是不得已的办法。不错,比喻能把印象扩大增深,用两样东西的力量来揭发一件东西的形态或性质,使读者心中多了一些图像:人的闲静如娇花照水,我们心中便于人之外,又加了池畔娇花的一个可爱的景色。但是,真正有描写能力的不完全靠着这个,他能找到很好的比喻,也能直接的捉到事物的精髓,一语道破,不假装饰。比如说形容一个癞蛤蟆,而说它"谦卑的工作着",便道尽了它的生活姿态,很足以使我们落下泪来:一个益虫,只因面貌丑陋,总被人看不起。这个,用不着什么比喻,更用不着装饰。我们本可以用勤苦的丑妇来形容它,但是用不着;这种直写法比什么也来得大方,有力量。至于说它丑若无盐,毫无曲线美,就更用不着了。

(三)句:短句足以表现迅速的动作,长句则善表现缠绵的情调。那最短的以一二字作成的句子足以助成戏剧的效果。自然,独立的一语有时不足以传达一完整的意念,但此一语的构成与所欲给予的效果是完全的,造句时应注意此点;设若句子的构造不能独立,即是失败。以律动言,没有单句的音节不响而能使全段的律动美好的。每句应有它独立的价值,为造句的第一步。及至写成一段,当看那全段的律动如何,而增减各句的长短。说一件动作多而急速的事,句子必须多半短悍,一句完成一个动作，而后才能见出继续不断而又变化多端的情形。试看《水浒传》里的"血溅鸳鸯楼"：

"武松道：'一不作，二不休！杀了一百个也只一死！'提了刀，下楼来。夫人问道：'楼上怎地大惊小怪？'武松抢到房前。夫人见条大汉入来，兀自问道：'是谁？'武松的刀早飞起，劈面门剁着，倒在房前声唤。武松按住，将去割头时，刀切不入。武松心疑，就月光下看那刀时，已自都砍缺了。武松道：'可知割不下头来！'便抽身去厨房下拿取朴刀。丢了缺刀。翻身再入楼下来……"

这一段有多少动作？动作与动作之间相隔多少时间？设若都用长句，怎能表现得这样急速火炽呢！短句的效用如是，长句的效用自会想得出的。造句和选字一样，不是依着它们的本身的好坏定去取，而是应当就着所要表现的动作去决定。在一般的叙述中，长短相间总是有意思的，因它们足以使音节有变化，且使读者有缓一缓气的地方。短句太多，设无相当的事实与动作，便嫌紧促；长句太多，无论是说什么，总使人的注意力太吃苦，而且声调也缺乏抑扬之致。

在我们的言语中，既没有关系代名词，自然很难造出平匀美好的复句来。我们须记住这个，否则一味的把有关系代名词的短句全变成很长很长的形容词，一句中不知有多少个"的"，使人没法读下去了。在作翻译的时候，或者不得不如此；创作既是要尽量的发挥本国语言之美，便不应借用外国句法而把文字弄得不自然了。"自然"是最要紧的。写出来而不能读的便是不自然。打算要自然，第一要维持言语本来的美点，不作无谓的革新；第二不要多说废话及用套话，这是不作无聊的装饰。

写完几句，高声的读一遍，是最有益处的事。

（四）节段：一节是一句的扩大。在散文中，有时非一气读下七八句去不能得个清楚的观念。分节的功用，那么，就是在叙述程序中指明思路的变化。思想设若能有形体，节段便是那个形体。分段清楚，合适，对于思想的明晰是大有帮助的。

在小说里，分节是比较容易的，因为既是叙述事实与行动，事实与行动本身便有起落首尾。难处是在一节的律动能否帮助这一段事实与行动，恰当的，生动的，使文字与所叙述的相得益彰，如有声电影中的配乐。严重的一段事实，而用了轻飘的一段文字，便是失败。一段文字的律动音节是能代事实道出感情的，如音乐然。

（五）对话：对话是小说中最自然的部分。在描写风景人物时，我们还可以有时候用些生字或造些复杂的句子；对话用不着这些。对话必须用日常生活中的言语；这是个怎样说的问题，要把顶平凡的话调动得生动有力。我们应当与小说中的人物十分熟识，要说什么必与时机相合，怎样说必与人格相合。顶聪明的句子用在不适当的时节，或出于不相合的人物口中，便是作者自己说话。顶普通的句子用在合适的地方，便足以显露出人格来。什么人说什么话，什么时候说什么话，是最应注意的。老看着你的人物，记住他们的性格，好使他们有他们自己的话。学生说学生的话，先生说先生的话，什么样的学生与先生又说什么样的话。看着他的环境与动作，他在哪里和干些什么，好使他在某时某地说什么。对话是小说中许多图像的联接物，不是演说。对话不只是小说中应有这么一项而已,而是要在谈话里发出文学的效果;不仅要过得去,还要真实,对典型真实,对个人真实。

一般的说,对话须简短。一个人滔滔不绝的说,总缺乏戏剧的力量。即使非长篇大论的独唱不可,亦须以说话的神气,手势,及听者的神色等来调剂,使不至冗长沉闷。一个人说话,即使是很长,另一人时时插话或发问,也足以使人感到真像听着二人谈话,不至于像听留声机片。答话不必一定直答所问,或旁引,或反诘,都能使谈话略有变化。心中有事的人往往所答非所问,急于道出自己的忧虑,或不及说完一语而为感情所阻断。总之,对话须力求像日常谈话,于谈话中露出感情,不可一问一答,平板如文明戏的对口。

善于运用对话的,能将不必要的事在谈话中附带说出,不必另行叙述。这样往往比另作详细陈述更有力量,而且经济。形容一段事,能一半叙述,一半用对话说出,就显着有变化。譬若甲托乙去办一件事,乙办了之后,来对甲报告,反比另写乙办事的经过较为有力。事情由口中说出,能给事实一些强烈的感情与色彩。能利用这个,则可以免去许多无意味的描写,而且老教谈话有事实上的根据——要不说空话,必须使事实成为对话资料的一部分。

风格:风格是什么? 暂且不提。小说当具怎样的风格? 也很难规定。我们只提出几点,作为一般的参考:

(一)无论说什么,必须真诚,不许为炫弄学问而说。典故与学识往往是文字的累赘。

(二)晦涩是致命伤,小说的文字须于清浅中取得描写的力量。

Meredith① 每每写出使人难解的句子,虽然他的天才在别的方面足以补救这个毛病,但究竟不是最好的办法。

(三)风格不是由字句的堆砌而来的,它是心灵的音乐。叔本华说:"形容词是名词的仇敌。"是的,好的文字是由心中炼制出来的;多用些泛泛的形容字或生僻字去敷衍,不会有美好的风格。

(四)风格的有无是绝对的,所以不应去摹仿别人。风格与其说是文字的特异,还不如说是思想的力量。思想清楚,才能有清楚的文字。逐字逐句的去摹写,只学了文字,而没有思想作基础,当然不会讨好。先求清楚,想得周密,写得明白;能清楚而天才不足以创出特异的风格,仍不失为清楚;不能清楚,便一切无望。

(原载1936年12月16日《宇宙风》第三十一期)

---

① 梅瑞狄斯。

## "幽默"的危险

这里所说的危险,不是"幽默"足以祸国殃民的那一套。

最容易利用的幽默技巧是摆弄文字,"岂有此埋"代替了"岂有此理","莫名其妙"会变成了"莫名其土地堂";还有什么故意把字用在错地方,或有趣的写个白字,或将成语颠倒过来用,或把诗句改换上一两个字,或巧弄双关语……都是想在文字里找出缝子,使人开开心,露露自家的聪明。这种手段并不怎么大逆不道,不过它显然的是专在字面上用工夫,所以往往有些油腔滑调;而油腔滑调正是一般人所谓的"幽默",也就是正人君子所以为理当诛伐的。这个,可也不是这里所要说的。

假若"幽默"也会有等级的话,摆弄文字是初级的,浮浅的;它的确抓到了引人发笑的方法,可是工夫都放在调动文字上,并没有更深的意义,油腔滑调乃必不可免。这种方法若使得巧妙一些,便可以把很不好开口说的事说得文雅一些,"雀入大水化为蛤"一变成"雀入大蛤化为水"仿佛就在一群老翰林面前也大可以讲讲的。虽然这种办法不永远与狎亵相通,可是要把狎亵弄成雅俗共赏,这的确是个好方法。这就该说到狎亵了:我们花钱去听相声,去听小曲;我们当正经话已说完而不便都正襟危坐的时候,不知怎么便说起不大好意思的笑话来了。相声,小曲,和不大好意思的笑话,都是整批的贩卖猥亵,而大家也觉得"幽默"了一下。在幽默的文艺里,如 Aristophanes①,如 Rabelais②,如 Boccaccio③,都大大方方的写出后人得用××印出来的事儿。据批评家看呢,有的以为这种粗莽爽利的写法适足以表示出写家的大方不拘,无论怎样也比那扭扭捏捏的暗示强,暗透消息是最不健康的。(或者《西厢记》与《红楼梦》比《金瓶梅》更能害人吧?)有的可就说,这种粗糙的东西,也该划入低级幽默,实无足取。这个,且当个悬案放在这里,它有无危险,是高是低,随它去吧;这又不是这里所要说的。

来到正文。我所要说的,是我自己体验出的一点道理:

幽默的人,据说,会郑重的去思索,而不会郑重的写出来;他老要嘻嘻哈哈。假若这是真的,幽默写家便只能写实,而不能浪漫。不能浪漫,在这高谈意识正确,与希望革命一下子就成功的时期,便颇糟心。那意识正确的战士,因为希望革命一下子成功,会把英雄真写成个英雄,从里到外都白热化,一点也不含糊,像块精金。一个幽默的人,反之,从整部人类史中,从全世界上,找不出这么块精金来;他若看见一位战士为督战而踢了同志两脚,似乎便有点可笑;一笑可就泄了气。幽默真是要不得的!

浪漫的人会悲观,也会乐观;幽默的人只会悲观,因为他最后的领悟是人生的矛盾——想用七尺之躯,战胜一切,结果却只躺在不很体

---

① 即阿里斯托芬。
② 即拉伯雷。
③ 薄伽丘(1313—1375),意大利文艺复兴时期作家。

面的木匣里,像颗大谷粒似的埋在地下。他真爱人爱物,可是人生这笔大账,他算得也特别清楚。笑吧,明天你死。于是,他有点像小孩似的,明知顽皮就得挨打,可是还不能不顽皮。因此,他有时候可爱,有时候讨人嫌;在革命期间,他总是讨人嫌的,以至被正人君子与战士视如眼中钉,非砍了头不解气。多么危险。

顽皮,他可是不会扯谎。他怎么笑别人也怎么笑自己。Rabelais,当惹起教会的厌恶而想架火烧死他的时候,说:不用再添火了,我已经够热的了。他爱生命,不肯以身殉道,也就这么不折不扣的说出来。周作人(知堂)先生的博学,谁不知道呢,可是在《秉烛谈序言》中,他说:"今日翻看唱经堂《杜诗解》——说也惭愧,我不曾读过《全唐诗》,唐人专集在书架上是有数十部,却都没有好好的看过,所有一点知识只出于选本,而且又不是什么好本子,实在无非是《唐诗三百首》之类,唱经之不登大雅之堂,更不用说了,但这正是事实……"在周先生的文章里,像这样的坦白陈述,还有许许多多。一个有幽默之感的人总扭不过去"这是事实",他不会鼓着腮充胖子。大概是那位鬼气森森的爱兰·坡吧,专爱引证些拉丁或法文的句子,其实他并没读过原书,而是看到别人引证,他便偷偷的拉过来,充充胖子。这并不是说,浪漫者都不诚实,不过他把自己一滴眼泪都视如珍宝,那么,假充胖子也许是不可免的,他唯恐泄了气。幽默的人呢,不,不这样,他不怕泄气,只求心中好过。这么一来,他可就被人视为小丑,永远欠着点严重,不懂得什么叫作激起革命情绪。危险。

他悲观,他顽皮,他诚实;哼,他还容让人呢,这就更糟。按说,一个文人应当老眼看六路,耳听八方,有个风声草动,立刻拔出笔来,才像那么一回子事。战斗的时候,还应当撒手就是一毒气弹,不容来将通名,就给打闷了气。人家只说了他写错一个字,他马上发现那个人的祖宗写过一万个错字,骂了祖宗,子孙只好去重修家谱,还不出话来。幽默的人呀,糟心,即使他没写错那个字,也不去辩驳;"谁没有个错儿呢?"他说。这一说可就泄了大家的劲,而文坛冷冷清清矣。他不但这样容让人,就是在作品之中也是不肯赶尽杀绝。他看清了革命是怎回事,但对于某战士的鼻孔朝天,总免不了发笑。他也看资本家该打倒,可是资本家的胡子若是好看,到底还是好看。这么一来,他便动了布尔乔亚的妇人之仁,而笔下未免留些情分。于是,他自己也就该被打倒,多么危险呢。

这就是我所看出来的一点点意思,对与不对都没关系。

(原载1937年5月16日《宇宙风》第四十一期)

# 鲁迅先生逝世二周年纪念

我所认识的鲁迅先生,是从他的著作中见到的,我没有与他会过面。当鲁迅先生创造出阿Q的时候,我还没想到到文艺界来作一名小卒,所以就没有访问求教的机会与动机。及至先生住沪,我又不喜到上海去,故又难得相见。四年前的初秋,我到上海,朋友们约我吃饭,也约先生来谈谈。可是,先生的信须由一家书店转递;他第二天派人送来信,说:昨天的信送到的太晚了。我匆匆北返,二年的工夫没能再到上海,与先生见面的机会遂永远失掉!

在一本什么文学史中(书名与著者都想不起来了),有大意是这样的一句话:"鲁迅自成一家,后起摹拟者有老舍等人。"这话说得对,也不对。不对,因为我是读了些英国的文艺之后,才决定也来试试自己的笔,狄更斯是我在那时候最爱读的,下至于乌德豪司[①]与哲扣布[②]也都使我欣喜。这就难怪我一拿笔,便向幽默这边滑下来了。对,因为像阿Q那样的作品,后起的作家们简直没法不受他的影响;即使在文字与思想上

---

① 现通译沃德豪斯(1881—1975),英国小说家、抒情诗人和剧作家。
② 现通译雅各布斯。

不便去摹仿，可是至少也要得到一些启示与灵感。它的影响是普遍的。一个后起的作家，尽管说他有他自己的创作的路子，可是他良心上必定承认他欠鲁迅先生一笔债。鲁迅先生的短文与小说才真使新文艺站住了脚，能与旧文艺对抗。这样，有人说我是"鲁迅派"，我当然不愿承认，可是决不肯灭着良心否认阿Q的作者的伟大，与其作品的影响的普遍。

我没见过鲁迅先生，只能就着他的著作去认识他，可是现在手中连一本书也没有！不能引证什么了，凭他所给我的印象来作这篇纪念文字吧。这当然不会精密，容或还有很大的错误，可是一个人的著作能给读者以极强极深的印象，即使其中有不尽妥确之处，是多么不容易呢！看了泰山的人，不一定就认识泰山，但是泰山的高伟是他毕生所不能忘记的。他所看错的几点，并无害于泰山的伟大。

看看《鲁迅全集》的目录，大概就没人敢说：这不是个渊博的人。可是渊博二字还不是对鲁迅先生的恰好的赞词。学问渊博并不见得必是幸福。有的人，正因其渊博，博览群籍，出经入史，所以他反倒不敢道出自己的意见与主张，而取着述而不作的态度。这种人好像博物院的看守者，只能保守，而无所施展。有的人，因为对某种学问或艺术的精究博览，就慢慢的摆出学者的架子，把自己所知的那些视为研究的至上品，此外别无他物，值得探讨，自己的心得是前无古人，后无来者；假若他也喜创作的话，他必是从他所阅览过的作品中，求字字句句有出处，有根据；他"作"而不"创"。他牺牲在研究中，而且牺牲得冤枉。让我们看看鲁迅先生吧。在文艺上，他博通古今中外，可是这些学问并没把他吓住。他写古文古诗写得极好，可并不尊唐或崇汉，把自己放在某派某宗里去，以自尊自限。古体的东西他能作，新的文艺无论在理论上与实验上，他又都站在最前面；他不以对旧物的探索而阻碍对新物的创造。他对什么都有研究的趣味，而永远不被任何东西迷住心。他随时研究，随时判断。他的判断力使他无论对旧学问或新知识都敢说话。他的话，不是学究的掉书袋，而是准确的指示给人们以继续研讨的道路。

学问比他更渊博的，以前有过，以后还有；像他这样把一时代治学的方法都抓住，左右逢源的随时随事都立在领导的地位，恐怕一个世纪也难见到一两位吧。吸收了"五四"运动的"从新估价"的精神，他疑古反古，把每时代的东西还给每时代。博览了东西洋的文艺，他从事翻译与创作。他疑古，他也首创，他能写极好的古体诗文，也热烈的拥护新文艺，并且牵引着它前进。他是这一时代的纪念碑。在文艺上，事事他关心，事事他有很高的成就。天才比他小一点的，努力比他少一点的，只能循着一条路线前进，或精于古，或专于新；他却像十字路口的警察，指挥着全部交通。在某一点上，有人能突破他的记录，可是有谁敢和他比比"全能"比赛呢！

也许有人会说：在文艺理论方面，鲁迅先生只尽了介绍的责任，并未曾建设出他自己的有系统的学说；而且所介绍的也显着杂乱不纯。假若这话是对的，就请想想看吧：批判别人的时候，不是往往忘却别人的努力，而老嫌人家作得不够吗？设若能看到这一点，我们不是应当看看自己，我们自己假如也把研究、创作、翻译，同时并作，像鲁迅先生那样，我们的成绩又能有多少呢？我们就是对于一位圣人，也应不客气的批评，可是我们也应当晓得批评不仅是发威，而是于批评中，取得被批评者的最良最崇高的精神，以自策自励。鲁迅先生能于整理国故而外，去介绍，去翻译，就已经是难能可贵的事。一个人的精力与天才永远不能完全与他的志愿与计划相配合，人生最大的苦痛啊！只有明知这苦痛是越来越深，而杀上前去，以身殉志的，才是英雄。鲁迅先生的精神便是永远不屈不挠，不自满，不自馁。鲁迅先生的精神能以不死，那就靠后起者也能死而后已的继续努力。抓住一位英雄的弱点以开心自慰，既无损于英雄，又无益于自己，何苦来呢！

还有人也许说，鲁迅先生的后期著作，只是一些小品文，未免可惜，假若他能闭户写作，不问外间的事，也许能写出比阿Q更伟大的东西，岂不更好？

是的，鲁迅先生也许能那样的写出更伟大的作品。可是，那就不成其为鲁迅先生了。希望鲁迅先生去专心著作的人，虽然用着惋惜的语调，可是心中实在暗暗的不满意！不满意他因爱护青年，帮忙青年，而用去许多时间；不满意他因好管闲事而浪费了许多笔墨。

我不晓得假若鲁迅先生关上屋门，立志写伟大的作品，能够有什么贡献；我不喜猜想。我却准知道鲁迅先生的爱护青年与好管闲事是值得钦佩的事，他有颗纯洁的心，能接近青年；他有奋斗的怒火，去管闲事。是的，先生的爱护青年，有时候近于溺爱了；可是佛连一个蚂蚁也爱呢！母亲的伟大往往使她溺爱儿女；这只有母亲自己晓得其中的意义，旁观者只能表示惋惜与不满，因为旁观者不是母亲，也就代替不了母亲，明白不了母亲，自己不是母亲，没有慈心，觉得青年们都应该严加管束，把青年们管束得像羊羔一样老实，长者才可逍遥自在的为所欲为。为长者计，这实在是不错的办法。可是，青年呢？长者的聪明往往把"将来"带到自己的棺材里去，青年成了殉葬者。鲁迅先生不是这样的长者，他宁可少写些文章，而替青年们看稿子；他宁可少享受一些，而替青年们掏钱印书，他提拔青年，因为他不肯只为自己的不朽，而把青年们活埋了。这也许是很傻的事吧？可是最智慧的人似乎都有点傻气。

至于爱管闲事，的确使鲁迅先生得罪了不少的人。他的不留情的讽刺讥骂，实在使长者们难堪，因此也就要不得。中国人不会愤怒，也不喜别人挂火，而鲁迅先生却是最会挂火的人。假若他活到今日，我想他必不会老老实实的住在上海，而必定用他的笔时时刺着那些不会怒，不肯牺牲的人们的心。在长者们，也许暗中说句："幸而那个家伙死了。"可是，我们上哪里去找另一个鲁迅呢？我们自惭；自惭假若没有多少用处，让我们在纪念鲁迅先生的时候，挺起我们的胸来吧！

只写了些小品文吗？据我看，鲁迅先生的最大成就便是小品文。我敢说，他的学问限制不了后起者的更进一步，他的小说也拦不住后起者的猛进直前。小品文，在五十年内恐怕没有第二把手，来与他争光。他会怒，越怒，文字越好。文字容易摹仿，怒火可是不易借来。他的旧学问好，新知识广博，他能由旧而新，随手拾掇极精确的字与词，得到惊人的效果。你只能摘用他所用过的，而不易像他那样把新旧的工具都搬来应用，用创造的能力把古今的距离缩短，而成为他独有的东西。他长于古文古诗，又博览东西的文艺，所以他会把最简单的言语（中国话），调动得（极难调动）跌宕多姿，永远新鲜，永远清晰，永远软中透硬，永远厉害而不粗鄙。他以最大的力量，把感情、思想、文字，容纳在一两千字里，像块玲珑的瘦石，而有手榴弹的作用。只写了些短文么？啊，这是前无古人，恐怕也是后无来者的，文艺建设！

燃起我们的怒火吧,青年!以学识,以正义感,以最有力的文字,尽力于抗战建国的事业吧!在抗战中纪念鲁迅先生,我们必须有这个决心!

(原载1938年10月22日《抗战文艺》第二卷第七期)

# 大时代与写家

每逢社会上起了严重的变动,每逢国家遇到了灾患与危险,文艺就必然想充分的尽到她对人生实际上的责任,以证实她是时代的产儿,从而精诚的报答她的父母。在这种时候,她必呼喊出"大时代到了",然后她比谁也着急的要先抓住这个大时代,证实她自己是如何热烈与伟大 —— 大时代须有伟大文艺作品。

就是在过去的几年中,大时代与伟大文艺的呼喊已经是不止一次了。虽然伟大文艺仍差不多是白卷,但文艺想配合着时代去扩大充实自己的这点勇气与热诚是值得称赞与同情的。

拿今天的抗战比起以前的危患,无疑的以前的大时代的呼声是微弱的多了;无疑的,伟大文艺之应运而生的心理也比以前更加迫切而真诚了。

可是,伟大文艺是否这次不再交白卷呢?

我不敢回答这个问题。是,否,我都不敢说。

我所要作的只是凭着一些过去的事实,来供献一点意见;即使这点意见不无可取之处,她仍然不过是许多意见中的一个,并不敢自信这就是到伟大之路的唯一秘诀。

在文学史中,我们看到很多特出的写家怎样的在文艺工作之外去活动,莎士比亚写剧本,也拴班子与演戏;但丁是位政客,密尔顿是秘书,摆仑①为争希腊独立而死。往近里看,自五四后我们所产生的几部较有价值的著作,也几乎都是作家们参加革命或其他实际工作的追忆与报告。于是,我们知道文艺与活动是怎样的密切相关。于此,我们知道等待着伟大文艺的来临是怎样的一种可怜的空想。活动不妨碍想象,而反是想象的培养与滋生。

再往真确里一点说,伟大文艺中必有一颗伟大的心,必有一个伟大的人格。这伟大的心田与人格来自写家对他的社会的伟大的同情与深刻的了解。除了写家实际的去牺牲,他不会懂得什么叫作同情;他个人所受的苦难越大,他的同情心也越大。除了写家实际的参加时代所需的工作,他不会了解他的时代;他入世越深,他对人事的了解也越深。一个广大的同情心与高伟的人格不是在安闲自在中所能得到的,那么,伟大文艺也不是一些夸大的词句所能支持得住的。思想通过热情才成为情操,而热情之来是来自我们对爱人爱国爱真理的努力与奋斗,来自我们对一种高尚理想的坚信与活动。在活动奋斗之中把我们的经验加多,把我们的人格提高,把我们的同情扩大。有了这种理想,信心,与经验,再加以文学的修养,自然便下笔不凡了。反之,我们只关在屋里,抱着胸中的那一钉点热气,也许遇到一股凉风便颤抖起来了。

专用文字去讨好的方法已经太旧了,要不然八股文也不会死灭。文学既是活东西,她就必须蜕出旧壳,像蜻蜓似的飞动在新鲜空气之中。

---

① 现通译拜伦。

因此，写家的企图必是想打破旧的方法与拘束，而杰作永远是打破纪录之作。哪里去找此种打破纪录的法宝？体验。把自己放在大时代的炉火中，把自己放在地狱里，才能体验出大时代的真滋味，才能写出是血是泪的文字。这种文字必不会犯脆弱，空洞，与抄袭等毛病。崇高的理想使写家立在大时代的前端，热烈的挣扎使他能具体的捉摸住当代普遍的情感；这样，他的思想与感情便足以代表当时的企冀与生活，所以她的著作才能作此时代的纪念碑。正如但丁的《神曲》，不管是上天堂入地狱，其中老有作者的影子与人格。

是的，大时代到了；这是伟大文艺的诞辰，但写家的伟大人格必须与她同时降生。行动，行动，只有行动能锻炼我们的人格；有了人格作根，我们的笔才会生花。

我看见一位伤兵，腿根被枪弹穿透。穿着一身被血，汗，泥，浸透糊硬的单衣，闭目在地上斜卧，他的创伤已不许他坐起来。秋风很凉，地上并没有一根干草，他就在那里闭目斜卧，全身颤抖着。但是，他口中没有一句怨言，只时时睁开眼睛看看轮到他去受疗治没有。他痛，他冷，他饥渴，他忍耐，他等着！

好容易轮到他了，他被一位弟兄背起，走进了临时医疗所。创口洗净，上了药，扎捆好，他自己慢慢的走出来。找了块石头，他骑马式的坐下。一位弟兄给了他一支烟卷。点着了烟，还是颤抖着，他微笑了一下："谢谢！"也许是谢谢那支烟卷，也许是谢谢那些护士与医生，也还许是谢谢他已能在块石头上骑坐一会儿了！他已上了十字架，还要感谢那小小的一点他所该得的照料！

什么样的笔能形容出这种单纯，高尚，坚忍，英勇，温和，与乐观呢？什么话也没有，只是"谢谢"！神圣的战争，啊，这位战士是这神圣战争的灵魂与象征。他也许一字不识，单纯得像个婴孩；但是他作到了一切。他是服从着神圣战争的神旨，去受饥寒痛苦；一口香烟喷在面前，他仿佛是面对面的与神灵默语：他牺牲了一切，他感谢一切！在行动中，他的单纯的赤子之心光显了神圣的呼召，证实了我们忍无可忍而挺身一战的牺牲与自信，在牺牲中看见了光明，在单纯中显示了奇迹。

我们怎能了解这样单纯圣洁的战士呢？啊，只有我们也去作些与此类似的事情。我们有千言万语，来自书本，来自理论；真正的战士却作到了一切而一言不发。我们应当道出他所不肯与不会说出来的热情与真纯，这难道还不是可歌可泣的事么？哼！这，岂止是可歌可泣呢？但是我们必须先把我们的理想与信仰施诸实际的行动，我们的心才能跳得与他一样的快，我们的笔才能与他的默然和微笑一样微妙与崇高。经验不仅是想象的泉源，她也是坚定我们的信仰与加高我们的热情的火力。全面抗战须全体国民总动员；袖手旁观的是等死，还说什么伟大的文艺？作一分事，便有一分话可说；现在该作的事太多了。写家们！你怎能说出十分的话，而半分事也不去作呢？当你的爱人死去的时候，你晓得什么是悲痛；当你伺候一位伤兵的时候，你明白了什么是英雄。在凄风苦雨之中，你去由战场抬回一位殉国志士的尸身，你便连风之所以"凄"，雨之所以"苦"，也全领略到了。在全民族的苦战挣扎中，事事是前此未有的，事事给予新的印象与刺激；前此一切文章的旧套与陈腔全用不上了，要创作便须在面前的血泪生活中讨取生活；先有了新的生活，而后有创作的新内容与新形式。浮浅的观察是消极的，万物静观皆自得，本是无所动于心，怎能写出动心的文字呢？工作产生热情；我相信，不久那些英勇的战士之中必有会写出一些高伟热烈的文章来的。谁写出好文章也值得钦佩，但是写家——以文艺为神圣事工的写家——岂不觉得害羞？忌妒是没有用的，谁作了事谁便有真的感情与真的言语；写不出什么来的只好自怨自惭为何不及时的作些救国的事情。救国是我们的天职，文艺是我们的本领，这二者必须并在一处，以救国的工作产生救国的文章。朋友们，去作点什么！爱国不敢后人，咱们才有话说。否则大时代的伟大文艺却只有那位伤兵的"谢谢"；我们将永远不能了解这两个字的意义，而我们所写的将永远不着边际。

抗战文艺产自抗战写家，而抗战的事工正自繁多，我们满可以自由去选择与投效。

（原载1937年12月1日《宇宙风》第五十三期）

## 未成熟的谷粒

一

我最大的苦痛,是我知道的事情太少。使我心里光亮起来的理论,并不能有补于创作——它教给了我怎么说,而没教给我说什么。啊,丰富的生活才是创作的泉源吧?

二

照着批评者的意见去创作,也许只能掉在公式阵中吧?创作饥歉,批评便也瘠瘦;随着瘠瘦的理论去学习,怎能康健呢?还是勇于创作,多方去试验吧!

三

想起来就头疼呀:到底是应当按着民众的教育程度,去撰制宣传文字呢?还是假设民众已经都在大学毕业,而供给高深莫测的作品呢?

## 四

我时常想写诗,而找不到合适的字。旧诗中的词汇太腐,鼓词旧戏中的词汇好多都欠通;上哪里找足以使我满意,而又使人爱念的字呢?这没有诗的社会啊!

## 五

艺术都含有宣传性。偏重宣传又被称为八股。怎办好?

## 六

吸不起香烟了,买来个烟斗,费事,费火柴,又欠干净。发明烟卷的人该死!

## 七

越忙越写不出东西来,文艺仿佛是"闲而后工"。

## 八

写通俗的文艺,俗难,俗而有力更难。能作到俗而有力恐怕就是伟大的作品吧？

## 九

诗的形式太自由了，写完总疑心——是诗吗？戏剧的形式太不自由，写完老不放心——是戏剧吗？还是小说容易像样儿。

## 十

诗与散文的界限为什么那样不清楚呢？用尽力量写成的几行诗，一转眼便变作散文，颇想自杀！

## 十一

友人善意的说：你写了不少抗战的文字，为何不写点关于建设的呢？这是好话！然而，哪一项建设不需要许多时日去仔细观察呢？去观察，去学习，谁给饭吃呢？呕，那么，抗战文字必是八股了？惭愧得紧！

## 十二

写信与开会是两件费时间的事。可是，私心里却极愿接读友人们的信，也愿去到会场和友人们见面谈一谈；这就无法申冤了！

## 十三

把散文分成短行写出就是诗,虽然没人敢这样主张,可是的确有人这样办了,危险!

## 十四

生平不讲究吃喝,只爱穿几件整洁的衣服,流亡中,连这点讲究也牺牲了。虽然也没多大的苦痛,可是身上一痒,就疑心是有虱子!

## 十五

不许小孩子说话,造成不少的家庭小革命者。

## 十六

想写一本戏,名曰最悲剧的悲剧,里面充满了无耻的笑声。

## 十七

伟大文艺之所以伟大,自有许多因素,其中必不可缺少的是一股正气,谓之能动天地,泣鬼神,亦非过誉。至若要弄点小聪明,偷偷的骂人几句,虽足快意一时,可是这态度已经十分的卑鄙。

## 十八

骂人并不是件容易的事。欲骂某人必洞悉其恶。若仅东拉西扯,说些闲白儿,是谓无中生有,罪在造谣,既骂不倒别人,反使自己心脏口臭。

## 十九

文人相轻是件极自然的事。每个文人都多少有点才气。每个文人在创作的时候都愿把全力用出来。这样,他的辛苦使他没法不自信自傲,看不起别人和不易接受别人的批评,几乎是理当如此。能闯过这由卖力气而自傲的一关,进到虚心大度,才能由自傲而自尊,才能觉得认清自己的毛病,承认自己的短处,正是自策自励所当取的态度——这可不很容易。

## 二十

哲人的智慧,加上孩子的天真,或者就能成个好作家了。

## 二十一

中玉来信说,继续研究文学理论。告以整旧难以见新,以新衡旧亦难得当,未若努力介绍新的,使大家多看到一些。

## 二十二

实际去批判一本书,胜于读批评理论十卷。专凭读书,成不了医生,治文艺批评者或亦类是。

## 二十三

晚会中,大家朗读新诗,极有趣。新诗读法,尚无规定,亦永难规定,不妨多方面试验。光未然先生有腔调有姿式,将来若有诗剧上演,必用此法。朱铭仙与高兰二先生清楚亲切,宜于警劝激励之作。我自己读诗如说话,取其自然流利,只宜于十数人的晚会中,在广大听众前必定失败。

## 二十四

无聊的话虽每起于:(一)以甲衡乙;(二)以己度人。前者,譬如说:甲乐善好施,而论者遂讥乙不如甲,不知甲为富翁,而乙乃寒士,怎能相比。后者,自己好名,遂以为稍具名声者必都高视阔步,得意非常,故当责骂以泄自己无名之怨。前者可称为善意的错误,后者卑劣的想象。

## 二十五

我应当受苦。没有任何专门学识,只凭一点点想象力去乱写胡诌;受苦是当然的惩罚。青年朋友们,别因为算术或外国语不能及格,而想作个写家呀!

## 二十六

　　早晨吃豆浆与油条也须花两角多了！自元旦起，废止朝食。空着肚皮写作，脑子似乎倒更清楚。和尚们有每日只进一餐的。由写家而出家，照现在的情形看来，倒许是条顺路。

（原载1940年2月5、9、14日《新蜀报·蜀道》）

# 我的"话"

二十岁以前,我说纯粹的北平话。二十岁以后,糊口四方,虽然并不很热心去学各地的方言,可是自己的言语渐渐有了变动:一来是久离北平,忘记了许多北平人特有的语调词汇;二来是听到别处的语言,感觉到北平话,特别是在腔调上,有些太飘浮的地方,就故意的去避免。于是,一来二去,我的话就变成一种稍稍忘记过、矫正过的北平话了。大体上说,我说的是北平话,而且相当的喜爱它。

三十岁左右的五年中,住在英国。因为岁数稍大,和没有学习语文的天才,所以并没能把英语习好。有一个期间,还学习了一点拉丁和法文,也因脑子太笨而没有任何成绩。不过,我总算与外国语言接触过了。在上一段中,我说明了怎样因与国内的方言接触,而稍稍改变了自己的北平话;在这里,就是与外国语接触之后,我便拿北平话——因为我只会讲北平话——去代表中国话,而与外国话比较了。

最初,因英语中词汇的丰富,文法的复杂,我感到华语的枯窘简陋。在偶尔练习一点翻译的时候,特别使我痛苦:找不着适当的字啊!把完好的句子都拆毁了啊!我鄙视我的北平话了!

后来,稍稍学了一点拉丁及法文,我就更爱英文,也就翻回头来更爱华语了，因为以英文和拉丁或法文比较，才知道英文的简单正是语言的进步，而不是退化；那么以华语和英语比较，华语的惊人的简单，也正是它的极大的进步。

及至我读了些英文文艺名著之后，我更明白了文艺风格的劲美，正是仗着简单自然的文字来支持，而不必要花枝招展，华丽辉煌。英文《圣经》，与狄福、司威夫特等名家的作品，都是用了最简劲自然的，也是最好的文字。

这时候，正是我开始学习写小说的时候；所以，我一下手便拿出我自幼儿用惯了的北平话。在第一二本小说中，我还有时候舍不得那文雅的华贵的词汇；在文法上，有时候也不由得写出一二略为欧化的句子来。及至我读了《艾丽司漫游奇境记》等作品之后，我才明白了用儿童的语言，只要运用得好，也可以成为文艺佳作。我还听说，有人曾用"基本英文"改写文艺杰作，虽然用字极少，也还能保持住不少的文艺性；这使我有了更大的胆量，去脱了华艳的衣衫，而露出文字的裸体美来。在当代的名著中，英国写家们时常利用方言；按照正规的英文法程来判断这些方言，它们的文法是不对的，可是这些语言放在文艺作品中，自有它们的不可忽视的力量，绝对不是任何其他语言可以代替的。是的，它们的确与正规文法不合，可是它们原本有自己的文法啊！你要用它，就得承认它的独立与自由，因为它自有它自己的生命。假若你只采取它一两个现成的字，而不肯用它的文法，你就只能得到它的一点小零碎来作装饰，而得不到它的全部生命的力量。因此，我自己的笔也逐渐的、日深一日的，去沾那活的、自然的、北平话的血汁，不想借用别人的文法来装饰自己了。我不知道这合理与否，我只觉得这个作法给我不少的欣喜，使我领略到一点创作的乐趣。看，这是我自己的想象，也是我自己的语言哪！

避免欧化的句子是不容易的。我们自己的文法是那么简单，简直没有法子把一句含意复杂的话说得圆满呀！可是，我还是设法去避免，我会把一长句拆开来说，还教它好听，明白，生动。把含意复杂的一个长句拆开来说，恐怕就不能完全传达那个长句所要表现的意思了，句子的形式既变，意思恐怕也就或多或少总有些变动；即使能够不多不少的恰如原意，那句子形式的变动也会使情调语气随着改变。于此，欧化的语句有时候是必不能舍弃的，特别是在说理的文章里。不过，我自己不大写说理的文章，我所写的大多数是诗歌小说之类的东西。这类的东西需要写得美好，简劲，有感动力。那么，语言之美是独特的无法借用，有不得不在自己的语言中探索其美点者。谈到简劲，中国言语恰恰天然的不会把句子拉长；强使之长，一句中有若干"底"，"地"，与"的"，或许能于一句中表达迂回复杂的意念，有如上述；但在文艺作品中这必然的会使气势衰沉，而且只能看而不能读，给诗歌与戏剧中的对话一个致命伤。在一个哲学家口中，他也许只求他的话能使人作深思，而不管它是多么别扭、生硬、冗长，文艺家便不敢这么冒险，因为他虽然也愿使人深思细想，可是他必定是用从心眼中发出来的最有力、最扼要、最动人的言语，使人咂摸着人情世态，含泪或微笑着去作深思。他要先感动人。这从心眼中掏出来的言语，必是极简单、极自然、极通俗的。媳妇哭婆婆，或许用点儿修辞；当她哭自己的儿女的时候，她只叫一两声"我的肉"，而昏倒了！文字的感动力是来自在某个场合中必然的说某种话——这个话是最普遍常用的，绝难借用外国文法的。一个哲学家，与一个工友,在他痛苦的时节,是同样的只会叫"妈"的。

我明白了上述的一点道理——对不对,我可不敢说——我就决定放弃了翻译工作。这工作是极要紧的,但是它使我太痛苦——顾了自己,便损害了别人;顾及别人,便失落了自己。言语的不同没法使彼此尽欢而散。同时,我写作小说也就要求与口语相合,把修辞看成怎样能从最通俗的浅近的词汇去描写,而不是找些漂亮文雅的字来漆饰。用字如此,句子也力求自然,在自然中求其悦耳生动。我愿在纸上写的和从口中说的差不多。到了这个地步,有时候我颇后悔我曾经矫正过自己的北平话了:有许多好的词汇,好的句法,因为怕别人不懂而不用,乃至渐渐的忘记了。是的,中国话确是太简单了,词与字真是太不够用了;把文言与白话掺合起来用,或者还能勉强应付;可是我立志要写白话,不借助于文言,岂不是自找苦吃?况且,我又忘了许多北平话呢!

我要恢复我的北平话。它怎样说,我便怎样写。怕别人不懂吗?加注解呀。无论怎说,地方语言运用得好,总比勉强的用四不像的、毫无精力的、普通官话强得多。至于借用外国文法,我不反对别人去试验,我自己可是还无暇及此,因为我还没能把自己的语言运用得很好哇!先把握住自己的话,而后再添加外来的材料,也许更牢靠一些。

近来有件伤心的事:我练习着写诗,把自己憋得半死!我知道,诗是语言的结晶。我写的是白话诗,自然须是白话的结晶。可是,这晶结不成;知道的白话是那么少啊!而且所知道的那一些,又运用得那么拙笨啊!我还是不敢多向外国语求救,可是文言不住的对我招手。我本想置之不理,给它个冷肩膀吃。但是,没了米,也只好吃面粉了,还能饿着吗?唉,对白话我有点不忠之罪!是白话不够用吗?是白话不配上诗的园里去吗？都不是！是自己无才，而且有点偷懒啊！我以为，从诗的言语上说，假若"刁骚"，"歧路"，"原野"，"涟漪"……等无聊的词汇不被铲除了去，白话诗或者老是一片草地，而排列着许多坟头儿，永远成不了美丽的林园。

不过，近来也有桩可喜的事：我在练习写话剧。话剧太难写了，我当然不会一蹴而成功。但是，且不管剧中旁的一切，单就对话来说，实在使我快活。我没有统计过，在一出三幕或四幕剧中，用过多少个字。我可是直觉的感到，我用字很少，因为在写剧的时节，我可以充分地去想象：某个人在某时某地须说什么话，而这些话必定要立竿见影的发生某种效果；用不着转文，也用不着多加修饰，言语是心之声，发出心声，则一呼一嗾都能感人。在这里，我留神语言的自然流露，远过于文法的完整；留神音调的美妙，远过于修辞的选择。剧中人口里的一个"哪"或"吗"，安排得当，比完整而无力的一大句话，要收更多的效果。在这里，才真真的不是作文，而是讲话。话语的本来的文法，在此万不能移动；话语的音节腔调之美，在此须充分的发扬。剧中人所讲的是生命与生活中的话语，不是在背诵文章。

我没有学习语言的天才，故对语言的比较也就没有任何研究。我也没研究过文法，而只知道自己口中所说的话自有文法，很难改创。对语文既无所知，可是还要谈论到它们，不过是本着自己学习写作的经验说说实话而已，说不定就是一片胡言啊！

（原载1941年6月16日《文艺月刊》第十一年六月号）

# 文艺与木匠

一位木匠的态度,据我看,最好是:(一)要作个好木匠;(二)虽然自己已成为好木匠,可是绝不轻看皮匠,鞋匠,泥水匠,和一切的匠。

此态度适用于木匠,也适用于文艺写家。我想,一位写家既已成为写家,就该不管生活怎么苦,工作怎样繁重,还要继续努力,以期成为好的写家,更好的写家,最好的写家。同时,他须认清:一个写家既不能兼作木匠,瓦匠,他便该承认五行八作的地位与价值,不该把自己视为至高无上,而把别人踩在脚底下。

我有三个小孩。除非他们自己愿意,而且极肯努力,作文艺写家,我决不鼓励他们;因为我看他们作木匠,瓦匠,或作写家,是同样有意义的,没有高低贵贱之别。

假若我的一个小孩决定作木匠去,除了劝告他要成为一个好木匠之外,我大概不会絮絮叨叨的再多讲什么,因为我自己并不会木工,无须多说废话。

假若他决定去作文艺写家,我的话必然的要多了一些,因为我自己知道一点此中甘苦。

第一,我要问他:你有了什么准备? 假若他回答不出,我便善意的,虽然未必正确的,向他建议:你先要把中文写通顺了。所谓通顺者,即字字妥当,句句清楚。假若你还不能作到通顺,请你先去练习文字吧,不要开口文艺,闭口文艺。文字写通顺了,你要"至少"学会一种外国语,给自己多添上一双眼睛。这样,中文能写通顺,外国书能念,你还须去生活。我看,你到三十岁左右再写东西,绝不算晚。

第二,我要问他:你是不是以为作家高贵,木匠卑贱,所以才舍木工而取文艺呢?假若你存着这个心思,我就要毫不客气的说:你的头脑还是科举时代的,根本要不得!况且,去学木工手艺,即使不能成为第一流的木匠,也还可以成为一个平常的木匠;即使不能有所创造,还能不失规矩的仿制;即使供献不多,也还不至于糟蹋东西。至于文艺呢,假若你弄不好的话,你便糟践不知多少纸笔,多少时间——你自己的,印刷人的,和读者的;罪莫大焉!你看我,已经写作了快二十年,可有什么成绩?我只感到愧悔,没有替人盖成过一间小屋,作成过一张茶几,而只是浪费了多少笔墨,谁也不曾得到我一点好处!高贵吗?啊,世上还有高贵的废物呢?

第三,我要问他:你是不是以为作写家比作别的更轻而易举呢?比如说,作木匠,须学好几年的徒,出师以后,即使技艺出众,也还不过是个默默无闻的匠人;治文艺呢,你可以用一首诗,一篇小说,而成名呢?我告诉你,你这是有意取巧,避重就轻。你要知道,你心中若没有什么东西,而轻巧的以一诗一文成了名,名适足以害了你!名使你狂傲,狂傲即近于自弃。名使你轻浮、虚伪。文艺不是轻而易举的东西,你若想借它的光得点虚名,它会极厉害的报复,使你不但挨不近它的身,而且会把你一脚踢倒在尘土上!得了虚名,而丢失了自己,最不上算!

第四，我要问他：你若干文艺，是不是要干一辈子呢？假若你只干一年半载，得点虚名便闪躲开，借着虚名去另谋高就，你便根本是骗子！我宁愿你死了，也不忍看你作骗子！你须认定：干文艺并不比作木匠高贵，可是比作木匠还更艰苦。在文艺里找黄金美人，你算是看错了地方！

第五，我要告诉他：你别以为我干这一行，所以你也必须来个"家传"。世上有用的事多得很，你有择取的自由。我并不轻看文艺，正如同我不轻看木匠。我可是也不过于重视文艺，因为只有文艺而没有木匠也成不了世界。我不后悔干了这些年的笔墨生涯，而只恨我没能成为好的写家。作官教书都可以辞职，我可不能向文艺递辞呈，因为除了写作，我不会干别的；已到中年，又极难另学会些别的。这是我的痛苦，我希望你别再来一回。不过，你一定非作写家不可呢，你便须按着前面的话去准备，我也不便绝对不同意，你有你的自由。你可得认真的去准备啊！

（原载1942年8月16日《时事新报》）

# 怎样读小说

　　写一本小说不容易，读一本小说也不容易。平常人读小说，往往以为既是"小"说，必无关宏旨，所以就随便一看，看完了顺手一扔，有无心得，全不过问。这个态度，据我看，是不大对的。光阴是宝贵的，我们既破工夫去念一本书，而又不问有无心得，岂不是浪费了光阴么？我们要这样去读小说，何不去玩玩球，练练武术，倒还有益于身体呀？再说，小说之所以能够存在，并不是完全因为它"小"而易读，可供消遣。反之，它之所以能够存在，正因为它有它特具的作用，不是别的书籍所能替代的。化学不能代替心理学，物理学不能代替历史；同样的，别的任何书籍也都不能代替小说。小说是讲人生经验的。我们读了小说，才会明白人间，才会知道处身涉世的道理。这一点好处不是别的书籍所能供给我们的。哲学能教咱们"明白"，但是它不如小说说得那么有趣，那么亲切，那么感动人，因为哲学太板着面孔说话，而小说则生龙活虎的去描写，使人感到兴趣，因而也就不知不觉地发生了潜移默化的作用。历史也写人间，似乎与小说相同。可是，一般的说，历史往往缺乏着文艺性，使人念了头疼；即使含有文艺性，也不能像小说那样圆满生动，活龙活现。历史可以近乎小说，但代替不了小说。世间恐怕只有小说能源源本本、头头是道的描画人世生活，并且能暗示出人生意义。就是戏剧也没有这么大的本事，因为戏剧须摆在舞台上去，而舞台的限制就往往教剧本不能像小说那样自由描画。于此，我们知道了，小说是在书籍里另成一格，也就与别种书籍同样的有它独立的、无可代替的价值与使命。它不是仅供我们念着"玩"的。

　　读小说，第一能教我们得到益处的，便是小说的文字。世界上虽然也有文字不甚好的伟大小说，但是一般的来说，好的小说大多数是有好文字的。所以，我们读小说时，不应只注意它的内容，也须学习它的文字：看它怎么以最少的文字，形容出复杂的心态物态来；看它怎样用最恰当的文字，把人情物状一下子形容出来，活生生的立在我们的眼前。况且一部小说中，又是有人有景有对话，千状万态，包罗万象，更是使我们心宽眼亮，多见多闻；假若我们细心去读的话，它简直就是一部最好的最丰富的模范文。反之，假若我们读到一部文字不甚好的小说，即使它有些内容，我们也就知道这部小说是不甚完美的，因为它有个文字拙劣的缺点。在我们读过一段描写人，或描写事物的文字以后，试把小说放在一边，而自己拟作一段，我们便得到很不小的好处，因为拿我们自己的拟作与原文一比，就看出来人家的是何等简洁有力，或委宛多姿。而且还可以看出来，人家之所以能体贴入微者，必是由真正的经验而来，并不是先写好了"人生于世"而后敷衍成章的。假若我们也要写好文章，我们便也应该去细心观察人生与事物，观察之后，加以揣摩，而后我们才能把其中的精彩部分捉到，下笔如有神矣。闭着眼瞎想是写不出来东西的。

文字以外，我们该注意的是小说的内容。要断定一本小说内容的好坏，颇不容易，因为世间的任何一件事都可以作为小说的材料，实在不容易分别好坏。不过，大概的说，我们可以这样来决定：关心社会的便好，不关心社会的便坏。这似乎是说，要看作者的态度如何了。同一件事，在甲作家手里便当作一个社会问题而提出之，在乙作家手里或者就当作一件好玩的事来说。前者的态度严肃，关切人生；后者的态度随便，不关切人生。那么，前者就给我们一些知识，一点教训，所以好；后者只是供我们消遣，白费了我们的光阴，所以不好。青年们读小说，往往喜爱剑侠小说。行侠仗义，好打不平，本是一个黑暗社会中应有的好事。倘若作者专向着"侠"字这一方面去讲，他多少必能激动我们的正义感，使我们也要有除暴安良的抱负。反之，倘若作者专注意到"剑"字上去，说什么口吐白光，斗了三天三夜的法而不分胜负，便离题太远，而使我们渐渐走入魔道了。青年们没有多少判断能力，而且又血气方刚，喜欢热闹，故每每以惊奇与否断定小说的好歹，而不知惊奇的事未必有什么道理，我们费了许多光阴去阅读，并不见得有丝毫的好处。同样的，小说的穿插若专为故作惊奇，并不见得就是好作品，因为卖关子，耍笔调，都是低卑的技巧；而好的小说，虽然没有这些花样，也自能引人入胜。一部好的小说，必是真有的说，真值的说；它决不求助于小小的技巧来支持门面。作者要怎样说，自然有个打算，但是这个打算是想把故事如何表现得更圆满更生动更经济，绝不是多绕几个圈子把故事拉得长长的，好多赚几个钱。所以，我们读一本小说，绝不该以内容与穿插的惊奇与否而定去取，而是要以作者怎样处理内容的态度，和怎样设计去表现，去定好坏。假若我们能这样去读小说,则小说一定不是只供消遣的东西,而是对我们的文学修养,与处世的道理,都大有裨益的。

(原载1943年3月10日《国文杂志》第一卷四、五期合刊号)

## 文　牛

　　干哪一行的总抱怨哪一行不好。在这个年月能在银行里,大小有个事儿,总该满意了,可是我的在银行作事的朋友们,当和我闲谈起来,没有一个不觉得怪委屈的。真的,我几乎没有见过一个满意、夸赞他的职业的。我想,世界上也许有几位满意于他们的职业的人,而这几位人必定是英雄好汉。拿破仑、牛顿、爱因司坦、罗斯福,大概都不抱怨他们的行业"没意思"。虽然不自居拿破仑与牛顿,我自己可是一向满意我的职业。我的职业多么自由啊! 我用不着天天按时候上课或上公事房,我不必等七天才到星期日;只要我愿意,我可连着有一个星期的星期日!

　　我的资本很小,纸笔墨砚而已。我的生活可以按照自己的意思安排,白天睡,夜里醒着也好,昼夜都不睡也可以;一日三餐也好,八餐也好! 反正我是在我自己的屋里操作,别人也不能敲门进来,禁止我把脚放在桌子上。专凭这一点自由,我就不能不满意我的职业。况且,写得好吧歹吧,大致都能卖出去,喝粥不成问题,倒也逍遥自在;虽然因此而把妒忌我的先生们鼻子气歪,我也没法子代他们去搬正!

　　可是,在近几个月来,也不知怎么我也失去了自信,而时时不满意我的职业了。这是吉是凶,且不去管,我只觉得"不大是味儿!"心里很不好过!

  我的职业是"写"。只要能写,就万事亨通,可是,近来我写不上来了! 问题严重得很,我不晓得生了娃娃而没有奶的母亲怎样痛苦,我可是晓得我比她还更痛苦。没有奶,她可以雇乳娘,或买代乳粉,我没有这些便利。写不出就是写不出,找不到代替品与代替的人。

  天天能写一点,确实能觉得很自由自在,赶到了一点也写不出的时节呀,哈哈,你便变成世界上最痛苦的人! 你的自由,闲在,正是对你的刑罚;你一分钟一分钟无结果的度过,也就每一分钟都如坐针毡! 你不但失去工作与报酬,你简直失去了你自己!

  一夏天除了阴雨,我的卧室兼客厅兼饭堂兼浴室兼书房的书房,热得老像一只大火炉。夜间一点钟以后,我才能勉强的进去睡。睡不到四个小时,我就必须起来,好乘早凉儿工作一会儿;一过午,屋内即又成烤炉。一夏天,我没有睡足。睡不足,写的也就不多,一拿笔就觉得困啊。我很着急,但是想不出办法,缙云山上必定凉快,谁去得起呢!

  入秋,我本想要"好好"的工作一番,可是天又霉,纸烟的价钱好像疯了似的往上涨。只好戒烟。我曾经声明说:"先上吊,后戒烟!"以示至死不戒烟的决心。现在,自己打了嘴巴。最坏的烟卖到一百元一包(二十枝;我一天须吸三十枝),我没法不先戒烟,以延缓上吊之期了;人都惜命呀! 没有烟,我只会流汗,一个字也写不出! 戒烟就是自己跟自己摔跤。整天的摔跤还怎能写字呢? 半个月,没写出一个字!

  烟瘾稍杀,又打摆子,本来贫血,摆子使血更贫。于是,头又昏起来。不留神,猛一抬头,或猛一低头,眼前就黑那么一下,老使人有"又要停电"之感! 每天早上,总盼着头不大昏,幸而真的比较清爽,我就赶快的高高兴兴去研墨，期望今天一下子能写出两三千字来。墨研好了，笔也拿在手中，也不知怎么的，头中轰的一下，生命成了空白，什么也没有了，除了一点轻微的嗡嗡的响声。这一阵好容易过去了，脑中开始抽着疼，心中烦躁得要狂喊几声！只好把笔放下——文人缴械！一天如此，两天如此，忍心的、耐性的、敷衍自己："明天会好些的！"第三天还是如此，我开始觉得："我完了！"放下笔，我不会干别的！是的，我晓得我应当休息，并且应当吃点补血的东西——豆腐、猪肝、猪脑、菠菜、红萝卜等。但是，这年月谁休息得起呢？紧写慢写还写不出香烟钱怎敢休息呢？至于补品，猪肝岂是好惹的东西，而豆腐又一见双眉紧皱，就是菠菜也不便宜啊！如此说来，理应赶快服点药，使身体从速好起来，可是西药贵如金，而中药又无特效。怎办呢？到了这般地步，我不能不后悔当初为什么单单选择这一门职业了！唱须生的倒了嗓子，唱花旦的损了面容，大概都会明白我的苦痛：这苦痛是来自希望与失望的相触，天天希望，天天失望，而生命就那么一天天的白白的摆过去，摆向绝望与毁灭！

最痛苦是接到朋友征稿的函信的时节。

朋友不仅拿你当作个友人，而且是认为你是会写点什么的人。可是，你须向友人们道歉；你还是你，你也已经不是你——你已不能够作了！

吃的是草，挤出的是牛奶；可是，文人的身体并不和牛一样壮，怎办呢？

青年朋友们，假使你没有变成一头牛的把握，请不要干我这一行事吧；当你写不出字来的时候，你比谁的苦痛都更大！我是永不怨天尤人的人，今天我只后悔自己选错了职业——完全是我自己的事，与别人毫不相干。我后悔作了写家的正如我后悔"没"作生意，或税吏一样；假若我起初就作着囤积居奇，与暗中拿钱的事，我现在岂不正兴高采烈的自庆前程远大么？啊，青年朋友们，假使你健壮如牛，也还要细想一想再决定吧，即在此处，牛恐怕是永远没有希望的动物，管你，和我一样的，不怨天尤人。

（原载1944年11月《华声》第一卷第一期）

## 我怎样写《骆驼祥子》

从何月何日起,我开始写《骆驼祥子》?已经想不起来了。我的抗战前的日记已随同我的书籍全在济南失落,此事恐永无对证矣。

这本书和我的写作生活有很重要的关系。在写它以前,我总是以教书为正职,写作为副业,从《老张的哲学》起到《牛天赐传》止,一直是如此。这就是说,在学校开课的时候,我便专心教书,等到学校放寒暑假,我才从事写作。我不甚满意这个办法。因为它使我既不能专心一志的写作,而又终年无一日休息,有损于健康。在我从国外回到北平的时候,我已经有了去作职业写家的心意;经好友们的谆谆劝告,我才就了齐鲁大学的教职。在齐大辞职后,我跑到上海去,主要的目的是在看看有没有作职业写家的可能。那时候,正是"一·二八"以后,书业不景气,文艺刊物很少,沪上的朋友告诉我不要冒险。于是,我就接了山东大学的聘书。我不喜欢教书,一来是我没有渊博的学识,时时感到不安;二来是即使我能胜任,教书也不能给我像写作那样的愉快。为了一家子的生活,我不敢独断独行的丢掉了月间可靠的收入,可是我的心里一时一刻也没忘掉尝一尝职业写家的滋味。

事有凑巧,在"山大"教过两年书之后,学校闹了风潮,我便随着许多位同事辞了职。这回,我既不想到上海去看看风向,也没同任何人商议,便决定在青岛住下去,专凭写作的收入过日子。这是"七七"抗战的前一年。《骆驼祥子》是我作职业写家的第一炮。这一炮要放响了,我就可以放胆的作下去,每年预计着可以写出两部长篇小说来。不幸这一炮若是不过火,我便只好再去教书,也许因为扫兴而完全放弃了写作。所以我说,这本书和我的写作生活有很重要的关系。

记得是在一九三六年春天吧,"山大"的一位朋友跟我闲谈,随便的谈到他在北平时曾用过一个车夫。这个车夫自己买了车,又卖掉,如此三起三落,到末了还是受穷。听了这几句简单的叙述,我当时就说:"这颇可以写一篇小说。"紧跟着,朋友又说:有一个车夫被军队抓了去,哪知道,转祸为福,他乘着军队移动之际,偷偷的牵回三匹骆驼回来。

这两个车夫都姓什么?哪里的人?我都没问过。我只记住了车夫与骆驼。这便是骆驼祥子的故事的核心。

从春到夏,我心里老在盘算,怎样把那一点简单的故事扩大,成为一篇十多万字的小说。

不管用得着与否,我首先向齐铁恨先生打听骆驼的生活习惯。齐先生生长在北平的西山,山下有许多家养骆驼的。得到他的回信,我看出来,我须以车夫为主,骆驼不过是一点陪衬,因为假若以骆驼为主,恐怕我就须到"口外"去一趟,看看草原与骆驼的情景了。若以车夫为主呢,我就无须到口外去,而随时随处可以观察。这样,我便把骆驼与祥子结合到一处,而骆驼只负引出祥子的责任。

怎么写祥子呢?我先细想车夫有多少种,好给他一个确定的地位。把他的地位确定了,我便可以把其余的各种车夫顺手儿叙述出来;以他为主,以他们为宾,既有中心人物,又有他的社会环境,他就可以活起来了。换言之,我的眼一时一刻也不离开祥子;写别的人正可以烘托他。

车夫们而外,我又去想,祥子应该租赁哪一车主的车,和拉过什么样的人。这样,我便把他的车夫社会扩大了,而把比他的地位高的人也能介绍进来。可是,这些比他高的人物,也还是因祥子而存在故事里,我决定不许任何人夺去祥子的主角地位。

有了人,事情是不难想到的。人既以祥子为主,事情当然也以拉车为主。只要我教一切的人都和车发生关系,我便能把祥子拴住,像把小羊拴在草地上的柳树下那样。

可是,人与人,事与事,虽以车为联系,我还感觉着不易写出车夫的全部生活来。于是,我还再去想:刮风天,车夫怎样?下雨天,车夫怎样?假若我能把这些细琐的遭遇写出来,我的主角便必定能成为一个最真确的人,不但吃的苦,喝的苦,连一阵风,一场雨,也给他的神经以无情的苦刑。

由这里,我又想到,一个车夫也应当和别人一样的有那些吃喝而外的问题。他也必定有志愿,有性欲,有家庭和儿女。对这些问题,他怎样解决呢?他是否能解决呢?这样一想,我所听来的简单的故事便马上变成了一个社会那么大。我所要观察的不仅是车夫的一点点的浮现在衣冠上的、表现在言语与姿态上的那些小事情了,而是要由车夫的内心状态观察到地狱究竟是什么样子。车夫的外表上的一切,都必有生活与生命上的根据。我必须找到这个根源,才能写出个劳苦社会。

由一九三六年春天到夏天,我入了迷似的去搜集材料,把祥子的生活与相貌变换过不知多少次——材料变了,人也就随着变。

到了夏天，我辞去了"山大"的教职，开始把祥子写在纸上。因为酝酿的时期相当的长，搜集的材料相当的多，拿起笔来的时候我并没感到多少阻碍。一九三七年一月，"祥子"开始在《宇宙风》上出现，作为长篇连载。当发表第一段的时候，全部还没有写完，可是通篇的故事与字数已大概的有了准谱儿，不会有很大的出入。假若没有这个把握，我是不敢一边写一边发表的。刚刚入夏，我将它写完，共二十四段，恰合《宇宙风》每月要两段，连载一年之用。

当我刚刚把它写完的时候，我就告诉了《宇宙风》的编辑：这是一本最使我自己满意的作品。后来，刊印单行本的时候，书店即以此语嵌入广告中。它使我满意的地方大概是：（一）故事在我心中酝酿得相当的长久，收集的材料也相当的多，所以一落笔便准确，不蔓不枝，没有什么敷衍的地方。（二）我开始专以写作为业，一天到晚心中老想着写作这一回事，所以虽然每天落在纸上的不过是一二千字，可是在我放下笔的时候，心中并没有休息，依然是在思索；思索的时候长，笔尖上便能滴出血与泪来。（三）在这故事刚一开头的时候，我就决定抛开幽默而正正经经地去写。在往常，每逢遇到可以幽默一下的机会，我就必抓住它不放手。有时候，事情本没什么可笑之处，我也要运用俏皮的言语，勉强的使它带上点幽默味道。这，往好里说，足以使文字活泼有趣；往坏里说，就往往招人讨厌。《祥子》里没有这个毛病。即使它还未能完全排除幽默，可是它的幽默是出自事实本身的可笑，而不是由文字里硬挤出来的。这一决定，使我的作风略有改变，教我知道了只要材料丰富，心中有话可说，就不必一定非幽默不足叫好。（四）既决定了不利用幽默，也就自然的决定了文字要极平易，澄清如无波的湖水。因为要求平易，我就注意到如何在平易中而不死板。恰好，在这时候，好友顾石君先生供给了我许多北平口语中的字和词。在平日，我总以为这些词汇是有音无字的，所以往往因写不出而割爱。现在，有了顾先生的帮助，我的笔下就丰富了许多，而可以从容调动口语，给平易的文字添上些亲切，新鲜，恰当，活泼的味儿。因此，《祥子》可以朗诵。它的言语是活的。

《祥子》自然也有许多缺点。使我自己最不满意的是收尾收得太慌了一点。因为连载的关系，我必须整整齐齐的写成二十四段；事实上，我应当多写两三段才能从容不迫的刹住。这，可是没法补救了，因为我对已发表过的作品是不愿再加修改的。

《祥子》的运气不算很好：在《宇宙风》上登刊到一半就遇上"七七"抗战。《宇宙风》何时在沪停刊，我不知道；所以我也不知道，《祥子》全部登完过没有。后来，《宇宙风》社迁到广州，首先把《祥子》印成单行本。可是，据说刚刚印好，广州就沦陷了，《祥子》便落在敌人的手中。《宇宙风》又迁到桂林，《祥子》也又得到出版的机会，但因邮递不便，在渝蓉各地就很少见到它。后来，文化生活出版社把纸型买过来，它才在大后方稍稍活动开。

近来，《祥子》好像转了运，据友人报告，它已被译成俄文、日文与英文。

（原载1945年7月重庆《青年知识》第一卷第二期）